AF304381

Susanna Kess wurde 1979 in Andernach am Rhein geboren und ist in der Vulkaneifel auf einem Bauernhof aufgewachsen. Nach dem Abitur machte sie eine Lehre zur Buchhändlerin. Kartoffeln und Kühe haben sie ihr Leben lang begleitet und tun es noch; von größeren Katastrophen blieb sie zum Glück weitestgehend verschont. Sie ist verheiratet und hat drei Kinder.

Susanna Kess

Kartoffeln, Kühe
und andere
Katastrophen

Überarbeitete Neuausgabe August 2023

Copyright © 2023 dp Verlag, ein Imprint der
dp DIGITAL PUBLISHERS GmbH
Made in Stuttgart with ♥
Alle Rechte vorbehalten

Kartoffeln, Kühe und andere Katastrophen

ISBN 978-3-98637-182-1
E-Book-ISBN 978-3-98778-656-3
Hörbuch-ISBN: 978-8-72696-412-7

Copyright © 2021, dp Verlag, ein Imprint der dp DIGITAL
PUBLISHERS GmbH
Dies ist eine überarbeitete Neuausgabe des bereits 2021 bei dp Verlag, ein Imprint der dp DIGITAL PUBLISHERS GmbH erschienenen Titels Kartoffeln, Kühe und andere Katastrophen (ISBN: 978-3-96817-679-6).
Covergestaltung: ARTC.ore Design / Wildly & Slow Photography
Umschlaggestaltung: ARTC.ore Design
Unter Verwendung von Abbildungen von
shutterstock.com: © eClick, © Ozgur Coskun, © Svietlieisha Olena, © NY Studio, © aimful, © by-studio, © Ruslan Suseynov
stock.adobe.com: © Poprock3d
Lektorat: Cara Kolb
Satz: dp DIGITAL PUBLISHERS GmbH
Druck und Bindung: Books on Demand GmbH, Norderstedt

Für Blacky

Vorwort

Als ich im März 2019 die Idee zu diesem Roman hatte, wusste ich noch nicht, wohin die Reise gehen wird. Erst recht wusste ich nicht, dass KKUAK (gesprochen „Quak": großartige Abkürzung des Titels meiner Verlagslektorin Francesca) mein Debüt werden würde – mein erstes veröffentlichtes Buch. Und ich hätte mir auch nicht erträumen können, dass genau dieses Debüt 2023 eine Neuauflage bekommen würde! Damals wusste ich nur: Ich hatte eine Geschichte begonnen, die mir unglaublichen Spaß beim Schreiben machte. Denn ich bin selbst auf einem kleinen Bauernhof in der Vulkaneifel aufgewachsen und habe später ein FÖJ (Freiwilliges ökologisches Jahr) auf einem Biobauernhof gemacht. So konnte ich viele meiner Erfahrungen in den Roman einfließen lassen. Ja, ich gehe sogar so weit, zu sagen, dass ich das ein oder andere persönliche Easteregg eingebaut habe. Zum Beispiel meine Lieblingskuh Berta, aber auch die nicht ganz so positiven Erfahrungen des Buschbohnen-Erntens … (Ehrlich, ich würde fast alles am Bauernhofleben wieder machen, nur bloß keine Buschbohnen mehr ernten! Das bitte nie wieder!) Wie ich von der Landwirtschaft dann den Weg in die Buchhandlung – zuerst als Buchhändlerin und später mit meinen Büchern als Autorin – gefunden habe, erzähle ich übrigens hin und wieder auf Instagram und TikTok unter @susanne.esser.autorin (Susanna Kess ist ein Pseudonym).

KAPITEL EINS

Montag, 15. Oktober
18:30 Uhr – Kassnach

STELLA

Was ist der beste Ort, um sich zu verkriechen, wenn man gerade sein Studium hingeschmissen hat, weil man eine Affäre mit dem Prof hatte und die leider aufgeflogen ist?

Richtig: ein Provinzkaff in der Eifel. In der Vulkaneifel, um genau zu sein. Oder besser gesagt: am Arsch der Welt.

Und wenn man nach dem gelben Ortsschild am Eingang geht, dann heißt dieser Ort „Kassnach" und ist ein Dorf mit nicht mal 400 Einwohnern. Ein Dorf mit einer genauso eingeschworenen wie misstrauischen Dorfgemeinde, in dem jemand Neues auch nach 20 Jahren noch als *zugezogen* gilt.

Hier war ich also. Am Arsch der Welt. Im Begriff mein Erbe anzutreten: einen kleinen Bauernhof mit sechs

Kühen, einer Handvoll Hühnern und zwei Kartoffeläckern. Aber Moment, vielleicht sollte ich besser von vorne anfangen.

Angefangen hatte nämlich alles vor zwei Wochen mit einem Brief. Einem wichtigen Brief. Einem von der Sorte, die amtlich wirken, auch wenn sie es nicht sind: einem Brief vom Notar.

Notare Schmitt und Rottluff
Dr. jur. Hendrik Rottluff
Kartäuser Straße 21
56068 Koblenz

Frau Stella Schulze
Gotener Straße 237
50679 Köln
Koblenz, 1. Oktober

Betreff: Einladung zur Testamentsvollstreckung

Sehr geehrte Frau Schulze,
in meiner Eigenschaft als Testamentsvollstrecker der verstorbenen Gerda Maria Habermann, geb. Müller, zuletzt wohnhaft in der Seniorenresidenz „Villa Rustica" in Niederkirst, verstorben am 17. September, lade ich Sie hiermit zur Testamentsvollstreckung am 5. Oktober um 16:30 Uhr ein.

Sollte es Ihnen nicht möglich sein diesen Termin wahrzunehmen, bitte ich Sie um Kontaktaufnahme zwecks neuer Terminvereinbarung.

Mit freundlichen Grüßen

Dr. jur. Hendrik Rottluff
Notare Schmitt und Rottluff

STELLA

„Was liest du denn da?", fragte Ida mich. Weil sie aber gerade einen Riesenbissen eines Schokoladenmuffins im Mund hatte, klang es eher nach: „Wafflieftnd?"

Nach über zwei Jahren, die ich mit Ida zusammenwohnte, verstand ich sie einwandfrei. Insgeheim nannte ich es *Idisch*, wenn sie so sprach. Und ich war fest davon überzeugt, dass ihre Eltern mit dem Grundsatz „Man spricht nicht mit vollem Mund" keinen Erfolg gehabt hatten. Ich glaube, das machten alle in Idas Familie so. Vor meinem inneren Auge tauchte eine Großfamilie auf – Ida mittendrin – die sich, während der Mahlzeiten, in fließendem *Idisch* unterhielten.

„Jetzt sag schon. Was ist das?" Ida hatte den Bissen heruntergeschluckt und sprach nun wieder so, dass es jeder Normalsterbliche verstehen konnte.

„Ein Brief", sagte ich, während ich ebenjenen noch einmal las, um zu begreifen, was da stand.

„Das habe ich mir schon fast gedacht. Was für ein Brief denn?" Auf Zehenspitzen tänzelte Ida hinter meinem Rücken hin und her bei dem Versuch, mir über die Schulter zu schauen. Ihr Unterfangen war natürlich zwecklos: Ich war einen ganzen Kopf größer als sie.

„Eine Einladung zur Testamentsvollstreckung", fasste ich den Inhalt zusammen.

„Was? Wer ist denn gestorben?", fragte Ida.

„Meine Großtante Gerda."

Ida riss die Augen auf, kaute fast fertig und sagte dann: „Das ist ja traurig."

Ich wiegte unschlüssig meinen Kopf hin und her, was Ida zu der Aussage brachte: „Ist es nicht?"

„Ja und nein. Ich meine: Natürlich ist es traurig, dass meine Großtante gestorben ist. Aber ehrlich? Ich kannte sie kaum. Das letzte Mal hab ich sie als Kind gesehen."

Ida steckte sich den restlichen Bissen Muffin in den Mund und wiegte nun auch den Kopf hin und her. Ganz entgegen ihrer sonstigen Angewohnheit, kaute sie tatsächlich fertig, bevor sie sagte: „Okay. Ich fasse zusammen: Allgemein gesprochen ist es traurig, weil es einfach immer traurig ist, wenn jemand gestorben ist. Aber in Wirklichkeit ist es gar nicht so traurig, weil du dich kaum noch an sie erinnern kannst und sie quasi eine Fremde für dich war. Richtig?"

Ich nickte.

„Gut, in dem Fall würde ich sagen ..." Sie brach ab und begann aufgeregt auf und ab zu hopsen. „Yay!", rief sie.

„Yay?", fragte ich perplex.

„Yay! Eine geheimnisvolle Erbschaft! Das ist fast wie in einem Die drei ???-Hörspiel." Sie strahlte mich an.

Dazu muss man wissen, dass Ida der größte Die drei ???-Fan war, den ich kannte. Also nicht körperlich groß, sondern groß groß. Ihr wisst schon.

„Deine Großtante hat nicht zufällig ein altes Schloss besessen? Oder eine Sammlung teurer Gemälde? Oder ..."

„Da muss ich dich enttäuschen", fiel ich ihr ins Wort. „Meine Großtante ist nicht ... Ich meine, sie *war* nicht reich."

Ida stellte das Hopsen ein und sah mich wieder mit großen traurigen Augen an. „Nicht?"

„Nein. Sie hatte mit meinem Großonkel einen kleinen Bauernhof. Jottweedee." Ich seufzte.

„Jottwee... was?" Ida sah mich verständnislos an.

„Janz weit draußen, das ist Platt für ..."

„Am Arsch der Welt."

KAPITEL ZWEI

Montag, 15. Oktober
18:35 Uhr – Kassnach

STELLA

„Das macht dann 41,80 Euro."

„Wie bitte?"

„41 Euro und 80 Cent, junges Fräulein." Der Taxifahrer neigte seinen Kopf und sah mich durch den Spiegel tadelnd an. „Oder glauben'se, die Fahrt vom Bahnhof hierher war kostenlos?"

Nur langsam löste ich meinen Blick von dem kleinen Bauernhof, der mein neues Zuhause sein würde, und kramte in der Birkin Bag nach dem Portemonnaie. Die Tasche war ein Imitat, aber ein sehr gutes, und nur ein geübtes Auge konnte den Unterschied erkennen. Ida war es natürlich sofort aufgefallen, als ich damit in unserer Kölner WG aufgetaucht war. Ich lächelte, vor Ida hatte ich noch nie etwas verheimlichen können.

„Ich hab das ja ernst gemeint: 41,80 Euro. Am liebsten heute noch. Ich hab schließlich nicht den ganzen Tag Zeit!"

Ich verkniff mir einen Kommentar und zog den letzten 50-Euro-Schein aus meinem Portemonnaie. Wortlos hielt ich ihn dem Taxifahrer hin. Dieser wartete, ob ich noch etwas sagen würde, brummte dann unverständlich vor sich hin und suchte das Wechselgeld zusammen.

Mit den Worten „Da hat 'se so 'ne teure Tasche, aber Trinkgeld gibt 'se keins", klatschte er mir das Geld in die Hand.

„Glauben Sie wirklich, ich hätte Geld zu viel, wenn ich hier wohne?" Ich nickte zu dem in die Jahre gekommenen Bauernhaus und dem Stall dahinter. „Und die Tasche war ein Geschenk, wenn Sie es genau wissen wollen." Die Lüge war mir herausgerutscht, ehe ich sie aufhalten konnte, aber ich würde einem Taxifahrer nicht auf die Nase binden, dass es sich hierbei nur um ein billiges Imitat handelte. Es war schon seltsam genug, dass er überhaupt erkannt hatte, dass die Tasche (oder zumindest das Original davon) teuer war. Untersetzt und mit beginnendem Haarausfall wirkte er nicht wie jemand, der sich mit Mode im Allgemeinen und Taschen im Besonderen auskannte. In meinem Nacken kribbelte es. Das untrügliche Zeichen dafür, dass mir dieser Mann mit jeder Sekunde unheimlicher wurde.

„Bleiben Sie ruhig sitzen", sagte ich daher und hoffte, dass ich so locker und leicht klang, wie es meine Absicht war. „Ich hole mein Gepäck einfach selbst aus dem Kofferraum."

Der Fahrer brummte wieder. Er schien mir das mit dem Trinkgeld wirklich krummzunehmen. Ich sprang aus dem Taxi und räumte den Kofferraum aus. Zwei große Koffer und eine Stofftasche. Mehr hatte ich bei meiner überstürzten Abreise nicht gepackt. Am meisten schmerzte es mich, dass ich meine geliebte Nähmaschine in der WG hatte lassen müssen. Aber für eine Reise mit der Bahn war die wirklich nicht geeignet. Da musste ich mir noch etwas einfallen lassen. Vielleicht könnte ich Ida dafür einspannen. Also für den Fall, dass sie mir meine Abreise nicht übelnahm. Sie war nämlich spontan mit ihrer neuen Eroberung in den Urlaub gefahren und ahnte noch nichts davon, dass es mich in die Vulkaneifel verschlagen hatte, oder warum.

LUKAS

Er war gerade mit Alma fertig, als er das Auto hörte. Mit einem Klaps auf den Hintern entließ er sie und sah ihr hinterher, wie sie sich zu den anderen Milchkühen gesellte. Lukas seufzte, nahm Melkschemel und Eimer und brachte die noch warme Milch in den gekachelten Arbeitsraum des Stalls. Den dreibeinigen Schemel stellte er wie immer in die Ecke, bevor er die Milch gleichmäßig auf die zwei fast vollen 40-Liter-Kannen verteilte. Dann ging er zum Waschbecken hinüber, wusch sich die Hände, spülte den Eimer aus und hing ihn zum Trocknen für den nächsten Tag auf.

Je eine Milchkanne in der Hand beobachtete er von der Stalltür aus die junge Frau, die in grellbunten Gummistiefeln aus dem Taxi stieg. Er schnaubte. Jahrelang hatte er sich um die alte Habermann und den Hof gekümmert. Das hatte er dem alten Heinrich Habermann auf dem Sterbebett versprochen. Wie Großeltern waren sie für ihn gewesen; wie die Großeltern, die er selbst nie hatte. Und dann hatte die Alte den Hof nicht ihm, sondern allen Ernstes dieser entfernten Verwandten vermacht! Dieser jungen Frau, die bestimmt noch nicht mal den Unterschied zwischen Weizen und Gerste kannte. Gut, rein technisch gesehen musste sie das auch nicht wissen, da Habermanns nur Kartoffeläcker hatten, aber es ging ums Prinzip. Sie war eine Städterin, darüber konnten auch die Gummistiefel nicht hinwegtäuschen. Im Gegenteil.

Das Taxi ließ den Motor aufheulen und brauste so schnell davon, dass es an eine Flucht grenzte. Ein Verhalten, das Lukas nur zu gut von jedem kannte, der nicht hier geboren war. Die meisten auswärtigen Leute konnten Kassnach gar nicht schnell genug hinter sich lassen. Obwohl manchmal auch einige der hier geborenen das gleiche empfanden. So wie Christian, sein allerbester Freund seit Kindertagen, der es gar nicht hatte erwarten können, volljährig zu werden, damit er *dieses Kaff* endlich hinter sich lassen konnte. Nach Amerika war er gegangen. So weit weg wie möglich. Seit einer Woche war er wieder zurück. Und während das Dorf ihn mit offenen Armen empfangen hatte, hatte Christian gegenüber Lukas so getan, als wären die letzten elf Jahre nicht gewesen. Die Jahre, in denen er nichts von sich hatte hören lassen. Gar nichts. Sein bester Freund tat einfach so, als wäre nie etwas gewesen. Als hätte er ihn nie im Stich gelassen mit ...

Lukas schüttelte den Kopf. Es war keine Zeit für traurige Gedanken. Dieses Kapitel hatte er schon vor langer Zeit abgeschlossen. Jetzt wollte er der jungen Frau auf den Zahn fühlen, die bestimmt nichts anderes im Sinn hatte, als das, was eigentlich rechtmäßig seins war, herunterzuwirtschaften: den Hof der Habermanns.

STELLA

Die Landschaft flog nur so an mir vorbei, während der Regionalexpress Fahrt aufnahm. Troisdorf und Bonn hatten wir bereits hinter uns gelassen und endlich kam der Rhein in Sicht. Anderthalb Stunden, so lange dauert es mit der Regionalbahn von Köln bis nach Koblenz. Genug Zeit, um darüber zu grübeln, was Großtante Gerda mir wohl vermacht hatte und wer noch alles dort sein würde. Meine Mutter – deren Tante Gerda ja gewesen war – war nicht geladen worden und auch sonst hatte keiner meiner näheren Verwandten einen Brief vom Notar erhalten.

Spitzfindig hatte meine Mutter bemerkt, dass Tante Gerda schon immer ein wenig verschroben gewesen sei. Am Ende würde ich bloß die mottenzerfressene Garderobe bekommen, weil meine Mutter ihr in einem ihrer seltenen Telefonate gesagt hatte, dass ich Modedesign studierte. Um ehrlich zu sein, hatte ich den starken Eindruck, dass meine Mutter lediglich eifersüchtig war, weil sie nicht zur Testamentsvollstreckung eingeladen worden war.

Ida hingegen hatte mich in den letzten drei Tagen mit immer abenteuerlicheren Ideen rund um die Erbschaft amüsiert. Angefangen bei teurem Schmuck (vorzugsweise Juwelen) über einen besonders gezüchteten Bullen (weil ich sie noch einmal daran erinnert hatte, dass meine Tante nur einen Bauernhof besessen hatte) bis hin zu einem geheimen Goldschatz (von unermesslichem Umfang versteht sich). Für Ida war das alles wie eine neue und unglaublich spannende Die drei ???-Folge: *Die drei ??? und die geheimnisvolle Erbschaft der Gerda Maria Habermann.*

Mein Handy vibrierte und auf dem Sperrbildschirm erschien der Hinweis, dass ich eine neue WhatsApp von PTM erhalten hatte. Mein Herz begann zu hüpfen. Ich vergewisserte mich, dass im Zugabteil niemand hinter mir saß, bevor ich mein Handy entsperrte, um die Nachricht lesen zu können. Aus gutem Grund hatte ich es so eingestellt, dass mir auf dem Sperrbildschirm nicht die Vorschau der tatsächlichen Nachricht angezeigt wurde. So war ich jederzeit sicher vor neugierigen Blicken. Hinter PTM verbarg sich nämlich niemand Geringerer als Professor Ted Mosby.

Nein, kleiner Scherz, es war nur Professor Tobias Munch, aber er ähnelte *Ted Mosby* – der Hauptfigur aus der Serie *How I met your mother* – so sehr, dass ihn jeder so nannte. Dass er mir schrieb, hatte nichts mit dem Studium zu tun. Na ja, fast nichts. Wir hatten uns nämlich durch mein Studium kennengelernt. Und er war nicht irgendein Professor, er war mein Professor.

Du hast recht gehabt, es war eine gute Idee auf den Drachenfels zu klettern.

Mein bereits hüpfendes Herz hämmerte und ich lockerte meinen Loop-Schal.

War ja auch von mir.

Stimmt, Du hast immer die besten Ideen. Und noch besser war hinterher ...

Hatte ich schon erwähnt, dass ich eine Affäre mit meinem Prof hatte? Egal, das Blut schoss mir jedenfalls in die Wangen und ich zerrte den Loop-Schal über meinen Kopf. Jetzt war mir definitiv warm. Kurz überlegte ich, was ich darauf antworten konnte, und schickte schließlich nur ein Küsschen: *:-**

Sehen wir uns gleich noch?

Bin unterwegs. Melde mich, wenn ich wieder zurück bin. Wie lange hast Du Zeit?

Meine Frau ist heute mit einer Freundin im Kino. Bis 22 Uhr sind wir sicher.

Mein Magen drehte sich, so wie immer, wenn Tobias seine Frau erwähnte. Ja, richtig gelesen: Nicht nur, dass ich eine Affäre mit meinem Prof angefangen hatte, er war obendrein auch noch verheiratet. Unglücklich zwar, aber verheiratet.

Ich kämpfte gegen das Übelkeitsgefühl an und schrieb: *Ok. Bis nachher.* Dann sperrte ich mein Handy wieder und steckte es hastig in meine Tasche. Leise

Zweifel schwirrten durch meinen Kopf. Ob das wirklich so eine gute Idee war mit Tobias. Meinem verheirateten Professor. Aber dann musste ich wieder daran denken, wie schön der Ausflug am Tag der Deutschen Einheit gewesen war. Tobias und ich als Paar in der Öffentlichkeit. Gut, man könnte über die Qualität der Öffentlichkeit streiten, da wir auf dem Wanderweg den Drachenfels hinauf nur Touristen oder Familien mit Kindern angetroffen hatten, aber es war definitiv mal etwas anderes als unsere heimlichen Stelldichein gewesen. Dabei hatte es meine ganze Überredungskraft benötigt, Tobias davon zu überzeugen, etwas zu unternehmen, was Kleidung voraussetzte. Alle meine vorigen Vorschläge hatte er abgelehnt, aber dann hatte ich mir sein Faible für alte Sagen und Legenden zunutze gemacht und den Drachenfels am Rhein vorgeschlagen. Das hatte er nicht ablehnen können, wo hier der Nibelungensage nach einst ein fürchterlicher Drache gehaust hatte, der von niemand anderem als dem Helden Siegfried getötet worden war. Außerdem war es weit genug von Köln entfernt, um keinem unserer Bekannten in die Arme zu laufen, und trotzdem noch nah genug für einen Tagesausflug. Was er seiner Frau erzählt hatte, wo er den ganzen Tag war, darüber wollte ich lieber nicht nachdenken. Wenn ich mit Tobias zusammen war, blendete ich das aus, sonst hätte ich mich selbst nicht mehr ertragen können.

Im Inneren meiner Tasche vibrierte mein Handy erneut. Diesmal hatte ich eine Nachricht von Ida:

Neue Erbschafts-Theorie: Die gute Gerda vermacht dir ihre wertvolle Briefmarkensammlung und darin enthalten ist die Blaue Mauritius.

Ich rollte die Augen nach oben.

Ja klar.

Warte! Ich hab noch eine: Du erbst ein altes Rezeptbuch und die Rezepte sind eigentlich Zaubertränke und du kannst dir dann alles hexen, was du möchtest.

Ich unterdrückte ein Kichern.

Ich glaube, du vermischst Bibi Blocksberg mit den Drei ???.

Neben den Drei ??? war auch Bibi Blocksberg hoch bei Ida im Kurs.

Ruf mich einfach an, wenn du beim Notar fertig bist.

*Mach ich. :-**

STELLA

„Schön, dass Sie es einrichten konnten, Frau Schulze. Nehmen Sie doch bitte Platz." Notar Dr. jur. Rottluff stellte sich als ein Mann mittleren Alters heraus, durchtrainiert und gar nicht mal so unattraktiv. In meinem Kopf waren Notare bisher immer steinalt und hutzelig gewesen. Man lernt ja nie aus. Auf meiner imaginären Liste für Stereotypen strich ich *Notar* aus.

Wie angeboten nahm ich auf einem der beiden Sessel vor dem großen Schreibtisch Platz. Es war noch weit vor halb fünf. Für meine Reise mit der Deutschen Bahn hatte ich ordentlich Luft eingeplant. Sicher ist sicher. Aber entgegen der landläufigen Meinung über den Nahverkehr war der Zug auf die Minute pünktlich gewesen und ich zu früh. Seelisch und moralisch machte ich mich für den Small Talk bereit, den ich jetzt bestimmt mit dem Notar führen würde, bis die restlichen Erben eintreffen würden und war mehr als überrascht, dass Dr. Rottluff direkt mit der Testamentsvollstreckung begann: „Zuerst muss ich Ihre Personalien überprüfen, dann werde ich das Testament von Frau Habermann verlesen und ..."

„Warten wir nicht auf die anderen?", unterbrach ich ihn.

„Die anderen?" Dr. Rottluff zog die Stirn in Falten.

„Die anderen Erben", sagte ich.

„Frau Schulze, es gibt keine anderen Erben. Sie sind Alleinerbin."

KAPITEL DREI

Montag, 15. Oktober
18:50 Uhr – Kassnach

STELLA

Ich sah mich auf dem verlassenen Hof um. Da war ich also. Ich – Stella Schulze – im Begriff mein neues Leben als Bäuerin anzufangen. In Kassnach, einem Ort, von dem die Welt bisher noch nicht gehört hatte. Ob das wirklich so eine gute Idee gewesen war? Andererseits war alles besser als der Shitstorm, der gerade in Köln abging.

Wie hatte ich mich nur darauf einlassen können? Eine Affäre mit einem verheirateten Mann, der auch noch doppelt so alt war wie ich? Und obendrein noch mein Professor. Also gewesen war: mein Professor gewesen war. Denn ich hatte nicht vor wieder an die Uni zurückzukehren. Großtante Gerdas Vermächtnis (das klang doch viel besser als „Bauernhof") war ein Wink des Schicksals gewesen. Wenn ich ehrlich war, war ich überhaupt nicht glücklich mit meinem Modedesign-studium. Ja, ich liebte es zu nähen und neue Schnitte zu entwerfen, aber mit diesem ganzen Haute-Couture-Kram hatte ich noch nie etwas anfangen können. Meine Entscheidung für das Studium war der romantischen Vorstellung davon entsprungen. Die Realität war da eine ganz andere.

Und als hätte ich es kommen sehen – also nicht den Teil mit aufgeflogenen Affäre, sondern den Teil mit dem Bauernhof – hatte ich mir erst in diesem Frühjahr eigene Gummistiefel designt. Wenn das mal nicht Schicksal war.

Motiviert reckte ich mein Kinn. (Nicht, dass jemand da gewesen wäre, um es zu sehen, aber die Geste zählt.) So gestärkt hievte ich erst den einen und dann den anderen Koffer zur Eingangstür des kleinen Bauernhäuschens und kramte in meiner Tasche nach dem Schlüssel, als sich eine große Hand schwer auf meine Schulter legte.

Habt ihr schon mal einen Cartoon gesehen, in dem die Comicfigur meterhoch in die Luft springt, weil sie sich so erschreckt hat? Jetzt musste ich am eigenen Leib erfahren, wie sich das anfühlte. Ich machte einen Satz. Ja gut, natürlich nicht meterhoch, aber ich machte einen Satz.

Als ich wieder auf dem Boden angekommen war, musterte ich den Grund, der aus mir offensichtlich eine Cartoon-Figur gemacht hatte: Vor mir stand ein Mann – schätzungsweise Anfang 30, dunkle Haare, dunkle Augen, Gummistiefel und Arbeitsoverall – mit einem unglaublich grimmigen Gesichtsausdruck. Es kam mir fast so vor, als würde er mit dem Grinch konkurrieren wollen und wenn wir Winter gehabt hätten, hätte ich mir das sogar geglaubt. Neben ihm standen zwei große Milchkannen.

„Stella Schulze?" Er sagte meinen Namen nicht, er spuckte ihn fast aus. Trotzdem kam ich nicht umhin zu bemerken, dass seine Stimme angenehm dunkel war. Ich wusste nicht, warum er so motzig war, aber was er konnte, konnte ich schon lange. Wie eben auf dem Hof, reckte ich wieder mein Kinn und fragte patzig zurück: „Wer will das wissen?"

Eine seiner Augenbrauen hob sich unmerklich an. „Lukas Munnebach", sagte er, und es schien mir, als wäre seine Stimme ein kleines bisschen freundlicher. Aber wirklich nur etwas. Ich überlegte. *Munnebach.* Der Name sagte mir was. *Munnebach, Munnebach.* „Sie sind derjenige, der in der letzten Zeit nach dem Hof gesehen hat, richtig?"

Ein knappes Nicken.

„Dann ... äh, Dankeschön?" Wieso musste ich es wie eine Frage formulieren?

„Kriegen Sie das hin?" Er nickte unbestimmt in Richtung des Stalls.

„Äh. Was?" Es war etwas an ihm, das mich aus der Fassung brachte, aber ich konnte nicht genau sagen, was es war. Der unfreundliche Ton? Der grimmige Blick? Die großen Hände? Bei diesen Gedanken musste ich an das Märchen von Rotkäppchen denken: *Großmutter, warum hast du so große Hände?* War Lukas Munnebach am Ende der böse Wolf?

„Die Kühe und Hühner versorgen", unterbrach er meinen Gedankengang. „Melken, Eier einsammeln, die Kartoffeln ernten. Das Übliche halt." Er sprach jede Silbe überdeutlich aus, als würde er annehmen, dass ich mit Begrifflichkeiten wie *Kühe, Hühner* oder *Kartoffeln* nichts anfangen könnte.

„Ich habe jede Folge von *Bauer sucht Frau* gesehen", antwortete ich, „und außerdem habe ich das hier." Aus meiner Tasche zog ich zwei handgeschriebene Kladden hervor und hielt sie in die Luft. „Ich denke, ich komme klar."

Wieder hob er kaum merklich eine Augenbraue. „Diese Woche kann ich Ihnen noch alles zeigen" sagte er, als hätte er mich nicht gehört. „Ab nächster Woche geht die Ernte los, da habe ich keine Zeit mehr." Er nahm die beiden Milchkannen und drehte sich ohne ein Grußwort um.

„Ich sagte, ich komme schon klar", rief ich ihm hinterher.

„Morgen früh, 6:00 Uhr, dann melken wir erst mal die Kühe", antwortete er, ohne sich umzudrehen.

„Ich hatte gesagt, dass ich klarkomme. Sie brauchen nicht ..."

„Pünktlich!"

STELLA

„Entschuldigen Sie bitte, dass ich Sie wieder unterbreche, aber ich muss noch mal nachfragen: Ich bin Alleinerbin?"

„So hat es Frau Habermann in ihrem Testament festgelegt. Ausdrücklich." Dr. Rottluff fixierte mich. „Können wir fortfahren?"

Ich nickte.

„Dann verlese ich nun das Testament." Der Notar sortierte einige der vor ihm auf dem Schreibtisch liegenden Blätter, räusperte sich und begann: „Testament und letzter Wille von Gerda Maria Habermann, geborene Müller." Er machte eine Pause. „Ich, Gerda Maria Habermann, geboren am 27. Februar 1930 in Koblenz, bestimme im Vollbesitz meiner geistigen Kräfte Stella Gertrude Schulze, geboren am 26. Juli 1996 in Köln, zu meiner alleinigen und ausschließlichen Erbin. Ich ordne für meinen Nachlass die Testamentsvollstreckung an. Zum Testamentsvollstrecker ernenne ich Notar Dr. jur. Hendrik Rottluff. Gezeichnet, Gerda Maria Habermann, Kassnach."

Ich schluckte. Das Ganze klang furchtbar amtlich. Und erdrückend. Alleinerbin. Ich? Jetzt musste ich mich auch räuspern. „Verstehe ich das richtig, dass meine Großtante mir alles vermacht hat, auch den Bauernhof?"

„Das ist richtig." Der Notar nickte bei diesen Worten.

„Aber warum eine Testamentsvollstreckung? Es gibt ja nichts zu verteilen, oder so."

„Nun." Bildete ich mir das ein oder war Dr. Rottluff plötzlich verlegen? „Ihre Großtante hatte zu dem Erbe noch Anweisungen hinterlassen. Sehr genaue Anweisungen."

„Anweisungen?"

Wieder nickte der Notar. Dann zog er eine Schublade seines Schreibtisches auf und nahm zwei Kladden und einen alten Schlüsselbund hervor. Beides legte er vor mich auf den Tisch. Ich musterte die Sachen. Die beiden Kladden waren handschriftlich beschrieben.

„Was ist das?"

„Das", sagte der Notar und deutete auf die Kladden, „sind die genauen Anweisungen Ihrer Großtante, wie Sie den Bauernhof zu führen haben."

„Wie bitte?"

„Uhrzeiten, Maßangaben, Zeiträume für Saat und Ernte, Ihre Tante hat alles ganz genau festgelegt."

STELLA

Es tutete einmal und Ida war am Apparat. Ich grinste. Wie ich sie kannte, war sie bestimmt wie ein aufgeregtes Huhn vor dem Telefon auf- und abgehüpft und hatte sich dabei vor lauter Aufregung in die geballten Fäuste gebissen.

„Jetzt sag schon, was hast du geerbt? Sag schon."

„Ida …"

„Sag schon! Sag schon!"

Ich musste lachen und bekam erst mal kein Wort raus.

„Atmen, Stella. Atmen nicht vergessen. Ein. Aus. Ein. Aus. Gut. Und jetzt sag endlich."

Idas Rat folgend atmete ich tief durch. Dann sagte ich: „Alles."

Am anderen Ende der Leitung blieb es still.

„Ida?", fragte ich vorsichtig. „Bist du noch da?"

„DAS IST JA DER HAMMER!", brüllte mir Idas Stimme entgegen. Wer hätte gedacht, dass in so einer kleinen Person so viel laute Stimme stecken konnte? Ich zog das Handy von meinem Ohr weg. Nach wie vor war Idas brüllende Stimme daraus zu vernehmen. Man hätte meinen können, sie hätte gerade im Lotto gewonnen oder Bibi Blocksberg persönlich getroffen, statt von meiner Erbschaft zu erfahren. Dabei wusste ich noch gar nicht, ob ich mich über das unverhoffte Erbe freuen sollte. Meine erste Reaktion im Büro des Notars unterschied sich deutlich von Idas. Ich wollte das alles nicht. Was sollte ich mit einem Bauernhof? Den ich – den genauen Anweisungen meiner Großtante zufolge – auch noch mutterseelenallein bewirtschaften durfte. In harter Arbeit von morgens bis abends, wenn ich die Uhrzeiteinträge in den Kladden richtig deutete. Ich als Bäuerin in der Eifel. Ja klar. Die leise Stimme meines kindlichen Ichs, die sich genauso wie Ida darüber freute, ignorierte ich.

Ich schirmte den Lautsprecher des Handys mit der Hand ab und holte es langsam wieder zu mir heran. Dann hielt ich es wie ein Butterbrot vor mich und sagte laut und deutlich: „Ida! Mach mal eine Pause." Sofort wurde es still am anderen Ende und ich wagte es, das Handy wieder normal ans Ohr zu halten. Erneut holte ich Luft. „Ich weiß noch gar nicht, ob ich das Erbe über-haupt antreten soll", sagte ich langsam. Die Stille am anderen Ende blieb bestehen.

„Ida?", fragte ich vorsichtig.

Immer noch nichts.

„Ida? Komm schon", versuchte ich es erneut.

Ich vernahm ein Seufzen und dann sagte Ida: „Stella, du bist manchmal eine richtige Spielverderberin, weißt du das eigentlich?"

KAPITEL VIER

Montag, 15. Oktober
19:05 Uhr – Kassnach

STELLA

Fassungslos sah ich diesem Grinch von einem Menschen hinterher. Je eine große Milchkanne rechts und links marschierte er strammen Schrittes vom Hof hinunter und bog in den nächsten Feldweg ab. Stramm war übrigens auch das richtige Wort für seinen Hintern, wobei es mich ärgerte, dass ich genau das beim Anblick des weggehenden Lukas Munnebach hatte denken müssen. Ich war nicht hier *für* eine neue Männergeschichte, ich war hier *wegen* einer alten. Das Thema war erst mal durch für mich.

Ich drehte mich wieder zu dem alten Bauernhaus um und machte da weiter, wo Ihre Griesgrämigkeit, Sir Lukas von Knackarsch, mich zuvor unterbrochen hatte: Ich kramte nach dem Schlüssel.

Endlich gefunden musste ich ganz schön ruckeln, um den Schlüssel in das Schloss der alten Holztür zu bekommen. Die leichten Erschütterungen ließen die trockenen Blüten und Blätter aus dem vertrockneten Kranz an der Tür nur so herunterrieseln. Mit einem lauten Geräusch schabte das Holz über die alten schwarz-weiß Fließen. Es roch muffig nach abgestandener Luft und ich schmeckte Staub auf meiner Zunge. In meiner Erinnerung war das Haus riesig gewesen, aber jetzt musste ich feststellen, dass es klein und verwinkelt war. Nacheinander holte ich meine beiden Koffer ins Haus und ging erst in die Küche und danach ins Wohnzimmer, um dort jeweils die Fenster zu öffnen, damit das Haus und auch ich atmen konnten. In der Regalwand im Wohnzimmer stand ein Foto von Großtante Gerda, ihrem Mann Heinrich und mir. Ich nahm es und ließ mich auf das alte Sofa fallen. Staub quoll aus den Polstern hervor und ich musste mehrmals kräftig husten. Mit der Hand wedelte ich den Staub beiseite, der sich im Sonnenlicht träge drehte und schillerte. Ich hatte dieses Bild noch nie gesehen. Es musste bei meinem letzten Besuch auf dem Hof entstanden sein. Mein siebenjähriges Ich strahlte mit Großtante und Großonkel um die Wette. Ich sah glücklich aus. Wir alle sahen glücklich aus. Warum war ich danach nie wieder hier gewesen? Ich wusste es nicht.

Ich ließ das Bild sinken und blickte mich im Wohnzimmer um. Großtante Gerda war von der Häkeldeckchen-Fraktion gewesen. Überall waren sie in verschiedenen Größen und Formen zu sehen: auf dem Fernseher, auf dem gekachelten Sofatisch, in der Regalwand, auf der Rückenlehne eines Sessels. Als Kind hatte ich diese Deckchen wunderschön gefunden. Aber Geschmäcker ändern sich ja bekanntlich. Kurzentschlossen stand ich auf und sammelte sie ein. Dann kam mir in den Sinn, dass meiner Großtante die Einrichtung vermutlich gefallen hatte, also nahm ich sie alle wieder und legte jedes Einzelne sorgfältig an seinen Platz zurück. Solange ich nicht komplett umdekorieren würde, konnten die Häkeldeckchen an ihrem Platz bleiben.

STELLA

„Nächster Halt: Bonn – Hauptbahnhof. Sie erhalten Anschluss an …" Mit monotoner Stimme erfolgte die Ansage. Für die letzten Stationen, die der Zug passiert hatte, hatte ich mir aus Langeweile ein kleines Spiel überlegt: Ich versuchte zu erraten, auf welcher Seite der Ausstieg war. Bei *Bonn Hauptbahnhof* tippte ich auf links.

„… der Ausstieg ist in Fahrtrichtung rechts." Mist. Verloren. Schon wieder. Glücksspiel war wirklich nicht meine Sache. Aber wie sagte man so schön: Pech im Spiel, Glück in der Liebe. Oder ging der Spruch andersrum?

Die Regionalbahn wurde bei der Einfahrt in den Bahnhof langsamer, im Zug wurde es dafür hektisch. Bücher und Handys wurden in Taschen verstaut. Jacken und Schals wurden gegriffen. Ich konnte sogar zwei Schirme zählen, die wohl von sehr pessimistisch eingestellten Leuten trotz des Sonnenscheins mitgenommen worden waren. Wie ein großer Lindwurm drängten sich die bepackten Menschen durch den Mittelgang zu den Ausstiegstüren, dabei hatte der Zug noch nicht angehalten.

Ich sah zum Fenster hinaus und betrachtete die auf
dem Bahnsteig Wartenden, an denen der Zug immer
langsamer vorbeifuhr. Allesamt wirkten sie mindestens so gelangweilt wie ich. Warum hatte ich mir kein
Buch oder wenigstens eine Zeitschrift eingepackt. Bei
anderthalb Stunden Fahrzeit wäre das wirklich gut gewesen. Auf der Hinfahrt war ich so aufgeregt gewesen,
Langeweile hatte keine Chance gehabt. Da hatte ich
auch noch nicht gewusst, dass ich einen kompletten
Bauernhof mit Tieren und allem Drum und Dran erben
würde. Na ja, genau genommen hatte ich ihn noch
nicht offiziell geerbt. Dr. Rottluff war so freundlich gewesen, mich darüber aufzuklären, dass ich laut Gesetz
sechs Wochen Zeit hatte, in denen ich das Erbe „ausschlagen" konnte. Was im Klartext bedeutete: Wenn
ich nicht innerhalb dieser Zeit einen amtlichen Wisch
unterschrieb, dann war der Bauernhof mein. Nachdem
der Notar mir diese Information offenbart hatte, hatte
ich natürlich sofort gefragt, ob er nicht so ein Ich-
möchte-mein-Erbe-ausschlagen-Formular   greifbar
hätte, damit ich das direkt unterschreiben könnte. Aber
Dr. Rottluff hatte darauf bestanden, dass ich mindestens vier Wochen warten solle. Ich solle nichts überstürzen und mir diese Wochen als Bedenkzeit nehmen.
Hof und Tiere wären so lange versorgt, der Landwirt
vom Nachbarhof würde in der Zeit danach sehen. *Bedenkzeit*, genau so hatte er es genannt. Als ob ich das
bedenken müsste! Ich rollte mit den Augen und zog
mein Handy aus der Tasche. Nichts. Keine WhatsApp,
keine E-Mail, keine Nachricht: gar nichts. Seufzend
steckte ich es zurück und sah wieder den Menschen zu.
Der Zug hatte angehalten und das hektische Gedränge

verdichtete sich an den Zugtüren. Kurz kam alles zum Stillstand, dann löste sich der Pfropf und die Menschenmassen strömten aus dem Zug heraus und neue wieder herein.

Ich starrte aus dem Fenster, während der Zug aus dem Dunkel des Bahnhofs ins Licht fuhr; ließ die Häuser und Straßen und später auch die Felder an mir vorbeirauschen. Dann atmete ich tief durch und holte die beiden Kladden meiner Großtante hervor.

„Auszuführende Arbeiten im Jahreskreis" stand auf dem einen geschrieben und „Kontakte und wichtige Daten" auf der anderen. Ich blätterte durch die Erste:

... ab Mitte Februar die frühen Kartoffelsorten (Sieglinde, Cilena, etc.) zum Vorkeimen bereit machen. Dazu die Knollen flach nebeneinander in Holzkisten legen (nur eine Schicht!) und bei warmen Temperaturen in die Sonne, bei Kälte in den Lagerraum stellen. Bis Ende März sollten sich genug Triebe gebildet haben. Dann können die Kartoffeln gesetzt werden ...

Ich blätterte weiter.
... die späteren Sorten (z.B. Linda oder Secura, etc.) werden Mitte Mai nach den Eisheiligen gesetzt. Hier ist kein Vorkeimen nötig ...

Ich unterdrückte ein Gähnen. *Die Eisheiligen.* Wer oder was sollte das denn sein? Irgendwie musste ich an die Kinder denken, die Anfang Januar zum Dreikönigstag an jeder Haustür klingelten. Ob *die Eisheiligen* auch so etwas waren? Eigentlich passte der Name ja besser zu der Veranstaltung am Anfang des Jahres. Im Januar

gab es schließlich Eis und Schnee, nicht im Mai. Ich
schüttelte den Kopf. *Eisheilige*, im Mai, so ein Unsinn.

Mein Handy vibrierte. Ich hatte eine neue WhatsApp
von PTM.

Und? Wie sieht's aus?

Ich sah auf die Uhr.

Bin etwa um 19:30 Uhr da.

Was machst du eigentlich gerade?

Ich überlegte kurz.

Einen Bauernhof erben.

Einen Bauernhof?!?

Erklär ich dir nachher.

Ich steckte das Handy wieder weg und seufzte. Ich
konnte es ja selbst nicht glauben, dass ich einen Bauernhof geerbt hatte. Oder erben würde, wenn ich nicht
bald etwas dagegen unternahm. Warum hatte ich mich
nur von Dr. Rottluff dazu überreden lassen, abzuwarten, bevor ich mein Erbe ausschlug? Wenn ich in der
WG angekommen war, würde ich das Ganze in Ruhe
googeln. Bestimmt konnte man ein Ich-möchte-mein-
Erbe-ausschlagen-Formular irgendwo als Vorlage run-
terladen. Genau, das würde ich tun. Ich würde das For-
mular ausfüllen und dann würde ich Dr. Rottluff vor

vollendete Tatsachen setzten. Ich lächelte, endlich hatte ich einen Plan. Bedenkzeit. Ha!

STELLA

„Bäuerin Stella", Tobias schüttelte sich vor Lachen. „Deine Großtante hatte Humor, das muss man ihr lassen."

Ich verzog den Mund. Es war eine Sache, dass ich mich nicht als Bäuerin sah und erst recht keinen eigenen Bauernhof haben wollte. Eine andere Sache war es, dass Ida mich deshalb eine Spielverderberin nannte. Aber dass Tobias sich jetzt königlich darüber amüsierte und sich auf meine Kosten lustig machte, das war etwas ganz anderes. Er sollte doch zu mir halten.

„Hör auf damit. So lustig ist das nicht."

„Doch, ist es." Er lachte noch immer.

„Ich meine es ernst, Tobias. Hör bitte auf." Mein Versuch, wie eine vernünftige Erwachsene zu klingen, wurde von ihm mit noch mehr Gelächter quittiert. Na toll, das versprach ein heiterer Abend zu werden. Entnervt rollte ich mich von ihm weg.

„Komm wieder her. War nicht so gemeint." Mit einer Hand versuchte er meinen Arm zu greifen, aber ich war schneller: Flink sprang ich aus dem Bett, sammelte meine Klamotten vom Boden auf und begann, mich wieder anzuziehen.

„Ach, komm. Wirklich. Stell dich doch nicht so an."

„Doch, ich stelle mich an", sagte ich, während ich den Slip hochzog. „Ich bin nicht hierhergekommen, damit du dich über mich lustig machst." Ich angelte nach meinem BH.

„Stella, du musst doch zugeben, dass es lustig ist. Ich meine: Du als Bäuerin. Komm schon." Er setzte sein bestes Hundewelpen-Gesicht auf. Ich hakte den BH im Rücken zu. Tobias legte den Kopf schief. Mist. Damit kriegte er mich jedes Mal.

„Na gut", sagte ich gedehnt und ging wieder zum Bett hinüber, setzte mich aber nur auf die Kante. Mit Schwung warf Tobias beide Arme um mich und zog mich wieder zu sich ins Bett.

„Das ist viel zu viel Stoff, wenn du mich fragst", sagte er, öffnete meinen BH und küsste meinen Hals. Mitten im Kuss begann er wieder zu lachen.

„Ernsthaft? Hast du immer noch nicht genug darüber gelacht?" Erneut rollte ich mich von ihm weg und ließ meinen Blick durch das Zimmer wandern. Das Gästezimmer von Tobias und seiner Frau. Sofort begrüßte mich das nur allzu bekannte Übelkeitsgefühl, das mich immer überfiel, wenn ich daran dachte, dass Tobias verheiratet war. Und hier – im gemeinsamen Haus der beiden – war es zehnmal schlimmer. Tobias jammerte immer darüber, dass ich auf das Gästezimmer bestand. Ihm wäre das normale Bett – das Ehebett! – lieber gewesen. Warum? Weil er das Gästezimmer dann im Anschluss immer aufräumen musste, die Laken glattziehen und die Plumeaus aufschütteln musste, während er sein Bett immer so zerwühlt hinterließ, dass das eh niemandem auffallen würde. Aber nicht mit mir. Ich hatte auch meine Prinzipien.

„Stella ..." Garantiert machte er wieder einen auf Hundewelpen.

„Nein", sagte ich bestimmt, drehte mich zu Tobias um und sah ihm fest in die Augen. „Wie soll das jemals etwas Richtiges und Festes mit uns werden, wenn du dich bei jeder Gelegenheit über mich lustig machst."

Schlagartig verschwand das Hundewelpen-Gesicht und ich hatte nicht mehr Tobias vor mir. Jetzt war Professor Munch anwesend, der die Aufgabe hatte, einem seiner Studenten etwas Unerfreuliches möglichst schonend beizubringen. Ich stöhnte. „Sag mir nicht, dass du es dir wieder anders überlegt hast."

So ging das schon seit Monaten. Immer wieder schwankte Tobias zwischen: *Für dich verlasse ich meine Frau; Ich wechsle meine Stelle; Du wechselst die Uni und ich komme mit.* Und dann wieder: *Das kann ich meiner Frau nicht antun; Wir sind schon so lange ein Paar; Ich bin noch nicht bereit für etwas Neues.* Wie es aussah, waren wir mal wieder bei der zweiten Kategorie angekommen. Ich biss die Zähne aufeinander.

„Hör zu, Stella. Es ist alles nicht so einfach im Moment", sagte Tobias mit Professorenstimme.

Ja, definitiv die zweite Kategorie.

KAPITEL FÜNF

Dienstag, 16. Oktober
5:55 Uhr – Kassnach

LUKAS

Es war noch dunkel, als Lukas über die Felder zum Hof der Habermanns ging. Die beiden leeren 40-Liter-Kannen schepperten im Takt seiner Schritte. Im Stillen fluchte er vor sich hin. Warum nur hatte er sich von dem Notar aus Koblenz dazu überreden lassen, dieser jungen Erbschleicherin bei den Arbeiten auf dem Hof zu helfen? Warum nur? Gut, er hatte nur für eine Woche zugesagt. Auf mehr hatte er sich nicht eingelassen. Aber ehrlich gesagt bereute er das jetzt schon. Wenn die alte Habermann der Meinung war, dass ihre Großnichte Alleinerbin des Hofes sein sollte, dann hieß das ja wohl, dass die Alte der Meinung war, dass ihre Großnichte den Hof allein versorgen konnte. Nach dieser Logik gab es keinen Grund zum Habermann-Hof zu gehen, während bei ihm auf dem Hof die Arbeit liegenblieb. Sein Lehrling David würde zwar gleich mit dem

Melken der fünfzig Kühe beginnen, aber er war unglaublich langsam bei der Arbeit. Bei dem Gedanken fluchte Lukas laut. Er wusste, dass er froh sein konnte, überhaupt einen Lehrling zu haben – wer wollte heutzutage noch Landwirt werden? – aber auch das tröstete nur wenig darüber hinweg, dass David wirklich jede Aufgabe im Schneckentempo erledigte. Da nützte selbst der moderne Melkstand kaum etwas, in dem acht Kühe gleichzeitig mit Maschinen gemolken werden konnten.

Wenn er also gleich auf dem Habermann-Hof damit fertig war, würde er auf seinem eigenen Hof die Melkarbeiten übernehmen und David mit dem Erntehelfer aufs Feld schicken. Lukas schüttelte den Kopf, er war wirklich gespannt, wie sich die junge Frau im Stall anstellen würde. Er konnte sich nicht vorstellen, dass ihr die anstrengende Arbeit des Melkens so leicht von der Hand ging.

Lukas hatte sein Ziel fast erreicht und stutzte: Der Habermann-Hof lag in völliger Dunkelheit da. Das konnte doch nicht wahr sein! Er hatte ihr doch gesagt, dass er vorbeikommen würde. Mit großen Schritten stürmte er auf die Tür des Bauernhauses zu, ließ die Kannen fallen und hämmerte so fest mit den Fäusten dagegen, dass der verwelkte Blumenkranz mitsamt dem rostigen Nagel herunterfiel. Er kümmerte sich nicht darum, hämmerte noch fester. Keine Reaktion. Er klingelte. Sturm. Keine Reaktion. Dann hämmerte er mit der einen Hand und klingelte gleichzeitig mit der anderen. Immer noch keine Reaktion. Lukas stieß einen lauten Wutschrei aus. Wie fest konnte man denn bitte schlafen? Bei ihm auf dem Hof wartete die Arbeit und die feine Dame aus der Großstadt lag noch in den Federn. Sollte sie doch sehen, wie sie zurechtkam. Er sammelte die Kannen ein und verließ den Hof, rannte mit großen Schritten durch die Dunkelheit.

Es schepperte und dann klapperte es laut. Lukas blieb stehen. Einer der Milchkannendeckel war heruntergefallen. Bei seinem Anblick musste er plötzlich an Alma, Elsa, Berta, Lise, Hanni und Isolde denken und daran, dass der Städterin bestimmt nicht in den Sinn kam, die Kühe in den nächsten Stunden zu melken. Wenn er den Notar richtig verstanden hatte, war sie eine Studentin und er wusste, was man über Studenten sagte: Die schlafen den halben Tag. Nein, das konnte er den armen Milchkühen wirklich nicht antun. Er stellte die Kannen ab, schloss die Augen und rieb mit einer Hand darüber. Dann holte er tief Luft, hob den Deckel vom Boden auf und griff wieder nach den Kannen. Schnaubend und fluchend ging er zurück. Die Kühe hatten sich die ganze Misere nicht ausgesucht. Sie sollten nicht darunter leiden müssen.

Beim Anblick des immer noch dunklen Hofes musste Lukas den starken Impuls unterdrücken, einfach wieder zu gehen. Was bildete sich diese Studentin bloß ein? Er eilte zum Stall hinüber. Dort angekommen stellte er die Kannen in den Arbeitsraum und machte die Lichter an. Dann ging er in die Futterkammer und füllte einen großen Eimer mit Kraftfutter.

Die sechs Kühe lagen noch angekettet auf ihren Plätzen. Als Lukas mit dem Futter hereinkam, rappelten sie sich auf und reckten ihm und vor allem dem Eimer in seiner Hand gierig die Schnauzen entgegen.

„Ist ja schon gut, meine Süßen. Immer mit der Ruhe. Ihr bekommt alle was." Lächelnd verteilte er das Kraftfutter in der Trogrinne. „Nicht so viel auf einmal, Berta." Er klopfte der dicken Kuh sanft gegen den Hals und kraulte Hanni zwischen den Hörnern. Dann stellte er den Eimer zurück in die Futterkammer und ging in den Arbeitsraum. Dort wusch er sich gewissenhaft die Hände, nahm Melkschemel und Milcheimer und trug diese in den Stall. „So, meine Damen. Los geht's."

STELLA

„Wie bitte?" Ich nahm den Fuß vom Antriebspedal meiner Nähmaschine und sah auf.

„Ich habe gesagt, dass ich jetzt packe", verkündete Ida. Dabei hüpfte sie von einem Bein aufs andere, was mich an den kleinen Kobold Pumuckl denken ließ. Auch wenn Ida natürlich sonst keinerlei Ähnlichkeit mit ihm hatte. Wobei … der Schalk saß ihr auch ganz schön oft im Nacken.

„Warum musst du denn packen?", fragte ich.

„Weil ich mit Miguel ans Meer fahre."

„Miguel? Ist das nicht der Achtsamkeits-Guru?"

„Er ist kein Guru. Stella! Nur weil du die Sache mit der Achtsamkeit nicht verstehst, heißt das noch lange nicht, dass das irgendwas Esoterisches ist."

„Du meinst wie dein Ausflug in die Welt des Wahrsagens?"

„Ja, gut, das war esoterisch. Aber das ist schon lange her."

„Drei Monate nennst du lang?"

„Ewig!"

„Und was wollt ihr da machen am Meer? Jeden Tag von morgens bis abends Rosinen kauen?" Nachdem Ida Miguel kennengelernt hatte, war sie mir tagelang auf die Nerven gegangen, ich solle unbedingt einmal ganz achtsam eine Rosine essen.

Eine Rosine! Achtsam! Das Ganze sollte eine Meditation sein.

Mal davon abgesehen, dass ich gar keine Rosinen mochte, konnte Ida mich bis heute nicht überzeugen, dass das „eine ganz tolle Erfahrung" sein sollte. Angeblich würde sich der Geschmack der Rosine positiv verändern, wenn man stundenlang darauf herumkaute. Äh. Achtsam! Also achtsam darauf herumkaute. Sie hatte mich mit diesem neuen Hobby fast in den Wahnsinn getrieben. Aber ich war standhaft geblieben.

Ida hatte aufgehört zu hüpfen und sah mich wieder mit diesem Blick an, den sie immer aufsetzte, wenn sie fand, dass ich „doof" war. (Idas O-Ton, nicht meiner.)

„Nein", sagte sie, „wir werden einfach alles ganz achtsam angehen. Wir lassen auch unsere Handys und Tablets und so hier. Kein Internet, kein Fernsehen. Kein gar nix. Das absolute Detox!" Sie klatschte in die Hände und strahlte wieder über das ganze Gesicht. Ich rollte nur mit den Augen. Ida neigte dazu, innerhalb eines einzigen Augenblicks von einem Extrem ins andere zu fallen.

„Und was ist mit deinen Hörspielkassetten und CDs? Du willst mir doch nicht sagen, dass du deine geliebten Drei??? und die liebe Bibi Blocksberg hierlassen willst?"

Ida biss sich auf die Unterlippe. Fast schien es mir, als hätte sie noch nicht so weit gedacht.

„Mist", entfuhr es ihr.

Sie hatte definitiv noch nicht so weit gedacht. „Und was machst du jetzt?", fragte ich.

Ihre Unterlippe wurde langsam weiß.

„Ida?"

„Ich ruf Miguel noch mal an." Und weg war sie.

Ich schüttelte den Kopf und wandte mich wieder der Nähmaschine zu. Wenn ich in Ruhe weiterarbeiten konnte, dann würde ich heute Abend schon in meinem neuen Sommerkleid ausgehen können. Mit einer Hand strich ich über den Stoff. Er war weich und glatt zugleich und hatte einen fließenden Fall. Und das Beste daran: Der Stoff passte ganz hervorragend zu der Tasche, die ich letzte Woche genäht hatte.

STELLA

„Stella! Hey, Stella! Steeeeeellaaaaaa!"

Kennt ihr *Endstation Sehnsucht*, diesen Film aus den 50ern mit Marlon Brando? Irgendwann in diesem Drama steht Brando vor der Tür und brüllt eben genau das, was Ida jetzt aus dem Flur schrie. Wir hatten den Film vor einiger Zeit zusammen gesehen, weil Ida der Meinung war, dass man einen Film gesehen haben sollte, wenn eine der Hauptfiguren den gleichen Namen trug wie man selbst. Natürlich hatten wir deshalb auch alle *Michel aus Lönneberga* Filme gesehen, weil Michels Schwester doch Klein-Ida heißt. Wenn ihr mich fragt, fand ich jeden einzelnen *Michel*-Film besser als *Endstation Sehnsucht*. Wie dem auch sei. Das „Hey, Stella" hatte sich seither bei uns eingebürgert.

Ich rollte die Augen, stand von der Nähmaschine auf und ging in den Flur. Ich wusste ganz genau, dass Ida sonst nicht mit ihrer Darbietung aufhören würde. Als sie mich sah, begann sie wieder auf- und ab zu hüpfen. Woher sie immer die Energie und gute Laune nahm, war mir manchmal rätselhaft. Neben ihr auf dem Boden stand eine kleine Reisetasche.

„Wie lange fahrt ihr denn weg?"

„Zwei Wochen. Zum Semesterbeginn bin ich wieder da." Sie quietschte. „Ist das nicht toll?"

„Zwei Wochen? Ida, wo ist denn der Rest von deinem Gepäck?", fragte ich mit Blick auf die kleine Tasche.

„Das ist alles. Mehr brauche ich nicht. Wir werden nicht ausgehen oder so. Wir werden die Ruhe genießen und …"

„… alles achtsam machen", vollendete ich ihren Satz. „Und was ist jetzt mit deinen Hörspielen?" Wie vorhin in meinem Zimmer biss sich Ida auf die Unterlippe.

„Ich hab noch mal mit Miguel gesprochen und …" Sie verstummte und ich zog die Augenbrauen hoch. „Die bleiben hier", sagte sie schnell.

Ida ohne ihre Hörspiele? Ein Ding der Unmöglichkeit. „Bist du dir da ganz sicher?", fragte ich vorsichtig.

Wie auf Knopfdruck begann Ida wieder zu strahlen. Weg war der Zweifel, den ich eben auf ihrem Gesicht gelesen hatte. „Das wird so eine tolle Erfahrung, Stella! Du solltest auch mal ein bisschen mehr achtsam sein."

„Mir geht's gut."

„Bist du dir da ganz sicher? Wenn du ein bisschen achtsamer mit dir selbst umgehen würdest, würdest du vielleicht einsehen, dass eine Beziehung mit einem verheirateten Mann nicht so optimal ist."

„Tobias ist unglücklich verheiratet."

„Das ist immer noch verheiratet! Und außerdem ist er dein Professor!"

Wie genau waren wir denn jetzt so schnell in diese Grundsatzdiskussion gerutscht? Ida war die einzige, die von mir und PTM wusste. Ich hatte es ihr zwar nicht erzählen wollen, aber da hatte ich meine Rechnung ohne Idas Spürsinn gemacht. Sie hatte mir das Ganze fast auf den Kopf zugesagt. Also, dass ich eine heimliche Beziehung hatte, nicht, wer es genau war. Aber dann hatte Eins das Andere ergeben und schließlich hatte ich Ida doch alles erzählt. Ihre Reaktion war anders ausgefallen, als ich es erwartet hatte. Ida konnte meine Begeisterung überhaupt nicht verstehen und ehrlich gesagt verurteilte sie mich sogar dafür. Das lag mir schon seit einer Weile schwer im Magen.

„Ida, willst du jetzt wirklich davon anfangen?"

Sie presste ihre Lippen zu einem schmalen Strich aufeinander. „Nein", sagte sie schließlich.

Dann klingelte es an unserer Wohnungstür und plötzlich ging alles ganz schnell. Miguel kam herein, grüßte, nahm wie selbstverständlich Idas Tasche und verschwand wieder zur Tür hinaus. Ida fiel mir um den Hals, drückte mich fest und ehe ich mich versah, war auch sie durch die offene Tür verschwunden. Ich wollte diese gerade schließen, als ich Ida aus dem Treppenhaus rufen hörte: „Wenn was ist, wir sehen uns in zwei Wochen. Du weißt ja: Achtsam! Ohne Handy!"

„Viel Spaß", rief ich und schloss kopfschüttelnd die Wohnungstür. Wie ich Ida kannte, würde sie in zwei Tagen wieder hier sein. Das würde sie doch nie im Leben aushalten. Ohne ihr Handy und ohne Justus, Peter, Bob und Bibi?

Ich ging zurück in mein Zimmer und setzte mich an die Nähmaschine. Ida und ihr neuer Achtsamkeitswahn. Sie übertrieb mal wieder maßlos.

Mein Handy vibrierte. Ich nahm es zur Hand. Es war eine Nachricht von Nina, das konnte nichts Wichtiges sein. Wir hatten einen Kurs in der Uni zusammen. Ohne mir die Nachricht anzusehen, legte ich mein Handy wieder zur Seite. Dann sah ich auf die Uhr:

Zwanzig nach vier. So langsam musste ich mich mit dem Nähen beeilen.

Ich war noch nicht weit gekommen, da vibrierte mein Handy erneut. Ich hatte eine WhatsApp von Simon. Es vibrierte wieder. Diesmal war es eine Nachricht von Tina und dann kam noch eine von Alex. Was war denn los? Seufzend ließ ich von der Nähmaschine ab und entsperrte mein Handy. Währenddessen erreichten mich neue WhatsApp. Alle Nachrichten hatten den gleichen Inhalt: Ich solle mir sofort den neuesten Post von UniLeaks auf Instagram ansehen.

STELLA

UniLeaks hatte gleich mehrere Fotos von mir und Tobias auf einmal gepostet. Mit jedem Links-Swipe bekam ich mehr zu sehen. Das Erste zeigte uns beide händchenhaltend auf dem Drachenfels. Das Zweite und Dritte küssend, immer noch am selben Ort. Das Vierte ...

Ich schlug eine Hand vor den Mund, während mein Magen sich aufbäumte: Das vierte Bild zeigte mich und Tobias im Auto. Leicht bis wenig bekleidet in eindeutiger Pose. Scheiße. Scheißescheißescheiße. Scheiße!

Der Beschreibungstext von UniLeaks darunter lautete:

UniLeaks präsentiert Euch heute: Modestudentin Stella mit unserem Lieblingsprof Ted Mosby.

Auf den ersten Blick waren nur zwei Kommentare zu lesen ...

- Mit der würde ich auch gerne mal nen Ausflug machen.

- Was für ein heißes Gerät. Also das Auto. ;)

… und obwohl ich ganz genau wusste, dass es keine gute Idee war, klickte ich auf „Alle 256 Kommentare ansehen":

- Was für eine Schlampe!!!

- Ist Professor Ted Mosby nicht verheiratet?

- Ja! Ist er!!!

- OMG!

- Wo sind'n die da?

- In nem Auto.

- Scherzkeks. Ich meine auf den Bildern vorne.

- Drachenfels, wenn ich mich nicht täusche.

- Nett.

- Ja, ich würd sie auch nicht von der Bettkante schubsen. Oder sagt man hier besser: nicht vom Autositz schubsen?

- Im Auto! Alter. Das will ich auch. @dukriegstdietürdienichtzu_92 was sagst du?

- Krass. Bin dabei.

- Hure!

- Ich fass es nicht! Ted ist ja als Prof ganz nett, aber der ist doch bestimmt doppelt so alt wie die.

- Wie blöd muss man sein, sich dabei ablichten zu lassen?

- Guckt euch das mal an @sternensand_8797 @the_real_zuckerhütchen @studygirl_1996

- Mit der will ich auch mal ne Runde auf dem Rücksitz drehen. Oder zwei.

- So eine Schlampe!

- Der gute Professor ist übrigens nicht nur verheiratet, seine Frau ist auch noch schwanger!!!

- Echt?

- Ja. Mit ihrem ersten Kind! Hat er letzte Woche in der Vorlesung erzählt. Und er hat sich so süß dabei gefreut.

Das war's. Mehr konnte ich nicht lesen. Mein Magen revoltierte. Im letzten Moment drehte ich mich von der Nähmaschine weg und kotzte auf den Boden.

KAPITEL SECHS

Dienstag, 16. Oktober
6:50 Uhr – Kassnach

STELLA

Es ist wirklich erstaunlich, wie ruhig es auf dem Land ist. Hier hört man keine Busse und Straßenbahnen, keine Autos, kein Gehupe, kein Johlen und kein Geschrei. Nichts von alledem, was mich in Köln jeden Tag und jede Nacht begleitet hatte. Als ich im Gästebett meiner Großtante lag und in die Dunkelheit starrte, realisierte ich erst, wie verdammt laut es in der Stadt gewesen war und wie unheimlich ruhig es hier war.

Ich rollte mich von der einen auf die andere Seite. Das Gästebett war eine rustikale Pritsche und bequem war das letzte Wort, was sie beschrieb. Aber ich hatte mich gestern Abend einfach nicht überwinden können, mich in das altertümliche Bett meiner Großtante zu legen. Ganz aus dunklem Holz mit hohen Rändern rundherum war es mir mehr wie ein Sarg als ein Bett vorgekommen und es hatte mindestens genauso muffig gerochen. Kurz gesagt: Es war so richtig gruselig. Das hieß dann wohl, dass ich mir auf kurz oder lang ein neues Bett zulegen musste. Auf meiner imaginären Liste für Einrichtungsgegenstände-und-Möbel fügte ich den Punkt hinzu. Definitiv ein Fall für Ida und das Auto ihrer Eltern. Wenn sie denn bald mal von ihrem Achtsamkeitstrip mit Miguel zurückkam. Ich hatte es ja nicht für möglich gehalten, aber sie schien ihr neues Hobby knallhart durchzuziehen. Seit zehn Tagen war sie jetzt schon weg. Vielleicht war an dieser Sache mit der Achtsamkeit doch mehr dran. Im Stillen nahm ich mir vor, es zu googeln. Zeit genug hatte ich ja, wo ich mitten in der Pampa sowieso nichts anderes tun konnte. Da konnte ich mich genauso gut näher mit der Achtsamkeit befassen. Aber Rosinen würde ich trotzdem keine essen!

Ich schloss meine Augen wieder und dachte an den wirren Traum, den ich der Nacht gehabt hatte: Alle Häkeldeckchen von Großtante Gerda waren zum Leben erwacht, hatten sich in Reih und Glied aufgestellt und mir dann dafür gedankt, dass ich sie nicht entsorgt hatte. Danach waren sie alle wieder zurück auf ihre Plätze gerutscht, dabei hatten sie einen Lärm gemacht, als würde ein Verrückter gegen die Tür hämmern und dazu Sturm klingeln. Der Lärm war so real gewesen, dass ich davon wach geworden war. Ich öffnete meine Augen wieder und tastete auf dem kleinen Nachttischchen nach meinem Handy. Laut der Uhrzeitanzeige auf dem Display war es 6:57 Uhr. Mitten in der Nacht! Ich hatte den Lärm also wirklich nur geträumt. Ich legte mein Handy wieder zurück und drehte mich noch mal um. Wer würde schon um diese Zeit so einen Aufstand proben? Obwohl ... Lukas kam mir in den Sinn. Der hatte doch gesagt, er wäre um 6 Uhr hier. Pünktlich. Mist. Vermutlich war er schon dabei die Kühe zu melken und ich wollte seine Hilfe nicht. Ich meine, wie schwierig konnte es sein, ein paar Kühe zu melken? Dazu brauchte ich doch keinen Mann. Großtante Gerda hatte in der Kladde alles Wichtige zum Vorgang des Melkens aufgeschrieben, das musste reichen. Nur die Uhrzeit – sie hatte auch 6 Uhr notiert – fand ich ein bisschen übertrieben. Eigentlich hatte ich vorgehabt, heute als Erste im Stall zu sein, dann hätte ich diesen Grinch vom Nachbarhof zeigen können, dass ich nicht auf seine Hilfe angewiesen war. Und wenn das erstmal geklärt gewesen wäre, hätte ich die Kühe in den nächsten Tagen erst um 10 Uhr gemolken. Das war doch immer noch früh genug, wenn ihr mich fragt. Wieder nahm ich mein Handy zur Hand. Ich hatte gestern den Wecker auf 5:30 Uhr gesetzt, aber wohl vergessen, ihn zu aktivieren ... Wie konnte ich das Ganze jetzt noch retten, ohne morgen schon wieder so früh aus den Federn zu müssen?

Ein Plan formte sich in meinem Kopf. Hastig sprang ich auf, zog mir Jeans und mein altes Hard-Rock-Café-Cologne-T-Shirt an und band mir meine Haare zu einem Pferdeschwanz. Im Flur fiel ich fast über meine eigenen Füße, weil ich die Gummistiefel nicht schnell genug angezogen bekam. Dann riss ich die Tür auf und rannte über den Hof. Aus dem Augenwinkel sah ich, dass der welke Blumenkranz heruntergefallen war.

Im Stall war alles hell erleuchtet. Die sechs Kühe fraßen gemütlich. Sonst war niemand zu sehen. Aber dann hörte ich ein leises Klappern. Ich ging in die Richtung und entdeckte Lukas Munnebach im gekachelten Arbeitsraum des Stalls.

„Guten Morgen", sagte ich freundlich, aber bestimmt. Wie auch schon gestern Abend, sah er mich mit einem grimmigen Gesichtsausdruck an, sprach jedoch kein Wort.

„Es ist nicht nötig, dass Sie mir helfen wollen", fuhr ich fort. „Ich hab ja schon gesagt, dass ich klarkomme." Ich konnte richtig sehen, wie er die Zähne zusammenbiss. Seine Augen verengten sich, aber er sagte immer noch nichts.

„Sie haben ja bestimmt auf Ihrem Hof zu tun. Sagen Sie mir doch einfach, welche Kühe Sie bereits gemolken haben, dann kann ich mit den restlichen weitermachen." Hatte Lukas gerade tatsächlich ein verächtliches „Ts" gemacht, als ich gesprochen hatte oder hatte ich mir das nur eingebildet? Seine Wangen hatten zumindest Farbe angenommen und er hatte die Hände zu Fäusten geballt. Unwillkürlich wich ich einen Schritt zurück.

„Ich habe bereits alle Kühe gemolken." Er hatte die Zähne immer noch aufeinandergebissen und so klang seine Stimme schneidend.

„Wirklich? Aber es ist doch erst sieben Uhr."

„Erst sieben Uhr? Mädchen, was hast du denn für Vorstellungen?"

„Mädchen?" Wieder hatte es dieser Mann nur in Sekunden geschafft, mich aus der Fassung zu bringen. Der große böse Wolf aus Rotkäppchen kam mir erneut in den Sinn und meine Nackenhaare stellten sich auf.

„Ja, Mädchen. Ich kann auch verzogenes Gör sagen, wenn dir das lieber ist." Seine Stimme war noch so dunkel, wie ich sie in Erinnerung hatte, aber angenehm war sie nicht mehr.

„Mir ist es lieber, wenn wir beim *Sie* bleiben", versuchte ich so ruhig wie möglich zu sagen. „Und wo wir gerade dabei sind: Mir ist es auch lieber, wenn *Sie* jetzt gehen."

Lukas hingegen schien nichts davon zu halten, ruhig zu bleiben: „Das ist ja wohl die Höhe!", brüllte er. „Mich allein die Arbeit machen lassen und mich dann rausschmeißen wollen? Geht's noch? Ich lasse mir doch von Einer aus der Stadt nichts sagen! Nee, ich nicht! Ich gehe. Aber nicht, weil das feine Fräulein das sagt – Nein – weil ich das sage!" Zur Untermalung seiner Worte trat er gegen eine der beiden Milchkannen. Die Kanne fiel scheppernd um und die Milch verteilte sich mit Wucht im ganzen Arbeitsraum; und über mich.

Ich blinzelte gegen die Milch in meinen Augen an.

Das ...

Er hat doch nicht ...

Fassungslos starrte ich erst an mir herunter und dann an Lukas „the big bad wolf" Munnebach wieder hinauf. Die Gesichtszüge waren ihm entgleist. Bildete ich mir das nur ein oder sah ich dort das gleiche Erschrecken, wie ich es selbst im Moment fühlte? Mir blieb keine Zeit das genauer zu untersuchen, denn er drehte sich um und stapfte einfach weg.

Männer! Hauten immer ab, wenn was passiert war. Ich war ohne sie definitiv besser dran, auch wenn ich diese Milchsuppe allein auslöffeln musste.

Und dieser Lukas Munnebach konnte mir von allen Männern am meisten gestohlen bleiben!

STELLA

Unfähig etwas anderes zu tun, starrte ich auf meinen Mageninhalt, der sich deutlich vom hellen Laminatboden abhob. Tobias' Frau war schwanger. Ich hatte mit einem angehenden Vater geschlafen. Deshalb hatte er gestern so reagiert, als ich ihn auf unsere gemeinsame Zukunft angesprochen hatte. Was hatte er noch mal genau gesagt?

„Hör zu, Stella. Es ist alles nicht so einfach im Moment." Tobias' Worte hallten durch meine Erinnerung. Tränen stiegen mir in die Augen. *Nicht so einfach im Moment.* Ein Scheißdreck!

Wie passte denn unglücklich verheiratet und glücklich über das erste gemeinsame Kind zusammen?

„Er benutzt dich doch nur!" Das hatte Ida damals zu mir gesagt, und so langsam dämmerte mir, dass sie damit vielleicht richtig lag. Wie hatte ich nur so naiv sein können? Warum hatte ich mich jemals auf Tobias eingelassen. Auf einen verheirateten Mann, der mein Prof war und jetzt auch noch angehender Familienvater. Warum nur? Und warum war Ida nicht hier. Scheiß Achtsamkeit. Was hatte ich denn davon?

Ein leises Brummen im Hintergrund ließ mich aufsehen. Mein Handy hatte wieder vibriert. Wie schon so unzählige Male vorher. Mit einer Hand wischte ich mir über den Mund, während ich versuchte den sauren Geschmack herunterzuschlucken. Es ging nicht. Mein Magen rebellierte. Mit zitternder Hand griff ich nach meinem Handy. Ich hatte eine neue WhatsApp von Nina und *57 weitere Mitteilungen.* Ich würgte erneut und legte das Handy weg, ohne auch nur eine der Nachrichten gelesen zu haben. Dann stand ich mechanisch auf, holte Küchenrolle, einen Müllsack und einen Wischlappen. Tränen liefen mir über die Wangen und vermischten sich mit meinem Erbrochenen, als ich den Boden sauber wischte.

Zielsicher hatte ich es mal wieder geschafft, mich in eine ausweglose Bredouille zu manövrieren. Nein, das war zu harmlos formuliert: Ich steckte nicht in einer Bredouille, ich steckte in der Scheiße und das bis zum Hals.

STELLA

Die Nacht war furchtbar gewesen. Ohne Ida hatte ich Stunden allein mit mir und meinen Vorwürfen, Schuldgefühlen, der verdammten Übelkeit und einer gehörigen Portion Wut zugebracht. Dazu hatte ich so viel geheult wie schon lange nicht mehr. Überhaupt war ich der Meinung, dass ich in meinem ganzen Leben noch nie so viel geheult hatte. Nicht mal, als mein geliebtes Meerschweinchen Flocke gestorben war oder als meine erste große Liebe Pascal mir den Laufpass gegeben hatte (ausgerechnet wegen Sarah, meiner damaligen besten Freundin).

Irgendwann hatte ich mein Handy einfach ausgemacht, weil ich das Brummen nicht mehr hatte ertragen können, deshalb zuckte ich umso mehr zusammen, als das Telefon klingelte. Das Festnetz. Die Nummer davon hatte so gut wie niemand, außer meinen und Idas Eltern. Sie waren auch diejenigen gewesen, die auf den Anschluss bestanden hatten und ihn bezahlten.

Dass der Kreis der Menschen, die mich auf dem Festnetz anrufen konnten, so gering war, war auch der Grund dafür, dass ich mich tatsächlich vom Boden aufrappelte und zum Telefon ging. Außerdem hatte ich die irrationale Hoffnung, dass es Tobias war, der anrief.

Ich hatte ihn schon mehrmals versucht anzurufen und ihm WhatsApp Nachrichten geschickt, aber er rührte sich nicht. Dabei musste ich dringend mit ihm sprechen. In dieser Sache hingen wir beide drin. Außerdem wollte ich aus seinem Mund hören, dass seine Frau schwanger war, bevor ich es glauben konnte und wenn es wirklich stimmen sollte, wollte ich von ihm wissen, warum er mir das verschwiegen hatte. Dieser Dreckskerl.

Ein Blick auf die Nummer auf dem Display des Telefons verriet mir, dass meine Eltern anriefen. Ich nahm den Hörer aus der Station und damit das Gespräch an. Ein großer Fehler, wie sich sofort herausstellte.

„Stella Gertrude Schulze! Wie konntest du nur!", schlug mir die Stimme meiner Mutter entgegen. Sie hatte meinen vollständigen Namen verwendet und das konnte nur eines heißen: Sie war so richtig wütend.

„Mama, ich ...", begann ich, aber meine Mutter hatte nur kurz Luft geholt und dachte überhaupt nicht daran, mir in irgendeiner Form das Wort zu lassen.

„Wie konntest du das deinem Vater und mir antun!" Wie bitte?

„Als die Christa mich angerufen hat und mir *das* erzählt hat ..." Ich wollte etwas erwidern, aber meine Mutter war schneller: „... und die wusste das, weil die Elfi ihr erzählt hat, dass sie beim Bäcker die Agnes Müller getroffen hat, und die Enkelin von der Agnes studiert doch auch an deiner Uni." Ich hatte vergessen, wie schnell sich Informationen auch ohne Social Media verbreiten konnten. In der Nachbarschaft, in der meine Eltern wohnten, reichte es, sonntagmorgens zum Bäcker zu gehen, schon war man über alles im Bilde.

„Ach, mein Kind", die Stimme meiner Mutter wurde plötzlich weich, „wie konntest du dich nur auf so etwas einlassen?"

Ich schluchzte. „Mama, ich weiß es doch auch nicht. Am Anfang hab ich ja gar nicht gewusst, dass er verheiratet ist, und dann hat er mir erzählt, dass er unglücklich ist. Er wollte sich von seiner Frau trennen, für mi..."

„Und das hast du geglaubt?", unterbrach mich meine Mutter. „Kind! Haben dein Vater und ich dich so erzogen, dass du so naiv bist? Bestimmt nicht."

Wie vor den Kopf geschlagen zog ich den Hörer weg vom Ohr. Was hatte ich auch erwartet? Mitgefühl war noch nie die Stärke meiner Mutter gewesen. Mit einer Hand wischte ich die Tränen aus den Augen und nahm den Hörer wieder ans Ohr.

„... meine eigene Tochter, eine Ehebrecherin! Stella! Und dann auch noch mit deinem Professor? Und Christa hat erzählt, dass die Frau von deinem Professor schwanger ist. Das hat die Enkelin von der Agnes gesagt. Stimmt das? Kind! Wie konntest du nur? Wie konntest du so eine Schande über deine Familie bringen. Über mich und deinen Vater ... und ... äh ... über dich!"

„Mama", versuchte ich es noch einmal.

„Ausgerechnet die Christa musste mich anrufen", fuhr meine Mutter fort, als hätte sie mich gar nicht gehört. „Stella! Beim Bäcker haben die da drüber geredet. Da kannst du dir doch vorstellen, dass das jetzt jeder weiß! Oh mein Gott, was werden die Hartmanns sagen? Und ich muss doch morgen zur Vorstandssitzung vom Frauenverein. Stella ..."

Der Frauenverein. Wenn meiner Mutter irgendetwas heilig war, dann der Frauenverein. Nach fast zwanzig Jahren hatte sie es endlich geschafft, in den Vorstand gewählt zu werden. Ich fühlte einen kalten Stich im Herzen. Das war also der wahre Grund für den aufgebrachten Anruf meiner Mutter. Es war ihr im Grunde egal, was ich trieb, aber was für ein Licht das auf sie werfen würde, das war ihr nicht egal. Vor allem nicht, wenn es um ihre Stellung im Frauenverein ging. Während mir abwechselnd heiß und kalt wurde und mein Magen wieder aufgebracht revoltierte, versuchte ich mich damit zu trösten, dass meine Eltern (und scheinbar auch deren gesamte Nachbarschaft) zwar davon erfahren hatten, aber wenigstens nicht die Bilder gesehen hatten.

„… und dann ist die Christa rübergekommen und hat mir die Bilder gezeigt …"

So viel dazu. Das letzte bisschen Hoffnung und Trost waren dahin. Meine Mutter ereiferte sich und schimpfte weiter, während mir die Galle wieder hochkam. Ich würgte, aber mein Magen war leer. Sollten Eltern nicht eigentlich dafür sorgen, dass man sich besser fühlte? Meine taten das schon mal nicht. Ohne sich groß für meine Sicht der Geschichte zu interessieren, verurteilte meine Mutter mich. Dabei war Tobias doch genauso daran beteiligt. Zu einer Affäre gehören schließlich zwei Leute und er war derjenige, der verheiratet war, nicht ich. Das sollte auch meiner Mutter klar sein; und der Nachbarschaft; und dem Frauenverein.

KAPITEL SIEBEN

Dienstag, 16. Oktober
7:30 Uhr – Kassnach

STELLA

Wisst ihr eigentlich, wie weit sich der Inhalt von so einer 40-Liter-Milchkanne verteilen kann? Nein? Gut, ich will euch nicht länger im Dunklen tappen lassen: Die Milch verteilt sich überall hin.

Überall.

Hin.

Und wenn ich überall hin sage, meine ich auch überall hin: Boden, Wände, selbst an der Decke waren Spritzer. Dabei war es besonders schlimm, die Milch zwischen dem Waschbecken und dem Stahlschrank daneben zu entfernen, und erst recht die unter dem Stahlschrank. Das Ding wog gefühlt mehrere Tonnen und es kostete mich viel Schweiß und noch mehr Kraft, bis ich dieses Ungetüm so weit zur Seite geschoben hatte, dass ich alles aufwischen konnte.

Über vergossene Milch soll man nicht jammern. Das war der Lieblingsspruch meiner Mutter. Jetzt hätte ich

71

sie gern hier gehabt, damit sie einsah, dass dieser Spruch einfach großer Mist war. Das hier war zum Jammern. Es war sogar zum Heulen! Aber ich wollte mich nicht unterkriegen lassen. Ich war nicht aus Köln hierhergekommen, um mich von einem schlecht gelaunten Landwirt oder einer umgeschütteten Kanne Milch kleinmachen zu lassen. Ich würde allen zeigen, dass ich – Stella Schulze – die geborene Bäuerin war! Ich würde ihnen zeigen, dass ich keinen Mann an meiner Seite brauchte, um im Leben oder auf diesem Bauernhof zurechtzukommen.

Genau! Ich würde der Welt beweisen, dass es die richtige Entscheidung war, mein Studium und Köln und alles andere hinter mir zu lassen.

Und diesem Lukas Munnebach würde ich zeigen, dass mit einem „feinen Fräulein aus der Stadt" nicht zu spaßen war! Aber erst mal musste ich aus den milchnassen Sachen raus.

STELLA

11:00 Uhr: Hausarbeit

    - Küche, Flur und Bad fegen, dann putzen

    - Wohnzimmer und Schlafzimmer staubsaugen

  - Im Anschluss das Mittagessen zubereiten

12:30 – 13:30 Uhr: Mittagspause / Zeit für Kaffee od. Tee

Stöhnend schlug ich „Auszuführende Arbeiten im Jahreskreis" wieder zu und warf die Kladde auf den Küchentisch. Entgegen den Anweisungen meiner Großtante hatte ich gerade schon einen Kaffee getrunken und auch nicht vor, irgendetwas von den *Anweisungen* für die Zeitspanne von 11:00 – 12:30 Uhr zu tun. Täglich fegen, putzen, staubsaugen und nebenher noch Hof und Tiere versorgen. Ja klar.

Mit einem Finger fuhr ich über die ausgeblichene Wachstuchdecke auf dem Tisch und betrachtete dann meine Fingerkuppe. Staubgrau. Ich würde wohl doch nicht darum herumkommen, den Putzlappen zu schwingen. Aber nicht heute und ganz bestimmt nicht jeden Tag der Woche.

Nach der Milch-Aktion im Stall hatte ich die Nase vom Putzen mehr als voll. Die zweite 40-Liter-Kanne hatte ich in den kleinen Kühlraum gestellt, danach hatte ich die Hühner gefüttert, ins Freilaufgehege gelassen und die Eier eingesammelt. Laut der Kladde hätte ich auch noch die Kühe auf die Weide bringen müssen und den Stall ausmisten sollen. Dazu hätte ich sie aber losmachen müssen ... So, wie die Kühe mit ihren Köpfen (und vor allem mit den Hörnern) umhergeschlagen hatten, hatte ich das erst mal vertagt. Morgen war auch noch ein Tag, ich musste es schließlich nicht übertreiben. Die Kühe waren da, wo sie waren, gut aufgehoben und so schrecklich viel Kuhmist war gar nicht im Stall, dass sich die Arbeit lohnen würde. (Das sagte ich mir zumindest.)

Mein Magen knurrte und erinnerte mich daran, dass in der Kladde auch der Punkt *Mittagessen zubereiten* gestanden hatte. Das würde ich bestimmt nicht ignorieren. Seit ich auf dem Hof angekommen war, hatte ich nur Kaffee und Wasser getrunken. Es war also dringend Zeit, etwas zu essen. Ich stand auf und begann die Schränke der Küchenzeile zu untersuchen.

Wie auch das Bauernhaus war die Küche klein und in die Jahre gekommen. Das dunkle Furnier war hier und da abgeplatzt und die Schränke waren mit beschichteten Schrankpapier ausgelegt. Auf jeder dritten Fliese der gekachelten Wand hinter dem Herd waren kleine Kaffeemühlen, Kühe und Obst und Gemüse zu sehen. Am Rand klebten ein paar Prilblumen. Ich erinnerte mich daran, dass ich die als Kind wunderschön gefunden hatte.

Neben angeschlagenem Geschirr, Töpfen und Pfannen fand ich Gewürze, die allesamt ihr Verfallsdatum überschritten hatten, ein paar Konserven und einige unbeschriftete Einweckgläser mit undefinierbarem Inhalt.

Im Kopf fasste ich zusammen, was ich an Zutaten zur Verfügung hatte: Eier (frisch), Milch (frisch), eine Konserve mit Erbsen (bäh), zwei Konserven mit Mandarinen (doppelt bäh), mehrere Einweckgläser mit … (bääääääh!).

Blieben also nur Eier und Milch. Davon könnte ich mir ein Rührei braten, aber ich hatte absolut keinen Hunger darauf. Ich ließ die Schultern hängen.

Wenn ich nichts zu essen im Haus hatte, hieß das nur eins: Ich musste einkaufen gehen. Erneut musste ich an mein letztes Einkaufserlebnis in Köln denken. Mein Magen krampfte, aber ich ließ die Übelkeit nicht zu. In Kassnach wusste niemand von meiner Affäre und allem, was die dank UniLeaks mit sich gezogen hatte. In Kassnach würde ich unbesorgt einkaufen gehen können.

STELLA

Den großen Plüschteddy, den ich mal auf einer Kirmes gewonnen hatte, an mich gedrückt, starrte ich an die Decke meines Zimmers und dachte über den merkwürdigen Traum von letzter Nacht nach. Zuerst war ich lebendig in den Fotos des Instagram-Posts gefangen gewesen so wie die bewegten Gemälde in Harry Potter. Plötzlich hatte sich die Szenerie geändert und ich war halb nackt auf einem Scheiterhaufen festgebunden gewesen. Auf dem Drachenfels. Eine schreiende Meute hatte um mich herumgestanden und mir die Kommentare entgegengebrüllt, die ich unter dem UniLeaks Post gelesen hatte. Dazu war auch noch ein Drache erschienen und hatte den Scheiterhaufen (und damit auch mich) mit seinem Flammenatem angezündet. Der letzte Teil meines Traums war aber doch schön gewesen: Von Fanfarentönen begleitet, hatte Tobias mich heroisch gerettet, mir erzählt, dass seine Frau gar nicht schwanger war und war mit mir durchgebrannt, um ein neues Leben anzufangen.

Jetzt saß ich in unserer winzigen WG-Küche und hielt mein ausgeschaltetes Handy in der einen Hand, in der anderen befand sich eine Kaffeetasse. Ich nahm einen großen Schluck, als könnte ich mir mit dem Kaffee Mut antrinken, dann schaltete ich mein Handy wieder ein.

Über 100 neue WhatsApp und eine E-Mail. Eine E-Mail von Tobias. Meine Hände begannen zu zittern. Etwas Kaffee schwappte auf den Boden. Vorsichtig stellte ich die Tasse ab und entsperrte das Handy.

Es war seltsam, dass er mir eine E-Mail schickte, aber egal: Endlich rührte Tobias sich. Vielleicht war mein Traum in Wahrheit eine Vorahnung oder sogar eine Offenbarung gewesen. Vor meinem inneren Auge sah ich mich und Tobias in einem Cabrio aus der Stadt hinaus ins Abenteuer des gemeinsamen Lebens – fernab von allem, was in Köln passiert war – fahren. Meine Mundwinkel zogen sich wie von allein nach oben und ich öffnete die E-Mail.

Von: tobias.munch@modehochschule-koeln.de
An: heystellaschulze@googlemail.com
Betreff: <Kein Betreff>

stella,
mein leben ist ruiniert. was für eine beschissene idee von dir auf diesen verdammten felsen zu klettern. wieso hab ich mich von dir überreden lassen. bisher hab ich meine frau immer beruhigen können, aber jetzt gibt es den fotobeweis. nein, es gibt fotobeweisE!!!!!! E!!!! wegen dir ist meine ehe jetzt am arsch! am arsch! verdammte scheiße!

und wenn es so richtig beschissen läuft, bin ich auch noch meinen job los. und wofür? für gerade mal mittelmäßigen sex.

DU HAST ALLES KAPUTT GEMACHT!!!! ALLES!!!!

scheiße. ich weiß nicht mal, ob ich mein erstes kind jemals zu gesicht bekomme. meine frau ist weg. die hat mich verlassen!!!!

verdammt! wo es doch endlich mal geklappt hatte! die ist weg mit meinem kind im bauch!

stella, ich will dich nie mehr sehen und nichts mehr von dir hören. du hast alles zerstört.

ich hasse dich

Mit freundlichen Grüßen
Prof. Tobias Munch
Professor für Textil- und Modedesign
Master of Arts Entwurf- und Designkonzeption
Modehochschule Köln

STELLA

Ich pfefferte mein Handy auf den Küchentisch. Mir schwirrte der Kopf.

Ich hasse dich. Du hast alles zerstört. Meine Frau ist mit meinem Kind weg. MEINEM KIND!

Obwohl es nur eine E-Mail war, hörte ich Tobias' Stimme deutlich in meinem Kopf. Hörte, wie er mich aufgebracht anbrüllte, wie schneidend seine Worte waren. Jedes einzelne davon traf mein Herz und durchbohrte es. Schmerzhaft. Das hier war schlimmer als die widerlichen Kommentare unter dem UniLeaks-Post. Hundertmal schlimmer. Tausendmal schlimmer. Hunderttausendmal schlimmer.

Das konnte doch nicht wahr sein. Alle Muskeln meines Körpers verkrampften sich und ich ballte die Fäuste, bis sich meine Fingernägel schmerzhaft in die Handinnenflächen bohrten.

Seine Frau war tatsächlich schwanger! Es war ihm nie ernst mit mir gewesen. Wie hatte ich nicht sehen können, dass Tobias nie vorgehabt hatte, sich von seiner Frau zu trennen? Wie hatte ich es nicht sehen können, obwohl Ida es mir vorhergesagt hatte. Ich wusste doch ganz genau, dass sie eine Nase für so etwas hatte.

Warum hatte ich nicht auf sie gehört? War es die berühmte rosarote Brille gewesen oder war ich so naiv?

Vielleicht, sagte eine leise Stimme tief in mir drin, *hast du das alles gesehen, wolltest es nicht wahrhaben …*

Idas Worte mischten sich mit in meine leise Stimme: „Er benutzt dich doch nur!"

Ach, Ida! Scheiße. Du hast so recht gehabt. Ein dicker Kloß hing in meinem Hals und wieder flossen die Tränen. Ich hatte nicht gedacht, dass noch etwas übrig gewesen wäre.

Warum war Ida nicht hier. Ich brauchte sie, so dringend wie nie zuvor. Warum hatte ich mir nicht ihre Urlaubsadresse geben lassen, dann hätte ich jetzt wenigstens die Hoffnung, sie über das Hotel oder den Vermieter, oder über was auch immer zu erreichen. Aber die traurige Wahrheit war: Ich hatte Ida überhaupt nicht gefragt, wohin genau sie fuhren und wie sie dort untergebracht waren. Es hatte mich nicht interessiert. Ich war davon ausgegangen, dass Ida nach ein paar Tagen wieder zurückkommen würde. Scheiße. Da hatte ich den Salat. Ich schluchzte und starrte auf den hellen Linoleumboden. Ich weiß nicht, wie lange ich so dagesessen hatte, aber irgendwann überfiel mich eine bleischwere Müdigkeit. Sie schien auf meinen Schultern, auf meinen Beinen, einfach überall auf mir zu lasten. Schwerfällig erhob ich mich und schlurfte durch den Flur in Richtung meines Zimmers. Dabei fiel mein Blick auf die Gummistiefel. Wir hatten im Studium einmal die Aufgabe gehabt, etwas Alltägliches zu designen und ich hatte mich damals für Gummistiefel entschieden. Während ich die leuchtenden Farben ansah, tauchte vor meinem inneren Auge das Bild eines kleinen Bauernhofs in der Vulkaneifel auf. Weit weg von Köln, von Tobias und seiner Frau und so provinziell, dass man dort bestimmt noch nie von *Instagram* gehört hatte. Wie gemacht, um sich zu verkriechen.

Heftig schüttelte ich meinen Kopf. Was für ein Unfug. Ich als Bäuerin? Nein, soweit würde es nicht kommen.

KAPITEL ACHT

Dienstag, 16. Oktober
12:00 Uhr – Kassnach

STELLA

Hatte ich nicht gesagt, ich könnte in Kassnach unbesorgt einkaufen gehen? Nun – wie es sich herausstellte, lag ich damit falsch. Grund dafür war aber nicht die aufgeflogene Affäre mit meinem Prof und alle dazugehörigen delikaten Details. Nein. Der Grund war weitaus simpler: Ich war a) zugezogen (und damit unbekannt) und hatte b) nicht gewusst, dass der Tante-Emma-Laden im Dorf um Punkt zwölf Uhr für die Mittagspause zumacht. Und weil die Ladenbesitzerin (die gleichzeitig die Verkäuferin war) schon aus Grund a) mehr als misstrauisch mir gegenüber war, war Grund b) ein viel größerer Fauxpas ...

„Nee, nee, nee, junges Fräulein. Jetzt ist geschlossen. Kommen'se um zwei Uhr wieder, da mach ich den Laden wieder auf." Resolut versperrte mir die ältere Frau die Eingangstür. Über ihrer Kleidung trug sie eine blaue Kittelschürze und in der Hand hielt sie einen

Schlüsselbund. Auf dem Dorfplatz begannen die Kirchenglocken zu läuten.

„Aber ich will doch nur eine Kleinigkeit fürs Mittagessen einkaufen." Ich spähte an der Frau vorbei ins Innere des Ladens. Wie es für Tante-Emma-Läden üblich war, bestand er nur aus einem kleinen Verkaufsraum. Mehrere Regale und Verkaufsstände drängten sich dicht an dicht. In einem Regal entdeckte ich große Dosen mit Nudeln und Eintöpfen und weiter hinten eine kleine Tiefkühltruhe.

„Da könnte ja jeder kommen! Nee, nee. Ich mach jetzt zu." Die Ladenbesitzerin machte einen Schritt zur Seite und versperrte mir die Sicht.

„Wenigstens eine Tiefkühlpizza. Das geht doch schnell."

„Ich glaub, Sie haben Tomaten auf den Ohren." Die Frau tippte ärgerlich auf ein kleines Schild mit den Öffnungszeiten an der Tür. „Jetzt ist geschlossen. Mittagspause."

„Gibt es hier denn ein Restaurant oder ein anderes Geschäft, wo ich mir etwas zu Essen kaufen kann?"

Sie verschränkte ihre Arme vor der Brust. „Nee. Mein Laden ist der einzige und das nächste Restaurant ist in Oberkirst."

„Ist das weit?", fragte ich.

„Ja so 15-20 Kilometer sind das schon."

Ich stöhnte. „Hören Sie, ich habe kein Auto. 20 Kilometer ... Zu Fuß sind das doch bestimmt über zwei Stunden."

„Das ist ja nicht mein Problem."

„Können Sie nicht eine Ausnahme machen, bitte?"

„Nee, nee, nee. Wo kämen wir denn da hin? Wenn ich damit anfange, kann ich meine Mittagspause vergessen", sagte die Frau und wedelte mit ihrem ausgestreckten Zeigefinger wild in der Luft herum. Mit einem abschließenden „Nee" knallte sie die mir die Glastür vor der Nase zu und steckte demonstrativ den großen Schlüsselbund ins Schloss. Ich hörte ein lautes Klick-Klack-Klack, als sie von innen abschloss. Durch die Tür fixierte sie mich mit einem bösen Blick, als wäre ich eine Dämonin, die nur darauf wartete, ihr das Blut auszusaugen.

Das war doch mal spitzenmäßig gelaufen. Wenn alle Leute in diesem Dorf so freundlich waren, konnte ich echt einpacken. Vielleicht musste ich einfach meine Einstellung ändern und auch so unfreundlich werden. Vielleicht gehörte das dazu, wenn man in einem kleinen Dorf in der Vulkaneifel wohnte. Vielleicht war ich auch einfach nicht am richtigen Ort. Was hatte ich mir denn dabei gedacht hier leben zu wollen? Ja, ich musste zugeben, dass die Landschaft atemberaubend schön war, mit den vielen grünen Hügeln und Bergen und den ganzen Seen vulkanischen Ursprungs. Aber die Menschen waren es bisher nicht. Ich war noch nicht mal einen ganzen Tag hier und alle, die ich getroffen hatte, begegneten mir mit Feindseligkeit. Machte ich wirklich so einen schlechten ersten Eindruck? Bisher war ich immer vom Gegenteil ausgegangen.

Der letzte der zwölf Glockenschläge war verhallt und das Dorf lag wie verlassen da. Bestimmt stand überall schon das Mittagessen auf dem Tisch. Bei dem Gedanken daran begann mein Magen zu knurren. Laut. Sehr laut.

„Na, da hat aber jemand Hunger.“

Erstaunt drehte ich mich um. Hinter mir stand ein Mann Ende 20, vielleicht aber auch schon Anfang 30. Er wirkte so fehl am Platz, wie ich mich fühlte, denn er sah aus wie ein Surferboy von einer Plakatwerbung: braun gebrannt, hellblonde, von Sonne und Salzwasser ausgebleichte Haare, meerblaue Augen. Dazu trug er leichte Sommerkleidung, wie ich sie in Miami am Stand erwartet hätte. Durch das lässig zugeknöpfte Hemd konnte ich deutlich eine gleichermaßen braun gebrannte wie haarlose Brust erkennen.

„Oh, ich sehe schon“, sagte Surferboy. „Herta hat Ihnen so zugesetzt, dass es Ihnen die Sprache verschlagen hat.“

„Herta?“, fragte ich abwesend, während mein Blick wie hypnotisiert an seinen muskulösen Armen entlang glitt.

„Herta Müller, ihr gehört der Laden“, sagte er und ich konnte hören, dass er lächelte. „Ich trainiere übrigens täglich“, fügte er hinzu und stemmte einen Arm in die Seite, während er den anderen beugte.

Ertappt. Meine Wangen fingen an zu brennen. Schuldbewusst blickte ich Surferboy ins Gesicht. Er grinste breit. Dann streckte er mir eine Hand entgegen.

„Ich bin Christian. Christian Jäger. Hallo.“

Automatisch reichte ich ihm auch meine.

„Und Sie sind …?“, fragte er.

Wo hatte ich nur meine Manieren gelassen? „Stella“, sagte ich schnell. „Stella Schulze.“

„Ah! Die Erbin vom Habermann-Hof.“

„Woher wissen Sie das denn?“

„Wir sind auf dem Land, hier weiß jeder alles.“

LUKAS

Lukas hatte gerade das Ende der Buschbohnen-Reihe erreicht, als er in der Ferne die letzten Glockenschläge aus dem Dorf verhallen hörte. Normalerweise saß er um diese Zeit schon lange in der Küche am Esstisch, aber heute war er mit allem spät dran, dank der jungen Städterin vom Habermann-Hof. Er biss die Zähne zusammen.

„David", rief er, „du bist heute mit dem Kochen dran."

Zwei Reihen vor ihm kniete sein Lehrling inmitten der grünen Buschbohnen und reagierte nicht. Lukas seufzte.

„David", rief er, nun schon etwas lauter, aber dieser erntete immer noch seelenruhig weiter, als würde er Lukas noch immer nicht hören. Dafür blickte der Erntehelfer am anderen Ende des Feldes auf. Mit einem stummen Kopfschütteln bedeutete Lukas ihm, dass er nicht gemeint war, und der Erntehelfer wandte sich wieder seiner Arbeit zu.

„Daaaaviiiid!" Erst jetzt bemerkte Lukas die weißen Kabel, die von Davids Ohren wegführten. Der Junge hörte mal wieder Musik. So laut, dass er wahrscheinlich nicht mal einen Mähdrescher wahrnehmen würde, wenn er hinter ihm aufkreuzen würde.

Lukas richtete sich auf, schob seine Arbeitskappe in den Nacken und wischte sich dann mit einem Stofftaschentuch über Stirn und Augen. Ob aus dem Jungen je ein echter Landwirt werden würde? Er seufzte erneut und überquerte die Reihen der Buschbohnen mit großen Schritten.

Als Lukas David auf die Schulter tippte, fuhr dieser erschrocken herum. „Mensch! Chef! Musst du mich so erschrecken?", brüllte er.

Lukas riss sich zusammen, um nicht zurückzubrüllen. Ruhig zog er David die Stöpsel aus den Ohren.

„Es ist Mittag und du bist heute mit dem Kochen dran", wiederholte er schließlich.

Sofort kam Leben in seinen Lehrling. David liebte es, zu kochen. Manchmal dachte Lukas, dass eine Lehre als Koch bestimmt die bessere Wahl für David gewesen wäre. Aber das sprach er nie laut aus, es war schon schwierig genug gewesen, überhaupt einen Lehrling zu finden, da würde er den, den er jetzt hatte, nicht auf dumme Gedanken bringen.

Der sonst so langsame und träge David sprang auf, überreichte seinem Chef den Korb mit den geernteten Buschbohnen und machte sich auf den Heimweg zum Hof. Dabei hüpfte er fröhlich durch die Reihen, bis er den Feldweg erreicht hatte. Lukas sah ihm kopfschüttelnd nach, bevor er sich wieder umdrehte, und an der Stelle weitermachte, an der David aufgehört hatte.

Das Ernten von Buschbohnen ist eine eintönige Arbeit. Mit routiniertem Griff fährt man ein-, zweimal durch die Pflanze auf der Suche nach den Bohnen, die leider exakt die gleiche Farbe haben wie das umliegende Blattwerk. Deshalb muss man konzentriert sein und ganz genau hinsehen. Hat man eine Bohne entdeckt, kann man die nicht einfach abreißen, nein, man muss sie mit dem Fingernagel abknipsen und sie dann in den Korb zu den anderen legen. Und das Ganze macht man in der Hocke, da die Buschbohnen nicht mal kniehoch wachsen. Für viele andere Gemüsesorten gab es Maschinen, die einem die Ernte erleichterten, aber nicht für Buschbohnen. Hier musste alles per Hand erfolgen.

Eigentlich erntete Lukas sie ganz gern. Aber nicht heute. Heute schwirrte ihm die unverschämte Städterin vom Habermann-Hof im Kopf umher.

Fünf Stunden war es schon her, dass er vor lauter Wut die Milchkanne umgetreten und dabei aus Versehen das Fräulein aus der großen Stadt mit Milch getränkt hatte. Es war auch nur passiert, weil sie ihn einfach so auf die Palme brachte. Sie hatte doch allen Ernstes gedacht, dass er um sieben Uhr noch nicht mit Melken fertig sei. Um sieben Uhr! Was bildete die sich nur ein? Er hatte doch extra gesagt, dass sie um sechs Uhr zum Melken kommen sollte. Pünktlich.

Die alte Habermann konnte nicht ganz bei Trost gewesen sein, als sie ausgerechnet diese junge Frau als Erbin für den Hof eingesetzt hatte. Als Alleinerbin.

Wer hatte sich denn die letzten Jahre um die Alte und den Hof gekümmert? Das feine Fräulein bestimmt nicht. Überhaupt hatte er bis zu dem Anruf vom Notar noch nichts von ihr gehört. Und jetzt war sie hier und schaffte es nicht mal am ersten Tag pünktlich aus dem Bett. Wie wollte sie denn den Hof und die Tiere allein versorgen? Dachte sie wirklich, dass das alles so nebenbei ging? Dass man bis in die Puppen schlafen konnte und dann trotzdem noch alle Arbeit geschafft bekam? Noch hatte Lukas zwar nicht viel von Stella Schulze kennengelernt, aber das Bisschen hatte ihm gereicht. Das sah ein Blinder mit Krückstock, dass sie keine Ahnung von Landwirtschaft hatte. Gar keine. Da konnte sie so oft das Gegenteil behaupten, wie sie wollte. Und wie von oben herab sie war: „Mir ist es lieber, wenn wir beim *Sie* bleiben.“ So was von etepetete.

Sollte Sie doch ihr *Sie* behalten. Damit konnte *Sie* dann auch dahin gehen, wo der Pfeffer wuchs. Er würde ihr auf jeden Fall so schnell wieder helfen.

STELLA

Vom Wohnzimmerfenster der WG aus hatte man einen guten Blick über die ganze Straße. Deshalb war es schon immer mein Lieblingsplatz gewesen. Von hier oben konnte man alles beobachten. Man sah Autos ein- und ausparken und vorbeifahren, sah Menschen mit und ohne Hund, Kinder, Katzen, alte Leute, junge Leute; das ganze bunte Leben.

Heute war nicht viel los in der Straße, deshalb sah ich die Postbotin auch schon von Weitem. Sie war wirklich spät dran. Ich sah zu, wie sie scheinbar mit Leichtigkeit den großen gelben Wagen vor sich herschob. Sie hielt vor jedem Haus an, sortierte die Post in die Briefkästen. Auch vor unserem Haus machte sie Halt.

Ob sie wohl etwas in unseren Briefkasten geworfen hatte? Aber wer sollte mir oder Ida schreiben? Mit diesem Gedanken hatte ich einen Geistesblitz: Ida! Ida könnte mir eine Karte geschrieben haben oder sogar einen Brief? Würde das nicht in ihr Achtsamkeitskonzept passen? Mein Herz begann zu klopfen. Wenn Ida mir geschrieben hatte, dann bestand die Möglichkeit, dass eine Absenderadresse zu sehen war und das wiederum hieß, dass ich sie irgendwie kontaktieren konnte.

Mein Herz klopfte noch mehr und ich sprang auf und hechtete zur Wohnungstür. Bestimmt hatte Ida mir geschrieben, es konnte gar nicht anders sein. Ich schnappte mir den Schlüssel und riss die Wohnungstür auf. So leichtfüßig wie schon lange nicht mehr, hüpfte ich die Treppenstufen hinunter. In Nullkommanix hatte ich das Erdgeschoss erreicht.

Die Briefkästen für das Mietshaus waren allesamt neben der Eingangstür in eine Mauer eingelassen. So, dass man von außen Briefe einwerfen und sie von innen entnehmen konnte. Ich stützte eine Hand an der Wand auf und versuchte zu Atem zu kommen. Dann zückte ich den kleinen Schlüssel und schloss unseren Briefkasten auf. Mein aufgeregtes Herz setzte einen Schlag aus: Da war Post im Kasten! Die Enttäuschung folgte jedoch auf den Fuß. Es war nur Werbung, sonst nichts. Ich nahm die Flyer heraus und schloss wieder zu. Was für eine fixe Idee war das von mir gewesen, dass Ida mir geschrieben haben könnte? Im Stillen fragte ich mich, was das für mein wie-verzweifelt-bin-ich-eigentlich-gerade-Level heißen mochte? Die Werbeblättchen in der Hand machte ich mich daran, wieder die Treppen nach oben zu steigen, als sich eine Wohnungstür im Erdgeschoss öffnete. Die unten links. Die von unserer Vermieterin. Mist.

„Ach, das Fräulein Schulze." Hatte ich schon erwähnt, dass ich es hasste mit *Fräulein* angesprochen zu werden?

„Hallo Frau Paffhausen." Ich blieb auf der Treppenstufe stehen und zwang mich zu einem Lächeln.

„Was hab ich denn da von Ihnen gehört?"

Oh nein! Bitte nicht! „Was meinen Sie?"

„Ich meine, dass Sie froh sein können, dass ich Sie für Ihre amourösen Eskapaden nicht auf die Straße setzen kann. Was mit einem verheirateten Mann anfangen. So eine sind sie also."

„Er ist unglücklich verheiratet. Zumindest hat er mir das erzählt."

Frau Paffhausen schnalzte mit der Zunge. „Verheiratet ist verheiratet, Fräulein Schulze. Haben Ihre Eltern Ihnen keinen Anstand beigebracht?"

Wie gut, dass meine Mutter nicht hier war. Sie hätte sich mit Sicherheit sofort auf die Seite von der ollen Paffhausen geschlagen. Darauf konnte ich gut verzichten.

„Wie gesagt, für Ihre amourösen Eskapaden kann ich Sie nicht auf die Straße setzen, aber wenn Sie oder Ihre Mitbewohnerin noch mal in der Nacht die Eingangstür nicht richtig abschließen, dann kann ich das schon tun."

„Das war nur ein Mal und ist doch schon Monate her."

„Das tut hier nichts zur Sache. Ich hab Sie im Auge, Fräulein Schulze! Glauben Sie nicht, dass ich auf Sie und Ihre Freundin angewiesen bin. Die Wohnung kann ich jederzeit neu vermieten." Mit einem lauten Knall flog die Tür wieder zu.

„Ich mag Sie auch, Frau Paffhausen", murmelte ich, während ich die Flyer in meiner Hand zerknüllte und die Treppe nach oben stieg. Mit jeder weiteren Stufe wurden meine Füße schwerer, als würde die Schwerkraft der Erde mit jedem Schritt weiter zunehmen. So schleppte ich mich hinauf in den fünften Stock.

STELLA

Ich drückte die Tür von innen mit meinem eigenen Körpergewicht zu und rutschte dann mit dem Rücken daran herunter auf den Boden. Die Werbeblättchen fielen mir aus der Hand und verteilten sich im Flur. Eine ganze Weile starrte ich darauf, als könnte mir die wahllose Anordnung irgendein Geheimnis verraten, als könnte ich hier die Lösung für all meine Probleme finden. Als wenn es für die Scheiße, in der ich steckte, überhaupt eine Lösung geben würde. Jetzt, da die ganze Welt die Bilder aus dem Instagram-Post von UniLeaks gesehen hatte. Jetzt, da nicht nur meine Eltern und deren gesamte Nachbarschaft (inklusive des Frauenvereins) davon wussten, sondern sogar meine Vermieterin, von der ich bisher immer gedacht hatte, sie hätte nie von dieser neumodischen Erfindung gehört, die sich *das Internet* nannte.

Ohne, dass ich es verhindern konnte, löste sich ein Ton tief aus meinem Inneren. Ein Wehklagen, das sich selbst in meinen eigenen Ohren fremd und grausig anhörte und mich zusammenzucken ließ. Dicke Tränen liefen mir über die Wangen und den Hals hinunter. Durchnässten mein T-Shirt.

Warum war ich so blöd gewesen, etwas mit meinem Prof anzufangen? Warum hatte ich mich nicht einfach mit einem Kommilitonen einlassen können? Jemand in meinem Alter, der nicht verheiratet war und dessen Frau kein Kind erwartete. Die Wahrheit war, dass ich mit meinen gleichaltrigen Kommilitonen einfach nichts anfangen konnte. Es hatte mir gefallen, dass Tobias mit beiden Beinen im Leben stand. Dass er ein Mann war, wo meine Kommilitonen eher noch … ähm … Bübchen waren.

Tja. Das Ironische daran war, dass ich einen richtigen Mann gehabt hatte und sich daraus dann richtige Probleme entwickelt hatten. So richtige, richtige Probleme. Kurz lachte ich auf und verstummte dann abrupt. Wem machte ich was vor? Die Begegnung mit meiner Vermieterin hatte mir doch nur eines gezeigt: Es wusste jeder davon. Jeder.

Wie sollte ich nach den Semesterferien wieder zurück an die Uni gehen? Mit dem Wissen, dass jeder von meiner Affäre erfahren hatte? Mit dem Wissen, dass Tobias mir die Schuld an allem gab? Und würde es nicht vielleicht sogar Konsequenzen vonseiten der Universität geben? Scheiße. Daran hatte ich bisher noch gar nicht gedacht. Mein Blick wanderte durch den Flur, vorbei an den zerknüllten Werbungen hin zur Garderobe mit dem großen Spiegel und dem Schuhsammelsurium darunter. Meine bunten Gummistiefel ragen wie zwei Leuchttürme aus dem Schuhmeer heraus. Als würden sie mir den Weg in einen sicheren Hafen weisen wollen: in die Vulkaneifel zu einem kleinen Bauernhof, fernab von allem.

Plötzlich wallte Wut in mir auf. Ich sprang auf die Füße und trat mit voller Wucht nach den Gummistiefeln, während ich schrie: „So schlimm kann das gar nicht werden, dass ich auf einem Bauernhof ende!"

KAPITEL NEUN

Dienstag, 16. Oktober
12:10 Uhr – Kassnach

STELLA

„Okay, Stella Schulze, dann zeige ich Ihnen mal, wie man bei der guten Herta Müller mittags etwas kaufen kann." Er zwinkerte mir zu und klopfte energisch an die Ladentür.

Erst passierte eine Weile nichts. Dann hörte man ein Rumpeln im hinteren Teil des Ladens, gefolgt von einer Schimpftirade, die dumpf durch die Tür drang. Die Ladenbesitzerin erschien wieder in unserem Sichtfeld. Sie zeterte, doch als sie Christian sah, brach sie sofort ab. Ihr Gesicht erhellte sich.

„Christian!", rief sie und in einem Arbeitsgang schloss sie die Tür auf und drückte ihn mit beiden Armen fest an sich. Dabei zog sie ihn von oben zu sich herunter. Sein Gesicht verschwand komplett in der blauen Kittelschürze.

Ich hörte, wie er etwas nuschelte, was nach „Hallo Frau Müller" klang.

Herta Müller löste die Umarmung und schob ihn mit beiden Händen wieder von sich weg. Kritisch musterte sie ihn.

„Junge, Junge, Christian. Bist du groß geworden. Wie lange warst du jetzt weg?"

„Elf Jahre, Frau Müller."

„Herta! Du kannst Herta zu mir sagen, Junge. Ich hab gehört, du bist schon seit einer Woche wieder da?"

„So ist es, Frau Mü… äh, Herta." Christian grinste schief.

„Und da kommste jetzt erst bei der alten Herta Müller vorbei? Christian, Christian. So geht das aber nicht", sagte sie und zog Christian tatsächlich am Ohr, wie man das anno dazumal mit unartigen Kindern gemacht hatte. Er grinste immer noch schief.

Mit großen Augen sah ich dieser merkwürdigen Begegnung zu. Dabei fragte ich mich, wo Surferboy die letzten elf Jahre verbracht hatte. Es musste auf jeden Fall ein wesentlich sonnigerer Ort gewesen sein als Kassnach in der Vulkaneifel.

Bevor Herta Müller ihm auch noch in die Backe kneifen konnte, machte Christian einen großen Schritt zurück und stand damit neben mir. Der Blick der Ladenbesitzerin huschte zu mir und ihre Augen verengten sich wieder. Christian tat so, als würde er das gar nicht bemerken.

„Herta, hast du denn auch schon Stella Schulze kennengelernt?" Er zeigte auf mich.

„Schulze?" Die Augen wurden schmaler.

Christian rempelte mich mit der Schulter an. „Hallo Frau Müller", sagte ich schnell.

„Stella Schulze ist ganz neu in Kassnach. Sie hat den Habermann-Hof geerbt."

Schlagartig veränderte sich das Gesicht der Ladenbesitzerin wieder: Herta Müller musterte mich neugierig. „Ach, dann bist du die Großnichte von der Gerda?" Ich nickte.

„Mädchen, warum hast du das denn nicht gleich gesagt. Ich hab dich ja gar nicht erkannt."

Ich wollte etwas erwidern, aber Christian kam mir zuvor: „Sie ist ganz schön groß geworden, oder Herta? Und genauso groß, wie sie geworden ist, so groß ist auch ihr Hunger."

Wie auf Kommando knurrte mein Magen. Herta Müller verzog ihren Mund und schon waren die Augen wieder zusammengekniffen. „Wie ich eben schon gesagt hab: Jetzt ist Mittagspause." Sie verschränkte ihre Arme vor der Brust.

„Herta, komm schon. Sei nicht so. Jemand, der mir als Kind bei jedem Einkauf ein Bonbon zugesteckt hat, schickt doch keinen weg, der hungrig vor der Tür steht. Auch nicht, wenn Mittagspause ist." Er schenkte ihr ein strahlendes Lächeln und ich konnte richtig sehen, wie Herta Müller schmolz. Wie sich ihr Herz erwärmte und ihr Widerstand bröckelte.

„Na gut", sagte sie schließlich und lächelte Christian an. „Aber es muss schnell gehen."

Das ließ ich mir nicht zweimal sagen. Ich hechtete durch die Tür an Frau Müller vorbei zur Kühltruhe und griff nach der erstbesten Pizza. Herta Müller kassierte mich wortlos ab und schob mich dann zur Tür des Ladens hinaus, an der Christian wartete. Sie reichte ihm eine Hand und sagte dann zu mir: „Das war aber eine

Ausnahme. Von 9:00 Uhr bis 12:00 Uhr und von 14:00 Uhr bis 17:00 Uhr können Sie bei mir einkaufen. Samstags nur bis 12:00 Uhr."

Ich nickte wie ein Schulkind, das gerade eine Standpauke wegen Zuspätkommens erteilt bekommen hatte. Gleichzeitig ärgerte es mich, dass die Ladenbesitzerin eine solche Wirkung auf mich hatte. Herta Müller ließ Christians Hand los, schenkte ihm ein Lächeln und verschwand dann wieder im Laden.

Kaum war sie weg, drehte Surferboy sich zu mir um und hielt mir triumphierend ein Bonbon vor die Nase.

„Ha! Ich bekomme immer noch ein Bonbon zugesteckt. Jackpot!"

STELLA

Nachdem ich mich die letzten Tage in meinem Bett unter meiner Decke verkrochen hatte und abwechselnd geheult, geschlafen oder einfach nur an die Wand gestarrt hatte, machte ich mich daran, zum Supermarkt zu gehen. Ich hatte alle unsere Vorräte leergefuttert und mir stand der Sinn nach Eis, Schokolade, Gummibärchen, Chips. Junkfood eben. Am besten ganze Berge davon. Sonst verkniff ich mir das weitestgehend wegen der Figur, aber aktuell war mir das egal. Ich befand mich in einem verdammten emotionalen Ausnahmezustand!

Als ich durch den Flur zur Wohnungstür ging, sah ich im Spiegel eine Schreckensgestalt vorüberhuschen: rotgeränderte Augen, fettige Haare, fahles Gesicht. Ich schnappte mir eine Beanie von der Garderobe und versteckte meine Haare darunter. Für die verheulten Augen musste es eine Sonnenbrille tun. Mit meiner Fake Birkin Bag am Arm trat ich aus der Wohnung.

Obwohl es mir wirklich mies ging, musste ich zugeben, dass es sich ein bisschen so anfühlte, als wäre ich eine Celebrity, die unerkannt in der Öffentlichkeit unterwegs sein wollte. Dieser Gedanke ließ meine Arme und Beine ein klein wenig leichter werden und tatsächlich hatte ich das Gefühl, dass das doch nicht das Ende war und das alles wieder gut werden würde.

Leise schlich ich die Treppe hinunter und versuchte vor allem im Erdgeschoss keinen Lärm zu machen, um nicht wieder Frau Paffhausen auf den Plan zu rufen. Noch mal würde ich ihren vorwurfsvollen Blick und ihre noch viel vorwurfsvolleren Worte nicht ertragen.

Als ich auf die Straße trat, musste ich feststellen, dass das Wetter nicht so optimistisch eingestellt war, wie es mir mein Celebrity-Look vorgaukelte: Der Himmel war wolkenverhangen und so düster, als würde gleich die Apokalypse losbrechen. Den Kopf eingezogen hastete ich durch die Straßen bis zum Supermarkt. Dort angekommen, streifte ich eine ganze Weile ziellos durch die Gänge, bis ich schließlich in der Abteilung für Süßwaren und Knabberkram stehen blieb.

Um die Mittagszeit waren nicht viele Menschen im Supermarkt. Ein paar Jugendliche, die wohl gerade aus der Schule kamen, und zwei ältere Damen, ganz stilecht mit Einkaufs-Trolley im Schlepptau.

Während ich vor den Chips auf- und abging, hörte ich Gemurmel hinter mir. Ich nahm die Sonnenbrille ab, um das Warenangebot genauer studieren zu können, während fast im selben Moment jemand hinter mir rief: „Doch! Das ist sie! Das ist Stella!"

„Genau!", bestätigte eine zweite Stimme. „Die hat mit ihrem Prof gevögelt. Im Auto!"

Hastig griff ich zwei Chipstüten, setzte die Sonnenbrille wieder auf und versuchte mich unauffällig in Richtung Kasse zu schleichen. Ich kam nicht weit. Wie aus dem Nichts hatten sie mich umzingelt. Jungs. Vier Stück. Keiner von ihnen sah aus, als wäre er älter als 15.

„Na, Stella. Wohin denn so schnell. Mein Auto steht gleich um die Ecke", sagte der Kleinste der Gruppe. Breitbeinig stand er direkt vor mir.

„Alter, du hast doch gar kein Auto", sagte der Typ zu meiner Linken und erntete dafür nur das Stöhnen und Augenrollen seiner Kumpanen. Er schien nicht der Hellste zu sein.

„Ist doch eh egal, du bist doch gar nicht alt genug für die. Die vögelt nur mit alten Säcken." Nummer Drei der Runde sollte sich besser mal in der Drogerieabteilung eine Anti-Pickel-Waschlotion kaufen.

„Ach was. Da ist die doch bestimmt nicht so. Oder, Stella?" Der Vierte im Bunde machte mir wirklich Angst. Er war groß und kräftig gebaut. Richtig bullig.

Mit so viel Selbstvertrauen wie möglich und ohne ein Wort auf diese unverschämten Kommentare zu erwidern, versuchte ich mich an den Jungs vorbeizuschieben. Sie ließen mich nicht. Die ersten Drei versperrten mir den Weg und der Bullige machte tatsächlich Anstalten, mir an den Hintern packen zu wollen. Ohne darüber nachzudenken, holte ich mit der Birkin Bag aus und verpasste ihm eins auf die Ohren. Treffer. So gestärkt schwang ich meine Tasche ein weiteres Mal. Wer sagt nochmal, dass Fashion nicht lebenswichtig sei? Fashion konnte sogar lebensrettend sein!

STELLA

Ich zitterte. Mein Herz raste. Ich senkte meinen Blick und starrte stur auf den Bürgersteig, als ich mich auf dem Weg nach Hause an den Menschen vorbeidrängte.

Was war da eben im Supermarkt passiert? Ich hatte die vier Jungs zwar erfolgreich in die Flucht geschlagen (vielleicht hatte auch die plötzliche Anwesenheit der beiden alten Damen im Gang dazu beigetragen), aber das änderte nichts an dem Umstand, dass ich gerade belästigt worden war. Eben im Supermarkt hatte ich das Ausmaß des Ganzen gar nicht richtig begriffen. Ich hatte tatsächlich seelenruhig die Chips bezahlt und war dann nach draußen marschiert. Aber kaum, dass ich ein paar Meter unter dem apokalyptischen Wolkenhimmel gegangen war, holte mich die Ungeheuerlichkeit des Ganzen ein. Es hatte nicht mehr viel gefehlt und die Jungs wären handgreiflich geworden. Was wäre gewesen, wenn sie mir woanders begegnet wären? Im Park oder am Rheinufer? Meine Kehle schnürte sich zu. Ich wollte gar nicht so genau darüber nachdenken.

Mein Herz raste immer noch. War da Geflüster? Gelächter? Von überall hörte ich Gemurmel.

... UniLeaks ... Stella ... Drachenfels ... Auto ...

Ich konnte nicht richtig atmen. Hektisch schnappte ich nach Luft, versuchte davon so viel wie möglich in meine enge Brust zu saugen. Meine Hände begannen zu kribbeln. Ich blickte auf und hatte das Gefühl, dass alle mich anstarrten. Jeder zeigte mit dem Finger auf mich. Alle lachten mich aus. Der Bürgersteig, die Menschen, die ganze Welt begann sich zu drehen. Mir wurde übel.

... Prof ... gevögelt ... Auto ...

Ich schwankte.

Was für eine Schlampe, flüsterte eine Stimme. Ganz nah.

„Junge Frau, ist alles in Ordnung?" Eine Hand griff nach mir. Panisch schlug ich sie weg. Rannte los.

Ich musste hier weg. Weg von all den Menschen. Von all dem Gelächter, dem Gemurmel und Geflüster.

Hure!, hörte ich die Stimme wieder ganz nah flüstern. *Du hast mein Leben zerstört, ich hasse dich.*

Die Häuser links und rechts von mir drängten sich auf mich zu. Mehr und mehr. Sie würden mich zerquetschen, während die Menschen über mich lachten und die unheimliche Stimme flüsterte.

Am Ende des sich drehenden und wirbelnden Tunnels um mich herum kam die rettende Eingangstür des Mietshauses in Sicht. Ich schwankte und stolperte darauf zu. Diese Tür war meine Rettung. Dahinter gab es Sicherheit. Aber meine Hände zitterten so stark, dass ich es nicht schaffte, den Schlüssel in das Türschloss zu stecken. Kalter Schweiß sammelte sich in meinem Nacken, mein Herz hämmerte gegen meine Brust. Luft. Ich bekam keine Luft mehr. Panisch schlug ich gegen die Tür. Schrie, man solle mir öffnen. Endlich ertönte der Summer. Ich drückte die Tür auf und hastete die Treppe nach oben, tränenblind.

Das Gezeter der Paffhausen von unten nahm ich nur
entfernt wahr. Wie durch Watte. Ich musste sofort in
die WG. In mein Bett. In Sicherheit.

KAPITEL ZEHN

STELLA

Ich betrachtete das kalte Stück Pizza, das vor mir auf dem Teller lag. Das würde später auf jeden Fall ein karges Abendessen geben. Warum hatte ich heute Mittag nicht wenigstens eine Packung Brot mitgenommen oder eine Doppelpackung Pizza. Wenn es die in dem kleinen Tante-Emma-Laden gegeben hatte. Mist. Ich würde morgen früh wieder einkaufen gehen müssen. Diesmal aber unbedingt innerhalb der Öffnungszeiten. Was hatte Herta Müller gesagt? „Von 9:00 Uhr bis 12:00 Uhr und von 14:00 Uhr bis 17:00 Uhr. Samstags nur bis 12:00 Uhr", ratterte ich mir selbst die Öffnungszeiten runter.

Gut. Punkt neun Uhr würde ich morgen früh im Laden sein, das stand fest. Die große Frage war nur, wie viel Barvermögen ich für einen Einkauf zur Verfügung hatte? Ächzend stand ich auf, holte meine Birkin Bag aus dem Flur und ging wieder zurück in die Küche.

Weil ich keine Lust hatte nach meinem Portemonnaie zu kramen schob ich kurzerhand den Teller mit dem einsamen Stück Pizza zur Seite und leerte den Inhalt meiner Tasche mit Schwung auf dem Tisch aus.

Habt ihr das schon mal gemacht? Eine Tasche, die ihr seit Längerem im Gebrauch habt, einfach so ausgeleert? Wenn nein, dann möchte ich euch dringend davon abraten. Warum? Ihr glaubt ja nicht, wie viel Staub und Dreck sich in so einer Tasche ansammelt ...

Da stand ich also in der kleinen Küche des Bauernhauses, inmitten einer Staubwolke und musste husten. So sehr, dass mir die Tränen kamen. Nachdem sich der Staub einigermaßen gelegt hatte, kamen mir noch mehr Tränen. Auf dem Tisch lagen mehrere halb leere Taschentücher Packungen, einige Tampons, ein Lippenstift, ein kleines Deo (bestimmt leer), eine Klappbürste mit Spiegel, zwei Knöpfe (wo kamen die denn her?), drei Kulis, ein Notfall-Nähset, ein leeres Raster Schmerztabletten, mehrere Papiertütchen mit Süßstoff, die zwei Kladden meiner Großtante, alte U- und S-Bahn-Fahrkarten und natürlich auch mein Portemonnaie. Und daneben stand der Teller mit dem Pizzastück, das jetzt leider mit einer Staub-und-Dreck-Panade überzogen war. Das war mal wieder so typisch für mich. Da hatte ich nur einen Happen zu Essen und was machte ich damit? Natürlich: Ich sorgte im Handumdrehen dafür, dass ich auch den nicht mehr essen konnte. So langsam hatte ich das Gefühl, dass sich das Schicksal gegen mich verschworen hatte. Erst die ganze Sache mit der Affäre und den Fotos bei Instagram, dann die wirklich herzerwärmenden (haha) Begegnungen mit Lukas Munnebach und Herta Müller und jetzt das hier.

Ich ließ mich auf den Stuhl fallen, der diese Aktion mit einem gefährlich klingenden Knarzen quittierte. Eigentlich hatte ich schon erwartet, dass er einfach zusammenbrechen würde, aber er schien im Gegensatz zum Schicksal doch (zu mir) halten zu wollen. Immerhin etwas. Seufzend griff ich nach meinem Portemonnaie und zählte meine Barschaft; und zählte sie noch mal; und noch mal. Leider wurde es nicht mehr als 6 Euro und 53 Cent.

Zwei Dinge standen damit fest: 1. Ich würde heute Abend ein Rührei essen müssen oder hungrig zu Bett gehen, 2. ich musste morgen wirklich sehr überlegt einkaufen und 3. musste ich zusehen, dass ich mit dem Hof Geld einnahm. Sonst würde ich hier nicht lange überleben.

Eine Weile starrte ich einfach vor mich hin, während ich versuchte, diese Tatsachen zu verdauen. Schließlich blickte ich auf die beiden Kladden meiner Großtante. Genau das war es! In Kladde Nummer zwei „Kontakte und wichtige Daten" hatte ich bisher noch nicht viel gelesen, aber hatte ich beim Blättern nicht auch eine Tabelle gesehen, in der stand, wann ich was an wen verkaufen konnte? Ein paar Eier und Milch hatte ich ja. Gut, von Letzterem war es nur noch eine Kanne, dank Ihrer Griesgrämigkeit Sir Lukas von Knackarsch (vielleicht sollte ich ihn nur noch „Arsch" nennen, so wie er sich mir gegenüber benahm), aber das war besser als nichts. Und gleich war wieder Zeit, die Kühe zu melken, da würde auch noch etwas zusammenkommen. Außerdem war doch der Grinch Lukas M. aus K. gestern mit zwei Kannen vom Hof weggegangen, als ich angekommen war. Die waren bestimmt bis obenhin voll mit Milch gewesen. Mit Milch von meinen Kühen. Mit Milch für die ich Geld bekommen sollte!

Da war wohl eine weitere Konfrontation mit Lukas vorprogrammiert. Ich stöhnte. Aber bevor ich das angehen würde, würde ich erst einmal die Milch, die ich bereits hatte, und die weitere Milch, die ich gleich melken würde, verkaufen. Einigermaßen zufrieden mit meinem eigenen Plan schlug ich die Kladde auf und suchte die Tabelle. Ich fand sie schnell. Dann sah ich unter „Milch" nach. Nur eine Adresse war angegeben und dort stand ... Scheiße! ... Lukas Munnebach.

Okay, neuer Versuch. Ich fuhr mit dem Finger die Tabelle entlang, bis ich „Eier" gefunden hatte.

Doppelte Scheiße! Wieder stand dort Lukas Munnebach. Das konnte doch nicht wahr sein.

Ich würde ihm wohl oder übel einen Besuch abstatten müssen. Nachdem ich die Kühe gemolken hatte.

Scheiß Schicksal.

STELLA

Warum konnte das Leben kein Disney-Film sein? Ich meine – Hallo? – ist das wirklich zu viel verlangt? Ein Happy End. Nur ein klitzekleines. Mehr brauchte ich doch gar nicht.

Aber nein, nicht für mich. Nicht für Stella Schulze. Es war, als würde mir das Universum sagen wollen, dass ich ohne Männer besser dran sei. Die große Frage war nur: Warum fühlte ich mich nicht besser? Warum fühlte ich mich so beschissen? Zu einem Großteil war bestimmt mein schlechtes Gewissen daran schuld. Ich hatte doch gewusst, dass Tobias verheiratet war. Gut, nicht direkt von Anfang an, aber doch schon sehr früh. Tja, Liebe macht bekanntlich blind. Sie macht blind und führt manchmal dazu, dass man sich selbst halb nackt in einem Instagram-Post wiederfindet, statt in einem Happy End.

Mit der Fernbedienung schaltete ich den Film aus, den ich mir gerade angesehen hatte, und wischte mir die Tränen aus den Augen. Jetzt saß ich im komplett dunklen Wohnzimmer der WG. Ich hatte alle Rollläden heruntergelassen, als könnte ich damit nicht nur das Tageslicht, sondern auch alles Schlechte aussperren.

Seit ich gestern diesen kleinen ... ähm ... Nervenzusammenbruch auf dem Heimweg vom Supermarkt gehabt hatte, fühlte ich mich so ein bisschen sicherer. Vielleicht war es auch eine Panikattacke gewesen, so sicher war ich mir da nicht. Bisher hatte ich so etwas noch nie erlebt und ich hatte nicht vor, es so schnell noch mal zu erleben. Also Rollläden runter, Disney-Film an. Alles gut. Na ja, bis auf die Tatsache, dass es ein Liebesfilm gewesen war und hier gab es natürlich ein Happy End. Die Liebenden hatten allen Widrigkeiten zum Trotz zusammen das Glück gefunden. Alles super, alle happy. Kurz gesagt: absolut unrealistisch.

Warum gab es keine Filme über Modestudentinnen, die mit ihrem Professor das wahre Liebesglück finden, ohne Ehefrau im Hintergrund? Ohne Drama, ohne Schwangerschaft. Ohne den Shitstorm, den ich gerade ertragen musste.

Ich nahm mein Handy zur Hand. Ich hatte es auf „nicht stören" gestellt, damit ich das Brummen, das mich in den Wahnsinn trieb, nicht mehr ertragen musste. Der einzige Grund, warum ich es nicht wieder komplett ausgeschaltet hatte, war der, dass ich hoffte, Ida würde sich melden. Sie hatte zwar ihr Handy nicht mit in den Achtsamkeitsurlaub genommen, aber es gab da bestimmt Telefone? Festnetz? Münzfernsprecher? Irgendwas. (Ja, ich war ziemlich verzweifelt.) Ein Blick aufs Display zeigte mir, dass ich schon wieder x-tausend neue WhatsApp und Nachrichten erhalten hatte. Nichts von Ida. Ich entsperrte mein Handy und löschte sie alle. Ungelesen. Ich wollte keine neuen Beleidigungen und erst recht wollte ich kein geheucheltes Mitleid von Leuten, die mich nur ausfragen wollten, in der

Hoffnung Neues zu erfahren. Etwas, was nicht schon längst im Internet kursierte. Ein neues delikates Detail, was sie ausschlachten konnten. Nein.

Ich zuckte zusammen, als es an der Tür klingelte. Schon wieder. Als würde es nicht reichen, dass die Leute mich mit Handy-Nachrichten bombardierten und ich nicht mal mehr einkaufen, geschweige denn zum Briefkasten gehen konnte. Als es das erste Mal geklingelt hatte, hatte ich die Tür noch geöffnet. Aber das würde ich bestimmt kein zweites Mal tun. Niemand anderes als Nina hatte vor der Tür gestanden und nachdem ich keine Auskunft über „den Vorfall" hatte geben wollen, hatte sie doch tatsächlich versucht, ein Foto von meinem verheulten Ich zu machen. Und so jemanden hatte ich zu meinem Freundeskreis gezählt! Gut, zwar nur zum entfernten, aber trotzdem.

Im Dunkel meiner Wohnung verharrte ich mucksmäuschenstill und begann zu zählen. Bei acht klingelte es noch einmal. Bei 15 ein weiteres Mal. Bei 135 war ich mir sicher, dass – wer auch immer es gewesen war – sich wieder verdrückt hatte.

Ich atmete tief durch. Dann schaltete ich den Fernseher wieder ein und zappte ein bisschen durch die verschiedenen Programme, bevor ich mich mühsam von der Couch erhob und eine neue Disney-DVD einlegte. Die Chipstüten auf dem Couchtisch waren alle leer und im fahlen Licht des Fernsehers konnte ich die Chipskrümel sehen, die sich auf, um und unter der Couch verteilten. Es war mir egal.

STELLA

Ein plötzliches Geräusch ließ mich hochfahren, dabei stieß ich mir den Kopf.

„Au. Au. Au. Au", jammerte ich in die Dunkelheit. Es dauerte einen Moment, bis ich begriff, dass ich wohl unter dem Couchtisch eingeschlafen war. Auf dem Teppich. Auf dem Boden. Viel tiefer konnte ich wortwörtlich nicht mehr sinken.

Vorsichtig krabbelte ich auf allen vieren unter dem Tisch hervor und betastete meinen Hinterkopf. War scheinbar noch alles dran. Dann verharrte ich einen Augenblick und lauschte in die Stille, aber es war nichts zu hören. Was auch immer mich geweckt hatte, es gab sich nicht erneut zu erkennen. Von einem akuten Durst getrieben stand ich auf und tappte verschlafen in die Küche. Jede Faser meines Körpers schmerzte. Wie lange hatte ich da wohl gelegen und geschlafen? Ich hatte keine Ahnung, wie spät es war, oder welchen Wochentag wir hatten. Die Rollläden waren immer noch unten.

Über der Spüle schaltete ich das kleine Licht an und musste die Augen zusammenkneifen, weil mir selbst dieses kleine Lämpchen wahnsinnig hell vorkam. Ich nahm ein Glas aus dem Hängeschrank und füllte es mit

Leitungswasser. Gierig trank ich es auf einen Zug leer, obwohl ich Leitungswasser sonst nicht mochte. Aber seit meinem letzten Einkaufserlebnis war das die einzige Quelle für Getränke in diesem Haushalt. Wenigstens hatte ich noch Kaffeepulver. Einen Kaffee konnte ich mir also kochen. Nur auf Milch musste ich verzichten. Die war zwar nicht leer, aber dafür leider nicht mehr gut. Ich biss die Zähne zusammen bei der Erinnerung an das Geräusch, als ein ganzer Brocken aus der Milchtüte in meinen letzten Kaffee geplumpst war. Bääääh, das war eklig gewesen.

Ich füllte das Glas erneut am Wasserhahn. Diesmal trank ich langsamer. Dann stellte ich es zur Seite und ließ mir kaltes Wasser über meine Hände laufen. Mit nassen Händen fuhr ich mir durch das Gesicht. Es fühlte sich ganz verquollen an. So konnte das doch nicht weitergehen. Ich konnte mich schließlich nicht ewig in der Wohnung verkriechen. Im Dunkeln, ohne Nahrung und nur mit Leitungswasser und dem Rest Kaffee, den ich noch hatte. Ich musste mir etwas überlegen.

Zur Uni würden mich keine zehn Pferde mehr bringen, das war Geschichte. Und in Köln konnte ich auch nicht bleiben. Schließlich wussten hier alle von meiner Affäre. Ich musste mich neu erfinden und mich als starke Frau beweisen. Als Frau, die ohne Männer auskam und nicht noch einmal in so ein Schlamassel hineingezogen werden konnte. Und das Ganze am besten an einem Ort, an dem man nichts von dieser ganzen Sache wusste und so schnell auch nicht erfahren würde.

Wieder nahm ich das Glas zur Hand und trank einen Schluck. Dann seufzte ich. Ich wusste doch ganz genau, wo es diesen Ort gab: in der Vulkaneifel.

War ein Bauernhof nicht auch der beste Ort, um sich a) zu verkriechen, b) zu zeigen, dass man eine starke und selbstständige Frau war, c) ohne Männer zurechtkam und das Ganze d) ohne UniLeaks, Instagram, das Internet und alles weitere machen konnte? Die Antwort auf alle diese Dinge lautete: Ja.

Wie gut, dass Großtante Gerda mir gerade einen vererbt hatte.

Das war sie also, die Geburt von Bäuerin Stella.

KAPITEL ELF

STELLA

Nachdem ich meine Birkin Bag wieder eingeräumt, das Pizzastück entsorgt und den Tisch abgeputzt hatte, machte ich mich daran, das Bauernhaus zu verlassen, um in den Stall zu gehen. Dabei stolperte ich fast über einen Jutebeutel, der vor der Haustür auf der Fußmatte lag. Ich bückte mich und hob den Beutel an. Er war relativ schwer. Ich sah hinein und traute meinen Augen nicht: In der Tüte war ein großes Brot, ein Päckchen Butter, dazu noch etwas Wurst und Käse. Das würde locker für heute Abend, morgen früh, morgen Abend und vielleicht sogar noch den Morgen danach reichen. Ich konnte mein Glück nicht fassen. Wer war denn so lieb, mir das vor die Haustür zu stellen? Ich durchwühlte den Beutel. Es war kein Zettel oder Sonstiges dabei. Also konnte ich nur raten, wer es gewesen war, und eigentlich kam dafür nur einer infrage: Christian Jäger. Ich glaubte nämlich nicht, dass Herta Müller sich zu so einer Robin-Hood-Aktion hinreißen lassen würde und sonst wusste niemand, dass ich kurz vor dem Verhungern stand (oder kaum etwas Essbares zu Hause hatte).

Ich brachte die Lebensmittel ins Haus. Butter, Wurst und Käse legte ich in den Kühlschrank. Gleichzeitig wunderte ich mich, warum Christian nicht geklingelt hatte. Ob er wohl gedacht hatte, ich würde die Lebensmittel sonst nicht annehmen? In Gedanken spielte ich die ganze Szene durch: Christian klingelt, den Beutel in der Hand. *Hallo Stella Schulze, ich hab hier Almosen.* Ja, es hätte die Möglichkeit bestanden, dass ich es in dem Fall abgelehnt hätte. Da es aber einfach vor der Tür gelegen hatte, war das natürlich anders. Ich musste grinsen. Surferboy fing an, mir immer mehr zu gefallen. Nicht nur, dass er mir heute Mittag so souverän bei meinem Einkauf im Dorf geholfen hatte und auch noch unverschämt gut aussah, nein, er war auch noch total süß. Dass er tatsächlich so weit gedacht hatte, dass ich mit einer Tiefkühlpizza nicht über den Tag kam, war wirklich aufmerksam von ihm. Aber bevor ich mich näher mit Surferboy befassen würde, musste ich hieb- und stichfest feststellen, dass er nicht verheiratet war. Zweimal würde ich bestimmt nicht den gleichen Fehler begehen.

Das Brot ließ ich im Jutebeutel auf der Anrichte der Küche liegen und ging endlich zum Melken in den Stall.

„Auf in den Kampf", sagte ich zu mir selbst, als ich die Stalltür öffnete. In Gedanken ging ich die ersten Arbeitsschritte durch, die Großtante Gerda in der ersten Kladde aufgeschrieben hatte:

- Kühe von der Weide in den Stall holen und anketten
(das fiel ja heute aus, da ich die Kühe gar nicht erst auf
die Weide gebracht hatte)

*- Kühe füttern, dazu einen großen Eimer Kraftfutter in
den Trog füllen*

*- Kleinen Putzeimer (Stahlschrank, Arbeitsraum) mit
warmem Wasser füllen und mit einem Tuch die Euter
der Kühe vorsichtig abwaschen*

- Melkschemel und -eimer holen

Großtante Gerda hatte noch mehr aufgeschrieben,
vor allem die einzelnen Schritte des Melkens und des
Auswringens der Zitzen (mein O-Ton) hatte sie wirklich
… ähm … plastisch beschrieben, daran wollte ich gar
nicht so genau denken. Überhaupt fand ich schon die
Wörter *Euter* und *Zitze* so komisch, dass ich mich beim
Lesen wieder wie mein 13-jähriges, pubertierendes Ich
gefühlt hatte. Da würde ich wohl an mir arbeiten müssen. Schließlich waren das die Ausdrücke für jene Körperteile der Milchkühe und nichts anderes. Aber eins
nach dem anderen. Wenn das mit dem Euter abwaschen gut funktionierte, würde das Melken hinterher
bestimmt ein Klacks.

Die Kühe begrüßten mich – oder mehr den großen Eimer mit Kraftfutter, den ich mit beiden Händen tragen
musste – mit lautstarkem Gemuhe. Ich hatte wirklich
Mühe, den Eimer gleichmäßig in der Trogrinne auszuleeren, ohne das ganze Futter auf den Köpfen der Kühe
zu verteilen, die bereits gierig angefangen hatten, den

noch leeren Trog auszuschlecken. Wenigstens waren sie jetzt auf die Futteraufnahme konzentriert. Ich hoffte, dass mir das den weiteren Vorgang des Melkens erleichtern würde. Wenn meine Mutter hier gewesen wäre, hätte sie bestimmt gesagt: *Die Hoffnung stirbt zuletzt.* Meine Mutter immer mit ihren doofen Sprüchen.

Den kleinen Putzeimer mit warmem Wasser in der einen und einen Lappen in der anderen Hand machte ich mich ans Werk.

Habt ihr schon mal direkt neben so einer Kuh gestanden? Also ich kann euch sagen, die sind aus der Nähe ganz schön groß und irgendwie auch ein bisschen furchteinflößend und wenn man einen Kuhschwanz (an dem braune Klumpen hingen, die hoffentlich nur Erde waren) bereits zum dritten Mal gegen den Kopf bekommt, dann waren sie auch ganz schön eklig.

Ich versuchte, nicht weiter darüber nachzudenken und stur eine Kuh nach der anderen abzuwaschen. Möglicherweise zitterten meine Hände dabei ein wenig. Möglicherweise versuchte ich, auch darüber nicht weiter nachzudenken.

Ich würde das schaffen! Ich würde gleich die Kühe melken. Und morgen früh wieder und dann wieder morgen Abend und so weiter und so weiter. Puh.

LUKAS

Bei dem angeekelten Gesichtsausdruck, den die junge Städterin gerade machte, musste Lukas fast lachen. Schon eine ganze Weile beobachtete er sie durch das kleine Hinterfenster im Stall. Er hatte sich zwar fest vorgenommen, dieser Erbschleicherin nicht zu helfen, aber auf der anderen Seite brachte er es nicht übers Herz, die Tiere einfach so ihrem Schicksal zu überlassen. Bei den Hühnern war er schon gewesen. Das feine Fräulein aus der Stadt hatte sie zwar noch nicht zurück in den Stall getrieben, aber sie hatte sie gefüttert und auch die Eier eingesammelt. Wer hätte das gedacht.

Bei den Kühen hingegen hatte Lukas den Eindruck, dass sie heute noch keine Frischluft geschnuppert hatten. Sie trippelten alle nervös hin und her. Ein deutliches Zeichen dafür, dass sie sich nicht die Beine hatten vertreten können. Außerdem war nicht ausgemistet worden. Lukas biss die Zähne zusammen. Bestimmt war sich die Studentin dafür zu fein. Er fluchte leise. Da würde er morgen früh auf jeden Fall wieder nach dem Rechten sehen. Die Kühe einen ganzen Tag im Stall lassen ging vielleicht einmal (ausnahmsweise), aber zweimal? Bestimmt nicht. Und die Kühe tagelang im Kuhmist stehen lassen? Das ging erst recht nicht!

Lukas musste ein Kichern unterdrücken, als Stella Schulze quiekte, weil sie schon wieder einen Kuhschwanz ins Gesicht bekam und diesmal einer der braunen Klumpen in ihren Haaren hängen blieb. Das war besser als jedes Kino. Nicht, dass er oft ins Kino gehen würde. Das letzte Mal war vor mehr als elf Jahren gewesen. Irgendeine deutsche Komödie mit Til Schweiger war es gewesen. Er hätte sich so einen Film ja nie ausgesucht, wenn er nicht zusammen mit ...

Er schluckte schwer und scheuchte den Gedanken beiseite. Er war nicht hier, um melancholisch zu werden, er war hier, um zu sehen, wie es den Tieren ging, und vielleicht war er auch hier, um sich ein bisschen über die offensichtliche Unfähigkeit dieser Städterin zu amüsieren. Ganz vielleicht.

Mittlerweile hatte sie es vollbracht, allen Kühen die Euter abzuwaschen. Jetzt kam der spannende Teil: das Melken.

Alma, Elsa, Berta, Lise, Hanni und Isolde waren eigentlich sehr umgängliche Milchkühe. Also wenn sie nicht den ganzen Tag angekettet im Stall hatten stehen müssen. Und wenn man es vermied, sie mit eiskalten Händen anzufassen. Ob Stella Schulze das wohl wusste? ...

Wohl eher nicht.

Die sonst so friedliche Berta machte einen Satz und trat mit dem Hinterhuf aus. Die Städterin entging dem Tritt um Haaresbreite. Auch sie hatte einen erschreckten Satz gemacht und sich auf der anderen Seite des Stalls vor den Kühen in Sicherheit gebracht. Da lehnte sie an der Wand und ... weinte?

Lukas war hin- und hergerissen. Sollte er der Städterin – und mehr noch den Kühen – helfen? Ja, er regte sich über sie auf, die einfach so daher spaziert kam, ihm sein Erbe wegnahm, und dann auch noch meinte, dass sie die landwirtschaftliche Weisheit mit Löffeln gefressen hatte. Aber er konnte auch nicht verneinen, dass sie sich nicht wenigstens anstrengte. Immerhin hatte sie die Hühner gefüttert und die Eier eingesammelt und sie war auch bemüht die Kühe zu melken. Nur das mit dem frühen Aufstehen, das musste sie wohl noch lernen.

Und wie das mit dem Melken richtig funktionierte.

Vor einem Tag
Montag, 15. Oktober
14:50 Uhr – Köln

STELLA

„Notare Schmitt und Rottluff, Heinze am Apparat, was kann ich für Sie tun?"

„Hallo. Mein Name ist Stella Schulze. Ich möchte mit Dr. Rottluff sprechen."

„Darf ich fragen, um was für eine Angelegenheit es sich handelt?"

„Es geht um mein Erbe. Ich war letzte Woche Freitag zur Testamentsvollstreckung bei Dr. Rottluff und ..."

„Moment. Ich verbinde Sie."

Ehe ich etwas erwidern konnte, begrüßte mich Mozarts kleine Nachtmusik. In bester Midi-File-Qualität. Ich drehte den Hörer von meinem Ohr weg. Wenn Mozart wüsste, dass seine Musik so verschandelt wurde, er würde sich im Grabe herumdrehen.

Die Musikschleife war gerade zum zweiten Mal wieder am Anfang angekommen, als Dr. Rottluff endlich das Gespräch annahm.

„Rottluff", sagte er streng.

„Hallo Dr. Rottluff, Stella Schulze hier."

„Ach, Frau Schulze", sein Ton änderte sich sofort, „wie schön, dass Sie sich melden. Was kann ich für Sie tun."

„Also ich habe noch mal über den Bauernhof nachgedacht, und ..."

„Sagen Sie bitte nicht, dass Sie Ihr Erbe bereits ausschlagen wollen. Wir hatten doch eine Bedenkzeit vereinbart."

„Nein, das ist es gar nicht."

„Was kann ich dann für Sie tun?"

„Ich … Ich möchte das Erbe annehmen."

„Frau Schulze, das sind ja großartige Neuigkeiten!"

„Wenn Sie das sagen. Gibt es noch irgendetwas, was ich tun muss? Unterschreiben? Beglaubigen?"

„Nein, nein. In diesem Fall ist alles geklärt. Ich rufe Herrn Munnebach an und leite alles Weitere in die Wege."

„Wen rufen Sie an?"

„Sie wissen doch, der Landwirt vom Nachbarhof, der derzeit nach dem Hof Ihrer Großtante sieht."

„Ach so. Gut. Machen Sie das."

„Wann haben Sie denn geplant, nach Kassnach zu fahren?"

„Jetzt. Ich werde jetzt gleich fahren. Ich packe gerade."

STELLA

Mit zwei Koffern und einer Stofftasche beladen stand ich auf Gleis 5 des Kölner Hauptbahnhofs. Hinter mir erstrahlte das über den ganzen Bahnhof reichende große *4711 – Kölnisch Wasser* Werbefenster in der Sonne. Obwohl es wirklich sehr warm war, hatte ich mir meine selbstdesignten Gummistiefel angezogen. Wenn ich schon auf dem Weg in ein neues Leben war, dann sollte es auch stilecht erfolgen. Und was konnte es für eine Bäuerin stilechteres geben als Gummistiefel. Mittlerweile war ich mir zu einhundert Prozent sicher, dass die ganze Sache mit Großtante Gerdas Bauernhof ein Wink des Schicksals war. Ein großer Wink; einer mit dem Zaunpfahl. Das war sie: meine Bestimmung. Ich war dazu geboren worden, Bäuerin zu sein. Eine Frau, die mit beiden gummistiefel-befußten Beinen fest auf dem Boden der Tatsachen stand. Auf einem Boden, auf dem Männer erst mal nichts zu suchen hatten und auf dem sie auch gar nicht gebraucht wurden.

Ich blickte auf das Bahnticket, das ich eben am Automaten gezogen hatte. Das hier war mein Ticket für ein neues, ein besseres, Leben. Für eine glückliche Zukunft. Für einen Neuanfang.

Die Regionalbahn fuhr ein und ich sah ihr voller Mut entgegen. Jetzt würde alles wieder gut werden. Alles.

Als ich in die Bahn einstieg, dachte ich: „So muss sich Neil Armstrong gefühlt haben, als er den ersten Fuß auf den Mond gesetzt hat."

KAPITEL ZWÖLF

STELLA

Müde sackte ich auf das alte Sofa im Wohnzimmer. Was für ein Tag.

Über zwei Stunden hatte ich für das Melken der Kühe gebraucht. Und was war das Ergebnis? Nicht mal eine der zwei 40-Liter-Kannen war voll geworden. War das so? Gaben Kühe mal mehr und mal weniger Milch? Ich wusste es nicht und ehrlich gesagt war es mir gerade auch egal. Es hatte mich Nerven, Schweiß und Tränen gekostet, bis ich mit dem Melken fertig geworden war. Und dann war es bereits so spät gewesen, dass ich keine Lust mehr gehabt hatte, mit der Milch und den Eiern zu Lukas zu gehen, um sie ihm zu verkaufen. Dank Christian Jäger hatte ich erst mal etwas zu essen. Da konnte das warten. Das zumindest war die Ausrede, die ich mir selbst erzählte (und fast auch glaubte). In Wahrheit fühlte ich mich gerade nicht in der Lage, mich der Unfreundlichkeit von Lukas zu stellen und am Ende noch

dafür ausgelacht zu werden, dass ich für so ein bisschen Milch so lange gebraucht hatte. Nein. Das würde
ich mir alles für morgen Vormittag aufsparen. Bestimmt sah die Welt nach einer Mütze Schlaf gleich
schon etwas rosiger aus. Auch wenn der Schlaf auf der
unbequemen Gästepritsche von Großtante Gerda erfolgte.

Kurz schloss ich die Augen. Als ich sie öffnete, fiel
mein Blick wieder auf das Bild von mir, Großtante
Gerda und Großonkel Heinrich. Ich reckte mich und
nahm es in die Hand. Es war wirklich unfassbar, wie
glücklich wir alle aussahen. Erneut drängte sich mir
die Frage auf, warum wir danach nie wieder hierhergekommen waren. War etwas vorgefallen? Und wenn ja,
was?

Ich wusste, dass es nur einen Menschen gab, der mir
diese Frage beantworten konnte: meine Mutter. Kurz
wägte ich Pro und Contra ab. Meine Neugier siegte
schließlich. Ich ging in die Küche, um mein Handy zu
holen, das ich dort zum Laden angeschlossen hatte.
Während ich schon die Nummer meiner Eltern wählte,
ging ich wieder zurück ins Wohnzimmer.

„Schulze", meldete sich die leicht verschlafene
Stimme meiner Mutter. Jeder andere hätte auf das Dis-
play geschaut und gesehen, wer anrief, nicht so meine
Mutter. Ich rollte die Augen.

„Hallo Mama, ich bin's."

„Stella! Wieso rufst du mitten in der Nacht an. Ist
schon wieder so etwas Schlimmes passiert? Jetzt sag
mir bitte nicht, dass es noch mehr solcher Bilder von
dir gibt? Das kannst du deinem Vater und mir wirklich
nicht antun! Weißt du, wie schlimm die letzten Tage

für mich waren? In der Nachbarschaft reden alle über dich und deine Affäre. Ich kann ja schon fast gar nicht mehr zum Bäcker gehen. Und erst die Vorstandssitzung vom Frauenverein. Stella! Das war ein Desaster."

Es war immer wieder schön zu sehen, wie sehr sich meine Mutter um mich sorgte. Haha. Als ob ihr Bäckerbesuch oder die blöde Vorstandssitzung so schlimm gewesen wären, wie das, was ich in Köln hatte mitmachen müssen. Aber darum ging es mir im Moment gar nicht. Es ging um etwas anderes.

„Mama", versuchte ich den Redeschwall meiner Mutter zu unterbrechen.

„Ach Kind, ich komm da immer noch nicht drüber weg."

„Mama."

„Der Mann ist fast doppelt so alt wie du!"

„Mama."

„Wie willst du denn jetzt dein Studium weitermachen?"

Das war meine Chance. „Gar nicht", rief ich und fügte schnell hinzu: „Ich hab hingeworfen."

Damit hatte meine Mutter wohl nicht gerechnet, denn es herrschte absolute Stille am anderen Ende der Leitung.

„Mama?", fragte ich vorsichtig.

„Aber … was … was willst du denn stattdessen machen?"

„Ich hab mein Erbe angetreten."

Wieder Stille.

„Hast du gehört? Ich hab mein Erbe angetreten. Ich bin in Kassnach auf Großtante Gerdas Hof. Also auf meinem Hof, ich …"

Weiter kam ich nicht.

„Du bist wo? In Kassnach? Stella! Wie willst du denn allein einen Bauernhof bewirtschaften. Du hast doch zwei linke Hände, was körperliche Arbeit angeht. Kind, hast du dir das auch gut überlegt?"

„Ja, Mama, hab ich. Hier in Kassnach starte ich einen Neuanfang als Bäuerin und ohne", ich räusperte mich, „verheiratete Männer."

„Wenigstens etwas", sagte meine Mutter trocken.

Es herrschte wieder Stille. Dann fragte meine Mutter argwöhnisch: „Du rufst doch nicht etwa an, weil du Geld brauchst, oder? Stella, wenn du der Meinung bist, dass du unbedingt auf diesem Bauernhof leben willst, dann mach das. Aber du musst schon sehen, wie du allein zurechtkommst. Wir können nicht dich – und weiß Gott, was Gerda für Tiere auf dem Hof hat – durchfüttern." Meine Mutter tat gerade so, als würde ich ihnen dauernd auf der Tasche liegen.

„Deshalb rufe ich gar nicht an", sagte ich.

„Sondern?" Der argwöhnische Ton war immer noch da.

„Ich möchte von dir wissen, warum wir so lange nicht mehr hier waren. Warum haben wir aufgehört, Großtante Gerda und Großonkel Heinrich zu besuchen. Da muss es doch einen Grund für geben."

„Ja, mein Kind, den gibt es."

„Und?"

Statt einer Antwort seufzte meine Mutter tief.

„Und?", fragte ich ein weiteres Mal.

„Das ist doch alles schon so lange her."

„Ich möchte es trotzdem wissen. Also: Was ist passiert?"

„Was halt in Familien so passiert."

„Und was ist das?"

„Eine … nun … eine … Meinungsverschiedenheit."

„Eine Meinungsverschiedenheit hat dafür gesorgt, dass wir die beiden nie mehr besucht haben?"

„Nicht ganz. Heinrich – der Mann von Tante Gerda – hatte sich furchtbar mit deinem Opa Hans gestritten und danach hat er nichts mehr von unserer Familie wissen wollen und auch Tante Gerda verboten, uns zu besuchen oder Kontakt zu uns zu halten."

„Aber du hast doch immer mit Großtante Gerda telefoniert."

„Ja, aber erst nachdem Onkel Heinrich gestorben war."

„Und worüber haben die beiden sich gestritten, dass es zu solchen Konsequenzen geführt hat?"

„Ganz genau weiß ich das auch nicht, aber es muss etwas damit zu tun gehabt haben, dass Tante Gerda und Onkel Heinrich keine Kinder bekommen konnten."

„Und danach hat Großonkel Heinrich einfach den Kontakt abgebrochen und Großtante Gerda hat da mitgemacht?"

„Kinderlosigkeit ist ein heikles Thema und oft auch sehr schmerzhaft für Paare. Ich glaube, dass Onkel Heinrich einfach nie darüber hinweggekommen ist, dass alle anderen in der Familie sich über Kinder und dann über Enkelkinder gefreut haben und ihm das alles verwehrt geblieben ist. Und dass Tante Gerda mitgemacht hat … Tja, Kind. Früher waren die Dinge anders. Früher galt das, was der Ehemann bestimmte."

Scheiß Männer.

STELLA

Buuuuuuuh. Buuuuuh. Buuuuuuuuuuh.

Ich hielt mir die Ohren zu. Die Buh-Rufe hörten nicht auf. Verzweifelt tastete ich nach irgendetwas, was ich mir in die Ohren stecken könnte. Vielleicht hatte ich ein Taschentuch in der Hosentasche. Aber ich hatte gar keine Hose an und auch kein Shirt. Ich war nackt, also fast: Nur in Unterwäsche stand ich in Köln auf der Domplatte. Um mich herum befand sich eine wütende Meute. Sie buhten mich aus. Sie schrien mich an. Lachten über mich. Die Arme um mich geschlungen, kauerte ich mich auf den Boden. Presste meine Augen fest zusammen und hoffte, dass es aufhörte. Einfach nur aufhörte.

Nur sehr langsam sickerte die Erkenntnis bei mir durch, dass ich träumen musste. Ein Albtraum, wie ich sie in letzter Zeit so oft hatte. Wie ein Mantra erinnerte ich mich immer wieder daran: *Es ist nur ein Traum. Es ist nur ein Traum. Es ist nur ein Traum. Es ist nur …*

Buuuuuuuh!

Das war kein Traum. Also die Sache mit der Domplatte und den über mich lachenden Menschen schon, aber nicht die Buh-Rufe. Die waren wirklich da. Irgendetwas drückte mir unangenehm ins Gesicht. Mit noch geschlossenen Augen tastete ich danach. Es war eine

Art Stoff. Ich konnte es nicht richtig zuordnen. Verschlafen öffnete ich die Augen und stellte fest, dass ich gestern Abend nach dem Telefonat mit meiner Mutter auf dem Sofa eingeschlafen war und mit dem Gesicht die ganze Nacht auf einem der Häkeldeckchen gelegen hatte.

Ich musste geschwitzt haben, denn das Deckchen klebte richtig an mir. Ich schluckte. Mein Mund war ganz trocken und irgendwie pelzig. Mühsam erhob ich mich und wankte durch den gefliesten Flur zu dem kleinen Gästebadezimmer, das sich im Erdgeschoss gleich neben der Eingangstür befand.

Im Spiegel zeigte sich dann das ganze Ausmaß der *Ich-schlafe-eine-Nacht-auf-einem-Häkeldeckchen-Aktion.* Das kunstvoll gehäkelte Muster hatte sich in große Teile meiner Wange und Stirn gedrückt. Ich sah aus, als hätte ich mich für ein Fantasy-Festival geschminkt. Mist.

Die Buh-Rufe hatten nicht aufgehört, im Gegenteil, sie wurden lauter und lauter. Und so langsam begriff ich auch, dass es keine Buh-Rufe waren, sondern Muh-Rufe. Der Lärm kam eindeutig aus Richtung des Kuhstalls. Nie im Leben hätte ich gedacht, dass Kühe so laut werden konnten, dass man sie über diese Entfernung und durch mehrere Mauern hören konnte.

Im Flur warf ich durch die geöffnete Küchentür einen Blick auf die alte Wanduhr: Es war schon nach sieben. Sonst wurden die Kühe um sechs gemolken. Konnte eine Stunde wirklich für so ein Muh-Rufe-Drama sorgen?

Ich beschloss, dass ich erst einen Kaffee trinken musste, bevor ich dem nachgehen konnte. Ich war einfach zu müde. Der gestrige Tag war unglaublich anstrengend gewesen. Und wenn ich daran dachte, dass ich gleich wieder das Vergnügen hatte, die Kühe zu melken, wurde mir richtig schlecht.

Vielleicht sollte ich doch besser nach Köln zurückkehren und mich allem stellen, was da auf mich wartete? Oder – noch besser! – ich würde einfach in ein ganz anderes Land auswandern. England oder so. Aber wovon sollte ich da leben? Ja, ich konnte Nähen und auch eigene Schnittmuster erstellen, aber bis ich mir damit etwas Vernünftiges aufgebaut hätte, wäre ich bestimmt schon verhungert. Meine Eltern waren nicht bereit mich finanziell zu unterstützen. Ich seufzte. Dann doch besser auf dem Bauernhof bleiben, auch wenn ich mir die Arbeit auf dem Hof definitiv einfacher vorgestellt hatte.

STELLA

Eine Tasse Kaffee war definitiv nicht genug für den Anblick, der sich mir im Kuhstall bot: Inmitten der laut muhenden Kühe war Lukas schon wieder dabei meine Kühe zu melken. Dass er sich das wagte nach der Milchaktion von gestern Morgen! So langsam fragte ich mich, was das sollte. Hielt er mich für so unfähig oder wollte er sich einfach nur die ganze Milch unter den Nagel reißen? Ich konnte es nicht beantworten. Irgendwie machte beides Sinn.

„Ich weiß wirklich nicht, warum Sie es nicht verstehen, Herr Munnebach, aber ich benötige Ihre Hilfe nicht", sagte ich laut, um das Muhen der Kühe zu übertönen.

Ihre Griesgrämigkeit Sir Lukas fuhr herum. Er trug einen *Ich-bin-so-grimmig-wie-drei-Tage-Regenwetter-Gesichtsausdruck.* Aus seinen dunklen Augen funkelte er mich wütend an. Mal wieder.

„Was ist eigentlich dein Problem?", blaffte er mich an und ignorierte damit sehr gekonnt, dass ich von ihm nicht geduzt werden wollte.

„Was mein Problem ist?", antwortete ich und dachte wieder an unsere letzte Begegnung. Ich atmete einmal tief ein und aus; versuchte ruhig zu bleiben. „Die viel größere Frage ist hier doch: Was ist Ihr Problem?"

„Der Stall muss täglich ausgemistet werden und die Kühe müssen immer zur gleichen Zeit gemolken werden. Morgens und abends. Und das Ganze dann auch komplett."

„Wie, komplett?"

„Bis alle Milch aus dem Euter ist. Sonst entzündet sich das. Hast du nicht gehört, wie die Kühe schreien? Das machen die nicht aus Spaß an der Freude."

„Ist ja schon gut. Dann hab ich gestern halt nicht ausgemistet und die Kühe nicht *komplett* gemolken. Meine Güte, so schlimm ist das doch nicht. Mach ich das eben heute und gut ist."

„Nix ist gut. Du verstehst das echt nicht, oder? Die Kühe schreien, weil sie Schmerzen haben! Richtige Schmerzen!", erwiderte Lukas und funkelte mich wütend an. „Deinetwegen", fügte er hinzu.

Das saß. Mir fiel nichts ein, was ich dazu sagen konnte, also starrte ich ihn einfach nur an. Zumindest so lange, bis er sich wieder umdrehte und einfach so mit dem Melken weitermachte, als hätte unsere Unterhaltung gerade gar nicht stattgefunden.

Fieberhaft überlegte ich, was ich dazu sagen konnte, aber er kam mir wieder zuvor. Ohne sich umzudrehen, bemerkte er: „Und bevor du noch mal sagst, dass du allein zurechtkommst: Kommst du nicht. Die Kühe leiden und ich kann das nicht mit ansehen. Dir scheint das egal zu sein, aber mir nicht!"

„Ich glaube, dass das nur eine Ausrede ist, um sich die Milch meiner Kühe zu schnappen."

Jetzt drehte sich Lukas doch wieder zu mir um. Sein Gesicht war nicht mehr so grimmig. Im Gegenteil, er wirkte fast so, als würde er gleich loslachen. „Mädchen, ich hab zu Hause 50 Hochleistungs-Milchkühe im Stall stehen. Ich bin nicht auf die paar Liter von *deinen* Kühen angewiesen."

„Wenn das so ist, würde ich sagen, Sie verschwinden besser von hier. Gehen Sie doch zu Ihren Hochleistungskühen. Ich komme zurecht, egal, was Sie dazu sagen."

„Berta", er wies auf die dicke Kuh, die er gerade molk, „hat einen kleinen Knubbel im Euter. Damit ist nicht zu spaßen."

„Mit mir ist auch nicht zu spaßen! Das ist mein Bauernhof und es sind meine Kühe und wenn Sie nicht bald gehen, sehe ich mich gezwungen die Polizei zu rufen." So!

Lukas hob wieder so unmerklich eine Augenbraue, wie er das auch schon bei unserer ersten Begegnung getan hatte. Dann ließ er von der dicken Berta ab, wischte sich betont langsam die Hände an seinem Arbeitsoverall ab und machte sich auf dem Weg zum Stall hinaus. Kurz vor der Tür drehte er sich noch einmal zu mir um und sagte: „Sag mal, was hast du da eigentlich für einen Abdruck im Gesicht? Trägt man das heute so in der Stadt?"

Unwillkürlich hob ich eine Hand und fühlte das Häkeldeckchen-Muster, während Lukas leise lachend den Stall verließ.

Ach, Mist.

KAPITEL DREIZEHN

Mittwoch, 17. Oktober
7:35 Uhr – Kassnach

LUKAS

Lukas wusste nicht, ob er lachen oder vor Wut weinen sollte.

Als er gestern Abend beobachtet hatte, wie die Städterin sich beim Melken abgemüht hatte und dann weinend an der Stallwand gelehnt hatte, hatte das etwas in ihm ausgelöst. Er hatte es noch nie gut mitansehen können, wenn jemand litt. Sei es Mensch oder Tier. Und hier litten beide: Mensch UND Tier. Das war dann auch der Grund gewesen, weswegen er wieder zum Melken hergekommen war. Diesmal hatte er sich nicht darüber aufgeregt, dass der ganze Hof dunkel war, als er eintraf. Worüber er sich aufgeregt hatte, war die Tatsache, dass die Kühe bereits vor Schmerzen schrien. Richtig laut schrien. Die Armen. Deshalb hatte er sich schnell an die Arbeit gemacht. Und gerade als er fast fertig gewesen war, war endlich auch mal das feine Fräulein aufgetaucht. Diese Langschläferin.

Hatte sie ihm dafür gedankt, dass er bereits fast alle Arbeit des frühmorgendlichen Melkens erledigt hatte? Nein!

Hatte sie ihn ernst genommen, als er sie auf den Knubbel in Bertas Euter hingewiesen hatte? Nein!

Hatte sie ihm stattdessen vorgeworfen, dass er ihr die Milch klauen wollte? Ja!

Und hatte sie ihm dann mit der Polizei gedroht? Ja!

Hatte die Kleine einen an der Klatsche? Definitiv ja!

So, wie sie sich verhielt, musste er wirklich ihre geistige Gesundheit anzweifeln, zumal sie dann auch noch so ein komisches Muster im Gesicht gehabt hatte. Fast hatte Lukas den Eindruck, als hätte sie die ganze Nacht auf einer Häkeldecke gelegen, wie er sie von seiner Oma gut kannte. Gerda Habermann hatte solche in ihrem Wohnzimmer liegen gehabt, das wusste er. Zuhauf. Er lachte leise. Bestimmt war die Studentin vor lauter Erschöpfung über die anstrengende Hofarbeit im Wohnzimmer eingeschlafen. Wenn nächste Woche die Kartoffelernte losging, konnte sie echt einpacken.

Na ja, für den Fall, dass sie nicht schon lange vorher ihre Koffer gepackt hatte.

STELLA

Auf einem Stuhl sitzend, mit dem Kopf auf einer Tischplatte zu schlafen, kann ich wirklich keinem empfehlen. Dennoch hatte ich es getan. (Wenn auch nicht freiwillig.)

Die Abendsonne schien mir direkt ins Gesicht, als ich aufwachte. Ich hob den Kopf. Ein Sabberfleck befand sich auf dem Tisch, daneben stand eine halb leere Tasse kalten Kaffees. Mit Blick auf die Küchenuhr musste ich feststellen, dass ich gute vier Stunden geschlafen hatte. Eigentlich war mein Plan gewesen, mich nach dem Mittagessen nur kurz für ein Nickerchen auf das Sofa im Wohnzimmer zu legen, aber die Erschöpfung hatte wohl schon am Küchentisch über mich gesiegt.

Es war fast sechs Uhr, gleich wieder Zeit die Kühe zu melken. Beim Gedanken daran musste ich schlucken.

Heute Morgen war ich damit einigermaßen glimpflich davongekommen. Nachdem ich den Grinch vom Nachbarhof erfolgreich in die Flucht gejagt hatte, war nur noch eine Kuh zu melken gewesen. Das hatte … nun, irgendwie hatte es geklappt. Ich hatte die Kühe auch heute wieder im Stall gelassen. Morgen würde ich mich an das Abenteuer „Ich bringe die Kühe auf die Weide und miste den Stall aus" wagen, sagte ich mir selbst, und wusste im Stillen nicht, ob ich mich gerade selbst belog. Aber so richtig.

Die Hühner hatte ich danach auf jeden Fall in ihr Freigehege gelassen. Das war auch nicht weiter schwer, sie hatten ihren Auslauf nämlich direkt am Stall. Man musste morgens lediglich eine Klappe in der Rückwand öffnen und die Hühner stürmten hinaus. Abends gingen sie (fast) wie von selbst in den Stall zurück und alles, was man dann noch zu tun hatte, war, die Klappe wieder für die Nacht zu schließen.

Und dann war es auch schon Zeit gewesen für meinen Einkauf bei Herta Müller. Einen Einkauf *innerhalb* der Öffnungszeiten des Tante-Emma-Ladens. Da ich immer noch keine Milch und Eier an Lukas verkauft hatte, musste ich mit meinen 6,53 Euro auskommen. Wie gut, dass ich dank Surferboy Christian bereits mit Brot, Butter und Belag ausgestattet war. So kaufte ich nur Nudeln, ein paar frische Tomaten und Zwiebeln sowie Möhren und es war sogar noch Geld für Parmesan übrig. Ein neues Päckchen Kaffee war leider nicht drin, da würde ich mit dem bisschen, was in der Küche des Bauernhauses war, haushalten müssen.

Herta Müller begegnete mir immer noch argwöhnisch, war aber etwas freundlicher zu mir. Sehr wahrscheinlich auch nur deshalb, weil ich diesmal innerhalb der hochheiligen Öffnungszeiten gekommen war. Was sie nicht davon abhielt, mit einer älteren Dame (die offensichtlich nicht zum Einkaufen, sondern nur zum Tratschen gekommen war) lautstark flüsternd meinen Fauxpas des „ich möchte um 12 Uhr mittags einkaufen" zu erörtern. Immer wieder steckten sie die Köpfe zusammen, flüsterten, verstummten kurz, um wieder mit vorwurfsvollen Blicken zu mir zu sehen, und flüstern dann erneut weiter.

Eigentlich hätte mir das etwas ausmachen sollen, tat es aber nicht. Im Gegensatz zu den anklagenden Blicken, Worten, Nachrichten, Instagram-Posts und was sonst noch alles in Köln passiert war, war das Pillepalle. Sollten sie sich über mein Nichtwissen der „in der Mittagspause wird nicht eingekauft" Regel ereifern, da hatten sie wenigstens etwas Abwechslung in ihrem tristen Dorfleben.

Nachdem ich mit meinen Einkäufen wieder aus dem Dorf zurück war, hatte ich den Hühnern die Futtertröge gefüllt und die neu gelegten Eier eingesammelt. Danach hatte ich mich seelisch und moralisch zusammengerissen und tatsächlich das kleine Bauernhaus geputzt. Es war mehr als notwendig gewesen. Keine Ahnung, wie lange das schon nicht mehr gemacht worden war. Die Staubschicht auf den Regalböden im Wohnzimmer war auf jeden Fall ziemlich alt gewesen. Alle Fenster weit aufgerissen, hatte ich gekehrt, gewischt und gestaubsaugt (Memo an mich selbst: neue Staubsaugerbeutel kaufen, wenn es für dieses antiquierte grüne Modell überhaupt noch welche gab). Danach hatte es im Haus wunderbar frisch und sauber gerochen und das wiederum hatte mich auf eine merkwürdige Art glücklich und zufrieden gemacht. Putzen und Saubermachen war etwas, wofür ich keine Hilfe brauchte. Keine Kladde und auch keinen Mann. Oh man, was sagte das über mein persönliches Rollenbild aus?

Eine Zeit lang hatte ich mich meinen zweifelhaften Überlegungen hingegeben, bis mein knurrender Magen mich daraus herausgerissen hatte. Aus einem Teil der Einkäufe hatte ich mir eine große Portion Nudeln mit Tomatensauce gekocht (und davon viel zu viel gegessen). Über den Kaffee, den ich im Anschluss gekocht hatte, war ich dann wohl am Küchentisch eingeschlafen. Fressnarkose gepaart mit Erschöpfung.

Ich blinzelte in die Abendsonne. Dann stand ich ächzend auf, strecke meine schmerzenden Glieder und ging zur Spüle, um mir das Gesicht mit kaltem Wasser abzuwaschen. Ein erneuter Blick auf die Küchenuhr zeigte mir, dass es sechs Uhr war. Zeit zum Melken. Mein ganzer Körper verkrampfte sich und ich hatte plötzlich einen metallenen Geschmack im Mund. Kam das von den vier Stunden Küchentisch-Schlaf oder lag es an der mir bevorstehenden Aufgabe? Ich konnte es nicht sagen.

STELLA

Kuhmist klebte in meinen Haaren, an meiner Kleidung und meinen Gummistiefeln. Von den bunten Farben war nichts mehr zu sehen. Ich stank, war verschwitzt, und mein Gesicht tränennass. Das war's. Ich war offiziell am Ende. Was hatte ich mir nur dabei gedacht dieses Erbe anzutreten? Wie hatte ich auch nur eine Sekunde lang glauben können, die geborene Bäuerin zu sein?

Ich war seit fast drei Tagen hier. Knapp 52 Stunden. Und das Einzige, was ich wirklich gut hinbekommen hatte, war, das Haus zu putzen.

Prima, Stella, ganz klasse. Zeig allen, dass du eine starke und selbstbewusste Frau bist. Eine Frau, die die Hofarbeit mit Links hinkriegt. Ohne Hilfe von außen und ohne Männer.

Ein lautes Schluchzen entfuhr meiner Kehle und weitere Tränen folgten auf den nassen Spuren meine Wangen hinunter.

Das Melken der Kühe war heute Abend ein noch viel größeres Desaster gewesen als am Tag zuvor. Seit die eine Kuh nach mir getreten hatte, war ich vielleicht auch zu ängstlich und schreckhaft dabei? Tatsache war auf jeden Fall, dass nichts von dem, was Großtante Gerda mir in der Kladde notiert hatte, funktionieren wollte. Die Kühe waren unglaublich unruhig gewesen.

So sehr, dass schon das Abwaschen schwierig gewesen war, vom Melken reden wir besser nicht.

Ich sage nur so viel: Es war darin geendet, dass eine der Kühe mich umgestoßen hatte. Voll in den Kuhmist. Und weil ich seit zwei Tagen den Stall nicht ausgemistet hatte, war da … nun … ordentlich Kuhmist. So richtig viel stinkender, ekliger Kuhmist. Bääääääh. Die Kuh daneben hatte mir dann mit ihren Hörnern den Rest gegeben. Vorsichtig betastete ich den blauen Fleck, der sich bereits deutlich sichtbar auf meiner Taille ausbreitete. Die Kühe hatten zwar Gott sei Dank keine großen oder spitzen Hörner, dennoch hatte mir das gereicht. Bevor mich noch eine Kuh mit dem Huf erwischen konnte, war ich auf allen vieren durch den Mist weggekrabbelt.

Und ich hatte gedacht, in der WG auf dem Teppichboden unter der Couch aufzuwachen wäre tief gesunken gewesen. Jetzt hatte ich einen neuen (viel tieferen und obendrein stinkenden) Standard. Yay!

STELLA

Mein Herz klopfte und ein Kloß hing mir im Hals, als mein Finger in der Kladde den Eintrag „Lukas Munnebach" suchte. Ich versuchte, den Kloß hinunterzuschlucken, aber er war hartnäckig. Endlich hatte ich die entsprechende Spalte gefunden. Dahinter stand die Telefonnummer, die ich gleich wählen würde: 4572 (Die Telefonnummern auf dem Land waren wirklich kurz.)

Ja, ihr lest übrigens richtig, ich war im Begriff, den knackarschigen (oder sagt man „knackärschigen"?) Grinch vom Nachbarhof anzurufen. Warum? Na, das ist eigentlich ziemlich offensichtlich: Ich wollte ihn um Hilfe bitten.

So. Jetzt wisst ihr es, jetzt ist es raus.

Ich hatte hin und her überlegt. Aber egal, wie ich es drehte und wendete, das Ergebnis, zu dem ich kam, war immer das gleiche: Ich kam auf dem Hof nicht allein zurecht. Und auch, wenn ich es selbst hasste, ich brauchte Hilfe. Hilfe von jemandem, der etwas von der Arbeit auf einem Bauernhof verstand. Und da war mir (leider) nur Ihre Griesgrämigkeit Sir Lukas von (Knack)Arsch eingefallen.

Nachdem ich den neuesten Tiefpunkt meines Lebens im Kuhmist erlebt und darüber geweint hatte (Okay, das ist nett ausgedrückt. Tatsächlich hatte ich Rotz und Wasser geheult, aber gut), war ich ins Haus gegangen, hatte mit spitzen Fingern die mistverdreckten Klamotten ausgezogen und mich dann in der Badewanne abgeduscht. Hockend. Eine Duschzelle gab es in dem Bauernhaus nicht. Wenn ich also wirklich vorhatte, länger hierzubleiben, würde ich nicht nur ein neues Bett brauchen, sondern auch eine Duschwand oder mindestens einen Vorhang. Auf meiner imaginären Einrichtungsgegenstände-und-Möbel-Liste fügte ich den Punkt *Duschvorhang* hinzu.

Obwohl es tausend schönere Dinge gab, als sich in einer Badewanne hockend stinkenden Kuhmist abzuduschen, hatte das heiße Wasser mir wirklich gutgetan. Ich weiß nicht, ob es die Misserfolge bei der Hofarbeit oder die heiße Dusche war, aber daraufhin hatten sich die Sachen in meinem Kopf neu sortiert. Es war mit einem Mal glasklar für mich gewesen, dass es nur einen Weg gab, um mein neues Leben tatsächlich leben zu können: Nämlich indem ich Hilfe annahm und lernte, wie man einen Hof führte. Ich hatte mich für das Leben als Bäuerin entschieden, also würde ich auch alles dafür tun. Ich würde das durchziehen und lernen, wie man die Kühe melkt und den Stall ausmistet. Wie man Kartoffeln erntet und wie man Traktor fährt. Ich musste das von jemandem lernen, der wusste, wie es funktioniert. Nicht nur theoretisch, sondern praktisch.

Seit ich hier angekommen war, hatte ich mir nur selbst im Weg gestanden. Meine Kuhmist-Misere hatte ich schließlich selbst verschuldet. Die Kühe waren nur so unruhig gewesen, weil ich sie seit zwei Tagen nicht auf die Weide gebracht hatte; und hätte ich mal früher den Stall ausgemistet, hätte ich nicht in solchen Massen von Kuhmist stecken müssen.

Ich seufzte. Es ärgerte mich, aber Lukas hatte mit mehreren Dingen recht gehabt: Zum einen damit, dass ich das nicht allein hinbekam und zum anderen, dass die Kühe litten. Und auch, wenn er anderer Meinung war, es war mir nicht egal. Ganz im Gegenteil.

Ich schluckte noch einmal erfolglos gegen den Kloß in meinem Hals an. Dann nahm ich mein Handy und tippte die Nummer, die ich eben in der Kladde nachgeschlagen hatte.

„Munnebach." Lukas klang so unfreundlich wie eh und je. Dabei konnte er gar nicht wissen, dass ich am Apparat war. Meine Handynummer kannte er mit Sicherheit nicht. War er zu jedem Menschen so? Immer unfreundlich und schlecht gelaunt?

„Hallo, Lukas ... Stella hier ... Ich ..." Ich wusste nicht, was ich sagen sollte. „Ähm ..." Ich räusperte mich. „Ja, also ... ich ..." Jetzt oder nie, Stella! „Ich brauche deine Hilfe. Also auf dem Hof."

Es herrschte ein Moment der Stille. Ich konnte nur mutmaßen, was gerade in seinem Kopf vorging. Würde er mich auslachen? Würde er einfach auflegen? Oder würde er mich vielleicht verhöhnen? Bevor ich mir noch mehr negative Reaktionen ausmalen könnte, hörte ich Lukas' Stimme aus dem Hörer. Nichts Unfreundliches war mehr darin. Seine Stimme war angenehm und dunkel und ich merkte, wie ich Gänsehaut bekam, als er sagte: „Ich dachte schon, du fragst nie."

KAPITEL VIERZEHN

Donnerstag, 18. Oktober
11:50 Uhr – Kassnach

STELLA

„Achtung, heiß!"

Völlig verblüfft nahm ich die dampfende Pizzaschachtel entgegen. Für meinen Geschmack war ja nicht nur die Pizza heiß, sondern auch derjenige, der sie mir gerade in die Hände gedrückt hatte: Surferboy Christian.

„Vorgestern der Beutel mit Brot und Wurst und heute eine Pizza? Sie wollen mich mästen, oder?", fragte ich und lächelte ihn breit an.

„Möglich." Auch er grinste breit. „Also. Wie sieht es aus. Wollen Sie mich hereinbitten? Ich habe extra eine große Pizza gekauft, davon sollten wir beide satt werden."

„Wenn das so ist." Bereitwillig machte ich einen Schritt zur Seite und ließ ihn eintreten.

Zielsicher ging Surferboy Christian Jäger an mir vorbei durch den verwinkelten Flur in die Küche, so als wäre er schon tausendmal in diesem Haus gewesen.

„Sie kennen sich hier aus?", fragte ich verblüfft, als ich ihm hinterherging.

„Ich war früher oft bei Heinrich und Gerda."

„Die Welt ist klein."

„Und in Kassnach noch viel kleiner." Er zwinkerte mir zu, während er wie selbstverständlich zwei Teller aus dem Schrank nahm und auf den Küchentisch stellte.

Die Pizza entpuppte sich als eine Capricciosa mit Champignons, Artischocken und gekochtem Schinken und war wirklich unglaublich lecker.

„Wo haben Sie denn diese Pizza her? Im Dorf gibt es keine Pizzeria, oder etwa doch?"

Christian fing an zu lachen. „Nein. In Kassnach gibt es keine Pizzeria. Aber in Oberkirst."

„Oberkirst? Davon hatte Herta Müller auch gesprochen. Das muss ja echt der Hot Spot hier in der Region sein."

Wieder musste er lachen und verschluckte sich dabei fast an seinem Pizzastück. Hustend und mit Tränen in den Augen sagte er: „Sie haben es ganz richtig erfasst. Ein absoluter Hot Spot. Der Place to be in der Vulkaneifel."

„Ich wusste es." Triumphierend hob ich einen Zeigefinger in die Luft.

Christian hustete und lachte immer noch. Mit einer Hand wischte er sich die Lachtränen aus den Augen. Dann räusperte er sich einmal und sagte schließlich:

„Aber jetzt mal etwas ganz anderes: Finden Sie nicht auch, dass wir langsam mal *Du* sagen sollten?"

Er hatte wirklich Manieren. Im Gegensatz zum Grinch vom Nachbarhof, der mich die ganze Zeit ungefragt geduzt hatte, bis ich aufgegeben hatte. Ich nickte und Christian schenkte mir wieder ein strahlendes Lächeln seiner weißen Zähne.

„Ich bin Christian." Er hielt mir seine Hand hin.

„Stella", sagte ich und schlug ein. Er hatte einen angenehm festen Händedruck.

„Hallo, Stella." Er grinste schief und hielt meine Hand ein bisschen länger als nötig in seiner. Während ich in seine meerblauen Augen sah, spürte ich deutlich, dass nicht nur die Pizza meinen Magen erwärmte.

STELLA

„… und da fragt der mich doch allen Ernstes: Well, are you even a real german if you you don't like Sauerkraut?"

Ich weiß gar nicht, wie lange Christian und ich schon in der Küche saßen, Kaffee tranken und erzählten. Also eigentlich erzählte nur Christian. Jetzt wusste ich, wo er die letzten elf Jahre zugebracht hatte: in Amerika. Oder besser gesagt in Kalifornien. Er war tatsächlich ein Surferboy. Auf meiner imaginären Liste für Stereotypen machte ich einen Haken an *Surferboy*. Ich grinste.

Christian war witzig und – was noch wichtiger war – er war nicht verheiratet oder sonst wie liiert. Das hatte ich durch ein paar mehr oder weniger subtile Fragen sichergestellt. Noch mal würde ich mich nicht auf einen vergebenen Mann einlassen.

„Was hat dich eigentlich hierher verschlagen?", stellte er mir die Frage, die ich am meisten fürchtete.

„Ähm … ich …" Schnell nahm ich einen Schluck von meinem Kaffee. „Heinrich und Gerda waren Großonkel und -tante von mir. Ich habe den Hof geerbt."

Christian machte ein gespielt erstauntes Gesicht, als würde er sagen wollen: „Wirklich? Das ist mir ja völlig neu."

„Aber das weißt du ja schon", sagte ich und erinnerte mich an unsere erste Begegnung. „Wie jeder andere in Kassnach auch." Ich seufzte.

„So ist es." Christian grinste wieder breit. „Aber das hatte ich nicht gemeint."

„Sondern?"

„Dass du den Hof geerbt hast, ist ja eine Sache, aber wie kommt es, dass eine junge hübsche Frau wie du in der Vulkaneifel versauern möchte, statt einfach alles zu verkaufen?" Seine Augen blitzen. Hatte er tatsächlich gerade hübsch gesagt?

„Also ich habe gerade nicht den Eindruck, dass ich hier versauere", sagte ich und blitzte zurück.

„Touché!", rief Christian.

Wir lachten beide und wurden dann schlagartig still. Christian blickte mich aus seinen meerblauen Augen ernst an. Da war etwas zwischen uns. Ich hatte fast den Eindruck, dass die Luft gleich anfangen würde zu knistern. Mein Herz begann schneller zu schlagen; und dann klingelte es an der Tür.

Wie in Trance fuhr ich hoch. Was war das eben nur gewesen. Ich hatte mir doch vorgenommen, keine neue Männersache anzufangen. Ich wollte mich doch als starke und selbstständige Frau beweisen. Und was machte ich? Saß in der Küche mit Surferboy Christian und versank in seinen Augen.

Stella Schulze, wirklich!

Es klingelte erneut. Zu Christian gewandt zuckte ich mit den Schultern, um zu zeigen, dass ich niemanden erwartete, und ging dann zur Tür. Ich öffnete und da stand Lukas. Er hielt einen in Alufolie gewickelten Teller in den Händen.

„Hallo Stella, es war heute so viel vom Mittagessen übrig und ich dachte, du hast vielleicht Hunger." Seit er mir heute Morgen gezeigt hatte, wie man Kühe (richtig) molk, war unser Verhältnis besser geworden. Soll heißen: Er war nicht mehr ganz so abweisend und unfreundlich zu mir und dass er mir Mittagessen brachte, war fast schon ein Friedensangebot und das Netteste, was ich von Lukas bisher gesehen hatte. Ehe ich antworten konnte, hatte er sich schon an mir vorbei geschoben und war auf dem Weg in die Küche. Scheinbar kannte sich jeder bestens im Haus von meiner Großtante aus. Kopfschüttelnd ging ich hinterher.

Als Lukas erst den leeren Pizzakarton und dann Christian am Küchentisch sitzen sah, blieb er so abrupt stehen, dass ich gegen ihn lief.

„Christian", sagte er und seine eben noch angenehm dunkle Stimme war plötzlich eiskalt. So kalt, dass ich das Gefühl hatte, dass es in der eigentlich ziemlich warmen Küche ein paar Grad kälter wurde.

„Lukas", erwiderte Christian mit ähnlicher Kälte.

„Ihr kennt euch?", fragte ich, obwohl das sonnenklar (oder vielleicht auch mehr eiskristallklar) war. Statt zu antworten, nickten beide mit steinerner Miene.

Na, das konnte ja heiter werden.

STELLA

Kennt ihr diesen Showdown, den es in jedem Western-film gibt? Ein Dorf in der Prärie wird gezeigt. Nur aus einer Straße mit Häusern links und rechts bestehend. Absolut verlassen. Es ist 12 Uhr mittags (immer!). Die Sonne steht im Zenit. Ein kleiner Ball aus Buschwerk weht vorbei. Dann ertönt Musik – wahlweise von einer Mundharmonika – und an dem einen Ende des Dorfes erscheint der Bösewicht auf der Straße und an dem anderen Ende der Held. Beide mit schweren Schritten und verbissenen Mienen, während sie sich keine Sekunde aus den Augen lassen; immer darauf bedacht, als Erster die Pistole zu ziehen.

So ähnlich war die Situation bei mir heute Mittag in der Küche gewesen. Natürlich hatten Christian und Lukas keine Pistolen dabeigehabt und ich hatte auch keinen Ball aus Buschwerk vorbeiwehen gesehen und es gab auch keine klagende Mundharmonikamusik, aber die Stimmung war die gleiche wie bei einem Western-film-Showdown. Genau die Gleiche.

Während ich Alma zwischen den Hörnern kraulte, wie Lukas mir das heute Morgen gezeigt hatte, dachte ich noch mal über diese bizarre Begegnung nach. Nachdem die beiden Männer sich so kühl begrüßt hatten, war es eine ganze Weile still in der Küche des kleinen Bauernhauses gewesen – unangenehm still. Ein

Schweigen, das mich halb wahnsinnig gemacht hatte. Schließlich war ich einfach zum Small Talk übergegangen. Hatte Lukas überschwänglich für den mitgebrachten Teller gedankt (es hatte sich als eine großzügige Portion Kartoffelsalat herausgestellt), diesen in den Kühlschrank gestellt und Christian dann erzählt, dass Lukas mir morgens das Melken beigebracht hatte. So gut es ging, hatte ich versucht zu überspielen, dass die beiden sich ganz offensichtlich nicht leiden konnten. Was es auch war, dass zu dieser Abneigung geführt hatte, ich hatte nicht vor, mich als Spielball einspannen zu lassen. Nicht mit mir und erst recht nicht in meiner Küche.

Schließlich hatte Lukas den Rückweg angetreten, aber natürlich nicht, ohne sich noch ganze dreimal bei mir zu vergewissern, dass ich mich jetzt wirklich in der Lage fühlte, die Kühe allein zu melken.

Er war noch nicht ganz zur Tür hinaus gewesen, da hatte Christian angefangen, mir zu erzählen, woher sie sich kannten: Sie waren zusammen aufgewachsen. Als Kinder unzertrennlich. Beste Freunde. Waren viel bei Heinrich und Gerda auf dem Hof gewesen. Aber dass Christian dann nach Amerika gegangen war, während Lukas in Kassnach geblieben war, hatte die Freundschaft wohl nicht überlebt. Zumindest nicht von Lukas' Seite aus.

Christian erzählte mir, dass Lukas ihn seit seiner Wiederkehr so kalt behandeln würde, wie ich es mitbekommen musste.

„Weißt du, Stella, ich erkenne meinen besten Freund einfach nicht mehr wieder", hatte Christian gesagt und dabei den Kopf hängen gelassen. „Ich hatte immer gedacht, ich könnte jederzeit auf ihn zählen, egal wie lange wir uns nicht mehr gesehen haben. Aber da habe ich mich getäuscht. Sehr getäuscht."

Ich hatte unschlüssig in der Küche gestanden und gar nicht gewusst, was ich tun sollte. Schließlich hatte ich mir und Christian noch einen Kaffee eingeschüttet und mich wieder zu ihm an den Tisch gesetzt.

Nachdem er drei große Schlucke zu sich genommen hatte, hatte er gefragt: „Lukas hilft dir auf dem Hof?"

Ich hatte genickt, ihm dann die Schnellfassung meiner Eskapaden berichtet, die darin geendet waren, dass ich Lukas um Hilfe gebeten hatte. Christians Gesicht hatte über meine Erzählung einen harten Zug bekommen.

„Du solltest dich vor ihm in Acht nehmen."

„Warum?"

„Im Dorf geht rum, dass er nur hinter deinem Hof her ist. Er hat sich wohl zu Lebzeiten ordentlich bei Heinrich und Gerda eingeschleimt und wollte den Hof erben, aber der Plan ist offensichtlich nicht aufgegangen."

Ich hatte gerade an meinem Kaffee getrunken und mich daran verschluckt, als Christian mir das erzählte. Plötzlich hatte alles Sinn gemacht. Dass Lukas mir mit so einer Unfreundlichkeit und Wut begegnete, dass er immer wieder auf dem Hof aufgetaucht war, obwohl ich ihn mehrfach davongejagt hatte. Dabei hatte ich nach unserem Telefonat gestern Abend und der Melk-Lehrstunde heute Morgen den Eindruck gehabt, dass Lukas mir wirklich helfen wollte. Aber das war wohl nur ein Ablenkungsmanöver. Tja. Einmal böser Wolf, immer böser Wolf.

„Darüber bin ich übrigens sehr froh", sagte Christian.

„Was?"

„Dass du den Hof geerbt hast, sonst hätten wir uns doch nie kennengelernt."

Die gescheckte Elsa stupste mich mit ihrer Schnauze an und ich hob meine andere Hand, um sie am Kopf zu kraulen. Nach diesem letzten Satz hatte Christian mir wieder fest in die Augen gesehen. Dann hatte er sich verabschiedet und war gegangen. Unnötig zu erwähnen, dass Pizza und Kaffee begleitet von Hunderten von Schmetterlingen in meinem Magen Karussell gefahren waren. Weil mir nach dieser Offenbarung auch der Kopf geschwirrt hatte, hatte ich für eine gute halbe Stunde ein Nickerchen auf dem alten Sofa im Wohnzimmer gemacht und war dann schweren Herzens (und noch schwererer Beine) aufgestanden, um nach den Tieren zu sehen. Die Kühe waren auf der Weide und hatten scheinbar alles, was sie brauchten.

Als wir heute Morgen mit dem Melken fertig gewesen waren, hatte Lukas mir geholfen, die Kühe nach draußen zu bringen. Es war gar nicht so schwierig wie angenommen. Die Kühe gingen den Weg fast von allein. Man musste nur zusehen, dass die dicke Berta – die Leitkuh – nicht aus der Reihe tanzte; die anderen machten dann alles automatisch mit.

Alma und Elsa genossen ihre Krauleinheiten offensichtlich. Beide hatten ihre Köpfe weit über den Zaun gestreckt, während die anderen vier Kühe (Berta, Lise, Hanni und Isolde – von Lukas hatte ich alle Namen gelernt) träge in der Sonne weideten. Ein paar Minuten kraulte ich Alma und Elsa weiter die Köpfe, dann ließ ich von ihnen ab, um nach den Hühnern zu sehen.

Ich umrundete die Weide und marschierte zum Hof zurück. Wieder musste ich an Christian denken. Er schien der einzige Mensch aus Kassnach zu sein, der sich freute, dass ich hier war. Gut, nicht dass ich schon viele Leute kennengelernt hatte, aber ich konnte mir nicht vorstellen, dass die restlichen Dorfbewohner großartig anders eingestellt waren als Lukas Munnebach und Herta Müller.

Deutlich spürte ich noch das warme Gefühl in meinem Magen, als Christian meine Hand gehalten hatte. Ich lächelte. Wer hatte denn gesagt, dass man sich nicht als starke, unabhängige Frau auf einem Bauernhof beweisen und trotzdem ein Liebesleben haben konnte? Nicht, dass man das, was ich bisher mit Christian hatte, als Liebesleben hätte bezeichnen können. Aber das hieß ja nicht, dass es nicht noch werden konnte.

Am Hof angekommen, ging ich links am Stall vorbei, um direkt zum Freigehege der Hühner zu gelangen. Es lag völlig verlassen da. Das war merkwürdig. Ich ging zurück und öffnete die Stalltür. Wenn dort sonst ein lautes und lebhaftes Gewusel herrschte, so lagen die Hühner jetzt alle matt im Stall. Zum Teil hatten sie die Augen geschlossen und die Köpfe unter die Flügel gesteckt.

Es war sehr warm im Stall und ich bekam einen trockenen Hals. Was sollte ich denn jetzt machen? Ob Großtante Gerda auch zu möglichen Krankheiten etwas in ihren Kladden notiert hatte? Sonst würde mir wohl nur googeln übrig bleiben. Aber was gab man in diesem Fall in die Suche ein? *Hühner sind plötzlich schlapp?* Mist.

Mein Hals kratzte und ich beschloss, ins Haus zu gehen, mindestens zwei große Gläser Wasser zu trinken und dann herauszufinden, was mit den Hühnern nicht stimmte. Mein Blick fiel auf die runden Hühnertränken, die im Stall auf dem Boden verteilt standen. Wasser. Die Tränken waren leer. Alle. Trocken. Knochenfurztrocken. Mistmistmist. Kein Wunder, dass die armen Tiere so schlapp waren. Sie waren bei der Oktoberhitze bestimmt schon dehydriert. Die Kühe hatten Tränken, die ans Wassersystem angeschlossen waren, aber bei den Hühnern musste man das mit einem Eimer holen und verteilen. Und wer hatte das heute Morgen nicht gemacht? Richtig: ich.

Es war aber auch wirklich viel, an was man auf einem Bauernhof denken musste. Und bisher machte ich nur das Nötigste. Das würde sehr spannend werden, wenn es bald an die Kartoffelernte ging und im nächsten Frühjahr dann an die Aussaat. Ich schluckte. Schnell holte ich einen Eimer mit Wasser und füllte die Tränken. Sofort kam wieder Leben in die Hühnerschar. Ich sah ihnen eine ganze Weile dabei zu, wie sie gierig das Wasser tranken. Immer und immer wieder tauchten sie ihre Schnäbel in das Wasser und rissen danach den Kopf ruckartig hoch. Schon seltsam, wie Hühner trinken. Aber es schien ihnen so weit wieder gut zu gehen.

Ich sah noch einmal in den Nestern nach, ob es sich lohnte, Eier einzusammeln und dabei fiel mir wieder siedend heiß ein, dass ich doch eigentlich mit der Milch und den Eiern zu Lukas hatte gehen wollen, um sie ihm zu verkaufen.

Stella, Stella. Wo hatte ich nur meinen Kopf gelassen? Bei Christian Jäger antwortete ich mir selbst.

KAPITEL FÜNFZEHN

Donnerstag, 18. Oktober
15:50 Uhr – Kassnach

LUKAS

Völlig verschwitzt wischte Lukas sich mit den Händen über das ölverschmierte Gesicht. Reparaturen an den landwirtschaftlichen Geräten waren einfach nicht sein Ding. Sonst liebte er alles daran, dass er Landwirt war: die Felder zu bestellen, die Tiere zu versorgen, eins zu sein mit der Natur und dem Lauf der Jahreszeiten. Aber Geräte reparieren? Das hasste er. Wenn es doch nur in Kassnach oder im näheren Umkreis einen ordentlichen Mechaniker geben würde, den er damit hätte beauftragen können. So jedoch blieb es einzig und allein an ihm selbst hängen. Er wusste ja auch, wie es ging. Er machte es nur einfach nicht gern.

Für heute war er Gott sei Dank damit fertig. Der Vergaser des Traktors war ausgetauscht und sollte hoffentlich wieder für eine ganze Weile halten.

Lukas warf einen Blick auf seine von der Feldarbeit zerkratzte Armbanduhr und stellte fest, dass ihm tatsächlich noch etwas Zeit blieb, bis er heute Abend die Kühe melken und die anderen Tiere versorgen würde.

Wie schon so oft in den letzten zwei Tagen wanderten seine Gedanken zu der jungen Städterin vom Habermann-Hof. Er fluchte leise. Für einen Augenblick, als er ihr das Melken gezeigt hatte und mit ihr die Kühe auf die Weide gebracht hatte, hatte er gedacht, dass es vielleicht doch keine ganz so falsche Idee von der alten Habermann gewesen war, ihr den Hof zu vererben. Für diesen Augenblick hatte er tatsächlich den Eindruck gehabt, dass ihr der Hof und die Tiere am Herzen lagen, dass sie das alles wirklich wollte, dass sie in guter Nachbarschaft zusammenarbeiten und vielleicht sogar Freunde werden könnten.

Und dann hatte ausgerechnet Christian bei ihr in der Küche gesessen und einen auf reichen Ami gemacht. Mit Pizza und dem Lächeln seiner weißgebleichten Zähne. Natürlich war das feine Fräulein aus der Stadt diesem Charmeur sofort verfallen. Lukas hatte genau gesehen, was sie ihm für Blicke zuwarf und wie sie seine braun gebrannten Muskeln betrachtete. Muskeln, die Christian nur vom „Workout" im Fitness-Studio hatte. Der Kerl hatte doch noch nie in seinem Leben anständig gearbeitet. Das hatte er schon immer anderen überlassen.

Als sie noch Kinder waren, hatte Lukas das nie gestört. Damals hatte er zu dem ein Jahr älteren Freund aufgesehen. Christian schien alles zuzufliegen: Bonbons bei Herta Müller, gute Schulnoten, Mädchen, ein-

fach alles. Dabei war er derjenige, der die größten Streiche spielte und immer irgendetwas ausgefressen hatte.
Ärger bekam er dafür so gut wie nie. Er war schon immer gut darin gewesen, sich mit einem strahlenden Lächeln und einer Unschuldsmiene überall herauszureden. Lügen kamen ihm so natürlich über die Lippen,
dass wirklich niemand auf die Idee kam, seine Worte
anzuzweifeln. Aber Lukas wusste, was Christian sich
schon alles geleistet hatte. Er wusste, wie manipulativ
er sein konnte. Und er fragte sich, was genau Christian
sich von der jungen Städterin versprach, dass er sie so
gekonnt um den Finger wickelte. War Stella für ihn nur
ein Zeitvertreib oder hatte er etwas ganz anderes mit
ihr im Sinn? Denn ja, sie war süß, das konnte er nicht
abstreiten und obwohl sie wirklich kaum bis gar keine
Ahnung von der Landwirtschaft hatte, so hatte sie zumindest den starken Willen, das Leben und die Arbeit
als Bäuerin so gut wie möglich durchziehen zu wollen.
(Lukas hätte nie öffentlich zugegeben, wie sehr ihm das
imponierte.) Lukas seufzte. Er wusste gar nicht, ob er
das wissen wollte.

Wieder wanderten seine Gedanken zu Stella. Wie sie
vorgestern Abend weinend an der Stallwand gelehnt
hatte, nur um dann doch (wenn auch nicht richtig) die
Kühe zu melken. Wie sie über ihren eigenen Schatten
gesprungen war und ihn gestern angerufen hatte, um
ihn um Hilfe zu bitten. Die Kleine hatte auf jeden Fall
Durchhaltevermögen. Sie wollte das hier, auch wenn er
nicht verstand warum. Es musste mehr sein als nur der
Umstand, dass sie den Hof geerbt hatte.

Das Erbe. Er biss die Zähne zusammen. Die Geschichte mit dem Erbe war immer noch ein wunder

Punkt für ihn. Nach wie vor verstand er nicht, dass er den Hof der Habermanns nicht geerbt hatte. Er schluckte. Aber das konnte er der jungen Städterin nicht ankreiden. Es war ja nicht so, als hätte sie sich vorsätzlich als Alleinerbin einsetzten lassen. Oder etwa doch? Seine Gedanken überschlugen sich. Das musste er auf jeden Fall in Erfahrung bringen!

So lange würde er Stella und auch Christian scharf im Auge behalten.

Wieder seufzte Lukas. Dann fiel ihm ein, dass er heute Morgen beim Melken das Gefühl gehabt hatte, dass bei Berta immer noch ein Knubbel im Euter war. Das musste erst mal nichts heißen, aber er wusste aus Erfahrung, wie schnell sich aus einem Knubbel ein Knoten bilden konnte und daraus eine Entzündung. Wenn er doch noch etwas Zeit hatte, würde er schnell zur Weide des Habermann-Hofs hinübergehen und nach Berta sehen. Nur um ganz sicher zu gehen, dass es ihr und den anderen Kühen gut ging.

Die sechs Kühe begrüßten ihn mit einem freundlichen Muhen, als er das Weidegatter öffnete. Nur die dicke Berta wirkte angeschlagen. Lukas biss die Zähne zusammen. Sein Gefühl von heute Morgen hatte ihn also nicht getäuscht. Er ging zu ihr hin und strich ihr erst einmal sanft über die Schnauze. Dann tastete er sie vorsichtig ab. Er fragte sich, wo Stella wohl im Moment steckte.

„Was machst du da?" Wenn man vom Teufel spricht … Da war sie auch schon. Beide Arme in die Seiten gestemmt stand Stella vor dem Weidezaun, die Augen zusammengekniffen.

„Hallo Stella. Ich gucke nach den Kühen."

„Okay, dann muss ich meine Frage umformulieren: *Warum* machst du das?"

„Du hast die Kühe gestern Abend nicht richtig gemolken und heute Morgen hatte ich den Eindruck, dass Berta einen Knubbel im Euter hat. Ich habe mir Sorgen gemacht und ..."

„Und was ist so schlimm an einem Knubbel im Euter?"

„Ein Knubbel bedeutet, dass es eine Entzündung sein kann und ehrlich gesagt habe ich den Eindruck, dass das der Fall ist."

„Wegen eines Knubbels?"

„Nicht nur. Berta hat bestimmt Fieber. Die fühlt sich total heiß an."

Stella durchquerte das Weidegatter und kam zu ihm und der Kuh. Mit etwas Abstand blieb sie vor der dicken Berta stehen. Dann streckte sie den Arm weit aus. Gerade so weit, um mit den Fingerspitzen den Hals der Kuh berühren zu können.

„So kannst du nicht herausfinden, ob Berta Fieber hat. Du musst schon näherkommen."

„Musst du eigentlich alles besser wissen?"

„Was ist daran *besser wissen*? Das ist eine Tatsache."

„So wie es eine Tatsache ist, dass du es auf meinen Hof abgesehen hast?"

„Was soll das denn heißen?"

„Ich weiß, dass du gedacht hast, du würdest den Hof erben."

„Ja, aber du hast den Hof geerbt."

„Ganz genau. Und das solltest du langsam mal akzeptieren."

„Stella, was ist los? Hier geht es nicht um den Hof. Ich mache mir nur Sorgen um die dicke Berta."

„Wie es *meinen* Kühen auf *meinem* Hof geht, entscheide ich und nicht du!" War diese Städterin tatsächlich so dickköpfig, dass ihr sogar die Gesundheit der Tiere egal war, solange sie nur ihr Erbe für sich beanspruchen konnte?

„Aber ...", setzte er erneut an.

„Kein aber."

Wütend ballte Lukas die Fäuste und sog scharf die Luft ein. Unglaublich! Einfach unglaublich!

Ohne ein weiteres Wort drehte er sich um und ging mit festen Schritten zum Weidegatter. Er war so wütend, dass er sich nicht mit dem Öffnen des Gatters aufhielt, sondern kurzerhand hinübersprang.

Der war doch nicht mehr zu helfen!

STELLA

Und wieder konnte ich nur fassungslos hinter Lukas Munnebach hersehen und mich darüber ärgern, dass ein Teil von mir seinen Knackarsch bewundert hatte, als er so leichtfüßig über das Gatter gesprungen war. Er hatte eine Hand aufgestützt und – hopp – war er darüber gesprungen, als wäre es nichts. Nur ein kleines Fußbänkchen oder so. Er war wirklich sehr durchtrainiert. Natürlich hatte er noch lange nicht so definierte Muskeln wie Christian, aber trotzdem war es nett anzusehen. Mehr als nett, wie ich mir grummelnd eingestehen musste. Dazu diese angenehm dunkle Stimme. Wenn er nur nicht immer so verdammt grinchig wäre …

Ich holte tief Luft, blähte meine Backen auf und atmete dann lautstark wieder aus. Da war ich hierher in die Vulkaneifel gekommen, um mich wegen meiner aufgeflogenen Affäre zu verkriechen … ähm, ich meine: um ein neues Leben anzufangen, ohne Männer und jetzt? Jetzt musste ich immerzu an Christian Jäger denken und zog sogar Ihre Griesgrämigkeit Sir Lukas von Munnebach in Betracht oder mehr seinen Knackarsch und seine dunkle Stimme. War ich wirklich so verzweifelt? Sagt nichts! Ich weiß schon, was ihr jetzt denkt: Ja, Stella, bist du.

Ich musterte die Kühe. Die dicke Berta sah in der Tat mitgenommen aus. Seufzend trat ich einen großen Schritt an sie heran und legte meine Hand auf ihren Hals. Sie fühle sich heiß an. So richtig heiß. Fiebrig heiß. Scheiße.

Lukas musste natürlich recht behalten. Ein Blick auf Bertas Euter zeigte sogar mir, dass da etwas nicht in Ordnung war. Es war gerötet und fast doppelt so groß wie die Euter der anderen Kühe. Scheißescheiße.

Ich überlegte, was ich tun sollte. Lukas Munnebach zurückholen? Im Leben nicht. Was dann? Was macht man, wenn eine Kuh krank wird? Natürlich! Man ruft den Tierarzt. Ich klopfte der Kuh sachte gegen den Hals und flüsterte ihr ins Ohr: „Es wird alles gut, ich hole Hilfe." Fast hatte ich den Eindruck, dass die dicke Berta das mit einem dankbaren Kopfnicken quittierte, aber das bildete ich mir sehr wahrscheinlich nur ein.

In der Küche lagen die beiden Kladden meiner Großtante auf dem Tisch.

Hastig blätterte ich in „Kontakte und wichtige Daten". Es dauerte nicht lange, bis ich den Eintrag bei *Tierarzt* fand: Dr. Andrea Esser. Dazu eine Adresse in Oberkirst und eine Telefonnummer.

Ich holte mein Handy aus der Tasche und wählte.

„Tierarztpraxis Dr. Esser, Schmitz am Apparat."

„Hallo. Mein Name ist Stella Schulze, ich bin die Erbin vom Habermann-Hof in Kassnach. Eine meiner Kühe hat ... Fieber? Ist Frau Dr. Esser zu sprechen?"

„Sie ist im Moment nicht in der Praxis. Sie musste zum Besamen nach Hentscheidt. Ich werde versuchen, sie unterwegs zu erreichen, damit sie danach bei Ihnen vorbeischaut."

„Danke. Das wäre gut.“

„Es wird nur vermutlich etwas dauern, bis die Frau Doktor bei Ihnen ist.“

„Das ist okay. Danke.“

STELLA

„Ah, Sie sind also Stella Schulze. Ich hab schon viel von Ihnen gehört."

Ich verkniff es mir mit den Augen zu rollen. Ich würde mich wohl daran gewöhnen müssen, dass auf dem Land jeder alles wusste und von einem gehört hatten.

Frau Dr. Andrea Esser, die Tierärztin, stellte sich als eine schlanke und hochgewachsene Frau Mitte 40 heraus. Die roten Haare hatte sie zu einem strengen Knoten nach hinten gebunden. Trotzdem wirkte sie nicht bieder oder unfreundlich, ganz im Gegenteil. Sie hatte ein sympathisches und einnehmendes Lächeln und einen sehr starken Händedruck. In Gedanken zückte ich wieder meine imaginäre Liste für Stereotypen und strich *Tierarzt* aus. Irgendwie hatte ich bei diesem Beruf immer nur *Dr. Hilfreich* aus *Benjamin Blümchen* vor Augen gehabt.

„Wo ist denn der Fieberpatient?"

„Wie bitte?"

„Meine Sprechstundenhilfe sagte mir, Sie hätten eine fiebernde Kuh? Ist das nicht richtig?"

„Ach so, doch, doch, natürlich. Kommen Sie." Ich führte die Tierärztin zur Kuhweide, öffnete das Weidegatter und ließ sie hindurch.

Ich brauchte ihr gar nicht zu zeigen, welche Kuh betroffen war. Zielsicher ging sie auf die dicke Berta zu. Sie sprach sanft und leise mit der Kuh, strich ihr über den Hals und untersuchte dann das Euter der Kuh.

Ohne zu mir aufzuschauen sagte sie: „Die gute Berta hat eine Mastitis."

„Sie kennen den Namen der Kuh?"

„Aber natürlich. Ich kenne alle meine Patienten mit Namen." Beeindruckend.

„Und ist eine … Mast… äh … ist das schlimm?"

„Schön ist es jedenfalls nicht. Ich werde noch eine Milchprobe nehmen, um zu ermitteln, ob die Ursache Bakterien sind und wenn ja welche. Danach können wir dann gegebenenfalls eine Antibiose einleiten. Bis dahin sollten Sie die Milch von Berta verwerfen."

Ich nickte ganz fachmännisch, als hätte ich alles verstanden, was Frau Dr. Esser mir gesagt hatte. Die Tierärztin grinste. Mist. Ich war wohl nicht so überzeugend, wie ich dachte.

„Es gibt mehrere Möglichkeiten, wie eine Mastitis – das ist eine Entzündung des Euters – entsteht. Eventuell ist sie durch Bakterien entstanden, deshalb sollten sie die Milch von Berta besser wegschütten. Ein Euter kann sich aber auch entzünden, wenn die Kuh nicht richtig abgemolken wird." Frau Dr. Esser sah mir ernst ins Gesicht und ich merkte, wie meine Wangen zu brennen begannen.

„Kann es sein, dass Sie die Kühe nicht richtig abgemolken haben?"

„Abgemolken?", fragte ich unschuldig.

Frau Dr. Esser blickte mir immer noch fest in die Augen.

„Können Sie richtig melken?" Das Brennen meiner Wangen wurde stärker.

Ich räusperte mich. „Ich … hatte so meine … ähm, Anfängerprobleme. Aber jetzt habe ich es gezeigt bekommen. Ich meine, jetzt weiß ich, wie das geht. Also richtig."

Frau Dr. Esser hob die Augenbrauen. „Und wer hat Ihnen das gezeigt?"

„Lukas Munnebach." Ich versuchte ganz unbeteiligt zu klingen.

Der feste Blick von Frau Dr. Esser wurde mit einem Mal weich. „Ach ja, der Lukas. Der ist eine Seele von einem Menschen."

Sprachen wir vom selben Mann?

„Kaum jemand kann besser mit Tieren umgehen", fuhr die Tierärztin fort. „Da sind Sie bestimmt froh, dass er Ihnen hier ein bisschen unter die Arme greift."

Ähm … Nein, dachte ich. Tatsächlich sagte ich aber: „Ja", und nickte fest mit dem Kopf, wie um meiner Antwort damit mehr Wahrheit zu verschaffen. Frau Dr. Esser bemerkte meine offensichtliche Lüge diesmal nicht, sie sprach schon weiter: „Der Lukas hat es im Leben nicht leicht gehabt."

Das war mir neu. Ich sah die Tierärztin fragend an.

„Der arme Junge musste ohne Mutter aufwachsen, die ist bei seiner Geburt gestorben und jetzt, da sein Vater dement und im Altenheim ist, muss er den ganzen Hof allein versorgen. Und trotzdem schafft er es, auch hier noch nach dem Rechten zu sehen. Das müssen Sie sich mal vorstellen." Genau das tat ich gerade und zeitgleich damit hatte ich plötzlich ein schlechtes Gewissen. Ein verdammt großes schlechtes Gewissen. Kein Wunder, dass Lukas immer so kurz angebunden war. Er war total gestresst und überarbeitet. Und dann kam ich einfach so des Wegs und machte ihm seine Arbeit noch schwerer.

„Und dann dieser furchtbare Unfall", riss Frau Dr. Esser mich aus meinen Gedanken.

„Unfall?"

„Ja, vor elf Jahren. Lukas war mit einem Freund und dessen Schwester im Auto verunglückt. Die Kleine hatte es leider nicht überlebt, aber die beiden Jungs hatten wie durch ein Wunder nicht mal einen Kratzer. Trotzdem ist er seit diesem Tag nicht mehr der Gleiche gewesen. Hat ihn schwer mitgenommen."

Freund? Schwester?

„Frau Dr. Esser", fragte ich leise, „wer war denn dieser Freund?"

„Christian. Christian Jäger."

KAPITEL SECHZEHN

STELLA

Ich saß am Küchentisch und starrte vor mich hin. Warum hatte Christian mir nicht von dem Unfall erzählt? Es war doch offensichtlich der Grund für seinen Fortgang nach Amerika. Auf der anderen Seite gehörte so etwas aber auch nicht zu den Dingen, die man jemandem, den man gerade erst kennengelernt hatte, direkt unter die Nase rieb.

Was auch immer damals bei diesem Unfall passiert war, es hatte dafür gesorgt, dass Lukas und Christian so abweisend zueinander waren. Ob sie sich wohl gegenseitig beschuldigten?

Ich überlegte, ob ich Frau Dr. Esser anrufen sollte, um nach Einzelheiten zu erfragen, verwarf diesen Gedanken aber sofort wieder. Vielleicht würde ich Christian einmal danach fragen. Oder Lukas? Nee. Eher würde ich mir meine Zunge abbeißen.

Lukas. Ich seufzte. Ich war ihn auf der Weide ganz schön angegangen. Eventuell war das ein bisschen zu viel des Guten gewesen. Aber dann fiel mir wieder ein, was Christian zu mir gesagt hatte: „Du solltest dich vor ihm in Acht nehmen. Im Dorf geht rum, dass er nur hinter deinem Hof her ist."

Und gleichzeitig fiel mir ein, wie Frau Dr. Esser so positiv über Lukas gesprochen hatte. „Eine Seele von einem Menschen", so hatte sie ihn genannt. Wie passte das zusammen? Wie?

Eigentlich hätte es mich abschrecken müssen, aber es machte mich neugierig. Ich wollte dem Ganzen auf den Grund gehen, obwohl ich nicht genau sagen konnte, warum das so war. Ich wollte wissen, was damals bei dem Unfall passiert war und was für ein Mensch Lukas wirklich war und vor allen Dingen wollte ich wissen, ob zwischen Christian und mir mehr drin war als intensiver Blickkontakt und langes Händeschütteln.

„Da nimmst du dir aber ganz schön viel vor, Stella Schulze", sagte ich mir, stützte die Arme schwer auf den Tisch auf und ließ meinen Kopf hinein sinken.

STELLA

Ich weiß nicht, wie lange ich den Kopf auf dem Tisch aufgestützt hatte, als ich plötzlich von draußen jemanden rufen hörte: „Stella! Hey, Stella! Steeeeeeellaaaaaa!"

Endstation Sehnsucht! Ida!

Tränen traten mir in die Augen. Noch nie hatte mich Idas *Endstation Sehnsucht* Performance so glücklich gemacht.

Ich hechtete durch den verwinkelten Flur zur Haustür. Mit einem Ruck riss ich die Tür auf und da stand sie: Die Haare zu einem wirren Knoten hochgebunden und eine kleine Reisetasche über der Schulter. Ida war wirklich hier!

Als sie mich sah, hielt sie mitten in einem neuen Stella-Ruf inne und ließ die Reisetasche mit einem Quieken fallen. Dann hopste sie auf und ab und klatschte aufgeregt in die Hände. (Ganz Ida halt.)

„Na, hallo Frau Bäuerin! Da bist du ja doch gar keine Spielverderberin." Sie grinste von einem Ohr bis zum anderen. „Der Bauernhof ist sooooo toll! Total schnuckelig. Wo sind die Tiere? Hier gibt's doch Tiere?" Sie schaute sich nach allen Seiten um, wohl in der Hoffnung, dass irgendwo eine Kuh oder ein anderes Tier aus einer der Stalltüren schauen würde. „Du musst mir unbedingt die Tiere zeigen."

„Ida ... Ich ..." Die Tränen stiegen mir wieder in die Augen.

Abrupt hielt sie in ihrer Bewegung inne und blickte mich mit großen Augen an. Dann legte sie ihren Kopf schief und fragte mich besorgt: „Sag mal Süße, weinst du etwa?"

Ich konnte nur stumm nicken. Sofort war Ida an meiner Seite und nahm mich in den Arm.

„Ist ja gut, ist ja gut. Schhhhh. Schhhhh", sagte Ida beruhigend. „Vielleicht gehen wir besser mal rein. Hm? Was meinst du?"

Von einem Schluchzen geschüttelt nickte ich.

„Okay." Ida ließ ihre Reisetasche einfach draußen auf dem Hof liegen und schob mich zur Tür des Bauernhauses hinein.

„Wo ist die Küche? Ich mach uns einen starken Kaffee und dann erzählst du mir alles in Ruhe. Deal?"

Ich schluchzte. „Deal."

STELLA

„Du hättest mir ruhig einen Zettel oder sowas schreiben können. Weißt du eigentlich, wie schwierig es war, dich hier zu finden?"

Ich saß mit Ida auf dem Sofa im Wohnzimmer. Nachdem sie erst vor Freude über die Häkeldeckchen ausgerastet war ("Mann, sind die cool! Voll oldschool! Ist das krass!), hatten wir jetzt beide eine Tasse dampfenden Kaffees in den Händen.

„Aber ich habe nicht umsonst alle Folgen von den Die drei ??? gehört." Triumphierend hielt sie einen Zeigefinger in die Luft. „Das große und ungelöste Rätsel ist nur noch, warum du dich doch für den Bauernhof entschieden hast?"

„Hast du den Instagram-Post nicht gesehen?", fragte ich ungläubig.

„Ich war mit Miguel ohne Handy weg. Und auch wenn ich meine Jungs aus Rocky Beach und Bibi vermisst hab, das Handy hab ich nicht vermisst. Ich hab es einfach in meinem Zimmer liegen gelassen. Ausgeschaltet. Ehrlich, Stella, ohne geht es mir besser. Solltest du auch mal ausprobieren. Das ist total super." Ida strahlte mich an.

„Du hast dich einfach so in die Vulkaneifel aufgemacht, ohne zu wissen, ob ich wirklich hier bin, und ohne Handy?" Ich war mir nicht sicher, ob ich Ida bewundern oder für naiv halten sollte.

„Ich wusste ja, dass du hier bist."

„Wie das?"

Ida zuckte mit den Schultern. „Ich hab deine Mutter angerufen und gefragt", sagte sie dann, als wäre das das Natürlichste auf der ganzen Welt.

„Du hast meine Mutter angerufen? Freiwillig?" Ida gehörte zu den freundlichsten und offensten Menschen, die ich kannte, aber mit meiner Mutter kam sie absolut nicht aus. Nicht, dass das bei mir und meiner Mutter anders wäre.

Wieder zuckte Ida mit den Schultern. „Unsere WG in Köln war stockdunkel und ... ähm ... unordentlich."

Das war die Untertreibung des Jahres. Ich hatte die Wohnung Hals über Kopf verlassen, nachdem ich mehrere Tage wie Gollum in seiner Höhle dort drin gehaust hatte.

Aber Ida schien die Ausnahmesituation schnell erkannt zu haben und nahm es mir anscheinend nicht ganz krumm, denn sie fuhr bereits fort: „Von dir war kein Zeichen weit und breit und auch keine Nachricht. Da hab ich natürlich deine Mutter angerufen."

Ja, ich gebe zu, sie hatte einen Punkt.

„Und die hat dir nicht erzählt, warum ich hier bin?", fragte ich.

„Nee. Hat sie nicht. Und jetzt erzähl doch bitte, was passiert ist. Was ist das für ein Insta-Post, von dem du geredet hast?"

Ohne ein Wort stellte ich meine Tasse auf dem Sofatisch ab, ging in die Küche und holte mein Handy. Ich öffnete Instagram, suchte UniLeaks und zeigte Ida den

Post. Ihre Augen weiteten sich. Mit jedem Links-Swipe wurden sie runder, bis ihr ein „Ach, du heilige Scheiße" entfuhr.

Ich nickte und begann wieder zu heulen.

„Was sagt denn der Herr Professor dazu?"

Während ich noch mehr schniefte, navigierte ich in meinem Handy zum E-Mail-Postfach und gab Ida die Mail von Tobias zu lesen. Ich hätte es nicht für möglich gehalten, aber ihre Augen wurden noch ein bisschen runder als zuvor. Schließlich sagte sie leise: „Seine Frau ist schwanger?"

Ich nickte wieder.

„Wusstest du davon?"

Unter zwei Schluchzern schüttelte ich den Kopf. „Er ... er hat immer nur ... gesagt ... dass er seine Frau verlassen will. Mit mir ein neues ... Leben anfangen ...", sagte ich schluchzend.

„Dieser Mistkerl! Dieses Arschloch! Dieses verdammte Arschloch!" Idas Gesicht war ganz fleckig vor Wut. „Stella! Das kannst du doch nicht auf dir sitzen lassen! Der hat dich nach Strich und Faden belogen. Wir fahren nach Köln. Auf der Stelle! Und dann werden wir diesem Arschloch die Meinung sagen. Zusammen! Das ist ja wohl die Höhe!"

Fast musste ich ein bisschen lächeln über Idas Wutausbruch. In Köln – kurz vor ihrer Abreise – hatte sie noch eine Gardinenpredigt darüber gehalten, dass ich mich mit einem verheirateten Mann eingelassen hatte, aber jetzt hielt sie zu mir! Jetzt hatte sie Professor Tobias Munch zum Staatsfeind Nr. 1 erklärt. Ich kannte sie, wenn sie in diesem Zustand war. Nichts würde sie aufhalten können. Na ja, fast nichts. Da musste ich doch ein bisschen lächeln.

„Ida, heute Abend kommen wir nicht mehr weg. Deinen Rachefeldzug wirst du vertagen müssen."

„Was?" Scheinbar hatte ich Ida gerade in ihren lebhaften Fantasien über ihre Rache an Tobias gestört.

„Wir sind hier am Arsch der Welt. Heute fährt kein Bus mehr und ich persönlich hab kein Geld für ein Taxi. Du etwa?"

Ida ließ den Kopf hängen. „Nein."

So saß sie eine Weile. Dann rollte sie mit den Augen und sah mich mit hängendem Kopf an. Ihre Lippen bildeten ein Grinsen.

„Was ist?", fragte ich ein wenig argwöhnisch.

„Du weinst nicht mehr! Ha! Ich kann halt was. Du weißt doch, wie ich immer sage?" Sie hob den Kopf wieder an und sah mir breit grinsend ins Gesicht.

Ich nickte und zusammen sagten wir: „Bist du traurig und willst lachen, lass nur mal die Ida machen." Wir kugelten vor Lachen auf dem Sofa herum.

Es dauerte eine ganze Weile, bis wir uns wieder gefangen hatten. Es war so gut, dass Ida hier war. Wie hatte sie mir gefehlt. Das erste Mal, seit ich den Instagram-Post gesehen hatte, hatte ich das Gefühl, wieder ich selbst zu sein; und für einen Augenblick war ich sogar sorgenfrei.

Schließlich warf Ida ihre Hände in den Schoss und pustete sich eine losgelöste Strähne aus dem Gesicht. „Süße, ehrlich, ich hatte ja gedacht du hättest dich wegen der", sie seufzte tief, „Romantik für den Bauernhof entschieden und nicht, weil du auf der ... Flucht bist."

„Romantik?"

Idas Gesicht nahm einen ganz verträumten Ausdruck an. „Na, du weißt schon: das Land, die Natur, die Tiere."

„Ach, Ida. Du hast da echt eine kitschige Einstellung."

„Wie meinst du das?" Sie sah mich mit großen Augen an, wie sie das immer so gerne machte, wenn sie der Meinung war, dass ich im Begriff war ihre Vorstellung von etwas kaputtzumachen.

Ich holte Luft und sagte dann: „Ein Bauernhof bedeutet in erster Linie nur eins."

„Und was ist das?"

„Arbeit, Ida. Harte Arbeit."

KAPITEL SIEBZEHN

Freitag, 19. Oktober
5:30 Uhr – Kassnach

STELLA

Rrrrrrrring. Rrrrrrrring. Rrrrrrrring.

Verschlafen tastete ich nach meinem Handy, das ich als Wecker gestellt hatte. Da ich die Augen noch geschlossen hatte, schubste ich es aus Versehen vom Nachtisch herunter. Es fiel mit dem Display auf den kleinen Bettvorleger.

Rrrrrrrring. Rrrrrrrring. Rrrrrrrring, konnte ich es weiterhin hören, allerdings etwas gedämpfter. Ich wägte ab, ob ich mir wirklich die Mühe machen sollte, es vom Boden aufzuheben, oder ob ich einfach meinen Kopf so tief im Kissen vergraben sollte, dass ich das Klingeln nicht mehr hörte.

Ida brachte meine Überlegungen zu einem abrupten Ende: „Aufwachen, Stella! Es ist ein neuer Tag! Wir müssen zu den Tieren!" Ich öffnete nur ein Auge. Ida stand vor mir. Fertig angezogen und mit einem strahlenden Lächeln auf dem Gesicht. Sofort musste ich an ein Kind am Weihnachtsmorgen denken.

Ich schloss das Auge wieder und drehte mich von Ida weg. Wie konnte sie am frühen Morgen (oder besser: mitten in der Nacht) so gut gelaunt sein? Normalerweise war sie diejenige, die nicht aus den Federn kam. Ob das auch mit dieser Achtsamkeitssache zu tun hatte? Oder war es die gute Landluft?

„Stella! Komm schon. Die süßen Kühe warten und außerdem bin ich schon ganz gespannt auf diesen Lukas."

Sofort war ich hellwach. Kerzengerade setzte ich mich im Bett auf. „Wieso das denn?", fragte ich argwöhnisch.

„Weil du voll auf ihn stehst." Ihr Strahlen verwandelte sich in ein leicht anzügliches Grinsen.

„Glaub mir, Ida, das tu ich nicht." Ich ließ mich rückwärts wieder ins Bett fallen. „Bestimmt nicht", murmelte ich leise.

„Do-och."

„Nei-ein." Ich hob den Kopf.

„Wohle."

„Gar nicht."

Wir mussten beide lachen. Ida kam als Erstes wieder zu Luft: „Glaub mir Süße, ich kenne dich schon so lange. Groß, kräftig gebaut, dunkle Haare und Augen. Das ist genau dein Typ. Tief in dir drin stehst du voll auf diesen – wie hast du ihn noch mal genannt? – diesen Grinch vom Nachbarhof."

Ich wollte gerade etwas dagegen sagen, als Ida rief: „Ich sag nur Knackarsch!"

Meine Wangen begannen zu brennen.

„Bingo!", rief sie begeistert.

„Ich kann Lukas nicht ausstehen. Christian dagegen", meine Wangen brannten noch mehr, „also den würde ich nicht von der Bettkante stoßen."

„Dafür bräuchtest du erst mal ein vernünftiges Bett." Ida brachte es mal wieder auf den Punkt.

„Zu doof", sagte ich, „dass du nicht mit dem Auto deiner Eltern hier bist."

„Warum?"

„Na, dann hätten wir zum Ikea fahren können."

Ida klatschte aufgeregt in die Hände. „Ikea", rief sie. „Ich liebe Ikea." Dann hielt sie abrupt inne und runzelte die Stirn. „Hast du denn dafür genug Geld?"

Ich schluckte. „Na ja, mein Barvermögen erstreckt sich nur noch über ein paar Cent, aber ich hab ja noch meine Karte."

„Und auf deinem Konto sieht es besser aus?", hakte Ida nach.

Ich schüttelte stumm den Kopf.

„Aber ..."

„Aber ich kann es überziehen. Außerdem bekomme ich von Lukas noch Geld und bis ich das habe, wird mein Dispo schon nicht platzen." Ich sagte es mit Bestimmtheit und wusste nicht so recht, wen ich überzeugen wollte: Ida oder mich selbst.

Idas Stirn war immer noch gerunzelt. Sie hatte ich scheinbar nicht überzeugt.

„Ich kann unmöglich bis an mein Lebensende auf diesem Ding schlafen, ich brauche ein neues Bett und das gibt's im Ikea. Aber ohne Auto nützt uns das alles nichts, egal, wie es auf meinem Konto aussieht."

„Hm. Ich könnte meine Eltern anrufen und fragen, wann ich das Auto ausleihen kann. Aber ich kann dir nichts versprechen. Ole macht gerade ein Praktikum und braucht das Auto.”

Ole war einer von Idas sechs Brüdern. Ja, ihr lest richtig. Ida hat sechs Brüder. Sie ist das einzige Mädchen und auch noch das Kind in der Mitte. Sie hat also drei ältere Brüder und drei jüngere. Das erklärt einiges, oder?

„Es würde ja schon reichen, wenn wir das Auto für einen Tag am Wochenende ausleihen könnten. Ehrlich, ich brauche ein neues Bett. Mein Rücken macht das hier”, ich gestikulierte zu dem pritschenähnlichen Gästebett, „nicht mehr lange mit.”

„Und Christians bestimmt auch nicht.” Ida grinste wieder. „Obwohl ich ja doch darauf tippe, dass es Lukas' Rücken werden wird.”

Ich packte mein Kopfkissen und warf es nach ihr, aber sie war schneller. Das Kissen knallte gegen die Wand und fiel dann mit einem dumpfen *Plums* auf den Boden, ohne sein Ziel getroffen zu haben.

STELLA

Erst als wir gestern Abend schlafen gehen wollten, war Ida (und auch mir) wieder eingefallen, dass ihre Tasche noch draußen war. Im Gegensatz zur Stadt war die kleine Reisetasche auch tatsächlich noch genau an der gleichen Stelle gewesen, an der Ida sie Stunden zuvor fallen gelassen hatte. Auf dem Land kam so schnell nichts weg. Ein Umstand, über den sich Ida fast eine halbe Stunde gefreut hatte. Im Stillen hatte ich mich gefragt, ob nicht besser Ida den Bauernhof geerbt hätte. Sie schien alles auf dem Land im Allgemeinen und dem Bauernhof im Besonderen zu lieben. Jedes kleine Detail.

Also zumindest noch. Ich hatte nämlich den leisen Verdacht, dass sich Idas Begeisterung nach einem Tag harter Bauernhofarbeit etwas relativieren würde.

Gestern hatten wir bis tief in die Nacht gequatscht. Haarklein hatte ich Ida alles erzählt. Sie hatte mich nur für wirklich wichtige Fragen unterbrochen und sonst still zugehört, bis ich unter Tränen und Schluchzern alles erzählt hatte. Dann hatte sie mich in den Arm genommen und mir sanft über den Rücken gestreichelt, wie eine Mutter das mit einem Kind tun würde. Es muss lustig ausgesehen haben, weil Ida einen ganzen Kopf kleiner ist als ich.

Jetzt saßen wir in der Küche. Es roch vertraut nach Kaffee und selbst das Brot mit Käse schmeckte mir heute Morgen so richtig gut, obwohl es schon etwas trocken war. Draußen war es noch dunkel. Das störte mich nicht. Es machte die kleine Küche nur umso gemütlicher. Heute war definitiv ein Tag, an dem ich heilfroh war, dass ich mich für ein neues Leben auf dem Bauernhof entschieden hatte.

„Also, wenn du dir ganz sicher bist, dass du nicht an Knackarsch interessiert bist, dann kann ich ja mal mein Glück versuchen, wenn er mir gefällt." Ida hielt ihre Kaffeetasse mit zwei Händen vor das Gesicht bei dem Versuch, das breite Grinsen dahinter zu verstecken.

„Was ist denn mit Miguel?"

„Ach, weißt du. Die Sache mit der Achtsamkeit ist ja wirklich toll. Ehrlich." Sie nickte bei ihren eigenen Worten. „Aber Miguel war mir da ein bisschen zu strikt. Ich meine, man kann es auch übertreiben."

Ich zog die Augenbrauen hoch. Das sagte gerade die Richtige.

„Jedenfalls ..." Ida machte eine Kunstpause und ich ahnte, was kam. „... es ist aus."

„Lass mich raten: Es gibt mindestens vier weitere Personen, die damit zu tun haben, oder?"

„Wie meinst du das?", fragte sie entrüstet.

„Na, Justus, Peter, Bob und Bibi. Sind doch vier."

„Aber hallo!" Wieder lachten wir beide und verschütteten dabei fast unseren Kaffee.

LUKAS

Die Kirchturmglocken fingen gerade an, sechs Uhr zu läuten, als Lukas sich auf den Weg zum Habermann-Hof machte. Nach den Vorwürfen von Stella gestern auf der Kuhweide wusste er gar nicht, ob das eine gute Idee war. Aber er musste nach Berta sehen. Er konnte sie nicht weiter leiden lassen. Sollte sie noch Fieber haben und sollte der Knubbel immer noch im Euter sein, würde er sie kurzerhand mit zu sich auf den Hof holen und dann von der Tierärztin untersuchen lassen. Sollte das feine Fräulein aus der großen Stadt doch mit der Polizei kommen oder ihn dafür verklagen. Wenn er Berta helfen konnte, würde er das tun!

Außerdem musste sie ja erst mal ausgeschlafen haben, um überhaupt mitzukriegen, dass er Berta mitgenommen hatte. Bei diesem Gedanken musste Lukas grinsen. Wie sie wohl dreinschauen würde, wenn sie in den Stall kam und da fehlte eine Kuh?

So langsam kam der Habermann-Hof in Sicht. Lukas kniff die Augen zusammen. War da etwa Licht oder bildete er sich das nur ein? Mit jedem Schritt, den er näher an den Hof herankam, musste er ungläubig feststellen, dass es sich tatsächlich um Licht handelte. Im Bauernhaus war Licht und auch im Kuhstall. War es wirklich möglich, dass Stella Schulze, die Städterin, schon die Kühe molk?

„Du musst Lukas sein. Hallo." Wie aus dem Nichts stand eine junge Frau vor Lukas. Sie war klein und zierlich und hatte strubbelige braune Haare, die sie zu einer Art Vogelnest auf dem Kopf zusammengebunden hatte. Mit einem breiten Grinsen hielt sie ihm die Hand hin. Automatisch schlug Lukas ein. Er wollte gerade etwas erwidern, als Stella hinter der jungen Frau in der Stalltür erschien.

„Ida, wo bist ..." Stella blieb abrupt stehen. „Oh, hallo", sagte sie dann in Lukas' Richtung.

Die junge Frau drehte sich zu Stella um und fragte fröhlich: „Stella, wo sind denn deine Manieren? Willst du uns nicht vorstellen?"

Stella seufzte tief, kam mit drei großen Schritten zu Lukas und sagte schließlich: „Ida, darf ich vorstellen, das ist Lukas Munnebach, Landwirt vom Nachbarhof. Lukas, das ist Ida, meine ehemalige Mitbewohnerin und beste Freundin."

„Und Single!", fügte Ida hinzu, während sie an Lukas hoch und runter sah. Seine Hand hielt sie immer noch fest in ihrer. „Stella übrigens auch." Ihr Grinsen wurde breiter, wenn das möglich war.

Lukas entging nicht, dass Stella sich bei diesen Worten sichtlich versteifte. Ein kleines Lächeln stahl sich auf seine Lippen. Zu Ida gewandt sagte er: „Hallo Ida, freut mich, dich kennenzulernen." Er schüttelte ein letztes Mal ihre Hand und zog dann seine Hand aus ihrer.

„Bist du auch Single?", fragte Ida. Lukas stellte fest, dass sie ihn immer noch musterte.

„Ja, bin ich."

„Was für ein Zufall. Drei Singles auf dem Land."

Lukas wusste nicht genau, was Ida damit bezwecken wollte, oder was er darauf erwidern sollte. Also nickte er ihr zu und ging an ihr vorbei in den Stall. Er hatte sich schließlich heute Morgen hierher auf den Weg gemacht, um nach Berta zu sehen.

Er war noch nicht im Stall verschwunden, da hörte er, wie Ida zu Stella sagte: „Oh mein Gott, Stella! Du hast absolut recht: Das ist der knackigste Knackarsch, den ich seit Langem gesehen habe."

STELLA

„Also, das ist Berta, das ist Hanni, die Gescheckte ist Elsa, das ist Alma, daneben Lise und die letzte heißt ..." Mit dem ausgestreckten Finger hatte Ida nacheinander auf die sechs Kühe im Stall gezeigt. Jetzt verharrte ihr Finger.

Wir waren gerade mit dem Melken fertig geworden. Mit Lukas' Hilfe war es schnell gegangen. Ida war ganz wissbegierig gewesen und Lukas nicht von der Seite gewichen. Geduldig hatte er ihr alles Wichtige erklärt.

Als Erstes war Lukas direkt zu der dicken Berta gegangen. Ich war ihm schnell hinterhergesprungen und hatte ihn darüber aufgeklärt, dass die Milch von Berta erst mal verworfen werden musste wegen der Mastitis und dass ich heute Nachricht von Frau Dr. Esser erhalten würde. Lukas hatte mich ganz überrascht angesehen. „Du hast die Tierärztin geholt?", hatte er mich ungläubig gefragt. „Ja, natürlich. Was denkst du denn?", hatte ich lapidar geantwortet. Als wenn ich wirklich ein Tier leiden lassen würde. Ehrlich.

Idas Finger schwebte immer noch in der Luft, während sie überlegte, wie die letzte Kuh hieß. „Mist. Es war was mit I, oder? I wie Ida?" Seufzend ließ sie ihre Hand sinken.

„Isolde." Lukas grinste.

„Isolde! Natürlich! Wie in der Wagner-Oper. Wer hat sich denn die Namen ausgedacht?"

„Die alte Habermann." Lukas räuspere sich schnell. „Äh … ich meine die frühere Besitzerin des Hofes, Gerda Habermann."

Ida drehte sich zu mir um. „Deine Großtante muss echt cool gewesen sein."

Ich zuckte mit den Achseln.

„Doch, doch. Definitiv. Ich meine, schließlich ist es auch voll cool von ihr gewesen, dass sie dir den Hof vererbt hat." Ida grinste wieder über das ganze Gesicht. Mir entging nicht, dass Lukas diese Aussage nicht so gut quittierte. Schnell drehte er seinen Kopf weg, aber ich hatte gesehen, wie sich seine Lippen zu einem dünnen Strich verzogen hatten.

Ida hingegen schien das gar nicht zu bemerken. Generell schien sie alles vergessen zu haben, was ich ihr am Abend zuvor über Lukas erzählt hatte (bis auf die Sache mit dem Knackarsch, versteht sich). Ob das an ihrer Begeisterung für den Bauernhof und die Tiere lag, oder ob sie plötzlich an einem Kurzzeitgedächtnis litt, ich wusste es nicht.

„Obwohl du das bestimmt gar nicht so cool findest oder, Lukas?"

Okay, ich nehme alles zurück: Sie hatte es nicht vergessen.

„Wie bitte?" Es war interessant zu sehen, wie Lukas versuchte, völlig unbeteiligt zu wirken.

„Du findest es bestimmt nicht so cool, dass Stellas Großtante Stella den Hof vererbt hat. Den hättest du gern geerbt, oder?", hakte Ida nach.

Im Gegensatz zu mir gestern auf der Weide klang Ida absolut freundlich und lächelte Lukas an, wie nur sie es konnte: offen und ehrlich. Trotzdem wusste Lukas scheinbar nicht, was er darauf erwidern sollte. Was soll ich euch sagen, es bereitete mir ungemeine Genugtuung das zu sehen.

„Ist schon okay", sagte Ida, „du solltest einfach froh sein, dass Stella den Hof geerbt hat."

Lukas zog wieder unmerklich eine Augenbraue hoch.

„Ich meine das ernst", sagte Ida. „Schließlich kann Kassnach ein bisschen Glamour vertragen." Sie zwinkerte mir zu. „Und du", sagte sie an Lukas gewandt, „kannst vielleicht auch etwas von diesem Glamour vertragen. Ich sag nur: Ihr seid beide Singles und du bist genau Stellas Typ."

Wie würde meine Mutter jetzt sagen? *Wer solche Freunde hat, braucht keine Feinde.*

KAPITEL ACHTZEHN

Freitag, 19. Oktober
10:30 Uhr – Kassnach

STELLA

Obwohl es noch nicht so spät war, brannte die Sonne heute schon besonders heiß. Ich wischte mir mit einer Hand den Schweiß von der Stirn und sah zu Ida hinüber. Zusammen hatten wir den Kuhstall ausgemistet, die Hühner versorgt und die Eier eingesammelt. Jetzt rückten wir dem Staub und Dreck im Bauernhaus zu Leibe. Frühjahrsputz. Oder eher Herbstputz.

Dabei nutzen wir auch die Gelegenheit auszumisten: Alles, was altbacken war, stellten wir in Pappkartons, die ich in einer Abstellkammer gefunden hatte. Sollten wir irgendwann einmal über ein Auto verfügen, könnten wir das in Köln auf einem Flohmarkt am Rhein sicherlich für gutes Geld verkaufen. Eigentlich stellten wir so ziemlich alles, was wir fanden, dorthinein. Nur die Häkeldeckchen blieben. Ich weiß nicht, ob es daran lag, dass ich wusste, wie gerne Großtante Gerda sie gehabt hatte, oder daran, dass sie sich in meinem Traum so artig bei mir bedankt hatten, aber ich konnte sie einfach nicht weggeben. Ida hatte den Vorschlag gemacht, dass ich damit Up-Cycling betreiben sollte. Also Taschen oder Shirts daraus nähen sollte. Vielleicht war das gar keine so schlechte Idee. Aber es brachte auch wieder den wunden Punkt zutage: nämlich, dass meine geliebte Nähmaschine noch in der WG in Köln stand. Egal, was wir im Moment machten, es lief immer darauf hinaus, dass wir ein Auto benötigten. Dringend! Ich brauchte ein neues Bett und genauso brauchte ich meine Nähmaschine wieder an meiner Seite.

Ich leerte den Eimer mit schmutzigem Putzwasser in den Gully auf dem Hof, als genau das vorgefahren kam: ein Auto.

Von den Fahrgeräuschen wurde auch Ida angelockt und so standen wir zwei nebeneinander auf dem Hof, als niemand anderer als Surferboy Christian vorgefahren kam. Das hätte ich mir aber auch denken können, dass Christian ein Auto nach amerikanischen Verhältnissen fuhr: riesig, mit Pritsche.

„Ist das der Surferboy?", zischte Ida mir ins Ohr.

Ich nickte.

„Oh, Boy", sagte Ida nur und ich hoffte, dass sie sich bei Christian etwas mehr zurückhalten würde als bei Lukas. Ihr wisst ja, die Hoffnung stirbt zuletzt.

„Hallo, Stella" Christian sprang elegant aus dem Auto. Sofort hielt er Ida eine sonnengebräunte Hand hin: „Und mit wem habe ich hier das Vergnügen?"

„Ida. Ida Müller." Was war denn mit Ida los? Sie hauchte ja nur noch.

„Ida Müller, es ist mir eine Ehre. Ich bin Christian. Christian Jäger."

Ida nickte schwach. Nach einer gefühlten Ewigkeit löste sie ihren Blick von Christian (nicht ohne vorher die Muskeln an den Armen genau gemustert zu haben) und sah dann geradewegs zu seinem Auto.

„Du hast ein Auto."

„Richtig bemerkt."

„Können wir das ausleihen?" Da war wieder die Ida, die ich kannte.

„Wie bitte?" Verwirrt blickte Christian von Ida zu mir. Ich zuckte mit den Schultern.

„Können wir dein Auto ausleihen?", fragte Ida noch einmal.

„Wofür?" Christian zog die Augenbrauen zusammen, dass eine Falte auf seiner Stirn erschien.

„Wir wollen zum Ikea. Stella braucht dringend ein vernünftiges Bett." Ida grinste. „Weißt du, eins mit einer ordentlichen Bettkante." Oh nein! Jetzt war definitiv zu viel von der Ida, die ich kannte, wieder da.

„Mit einer ordentlichen Bettkante?" Die Falte auf Christians Stirn vertiefte sich.

Bitte, bitte, nein, flehte ich stumm.

„Damit du darauf sitzen kannst, und Stella dich nicht runterschubst."

Ach, Ida! Ich rollte mit den Augen. Christian hingegen lachte. Aus vollem Herzen. Dann sah er mir tief in die Augen und sagte: „Na, ich würde sagen, ich komme mit in den Ikea. Dann kann ich mich beim Tragen der Bettkante nützlich machen. Mir scheint, es lohnt sich."

„Sag ich doch", sagte Ida und grinste mich an, als hätte sie mir gerade den größten Gefallen der ganzen Welt getan. „Aber erst mal trinken wir noch einen Kaffee", sie wandte sich zum Bauernhaus. „Kommt ihr?"

LUKAS

Der Schmerz durchzuckte seinen ganzen Rücken. Mit einem Ächzen richtete Lukas sich zwischen den Buschbohnen auf. Einen Arm in den Rücken gestemmt, versuchte er den stechenden Schmerz weg zu dehnen. In einem unbedachten Moment hatte er sich falsch bewegt; er war heute einfach unkonzentriert. Musste immer nur an die Begegnung heute Morgen auf dem Habermann-Hof denken.

Es war wirklich interessant gewesen, Stellas beste Freundin zu treffen. Sie war für seinen Geschmack zwar ein bisschen zu quirlig und – wie sollte er es formulieren? – *aufgeregt,* aber was sie gesagt hatte, war aufschlussreich gewesen. Sehr aufschlussreich. Er war also Stellas Typ. Lukas schmunzelte. Da musste er sich vielleicht doch keine Sorgen darum machen, was Christian mit Stella im Schilde führte, denn wenn er – Lukas – ihr Typ war, dann war Christian es mit Sicherheit nicht. Sie waren schon immer das genaue Gegenteil gewesen.

Er dunkelhaarig, Christian blond. Er dunkeläugig, Christian blauäugig.

Wie Tag und Nacht, wie Aronal und Elmex, wie Tom und Jerry. Wie ... Okay, jetzt musste er über sich selbst lachen. Aber Fakt war: Sie waren verschieden. Sehr verschieden.

Der Schmerz in seinem Rücken ließ langsam nach. Zufrieden beugte Lukas sich wieder zu den Buschbohnen hinunter. Es waren nicht mehr viele Reihen übrig und die Ernte für dieses Jahr war durch. Also die Buschbohnenernte. Anderes Gemüse und vor allem das Getreide, warteten noch darauf geerntet zu werden. Lukas seufzte. Auf einem Bauernhof gab es immer etwas zu tun und in der Erntezeit mehr als sonst. Ob sich Stella darüber wohl im Klaren war? Bisher erledigte sie auf dem Hof gerade mal das Nötigste. Wie das wohl nächste Woche aussah, wenn bei ihr die Kartoffelernte anstand? Vielleicht würde sie dann doch ihre Sachen packen und wieder in die Stadt zurückkehren. Und vielleicht könnte er dann den Hof kaufen oder ... Eine neue Idee kam ihm. Warum hatte er daran nicht früher gedacht? Er könnte den Hof doch pachten, also mieten. Das musste er Stella unbedingt vorschlagen. Pachten – ein Versuch war es auf jeden Fall wert. Im Moment lief es ganz gut mit Stella. Und er war schließlich ihr Typ. Wie konnte sie ihm da so ein Angebot abschlagen? War es nicht ... wie nannte man so etwas noch mal neudeutsch? ... eine Win-Win-Situation? Doch, genau das war es.

Vielleicht sollte er die Gelegenheit gleich beim Schopfe packen und Nägel mit Köpfen machen. Er blickte auf und warf David und dem Erntehelfer einen Blick zu. Zu zweit würden sie die paar Reihen Buschbohnen locker bis zum Mittagessen fertig bekommen.

„He, David", rief er und sein Lehrling hob tatsächlich sofort den Kopf. „Ich muss noch mal weg. Was erledigen." David nickte und wandte sich wieder den Buschbohnen zu.

Mit einem zufriedenen Grinsen auf dem Gesicht machte Lukas sich auf den Weg zum Habermann-Hof. Dass er aber auch nicht früher daran gedacht hatte, Stella eine Pacht vorzuschlagen.

Mit jedem Schritt, den er in Richtung seines Ziels machte, arbeitete er seinen Plan genauer aus. Er würde Stella vorschlagen, ihm den Hof zu verpachten und ihr anbieten, die Wochenenden hier zu verbringen. So hatte sie noch etwas von dem Hof und er hatte eine Arbeitskraft mehr. Schon wieder Win-Win. Fast hätte er sich selbst auf die Schulter geklopft.

Seine Gedanken beschleunigten auch seine Schritte. Er hatte den Hof der Habermanns fast erreicht. Nur noch wenige Meter. Er ging schneller ... und blieb dann wie angewurzelt stehen. Auf dem Hof stand ein Auto. Nicht irgendein Auto. Ein Großes. Ein Amerikanisches. Christians Auto. Lukas' Kiefer spannten sich an, so sehr biss er die Zähne zusammen. Dann kam auch schon Christian ins Blickfeld. Schnell sprang Lukas ein paar Schritte zurück, pirschte sich an den Stall und lugte um die Ecke auf den Hof. Da waren sie, alle drei: Christian, Stella und Ida. Sie lachten und wenn Lukas das auf die Entfernung richtig deutete, zog Christian Stella fast mit seinen Blicken aus und ihr schien das gar nichts auszumachen. Er schnaubte.

Was war denn jetzt mit der Sache, dass er – Lukas – ihr Typ war? Hatte Stella etwa mehrere Typen? Mochte sie Zartbitter und Vollmilch? Kaffee und Tee? Pizza und Pasta? Er drehte sich zur Seite, lehnte sich schwer gegen die Wand des Stalls und seufzte. Wem machte er sich etwas vor, es war doch glasklar. Und wenn er ehrlich mit sich war, mochte er selbst auch mehrere Sachen. Pizza und Pasta, da gab es kein „oder" dazwischen, das war beides lecker.

Vorsichtig lugte er noch einmal um die Ecke. Immer noch lachend stiegen Stella und Ida zu Christian ins Auto. Keine Sekunde später röhrte der Motor auf und sein ehemaliger bester Freund fuhr wie in einem Actionfilm (natürlich wie in einem amerikanischen) mit quietschenden Reifen vom Hof. Der Angeber.

Wo sie wohl hinfuhren? Was hatte Christian mit Stella im Sinn? Und warum störte es ihn so sehr, dass Stella Christian zu mögen schien?

STELLA

„Oh, guck mal!" Ida gestikulierte aufgeregt über den Köpfen der anderen Kunden hinweg. „Das hier ist total süß." Sie lotste mich zu einem Himmelbett. Ein Traum in Weiß mit Schnitzereien und Mückennetz.

Ich stöhnte. „Ida. Ich will ein Bett, keinen wahrgewordenen Kleinmädchen-Prinzessinnen-Traum."

Wie nicht anders zu erwarten, zog Ida eine Schnute. Christian hingegen unterdrückte ein Lachen.

„Ja, ja, lach du nur." Ich stemmte beide Arme in die Seiten, dann nickte ich mit dem Kopf zu dem Bett. „Das hier hat keine vernünftige Bettkante und wir sind doch nur deswegen hergekommen, oder nicht?" Was Ida und Christian konnten, konnte ich schon lange.

„Aber", Ida machte immer noch ihre Schnute, „es ist sooooo schön."

„Vielleicht möchtest du es dir kaufen?", schlug ich vor.

„Oh!", rief Ida und ihre Miene hellte sich mit einem Mal auf. „Das könnte ich wirklich. Moment. Ich muss das Etikett abfotografieren." Und damit stürmte sie los.

„Clever gelöst, Stella Schulze. Psychologische Kriegsführung kannst du. Ich bin beeindruckt", flüsterte mir Christian ins Ohr. Er neigte seinen Kopf dabei so weit zu mir herüber, dass ich seinen Atem spürte und sein

Aftershave riechen konnte. Sofort bekam ich eine Gänsehaut, die sich von meinem Nacken über meine Arme ausbreitete.

„Ist dir kalt?", fragte Christian besorgt und ich schüttelte schnell den Kopf und untersuchte interessiert ein Stuhlkissen, damit er nicht sah, dass ich knallrot angelaufen war.

Irgendwann hatte ich endlich das richtige Bett für mich entdeckt. Ein einfaches Doppelbett. Kiefer Natur, ohne Schnitzereien oder sonstigen Schnickschnack. Schlicht und zeitlos. Es war zu groß, um in der Selbstabholungshalle zu liegen. Wir mussten also darauf warten, dass es an der Warenausgabe auftauchen würde. Da wir alle aus Erfahrung wussten, dass das ganz schön lange dauern konnte und es sowieso gerade Mittagszeit war, beschlossen wir, im Restaurant essen zu gehen. Also Ida beschloss es. Ich war zuerst dagegen, schließlich hatte ich kein Bargeld mehr bei mir, aber Ida lud uns beide kurzerhand bei Christian ein und er stimmte ganz Gentleman-like zu.

Während wir in der Schlange standen, um zu den Essenstheken zu gelangen, sah ich mir das bunte Treiben um mich herum an. Ein bisschen wirkte es wie ein Ameisenhaufen: Auf den ersten Blick das totale Chaos, aber wenn man lange genug hinsah, bemerkte man, dass alles nach einem Muster ablief. In der Spielecke waren Eltern dabei ihre Kinder zum Essen zu animieren. Andere hatten bereits Tische für sich reserviert und warteten darauf, dass die restlichen Menschen mit dem Essen kamen, wieder andere tranken nur eine Tasse Kaffee. Zwischen den Tischen drängten sich die Menschen auf scheinbar fest vorbestimmten Wegen zur Essensausgabe und von dort wieder weg. Alle Altersklassen, alle Generationen waren hier versammelt und keiner schien sich an der Lautstärke oder dem Gewusel zu stören.

Wie ich so in der Schlange stand und das alles um mich herum beobachtete, kam ich mir wie im Auge eines Sturms vor. Hier war es ganz ruhig und auch ich wurde ganz ruhig. Zu ruhig, wie es schien. Denn Christian stupste mich plötzlich an der Schulter an.

„Ähm, Stella. Du kannst weitergehen." Er nickte in Richtung der Essenstheken. Ich war so in meine Beobachtungen versunken gewesen, dass mir gar nicht aufgefallen war, dass es schon lange weitergegangen war. Wieder bekam ich einen roten Kopf. Hastig schloss ich zu der Warteschlange an der Theke auf.

„Steht dir", flüsterte Christian mir ins Ohr. Er stand ganz dicht neben mir.

Ich sah ihn erstaunt an. „Das Tablett?", fragte ich und blickte auf das orange Tablett in meinen Händen.

„Die rosa Wangen." Er zwinkerte mir zu und ich spürte, wie mir noch mehr Blut in eben jene Wangen schoss. Von Rosa war da bestimmt nichts mehr zu sehen. So, wie es sich anfühlte, musste es eher tiefrot sein. Dunkeltiefrot. Christian lachte leise und in meinem Bauch kribbelte es, als hätte jemand den Schleudergang angestellt. Während Christian an mir vorbei zur nächsten Theke ging, stand Ida plötzlich wieder neben mir.

Sie kicherte. „Da geht was zwischen dir und dem Surferboy, oder?"

Was soll ich sagen, genau den Eindruck hatte ich auch.

KAPITEL NEUNZEHN

Freitag, 19. Oktober
12:45 Uhr – IKEA

STELLA

Also eins kann ich euch sagen: Christian kann schon mal nicht *Idisch* sprechen. Oder nein, ich muss es anders formulieren. Er kann es vielleicht sprechen – denn, sind wir mal ehrlich, dazu gehört nicht viel mehr als ein voller Mund – aber verstehen kann er es definitiv nicht. Zumindest interpretierte ich seinen entgeisterten Gesichtsausdruck so, als Ida ihn fragte: „Waffndaff?"

Sie sah ihn erwartungsvoll an. Ich kicherte, als Christian mich hilfesuchend ansah und beschloss, ihm zu helfen.

„Sie möchte von dir wissen, was das ist." Ich zwinkerte ihm zu und deutete auf den Dessertteller, der vor ihm auf dem Tablett stand.

Christian zog die Augenbrauen zusammen und blickte zweifelnd von mir zu Ida. Auf dem kleinen Teller vor ihm lag eine Zimtschnecke. Das wusste natürlich auch Ida, aber es gehörte zu ihrem Drei-Stufen-Plan, den ich mehr als gut kannte.

Stufe 1: Neugierig etwas Offensichtliches fragen, um das Gegenüber zu verwirren.

„Das ist eine Zimtschnecke. Jetzt sag mir nicht, du hast noch nie eine Zimtschnecke gesehen?", erklärte Christian an Ida gewandt.

Stufe 1: Check.

Stufe 2: Eine Anschlussfrage für noch mehr Verwirrung stellen.

„Iffdieleffer?"

Christians entgeisterter Gesichtsausdruck wurde stärker. Mein Kichern auch. „Sie fragt, ob die lecker ist", übersetzte ich.

„Ich denke?" Eine steile Falte bildete sich zwischen seinen Augenbrauen.

Stufe 2: Check.

Stufe 3: Eine Abschlussfrage stellen und die aufgebaute Verwirrung ausnutzen.

„Kanniffdiehabn?" Ohne eine Antwort abzuwarten, griff Ida beherzt nach dem Teller.

Ah! Ich hab etwas bei Stufe 3 vergessen: Eine Abschlussfrage stellen, die aufgebaute Verwirrung ausnutzen und direkt fette Beute machen. Check.

Mit großen Augen sah Christian dabei zu, wie Ida genüsslich in die Zimtschnecke biss.

„Boah! Iffdieleffer!" Ich weiß nicht, wie sie es machte, aber sie schaffte es tatsächlich während des Sprechens noch einen weiteren, riesigen Bissen von der Zimtschnecke abzubeißen.

Christian saß fassungslos vor seinem leeren Tablett. Ich für meinen Teil konnte nur sagen, dass er von Anfang an keine Chance gehabt hatte. Wenn Ida sich etwas in den Kopf gesetzt hatte, bekam sie das auch. Selbst ich, die den Drei-Stufen-Plan von Ida kannte, war meistens machtlos dagegen. Auf diese Weise habe ich schon mehrere Stücke Käsekuchen und sogar mal ein Stück Erdbeerkuchen an Ida verloren. Erdbeerkuchen mit Sahne!

Christian zwinkerte zweimal, schüttelte sich und hatte dann scheinbar seine Fassung wiedergefunden. „Lass es dir schmecken", sagte er zu Ida gewandt, obwohl die schon lange mit der Zimtschnecke fertig war und nur noch die Krümel auf dem Teller mit dem Finger auflas.

Ich kicherte wieder.

Christian stand auf. „Also, ich werde mir eine neue Zimtschnecke holen, soll ich euch noch etwas mitbringen?"

„Für mich nicht", sagte ich, nickte aber mit vielsagendem Blick zu Ida.

„Okay, dann hole ich zwei Zimtschnecken." Er grinste.

Gut, er nahm es mit Humor. Wenn er nicht wieder zimtschneckenlos enden wollte, war es definitiv sicherer, Ida noch eine mitzubringen.

Er hatte sich gerade drei Schritte vom Tisch entfernt, als Ida schwungvoll mit ihrem Stuhl gegen meinen knallte und mir ziemlich laut ins Ohr flüsterte: „So, Stella Schulze, jetzt reden wir Klartext: Ist der heiß oder ist der heiß?"

„Ja, der ist heiß." Ich versuchte möglichst neutral zu klingen.

„Langsam verstehe ich, warum du lieber ihn auf der Bettkante sitzen haben möchtest, statt Lukas. Wobei ..."

„Da gibt es kein wobei."

„Doch, das gibt es. Ich finde Lukas immer noch besser. Er hat definitiv den knackigeren Arsch und er hat einen Bauernhof und er kann gut mit Tieren umgehen."

„Ich habe ja jetzt einen eigenen Bauernhof."

„Da ist was dran. Trotzdem, ich bleibe dabei, ich finde Lukas besser."

„Dann, bitte, schnapp ihn dir." Wieso hörte ich mich nur in meinen eigenen Ohren so schnippisch an?

„Stella Schulze! Ich finde ihn nicht besser für mich, ich finde ihn besser für dich. Christian ist ... heiß und muskelbepackt und alles, aber er ist irgendwie auch so glatt. Ich weiß nicht. Da ist was an ihm, was meine Alarmglocken läuten lässt."

„Das sind nicht deine Alarmglocken, das sind deine Hormone. Und Christian ist nicht glatt oder komisch. Er ist freundlich, zuvorkommend und ..."

„Lecker!", rief Ida, weil besagter Surferboy gerade wieder an den Tisch zurückgekommen war und ihr eine neue Zimtschnecke hingestellt hatte.

„Ja, das ist er", murmelte ich leise.

STELLA

„Okay, die nächste Runde geht auf mich!", rief Ida und sammelte unsere Tassen ein, um sie am Kaffeeautomaten wieder aufzufüllen.

„Du weißt schon, dass der Refill kostenlos ist?"

„Ach, Christian, stell dich nicht so an. Dann geht halt die Arbeit der Befüllung auf mich."

„Arbeit?"

„Harte Arbeit! Genauso wie das Hofleben, oder Stella?" Und damit war sie mit unseren Tassen im Gewusel des Restaurants verschwunden.

Christian zog die Augenbrauen hoch und sah mich fragend an.

Ich seufzte. „Sie zieht mich damit auf, weil ich ihr ihre Vorstellung vom romantischen Bauernhofleben kaputt gemacht haben."

„Was hat sie denn gedacht, wie das Leben auf einem Bauernhof ist?"

„Du weißt schon: den ganzen Tag mit den Tieren kuscheln, idyllisch spazieren gehen, leckere Hausmannskost essen."

„Leckere Hausmannskost?" Christians Augenbrauen zogen sich weiter nach oben.

„Da musst du sie selbst fragen."

„Und wie hast du die romantische Vorstellung genau kaputtgemacht?"

„Indem ich ihr klipp und klar gesagt habe, dass das Leben auf dem Bauernhof in erster Linie eins bedeutet: harte Arbeit."

„Ah! Jetzt verstehe ich das."

„Ist die volle Wahrheit und nichts ..."

„... als die Wahrheit", fiel Christian mit ein und wir lachten.

Er sah mir wieder so direkt in die Augen und in meinem Magen breitete sich die vertraute Wärme aus; wanderte langsam zu meinen Wangen hoch. Christian griff nach meiner Hand und die Wärme schoss wie Feuerwerkskörper durch meinen Körper.

„Stör ich?" Ida und ihr Timing.

Meine Wangen leuchteten bestimmt wie eine rote Verkehrsampel.

Ida stellte die Tassen vor uns ab und setzte sich dann mit einem Grinsen, das von einem Ohr bis zum anderen reichte, an den Tisch.

„Was hab ich verpasst?", fragte sie mit Blick auf meine und Christians Hand.

Während ich noch versuchte, die Worte in meinem Kopf zu einem sinnvollen Satz zusammenzustellen, antwortete Christian bereits nonchalant: „Stella hat mir alles über die harte Arbeit auf dem Bauernhof erzählt."

„Ach, hat sie das? Und jetzt musst du ihr die Hand halten, weil es alles zu viel für sie ist?"

„Du hast es erfasst."

„Wenn das so ist", Ida griff mit ihrer Hand die noch freie von Christian, „ich hab auch ganz viel gearbeitet."

LUKAS

Lukas fühlte heiße Wut in seinem Bauch. Schon wieder das Auto von Christian. Wohnte der hier? Und wenn man vom Teufel sprach: Da kam er schon mit Stella und Ida aus der Tür des Bauernhauses. Was hatten die drei seit heute Morgen wohl gemacht? Hastig sprang er wieder hinter den Stall und lugte um die Ecke.

„Wenn das Bett morgen früh noch steht, können wir uns mal in Ruhe über diese Bettkanten-Sache unterhalten. Meine Handynummer hast du ja." Christian stieg ins Auto, ließ das Seitenfenster herunter und rief beim Losfahren: „Es war mir eine Ehre, die Damen."

So, so. Man hatte also die Handynummern ausgetauscht. Was wollte Christian nur von Stella. Ein kurzes Abenteuer? Früher hatte er sich dafür nicht so ins Zeug gelegt. Vielleicht hatte sich das durch seine Zeit in Amerika geändert? Und warum beschäftigte Lukas das überhaupt? Es konnte ihm doch wirklich egal sein, mit wem Stella ihre Freizeit oder sonstige Zeit verbrachte, solange er nur sicherstellen konnte, dass der Hof und die Tiere in guten Händen waren. Am besten natürlich in seinen. Denn das waren Hände, von denen er ganz genau wusste, wie gut sie mit all diesen Dingen umgehen konnten.

Er nahm einen tiefen Atemzug. Einen ganz tiefen. Es nütze ihm nichts, wütend zu sein. Das würde nur alles vermasseln. Also noch mal durchatmen. Und noch mal.

Endlich fühlte er sich wieder ruhig genug, um es zu wagen, mit Stella über die Pacht des Bauernhofes zu sprechen. Aber eins nach dem anderen. Er wollte nach Berta sehen und hören, ob Frau Dr. Esser sich gemeldet hatte. Es wurde dringend Zeit, dass Berta Medikamente bekam. Der Knoten in ihrem Euter war heute Morgen zwar nicht mehr so dick gewesen, aber noch vorhanden und die arme Berta ganz schön angeschlagen.

Vorsichtig schlich er vom Stall wieder zurück auf den Weg, um dort angekommen mit festen Schritten in Richtung des Hofes zu gehen. Stella und Ida waren im Bauernhaus verschwunden. Also ging Lukas geradewegs darauf zu und klingelte. Es dauerte nur einen Augenblick und Ida öffnete ihm die Tür.

„Hallo Lukas. Du kommst gerade richtig. Willst du auch mal Stellas neues Bett sehen oder besser, gleich probeliegen?"

Heute Morgen hatte Lukas gedacht, dass Stellas Freundin quirlig sei und aufgeregt, dabei traf es „direkt" eigentlich besser. Wenn sie mal gerade nicht mit der Tür ins Haus fiel.

„Was ist denn jetzt?" Ida legte ihren Kopf schief. „Willst du, oder willst du nicht. Das hat eine 1-A-Bettkante."

„Aha", brummte Lukas. Er spähte an Ida vorbei in der Hoffnung Stella zu sehen, aber sie schien im Inneren des Bauernhauses verschollen zu sein. Ida sah ihn immer noch erwartungsvoll an.

„Ich denke, das Bett sieht aus, wie ein Bett eben aussieht", sagte er zu ihr. „Ich geh lieber nach Berta gucken. Kannst du Stella gleich zu mir schicken, oder weißt du, ob die Tierärztin sich schon gemeldet hat?"

„Du verpasst echt was." Ida verzog das Gesicht. „Dabei hab ich bisher immer gedacht, dass Stella der Spielverderber wäre." Sie zuckte mit den Schultern. „Was die Tierärztin betrifft: Ich frag Stella gleich mal."

„Gut", antwortete Lukas und drehte sich schnell um.

Da hatte Stella scheinbar mit Christian ein neues Bett gekauft. Was das wohl hieß? Bevor er darüber länger nachdenken konnte, beschleunigte er seine Schritte, um zur Weide zu kommen. Berta. Das war wichtig, sonst nichts.

STELLA

Als ich zur Kuhweide kam, traute ich meinen Augen nicht. Lukas stand bei der dicken Berta, streichelte ihr sanft über den Hals und flüsterte ihr etwas ins Ohr. Von Pferdeflüsterern hatte ich schon gehört, aber von Kuhflüsterern? Bisher noch nicht. Es war, als hätte ich einen ganz anderen Menschen vor mir. Da war nichts Verbissenes oder Feindseliges in seinem Gesichtsausdruck, wie ich es sonst schon oft gesehen hatte. Keine Grinchigkeit weit und breit, nur ... wie sollte ich es richtig beschreiben? Sanftmut kam mir in den Sinn. Ein merkwürdiges und altmodisches Wort, aber es passte.

Ich fasste erneut zusammen: Lukas war der Grinch vom Nachbarhof, der mir auf der einen Seite helfen, auf der anderen aber meinen Hof haben wollte und außerdem ein sanftmütiger Kuhflüsterer war. Laut Surferboy Christian sollte ich mich vor ihm in Acht nehmen und die Tierärztin Frau Dr. Esser fand, dass er eine Seele von einem Menschen war. Was steckte wirklich hinter Lukas Munnebach?

„Hallo", begrüßte ich ihn.

Er sah auf und die Sanftmut verschwand. Allerdings hielt keine Grinchigkeit Einzug. Sein Gesichtsausdruck war neutral. „Hat Frau Dr. Esser angerufen?", fragte er.

„Noch nicht. Die Milch von Berta muss also immer noch weggeschüttet werden."

Er nickte knapp und flüsterte Berta erneut etwas ins Ohr. Dann richtete er sich auf und fragte: „Wo ist Ida?"

Wieso er das wohl wissen wollte? „Die musste mal ums Eck, kommt aber gleich."

„Gut, ich habe da nämlich eine Frage an dich und das wollte ich mit dir unter zwei Augen besprechen."

„Du meinst wohl vier Augen."

„Wie?"

„Du hast zwei Augen und ich auch. Wenn nur wir beide etwas besprechen, macht das vier Augen."

„Ach so. Gut. Unter vier Augen. Also ..." Er ließ den Satz eine Weile in der Luft hängen. „... ich wollte dir eine Pacht vorschlagen."

„Eine was?"

„Eine Pacht, das ist so was wie Vermieten."

„Was möchtest du mir denn vermieten?"

„Nein, nein, du verstehst mich falsch. Ich möchte dir nicht vermieten, ich möchte den Hof von dir mieten."

„Du willst was?"

„Deinen Hof mieten. Dann kannst du studieren oder was immer du sonst machst, und der Hof ist trotzdem dir, aber ich bewirtschafte ihn und ..."

Ich wollte ansetzen, etwas zu erwidern, doch Lukas hielt mich mit einem ausgestreckten Arm davon ab. „... und du bekommst jeden Monat Pacht von mir dafür. Also Mietgeld."

Ich zögerte. Das klang – zugegebenermaßen – verlockend. Einen Bauernhof haben, nichts dafür tun und trotzdem jeden Monat Geld bekommen. Nur dass ich nicht mehr studieren wollte – oder konnte, je nachdem wie man es sah.

„Ich studiere nicht mehr, hab hingeworfen", platzte es aus mir heraus, ehe ich es aufhalten konnte.

Mit dieser Antwort hatte Lukas definitiv nicht gerechnet. Für einen Augenblick entglitten ihm die Gesichtszüge. Ganz kurz. Dann hatte er sich scheinbar wieder gefangen. „Dann machst du halt etwas anderes."

Er sah mich forschend an. „Stella", sagte er. „Du musst doch einsehen, dass du nicht für einen Bauernhof gemacht bist und ich weiß ..."

„Was willst du damit sagen? Nicht für einen Bauernhof gemacht?" Ich verengte meine Augen.

„So hab ich das nicht gemeint."

„So hast du es aber gesagt."

Er fuhr sich mit einer Hand über den Nacken und sah mit einem Mal völlig verlegen aus.

„Ich habe es wirklich nicht so gemeint. Ich ... Ich bin nicht gut in solchen Dingen."

„Was genau? Komplimente machen, freundlich sein oder überhaupt mit Menschen oder gar Frauen kommunizieren?"

Er rieb sich beide Hände. „Äh ..."

Hatte ich bisher nicht immer gesagt, dass Lukas etwas an sich hätte, was mich aus der Fassung brachte? Heute war es definitiv umgekehrt. Ich grinste. Vielleicht sollte ich es ihm nicht so schwer machen.

„Also gut, Schwamm drüber."

Er sah mich dankbar an und es stahl sich tatsächlich der Anflug eines Lächelns auf sein Gesicht.

„Warum studierst du nicht mehr?", fragte er.

Mist. Warum war mir das nur rausgerutscht.

„Ich habe ... meine Gründe."

Lukas gehörte nicht zu der Sorte der neugierigen Menschen, denn er quittierte meine Antwort mit einem Nicken und beließ es dabei. Ich war erstaunt, hatte ich doch schon mit bohrenden Fragen gerechnet. Nun gut. Ich räusperte mich.

„Kann ich mir das mit der – wie heißt dieses Miet-Ding noch mal?"

„Pacht."

„Also, kann ich mir das mit der Pacht noch überlegen?"

„Ja, klar. So was sollte man nicht überstürzt angehen. Lass dir ruhig Zeit. Ich …"

In diesem Moment kam Ida zur Weide. Wobei, das ist nicht richtig formuliert. Sie kam nicht einfach zur Weide, sie kam herbeigestürzt. Wirbelwind Ida, ganz in ihrem Element.

„Guten Abend!", rief sie in einem Singsang. „Wie geht es euch Alma, Elsa, Berta, Liese, Hanni und Isolde?"

Was soll ich sagen? Lukas und ich waren abgemeldet. Ida hatte nur noch Augen, Hände und Ohren für die Kühe. Als hätte sie die Kühe mehrere Tage (oder Wochen) nicht gesehen. Ich sah Lukas an und er mich und wir zuckten gleichzeitig mit den Schultern, um dann beide zu grinsen.

„Wir sprechen einfach in ein paar Tagen noch mal darüber, okay?", fragte er mich und ich nickte.

Nachdem Ida mit ihrem Guten-Abend-sagen-und-kuscheln fertig war, machten wir uns daran, die Kühe von der Weide zu treiben. Es war gut, dass Lukas anwesend war, denn die Kühe gehen nur, wenn ihre Leitkuh vorangeht und die gute Berta war einfach zu angeschlagen, um ihre Führungsposition allein zu übernehmen.

Aber mit ein bisschen gut Zureden von unserem Kuhflüsterer setzte sie sich in Bewegung und damit an die
Spitze der Kuhparade. Ich bildete mit Ida das Schluss-
licht hinter Hanni und Alma.

Einmal im Stall angekommen, ging alles ganz schnell.
Lukas half uns die Kühe anzuketten, dann übernahm
er Berta, während Ida und ich die anderen Kühe mol-
ken. So waren wir schnell fertig.

Jetzt standen wir alle im Halbdunkel vor dem Stall
und wussten nicht so recht, was wir sagen sollten. Also
fing Ida an, von unserem Ikea-Ausflug und der Bettkante zu erzählen; und davon, dass Christian uns zum
Essen eingeladen hatte. Ihr könnt jetzt gerne mit den
Augen rollen, so wie ich das gemacht hatte. Lukas hingegen wurde erst starr, dann abweisend, dann richtig
ruppig und zum Schluss blaffte er Ida sogar an und verließ – wieder ganz Grinch – wütend den Hof. Es war
mittlerweile schon so dunkel, dass ich diesmal noch
nicht mal den Anblick seines Knackarschs genießen
konnte.

„Warum ist er denn so sauer auf Christian."

„Die beiden waren wohl früher beste Freunde."

„Was ist passiert?"

„So genau weiß ich das nicht", antwortete ich ausweichend.

„Aber du weißt *etwas*."

Ich zog die Schultern hoch. „Die Tierärztin hat mir
von einem Unfall erzählt, bei dem Christians Schwester gestorben ist. Lukas und Christian waren mit dabei."

„Und das erzählst du mir erst jetzt? Süße, wir müssen
dringend über Prioritäten reden."

KAPITEL ZWANZIG

STELLA

Wir hatten es uns gerade auf dem Sofa bequem gemacht, als das Telefon klingelte. Ich sprang in die Küche.

„Schulze", meldete ich mich.

„Hallo Frau Schulze, Andrea Esser hier. Ich rufe wegen Berta an."

„Ach, Frau Dr. Esser. Danke, dass Sie sich melden."

„Ist das die Tierärztin?", rief Ida aus dem Wohnzimmer zu mir herüber.

Ich versuchte sie zu ignorieren. „Was hat die Untersuchung ergeben?", fragte ich sachlich.

„Das ist die Tierärztin, oder? Frag sie nach dem Unfall." Ida stand plötzlich hinter mir. Ich schüttelte stumm den Kopf.

„Wir haben Bakterien in der Probe gefunden", sagte Frau Dr. Esser, „Berta braucht ein Antibiotikum. Heute schaffe ich es leider nicht mehr, ich werde es Ihnen morgen in aller Frühe bringen."

„Der Unfall!" Ida stupste mir vehement mit dem Finger auf die Schulter (oder mehr in die Schulter). „Frag nach dem Unfall!" Ich versuchte sie mit einer Hand zu verscheuchen.

„Danke", sagte ich an die Tierärztin gewandt.

„Bis morgen früh, schlafen Sie gut."

„Danke", wiederholte ich. „Bis morgen", fügte ich hinzu und legte auf.

„Stella Gertrude Schulze!", rief Ida, wie es sonst nur meine Mutter machte. „Das ist doch jetzt echt nicht wahr. Du hattest sie am Apparat, das war doch die Gelegenheit noch mal nach dem Unfall zu fragen. Und was machst du? Nix machst du!" Sie schob ihre Unterlippe vor.

„Ida, ich kann die Tierärztin nicht einfach so schamlos ausfragen."

„Ja, da hast du recht, du kannst das scheinbar nicht. Aber soll ich dir was verraten? Ich kann das! Und ich werde es auch tun. Morgen früh, wenn sie herkommt."

„Ida …"

„Nein. Wenn du das nicht machst, mach ich das. Ich will wissen, was da genau passiert ist."

„Das ist kein Fall für Die drei ???. Das ist das wahre Leben."

„Eben."

STELLA

Ich schlug die Augen auf und starrte in die Dunkelheit. Dann nahm ich einen tiefen Atemzug und genoss, wie es nach frischem Holz roch. Ich liebte den Geruch neuer Möbel (gerade neuer Holzmöbel). Es machte alles gleich viel gemütlicher. Dem alten Bauernhaus tat der neue und frische Wind auf jeden Fall gut. Für meinen Geschmack roch es noch an viel zu vielen Stellen in diesem Haus muffig. Nach Staub und monatelanger Dunkelheit, weil niemand die Fenster oder wenigstens die Vorhänge geöffnet hatte, bis ich eingetroffen war.

Es hatte so gutgetan, gestern diese Pritsche von einem Gästebett gegen mein neu erstandenes Holzdoppelbett zu tauschen. Mein neues Bett mit ordentlicher Bettkante zum nicht Runterschubsen. Gestern hatte mich Ida damit ganz schön genervt, aber heute, nach einer erholsamen Nacht, fand ich es selbst ziemlich amüsant.

So langsam wurde das Gästezimmer zu meinem Zimmer. Und das würde es auch noch eine ganze Weile bleiben, denn ich wusste immer noch nicht, was ich mit Großtante Gerdas Schlafzimmer und dem Sargähnlichen Bett anstellen sollte. Ich sah mich im Gästezimmer um. Für die Wände würde ich mir noch etwas einfallen lassen müssen; und neue Vorhänge könnte ich mir vielleicht auch nähen, schön bunt. Aber dafür brauchte ich meine Nähmaschine. Und wenn ich ehrlich mit mir war, dann brauchte ich sie auch für mein allgemeines Seelenheil. Nichts entspannte mich so dermaßen wie Nähen. Und außerdem war es immer wieder schön, wenn die Leute hinterher ganz ungläubig fragten: „Was!? Das hast du selbst genäht!?"

Ich grinste in die Dunkelheit. Dann griff ich mein Handy, um zu sehen, wie spät beziehungsweise wie früh es war. Ich hätte es nicht für möglich gehalten, aber ich war tatsächlich nicht mitten in der Nacht, sondern kurz vor dem Weckerklingeln wach geworden. Und ich fühlte mich ausgeschlafen und ausgeruht. Noch einmal atmete ich tief den Holzgeruch ein. Das Leben war doch schön auf dem Hof. Ida war hier, Christian war heiß, Lukas war mittlerweile ganz in Ordnung und sein Angebot einer Pacht war noch besser. Ich musste nicht studieren, ich konnte auch versuchen, mir etwas mit meiner Näherei aufzubauen. Schnittmuster verkaufen oder Taschen nach Maßanfertigung zum Beispiel. Vielleicht sollte ich das alles mal mit Ida besprechen, die hatte immer gute Ideen, was so etwas anging. Gut, sie waren nicht immer umsetzbar, aber nützlich und brauchbar zum Weiterdenken.

Ich deaktivierte den Alarm meines Handys und stand auf, um Ida zu wecken. Sie lag zusammengerollt wie eine kleine Katze auf dem Sofa im Wohnzimmer. Die Decke hatte sie halb über sich, halb unter sich klemmen. Auch Ida hatte sich geweigert im Bett meiner Großtante zu schlafen. Bei dessen Anblick hatte sie laut ausgerufen: „Das ist ja wie das Bett von der Großmutter aus Rotkäppchen, da leg ich mich bestimmt nicht rein!"

Natürlich hatte ich über diesen Vergleich laut losprusten müssen. Schließlich war mir ein recht ähnlicher Vergleich in den Sinn gekommen, allerdings nicht wegen des Bettes, sondern wegen Lukas Munnebach, dem großen bösen Wolf, der möglicherweise doch nicht so böse war und ganz vielleicht auch kein Wolf.

„Raus aus den Federn, Schlafmütze", rief ich und schaltete gleichzeitig das Licht ein.

„He, was soll das?" Ida drehte sich zur anderen Seite und zog sich die Decke über den Kopf, um dem hellen Licht zu entkommen. Aber da hatte sie ihre Rechnung ohne mich gemacht. Mit Schwung zog ich an der Decke. Ida versuchte, sie festzuhalten, ohne Erfolg. Mit einem *Wusch* landete die Decke auf dem gekachelten Sofatisch und fegte alles auf den Teppichboden, was sich darauf befunden hatte.

„Was stimmt nicht mit dir, Stella?", jammerte Ida.

Hellbeleuchtet und deckenlos machte sie aber immer noch keine Anstalten, aufzustehen.

Das war das, was ich gestern meinte, als ich euch erzählt habe, dass Ida sonst diejenige war, die nicht aus dem Bett kam. Hier waren wir wieder im Normalmodus angekommen. Natürlich genau dann, wenn man es nicht gebrauchen konnte.

„Komm schon Ida, die süßen Kühe warten", versuchte ich sie mit ihren eigenen Waffen zu schlagen.

Ida brummte etwas Unverständliches ins Sofakissen.

Gut, dann war es jetzt Zeit für Plan B. Ich nahm die Decke vom Boden und warf sie wieder über Ida und das Sofa, dann sammelte ich die leere Wasserflasche und Idas iPod vom Boden auf, die ich eben mit der Decke hinuntergeworfen hatte. Das Licht schaltete ich auch wieder aus.

„Schlaf gut, Ida", sagte ich. „Die Tierärztin kommt bestimmt gleich, dann ist es eh besser, wenn du noch schläfst." Ich schloss die Tür und ging durch den Flur zur Küche. In Gedanken zählte ich rückwärts:

Zehn.

Neun.

Ein Rumpeln ertönte aus dem Wohnzimmer.

Acht.

Wurde lauter. Ich betrat die Küche.

Sieben.

Rumpel. Rumpel. Rumpel. Ich nahm die Glaskanne aus der Kaffeemaschine.

Sechs.

Das Rumpeln hörte schlagartig auf. Ich ließ Wasser in die Kanne laufen.

Fünf.

Vier.

Ich nahm einen Filter aus dem Regal und setzte ihn in die Maschine ein.

Drei.

Zwei.

Ich griff nach dem Kaffeepulver.

Eins.

„Extra stark bitte", sagte Ida.

„Null", murmelte ich.

„Null? Was ist das denn für eine Antwort? Das Wort, das wir hier suchen, lautet: Ja! Und vielleicht noch mit dem Zusatz: Aber gerne Ida, für dich doch immer starken Kaffee am frühen Morgen."

„Dir auch einen schönen guten Morgen", antwortete ich und ignorierte, dass Ida mir die Zunge rausstreckte.

In ihrer Hast hatte sie sich zwei verschiedenfarbige Socken angezogen und trug ihren Pullover auf links. Ich beschloss darüber erst einmal Stillschweigen zu bewahren. Ida war aufgestanden, das war das Wichtigste.

Während der Kaffee röchelnd in die Glaskanne tropfte, schien auch Ida immer wacher zu werden.

„Na, wie war die erste Nacht im neuen Bett? Hast du was geträumt? Du weißt doch, was man darüber sagt, oder?"

Natürlich hatte ich davon gehört, dass der Traum, den man in der ersten Nacht in einem neuen Bett hatte, wahr wurde, aber ich hatte nichts geträumt. Ich schüttelte den Kopf.

„Was denn? Gar nichts?"

„Nope."

„Nicht mal ein klitzekleines Bisschen?"

„Nope."

„Ach, das ist aber schade."

„Wer weiß. Immerhin hatte ich auch keinen Albtraum."

Ida verzog den Mund. „Uiuiui. Da hast du recht." Sie stütze ihre Ellenbogen auf dem Tisch auf. „Und ich hatte schon gehofft, du hättest was Heißes von Lukas geträumt. Oder meinetwegen auch von Christian."

Ich rollte mit den Augen. „Wenn du das so hoffst, solltest du es vielleicht besser selbst träumen."

„Mach ich vielleicht auch. Dafür brauche ich nicht mal schlafen." Wieder streckte sie mir die Zunge raus.

Ich verkniff mir eine Antwort. Stattdessen wendete ich mich lieber der Kaffeemaschine zu, die fertig durchgelaufen war. Ich goss Ida und mir zwei große Tassen ein und dann herrschte eine ganze Weile Stille in der Küche, als wir beide andächtig genossen, wie der heiße Kaffee seine Wirkung tat.

„Und wie hast du geschlafen?"

„Wirklich gut."

Ida nickte und trank noch einen Schluck von ihrem Kaffee.

„Sag mal", setzte sie dann an, „warum hab ich eigentlich auf dem Sofa geschlafen, wenn du doch jetzt ein Doppelbett hast?"

Das war eine gute Frage. Mehrere Antworten kamen mir in den Sinn:

- Weil wir es vergessen hatten.

- Weil wir beide doof waren.

- Weil ich den Platz, den das Doppelbett bot, allein brauchte.

- Weil wir einfach nicht dran gedacht hatten. Beide.

Ich sagte aber: „Weil ich dich augenscheinlich von der Bettkante geschubst hab."

STELLA

Ida und ich hatten schon vier der sechs Kühe gemolken, als ich ein Auto auf den Hof fahren hörte.

Lukas war heute Morgen nicht erschienen. Nach seinem wütenden Abgang gestern Abend wunderte mich das nicht. Da ich wegen seiner Pacht-Anfrage noch zu keinem Schluss gekommen war und ich im Moment wirklich keine Lust auf seine schlechte Laune hatte, war mir das auch lieber so.

Ich streichelte Isolde, die ich gerade gemolken hatte noch einmal über den Hals und ging dann zur Stalltür.

„Wo willst du hin?", fragte mich Ida.

„Da ist ein Auto gekommen, ich gucke, ob das die Tierärztin ist." Mit dem Daumen deutete ich über die Schulter zur Tür.

„Warte, ich komme mit." Das hätte ich mir ja denken können.

Es war natürlich Frau Dr. Esser. Wer hätte sich auch sonst zu dieser nachtschlafenden Zeit an einem Samstagmorgen zu mir auf den Hof verirren sollen.

Die Tierärztin stieg aus dem Auto, eine große Ledertasche unter dem Arm.

„Das ist ja so eine Tasche, wie Mary Poppins sie hat!" Ida strahlte selig. Sie liebte die alte Verfilmung mit Julie Andrews und Dick Van Dyke.

Frau Dr. Esser musterte Ida kurz, zog die Augenbrauen zusammen, sehr wahrscheinlich wegen des auf links getragenen Pullovers und der verschiedenfarbigen Socken, sagte aber nichts dazu, sondern lediglich: „Guten Morgen."

Zu dritt gingen wir in den Stall. Unterwegs machte ich Ida mit der Tierärztin bekannt. Ich rechnete jede Sekunde damit, dass sie Frau Dr. Esser mit ihren Fragen bezüglich Lukas, Christian und dem Unfall löchern würde, aber sie hielt sich zurück.

Dabei hatte ich sie doch nur zu diesem Zweck geweckt. Mir selbst war es zu peinlich, die Tierärztin auszufragen und irgendwie war es mir auch peinlich, wenn Ida das gleich machen würde, aber was soll ich euch sagen? Meine Neugierde war in diesem Punkt einfach größer. Ich wollte wissen, was damals genau passiert war.

Die Tierärztin stellte ihre Tasche an der Stallwand ab und ging zu Berta. Sie begrüßte die Kuh, die nur träge den Kopf hob wie schon die ganzen letzten Tage. Dann begann sie, Berta und deren Euter zu untersuchen und abzutasten.

Sie blickte auf. „Haben Sie Berta heute noch gar nicht gemolken?", fragte sie mich mit Blick auf ihre Armbanduhr.

Ich schüttelte den Kopf. „Wir waren gerade dabei", erklärte ich. „Nur Berta und Alma fehlen noch."

„Dann melken Sie bitte als nächstes Berta, ich kann das Antibiotikum nur bei leerem Euter applizieren", sagte Frau Dr. Esser streng.

„Appli... was?"

STELLA

Nennt mich naiv, aber als mir Frau Dr. Esser am Donnerstag erzählte, dass Berta eventuell Antibiotika bekommen würde, hatte ich mir keine Gedanken darüber gemacht, wie das im Fall der Fälle verabreicht wird. Ich meine, wir haben doch alle schon mal ein Antibiotikum genommen und das waren dann so dicke Tabletten, die man mit Wasser herunterschlucken musste. Oder etwa nicht?

Also, was soll ich euch sagen, bei Kühen – oder Tieren im Allgemeinen – wird das anders gemacht, und weil Berta eine Entzündung im Euter hatte, wurde es von der Tierärztin mit einem Applikator (was sich als eine Art große Spritze herausstellte) direkt in die Zitzen verabreicht, um „durch den Milchkanal in das Euter zu gelangen", wie Frau Dr. Esser es nannte.

Ida schlug sich die Hände vors Gesicht. „Ich kann da nicht hinsehen." Sie spreizte die Finger, um doch noch einmal kurz hindurchzusehen, klappte sie aber sofort wieder zusammen. „Nein, nein, nein, ich kann das nicht", murmelte sie in ihre Hände.

Ich fasste sie sanft an den Armen. „Komm, Ida, wir gehen besser rüber ins Haus einen Kaffee trinken." Damit schob ich sie in Richtung der Stalltür. Zu Frau Dr. Esser gewandt sagte ich: „Sie kommen doch einen Moment allein zurecht, oder? Ich bin gleich wieder da."

Die Tierärztin nickte abwesend, ihre ganze Aufmerksamkeit gehörte ihrer Patientin und deren Euter.

Wir waren gerade einen Schritt zur Stalltür hinaus, als Ida die Hände vom Gesicht riss und sagte: „Wir können nicht rüber gehen. Ich muss doch die Tierärztin noch wegen Lukas und Christian ausfragen."

„Da hast du jetzt drei Tage alle 12 Stunden Zeit zu", sagte ich und Ida sah mich verständnislos an.

„In diesem Rhythmus bekommt die dicke Berta doch das Antibiotikum: drei Tage lang, alle 12 Stunden, immer nach dem Melken, weil die Milchkanäle …"

Ida hob die Hand. „Danke, du brauchst nicht weiter ins Detail zu gehen. Was ich eben gesehen habe, reicht mir völlig."

„Dann lass uns einfach noch einen Kaffee in der Küche trinken."

„Nein. Ich werde hier auf die Tierärztin warten." Ida verschränkte trotzig die Arme vor der Brust.

„Gut, mach das. Ich für meinen Teil trinke jetzt einen Kaffee." Ich drehte mich um und ging grinsend zum Bauernhaus. Das lief ja besser, als ich gedacht hatte. Ida würde die Tierärztin gleich ausfragen und mir musste es gar nicht peinlich sein, weil ich währenddessen in der Küche Kaffee trinken würde. Perfekt.

KAPITEL EINUNDZWANZIG

Samstag, 20. Oktober
7:05 Uhr – Kassnach

LUKAS

Lukas sah auf die Uhr. Schon nach sieben. Er schnaubte, heute dauerte einfach alles viel zu lange. Dabei hatte er gedacht, dass er gut in der Zeit liegen würde. Schließlich war er nicht zuerst auf dem Habermann-Hof gewesen. Und trotzdem: Es war nach sieben und sie hatten erst die Hälfte der Kühe gemolken. Trotz des hochtechnisierten Melkstands, trotz des frühen Beginns und trotz der Hilfe von David. Vielleicht aber auch gar nicht trotz, sondern wegen. Lukas biss die Zähne zusammen. Es war einfach unfassbar, wie langsam sein Lehrling war.

Erneut sah er auf die Uhr. Gleich war es für ihn schon Zeit, nach Niederkirst rüberzufahren, um seinen Vater zu besuchen. Eigentlich war so früh keine Besuchszeit in der Seniorenresidenz, aber wenn Barbara Dienst hatte, war das kein Problem. Sie war eine entfernte Verwandte; „Über drei Ecken", wie sein Vater immer sagte, und hatte Verständnis dafür, dass Lukas als Landwirt häufig nicht zu den offiziellen Besuchszeiten kommen konnte. Er wiederum war sehr froh, wenn er seinen Vater in den Morgenstunden besuchen konnte. Irgendwie war der dann fitter und frischer im Kopf und außerdem war es auch noch viel ruhiger in der Seniorenresidenz. Das machte einen Besuch erträglicher. Denn wenn er ehrlich war, besuchte er seinen Vater dort nicht gerne. In den Fluren roch es immer nach einer Mischung aus Desinfektionsmitteln und Muff und dann erinnerte sich sein Vater nicht immer an ihn; und schließlich war da noch das große schlechte Gewissen, weil er seinen Vater „ins Heim" gegeben hatte.

Aber es gab keine andere Möglichkeit. Er konnte nicht auch noch seinen Vater versorgen mit dem Hof und allem. Trotzdem hatte er immer das Gefühl, dass er es eigentlich müsste und deshalb blieb das schlechte Gewissen.

Er atmete tief durch und schloss für einen Moment die Augen. Sofort sah er das Bild seines Vaters im Krankenhausbett in der Seniorenresidenz vor sich. Das Zimmer dort war mit einigen persönlichen Dingen ausgestattet: sein Lieblingssessel, die kleine Kommode, die früher im Flur gestanden hatte, das Bild, das jahrelang im Wohnzimmer gehangen hatte und der Teppich, der ihm immer als Bettvorleger gedient hatte. Nur das Bett war ein Krankenhausbett. Eins, das man mit einer Fernbedienung hoch- und runterfahren konnte, mit einer Reling an jeder Seite, damit sein Vater im Schlaf nicht einfach aus dem Bett fiel. Diese Reling vor Augen kam ihm die neue Bettkante von Stella in den Sinn. Das menschliche Gehirn ist da wirklich schmerzfrei. Ein heißer Ball aus Wut bildete sich in seinem Bauch und er öffnete die Augen schlagartig.

Sein Vater war im gleichen Heim, in dem auch die alte Habermann seinerzeit untergebracht worden war. Auch sie hatte er oft besucht. War Stella jemals dort gewesen? Nein. Nur er hatte die alte Habermann besucht und wie hatte sie es ihm gedankt? Wie hatte sie ihm gedankt, dass er sich auch noch um ihren Hof, um die Tiere und die Kartoffeläcker gekümmert hatte? Damit, dass sie ihm ihre Großnichte aus der Stadt vor die Nase setzte, die nichts anderes zu tun hatte, als mit Christian ein neues Bett zu kaufen.

Von allen Männern, die es in der Umgebung gab, musste es ausgerechnet Christian sein. Sein früherer bester Freund, den er schon als seinen Schwager gesehen hatte; als seine Familie. Er erinnerte sich noch, als wäre es gestern gewesen: Wie er von einem Tag auf den anderen plötzlich mehr in Anna gesehen hatte, Christians kleiner Schwester, mit der er schon im Kindergarten gespielt hatte. Wie er sie das erste Mal geküsst hatte, wie glücklich er mit ihr gewesen war. Wie glücklich sie zusammen gewesen waren, bis zu … Bis zu dem verhängnisvollen Unfall.

Nie zuvor hatte Lukas solchen Schmerz empfunden wie damals. Es war kein körperlicher Schmerz. Es war der Schmerz der Trauer. Trauer um seine große Liebe, die er in Christians kleiner Schwester gefunden hatte. In Anna.

In seiner Trauer war er ganz allein gewesen. Christian hatte schließlich Hals über Kopf nicht nur das Land, sondern gleich den Kontinent verlassen. Hatte ihn im Stich gelassen und noch schlimmer: er hatte seine Familie im Stich gelassen. Lukas erinnerte sich an die Beerdigung von Anna, an die steinernen Gesichter ihrer Eltern und den großen leeren Fleck daneben, an dem Christian hätte stehen müssen. Nicht mal zur Beerdigung war er gekommen. Und jetzt, da er wieder zurück war, tat jeder so, als wäre nichts passiert. Natürlich war Christian nun der große Held, der elf Jahre lang in Amerika gelebt hatte, der die große weite Welt gesehen hatte. Lukas schnaubte. Er wusste nicht, was sein ehemaliger bester Freund in seiner Zeit in den Staaten getrieben hatte, er wusste nur, dass er in Kassnach nichts tat. Immer nur sah Lukas ihn durch die Gegend scharwenzeln, mit dem großen Auto umherfahren, hier ein Schwätzchen halten, da ein neues Bett kaufen, aber nichts wirklich Produktives. Er wusste nicht, wie Christian sich diesen Lebensstil leisten konnte, wenn er nicht arbeiten ging, und es war vermutlich besser, wenn er sich darüber nicht auch noch den Kopf zerbrach.

Eigentlich war es gestern doch ganz gut gelaufen, als er Stella den Vorschlag mit der Pacht des Habermann-Hofs unterbreitet hatte, wenn er sich nur besser hätte zusammenreißen können. Er ballte seine Fäuste. Seit die alte Habermann gestorben war, lief alles aus dem Ruder. Dabei hatte er doch schon alles geplant: Welche Ackerflächen er zusammenlegen wollte, dass er den Stall als Lager oder Unterstand nutzen konnte, das Bauernhäuschen als Ferienwohnung. Wenn das gut angelaufen wäre, hätte er auch den Stall zu Ferienwohnungen ausgebaut und einen Spiel- oder Grillplatz errichtet. Doch jetzt waren alle Pläne zerstört. Selbst wenn er den Hof pachtete. Trotzdem wäre es besser als nichts, so könnte er wenigstens einige der Ackerflächen zusammenlegen.

Er ließ seinen Blick über die Kühe im Melkstand schweifen, dann sah er wieder auf die Uhr. Die Zeit raste, während David mit seiner Arbeit kroch. Der Junge war langsamer als eine Schnecke. Lukas schnaubte. Laut.

So laut, dass David fragte: „Chef, was ist denn heute mit dir los?"

„Was mit mir los ist?" Lukas sah seinen Lehrling ungläubig an. „Du machst deine Arbeit nicht richtig, das ist los!"

„Aber ich mache doch alles wie immer."

„Und da liegt das Problem. Du bist zu langsam und dann machst du es nicht mal richtig. Du bist zu nichts zu gebrauchen!"

Lukas konnte dabei zusehen, wie seine Worte durch Davids Kopf bis in dessen Magen sackten und sein Lehrling ebenfalls zusammensackte. Mit diesem Anblick verpuffte seine Wut so schnell, wie sie gekommen war.

„David, ich ..." Weiter kam er nicht, denn David machte auf dem Absatz kehrt und rannte weg.

„Es tut mir leid", flüsterte Lukas, aber sein Lehrling war schon lange verschwunden.

STELLA

Ich war gerade dabei, mir die dritte Tasse Kaffee einzuschenken, als ich hörte, dass ein Auto gestartet wurde und vom Hof fuhr. Es dauerte keine fünf Sekunden, da tauchte Ida in der Küche auf. Auf ihrem Gesicht zeigte sich eine steile Sorgenfalte.

„So schlimm?", fragte ich.

„Was? Nein, Berta geht es den Umständen entsprechend. Ich soll dir von Frau Dr. Esser sagen, dass sie heute Abend nach sechs wieder herkommt."

„Das hab ich nicht gemeint."

„Was denn dann?"

„Na, du wolltest sie doch wegen Lukas und Christian und dem Unfall ausfragen."

„Ach so, das. Ja, das hab ich gemacht."

„Und?"

„Sie hieß Anna."

Anna. Ich ließ erst mal den Namen sacken. Anna. Ohne dass ich es aufhalten konnte, kamen mir die Zeile eines Liedes in den Sinn: *Du bist von hinten wie von vorn A-N-N-A.* Ich konnte mich nicht mehr daran erinnern, von wem das Lied war. Aber zusammen mit dieser Liedtextzeile sah ich das Bild einer jungen, wahnsinnig hübschen Frau vor mir, die Christian ähnlich sah: hellblonde Haare, makellos weiße Zähne, Stupsnase.

Ida räusperte sich und ich verwarf das Fantasiebild in meinem Kopf. „Sie war damals mit Lukas zusammen, deshalb waren sie alle in dem Auto. Sie waren verlobt und wollten heiraten, sagt die Tierärztin."

Sofort war das Bild der perfekten Schönheit wieder da und mein Gehirn startete schneller, als ich es verhindern konnte ein Kopfkino: Lukas und Anna Hand in Hand, Lukas und Anna küssen sich, Lukas und Anna …

Mein Magen formte sich zu einem schweren Klumpen und ich schmeckte einen sauren Geschmack im Mund. Christians kleine Schwester Anna war die Verlobte von Lukas gewesen. Dann hatte es diesen Unfall gegeben, bei dem Anna gestorben war, Christian war nach Amerika gegangen und Lukas wollte nichts mehr mit ihm zu tun haben.

„Was ist damals genau passiert. Der Unfall … hast du die Tierärztin das gefragt?"

Ida nickte und die Falte zwischen ihren Augenbrauen vertiefte sich. Sie holte geräuschvoll Luft. „Die drei waren wohl auf einer Party gewesen, irgendein Dorffest, und es hatte geregnet. Der Wagen ist in einer scharfen Kurve von der Straße abgekommen und gegen einen Strommast geknallt. Das Auto hat sich drumherum gebogen. Genau auf der Beifahrerseite, wo Anna gesessen hatte."

„Wer ist damals gefahren." Meine Stimme war nur noch ein Flüstern.

„Das weiß keiner."

„Wie, das weiß keiner?"

„Als die Polizei hinzukam, saßen Lukas und Christian auf der Straße vor dem Auto, hat Frau Dr. Esser erzählt, und sie hatten beide so einen Schock, dass sie sich an nichts mehr erinnern konnten.”

STELLA

Wir saßen schweigend am Küchentisch und wärmten unsere Hände an den Kaffeebechern. Nach Idas Enthüllung des Unfalls und des Umstandes, dass bis heute nicht klar war, wer damals gefahren war, hatten wir beide frische Luft gebraucht und kurzerhand das Küchenfenster sperrangelweit aufgerissen. Die Luft war so früh am Morgen bitterkalt, trotzdem ließen wir es offen, während sich unser Atem mit den Wölkchen, die aus den heißen Kaffeetassen aufstiegen, vermischten. Bestimmt hätten wir noch so lange dort gesessen, bis auch der Kaffee kalt gewesen wäre, wenn es nicht geklingelt hätte.

Als ich die Tür öffnete, war ich nicht überrascht, Christian vorzufinden, eine Brötchentüte in der Hand. So langsam fragte ich mich, ob er nicht vielleicht doch den Plan gefasst hatte, mich kugelrund zu füttern.

Wie selbstverständlich gab er mir Begrüßungsküsschen links und rechts und übernahm wieder die Führung durch den Flur in die Küche.

Dort angekommen begrüßte er auch Ida mit Küsschen und rieb sich dann die Arme. Die muskulösen Arme. Die trotz der Kälte dieser frühen Morgenstunden nur in einem T-Shirt steckten.

„Brrr, ist das kalt. Warum habt ihr denn das Fenster offen?"

Ida wollte zu einer Erwiderung ansetzen, aber ich schüttelte nur den Kopf und legte den Zeigefinger an die Lippen. Es war bestimmt keine gute Idee, Christian einfach so mit Details über den Unfall und den Tod seiner Schwester zu bombardieren. Entgegen Idas sonstiger Unbefangenheit hielt sie tatsächlich den Mund. Ich war erstaunt. Vielleicht zahlte sich Idas Achtsamkeits-Wahn aus? Wieder hatte ich den Eindruck, dass ich mich auch mal damit befassen sollte.

„Ladies, ihr seht ganz schön fertig aus." Christian blickte uns ernst an.

„Du weißt, wie man Frauen Komplimente macht", entgegnete ich trocken.

Er legte die Stirn in Falten. „Ich meine das ernst. Ihr übernehmt euch mit dem Hof."

„Wie meinst du das denn?" Ich verengte die Augen.

Christian hob sofort abwehrend die Hände. „Ich will euch und vor allem dir, Stella, nicht zu nahetreten, es ist einfach nur meine Beobachtung. Ihr seid erst seit ein paar Tagen hier und seht beide nicht besonders gesund aus. Für ein Leben auf dem Bauernhof muss man geboren sein. Jeden Tag arbeiten von früh bis spät. Samstags, sonntags, feiertags. Immer. Die Kühe und die Kartoffeln kennen kein Wochenende, keinen Urlaub."

Da war etwas Wahres dran. Ich schluckte. Dann sah ich ihm fest in die Augen und sagte so bestimmt, wie ich konnte: „Ich weiß. Aber soll ich dir was sagen? Ich bin dafür geboren worden." So!

Er lächelte, doch die Sorgenfalte auf der Stirn blieb. „Stella, du bist wirklich eine bemerkenswerte Frau. Aber ich denke, du könntest noch viel bemerkenswerter sein, wenn du nicht in diesem Kaff versauern würdest." Das mit dem Versauern hatte er doch schon mal zu mir gesagt.

„Ich habe immer noch nicht den Eindruck, dass ich hier versauere", antwortete ich.

Ida, die wie beim Tennis zwischen uns beiden hin- und hergeschaut hatte, fügte hinzu: „Süße, da muss ich dir absolut recht geben." Sie grinste breit.

Christians Sorgenfalte wollte sich nicht glätten, immer noch fixierte er mich mit seinem Blick. „Du weißt genau, wie ich das meine. Die Arbeit auf dem Hof wird dich kaputtmachen."

„Und was meinst du, was ich stattdessen machen soll?"

Er zuckte mit den Schultern. „Verkauf den Hof. Du bekommst bestimmt gutes Geld dafür, vor allem, wenn du es als Bauland verkaufst."

Ich verengte wieder meine Augen. „Bauland?"

„Ackerland bringt nicht so viel Geld wie Bauland."

„Das weiß ich auch, aber das hier ist Ackerland."

„Nur so lange, bis es zu Bauland erklärt wird."

„Und wer erklärt so was?"

„Also, ich kenne da jemanden, der jemanden kennt, der uns helfen könnte. Überleg es dir mal. Wenn du das Geld richtig anlegst, kannst du gut davon leben, ohne die ganze harte Arbeit auf dem Hof."

Das musste ich erst mal sacken lassen. Gestern Lukas mit seinem Vorschlag den Hof zu mieten und heute Christian mit einer neuen Idee. Beides klang verlockend. Die Arbeit auf dem Hof war wirklich ziemlich hart. Aber war es das, was ich wollte?

Tja, Stella Schulze, fragte ich mich, was willst du denn eigentlich?

„Brötchen?", fragte Ida. Sie griff in die Tüte, die Christian mitgebracht hatte, und hielt mir ein Sonnenblumenkernbrötchen unter die Nase. Ich musste gestehen, dass ein Brötchen etwas war, was ich jetzt, in diesem Moment, auf jeden Fall wollte.

STELLA

„Ich hab mal geguckt, morgen Abend fährt ein Bus zum Bahnhof."

Ich sah Ida erstaunt an. Zum einen, weil ich nicht gedacht hätte, dass hier tatsächlich Busse fahren, zum anderen, weil sie mir gerade sagte, dass sie abreisen würde.

Christian hatte sich vor einer Viertelstunde wieder auf den Weg gemacht. Bis dahin hatten wir in der Küche gesessen, die Brötchen gegessen und viel zu viel Kaffee getrunken. Ehrlich, ich fühlte mich wie ein überdrehtes Eichhörnchen kurz vor der Winterruhe, während Ida absolut ruhig und entspannt wirkte.

„Du fährst", stellte ich ernüchtert fest.

„Süße", Ida sah mir in die Augen, „morgen startet das neue Semester. Im Gegensatz zu dir hab ich weder einen Bauernhof geerbt noch hatte ich eine Affäre mit meinem Prof, die aufgeflogen ist."

Ich biss die Zähne zusammen. „Musst du wieder davon anfangen, ich hatte es schon fast vergessen."

„Dann hab ich mal ein paar Neuigkeiten für dich: In Köln wird das noch keiner vergessen haben und an der Uni schon dreimal nicht. Ich wappne mich für das Schlimmste."

„Warum? Du hast doch nichts mit Tobias gehabt."

„Es weiß aber jeder, dass du meine beste Freundin bist und wir zusammenwohnen oder zusammengewohnt haben. Die werden alle zu mir kommen und mich ausquetschen."

Ich nickte matt. Da hatte sie vermutlich recht.

„Was für ein Glück, dass ich sowieso schon die ganze Zeit auf mein Handy verzichte, ich will gar nicht wissen, wie viele Nachrichten und WhatsApp ich deshalb hab."

„Frag mich mal."

„Wirklich?"

Ich schüttelte den Kopf und Ida nickte.

„Na ja", sagte sie dann, „ich werde es am besten einfach ausgeschaltet lassen."

„Das ist ein guter Plan."

„Ist ja auch von mir." Sie grinste breit. Dann wurde sie schlagartig wieder ernst und sah mir forschend ins Gesicht, als sie sagte: „Bist du dir sicher, dass du hierbleiben willst."

Ich nickte.

„Überleg es dir noch mal, Süße. Wenn du mitkommst, kannst du dein Studium wieder aufnehmen. Oder hast du der Uni schon von deinen neuen Plänen erzählt?"

„Nein, hab ich nicht. Aber Ida, ich kann nicht zurück nach Köln. Nicht nach allem, was vorgefallen ist. Du hast doch selbst gesagt, dass du dich für das Schlimmste wappnest, was meinst du, wie es für mich wäre."

„Ich gebe zu, die erste Woche wird bestimmt schlimm, die zweite vielleicht auch noch, aber dann wird es abklingen. Es wird einen neuen Skandal geben oder sonst was und alles ist wieder gut."

„Warum willst du mich eigentlich überzeugen? Ich dachte, du findest es gut, dass ich jetzt einen Bauernhof hab."

„Ja, schon, aber ..." Sie verstummte.

„Aber?"

„Christian hat schon recht mit dem, was er eben gesagt hat."

Ich rollte mit den Augen, aber eine leise Stimme in meinem Inneren stimmte Ida zu.

„Es ist schon ziemlich harte Arbeit", sagte Ida.

„Was ist denn mit der Romantik? Das Land, die Tiere."

Jetzt war es an Ida, mit den Augen zu rollen. „Ja, ja, mach dich ruhig über mich lustig. Ich finde das alles immer noch romantisch ... also in der Vorstellung."

„In echt ist es ganz schön anders, oder?"

„Da sagst du was." Sie stand auf und fing an, den Küchentisch abzuräumen. Ich sah ihr schweigend zu.

Seit fünf Tagen war ich auf dem Land und kümmerte mich um meinen Hof. (Mein Hof. Das klang komisch in meinen Ohren.) Was hatte ich in dieser Zeit gelernt? Dass das Leben auf dem Bauernhof anstrengend war, dass Kühe krank werden konnten, wenn man sie nicht richtig molk, dass man jeden Tag rund um die Uhr arbeiten musste und dass man im Dorfladen nicht zur Mittagszeit einkaufen konnte. War das alles wirklich besser, als sich dem Shitstorm des Skandals zu stellen, den meine Affäre mit Tobias nach sich gezogen hatte? Mein Herz begann fest zu schlagen und in meiner Brust wurde es eng. Ich wusste nicht, ob es auf die Dauer besser war, aber für den Moment war es auf jeden Fall die beste Lösung.

„Süße, ich hab eine tolle Idee!", verkündete Ida, der
scheinbar nicht aufgefallen war, was gerade in mir vorging. „Wir werden uns mal das Nachtleben von Kassnach ansehen und danach kannst du entscheiden, ob
du hierbleiben willst oder ob du den Hof verkaufst und
wieder mit mir zurück nach Köln kommst."

„Ich glaube nicht, dass es hier ein Nachtleben gibt."

„Stella Schulze, es gibt überall ein Nachtleben, die
große Frage ist nur, wie aufregend es ist."

KAPITEL ZWEIUNDZWANZIG

Samstag, 20. Oktober
13:45 Uhr – Kassnach

STELLA

Wisst ihr, was wirklich lustig ist? Ich habe jahrelang in Köln gewohnt – einer Großstadt – und dort hat so gut wie nie jemand einfach so an unserer Wohnungstür geklingelt. In Kassnach – am Arsch der Welt – war das anders. Hier wurde ständig an meiner Tür geklingelt. Manchmal sogar mehrmals am Tag. Verdrehte Welt, oder?

Als es diesmal an der Tür klingelte, waren Ida und ich gerade dabei, in der Küche die Töpfe und Teller vom Mittagessen zu spülen. Es war Lukas. Scheinbar hatte er sich so weit wieder beruhigt, dass er sich in der Lage fühlte, vorbeizuschauen. Und er wollte auch gar nicht zu mir oder Ida, er wollte zu Berta. Was auch sonst? Er schien Tiere generell lieber zu mögen als Menschen. Oder er kam einfach besser mit ihnen aus.

„Sonst fragst du doch auch nie nach meiner Erlaubnis", sagte ich ganz verwundert zu ihm.

„Ja, also …" War Ihre Griesgrämigkeit Sir Lukas von Knackarsch etwa tatsächlich verlegen? „Ähm … Ich … Ich hab gedacht, dass du das ja nicht so gern gesehen hast, dass ich einfach so in den Stall oder auf die Weide gegangen bin und da …" Er kratzte sich am Kinn. „Also da hab ich gedacht, ich könnte doch mal mehr Manieren zeigen."

Manieren. So, so. Ich grinste. Da waren wir wieder: Lukas und ich. Und nicht ich, sondern er war aus der Fassung gebracht.

„Ist das Lukas?", rief Ida aus der Küche herüber.

„Ja", rief ich zurück.

„Frag ihn nach dem Nachtleben."

„Was hat sie gesagt?" Lukas hatte die Stirn gerunzelt.

„Ida hat es sich in den Kopf gesetzt, das Kassnacher Nachtleben zu erkunden, bevor sie wieder zurück nach Köln fährt."

„Das Kassnacher Nachtleben?"

„Sie ist der Meinung, es gibt überall ein Nachtleben."

Lukas zuckte mit den Schultern. „Na ja, es gibt eine Kneipe im Dorf."

„Ida", rief ich durch den Flur, „hast du gehört? Es gibt eine Kneipe."

„Bingo, Baby!"

STELLA

„Also, Süße, wenn du wirklich hierbleibst, dann solltest du dir Lukas angeln." Ida leerte den Wassereimer in die Hühnertränke aus.

„Ich weiß nicht", sagte ich, während ich das Ei, das ich gerade aus einem der Nester geholt hatte, in den Korb zu den anderen legte.

„Aber ich weiß es. Er ist a) dein Typ und b) guck doch bitte mal, wie süß er sich um die dicke Berta kümmert." Sie stellte den Eimer ab und wischte sich mit dem Ärmel ihres Pullovers über die Stirn.

„Ich bin keine Kuh."

Ida rollte mit den Augen. „Ich weiß, Süße, aber Männer, die sich so lieb verhalten, sind rar."

„Ich hab ihn schon ganz anders erlebt. Lieb war da das letzte Wort, was ich verwendet hätte."

„Das war doch nur, weil er dich noch nicht kannte."

Typisch Ida. Einfach Tatsachen ausblenden und sich alles zurechtlegen, wie man es gerne hätte.

„Ida, ich habe mich für den Hof entschieden, weil meine letzte Beziehung ..."

„Affäre!", rief Ida dazwischen.

Ich holte einmal tief Luft. „Weil meine *Affäre* nicht so gut gelaufen ist. Ich brauche gerade keinen Mann in meinem Leben."

„Ich glaube, du willst es im Moment einfach nicht."

„Ist das nicht dasselbe?"

Ida wog den Kopf hin und her. „Möglich. Fakt ist aber: auch wenn du keinen Mann in deinem Leben brauchst, oder im Moment denkst, dass du keinen brauchst, auf dem Hof kannst du schon einen brauchen. Oder sehe ich da was falsch?"

Alles in mir schrie, dass das nicht stimmte. Dass ich wunderbar allein zurechtkam. Ich, die unabhängige Frau. Die geborene Bäuerin. Aber tief in mir drin wusste ich mittlerweile ganz genau (und meine Müdigkeit bestätigte das nur), dass Ida recht hatte.

Ida schien gar keine Antwort von mir zu erwarten. Sie hatte sich einer der Hennen zugewandt. Die meisten Hühner waren draußen im Freigehege, aber eine Handvoll war neugierig in den Stall gelaufen, als Ida und ich zum Wassernachfüllen und Eiereinsammeln gekommen waren.

„Man glaubt ja gar nicht, wie weich so Federn sind. Fast schon weicher als eine Katze."

„Hm."

Eine Zeit lang schwiegen wir beide. Ida war ganz mit der Henne beschäftigt und ich holte mechanisch ein Ei nach dem anderen aus den Nestern.

„Mist!", rief Ida plötzlich.

„Was ist denn?"

„Wenn wir heute Abend in die Kneipe wollen, brauchen wir dringend noch was."

„Und was soll das sein?"

„Geld, Stella. Geld."

„Mist", sagte ich.

„Genau", sagte Ida.

„Dann muss ich wohl endlich mal Milch und Eier verkaufen.”

„Geht das so einfach?”, fragte Ida.

Ich nickte. „Meine Großtante hat aufgeschrieben, dass Lukas das alles kauft.”

„Das ist ja praktisch.”

„Ja tatsächlich. Mittlerweile finde ich es auch ganz in Ordnung. Also, hopp, hopp, Ida, hilf mir mit den Eiern, danach machen wir eine Bestandsaufnahme, was wir zu verkaufen haben, und dann ist ...”

„Payday!”

LUKAS

„Chef! Ist für dich."

Lukas rieb sich die Augen und richtete sich auf der Eckbank hinter dem Küchentisch auf. Er war heute nach dem Mittagessen so müde gewesen, dass er sich eigentlich nur kurz hatte hinlegen wollen. Einmal kurz die Augen schließen. Der Blick auf die Küchenuhr verriet ihm, dass aus „einmal kurz" fast anderthalb Stunden geworden waren. Er ächzte. Für seinen Rücken war das definitiv auch zu lange gewesen. Die Eckbank war zwar gepolstert, aber eben kein Bett.

Sein Lehrling hielt ihm den Telefonhörer hin. „Für dich", sagte er noch mal. Er klang genervt. Nach ihrem Streit heute Morgen war David über zwei Stunden verschwunden gewesen. Als er wieder zurück auf den Hof gekommen war, hatte er Lukas' Entschuldigung mit einem Nicken zur Kenntnis genommen und war seither nur eines: genervt. David wedelte mit dem Hörer. „Stella irgendwie", fügte er hinzu.

Stella! Mit einem Mal war Lukas richtig wach. Er räusperte sich und griff dann nach dem Telefon. „Munnebach", sagte er.

„Hallo Lukas, Stella hier."

„Hallo, warum rufst du an? Brauchst du noch mehr Tipps für das Nachtleben." Er grinste, während David die Stirn in Falten legte. „Moment mal", sagte er zu

Stella, hielt dann eine Hand über den Hörer und sagte zu seinem Lehrling: „Du kannst ruhig wieder in den Stall gehen und mit dem Ausmisten weitermachen." David ließ ein laut vernehmliches Stöhnen hören, machte sich aber auf den Weg.

„Okay, ich bin wieder da."

„Ich rufe nicht wegen des Nachtlebens an. Na ja, also irgendwie schon."

Lukas zog die Augenbrauen hoch. Wollte sie ihn etwa einladen? „Sondern?", fragte er.

„Ich ... äh ... Ich kann schlecht ausgehen und dann nicht die Zeche zahlen."

Wie meinte sie das denn jetzt? Wollte sie etwa von ihm eingeladen werden? „Und was hab ich damit zu tun?", fragte er und konnte den Argwohn in seiner Stimme nicht ganz unterbinden.

„Tja, also, ich wollte dir die Milch und die Eier von dieser Woche verkaufen."

Ach so. Das hatte sie also gemeint. Fast war Lukas ein bisschen enttäuscht.

„Meine Großtante hat mir aufgeschrieben, dass ich da bei dir richtig bin", fügte Stella hastig hinzu.

„Ja, das stimmt. Die Milch hab ich fast komplett hier. Da musst du mir nur noch zwei Kannen bringen, wenn ich das richtig in Erinnerung hab."

„Richtig."

„Okay, was die Eier betrifft, wie viele hast du denn von welcher Gewichtsklasse."

„Gewichtsklasse?"

„S, M, L und XL."

„Wie die Kleidergrößen?"

„So ungefähr. Du musst die Eier alle säubern und dann nach Größe sortiert auf die Brettchen stellen.”

„Die ... Brettchen?”

„Du weißt schon, so offene Eierpappen, wo 30 Eier draufpassen.”

„Eierpappen ...”

„Soll ich vielleicht gleich mal vorbeikommen und dir das zeigen?”

Am anderen Ende herrschte Stille. Einen Moment, einen zweiten. Er hörte ein gedämpftes Nuscheln und dann war Stella wieder zurück am Apparat: „Das ist eine gute Idee. Ida und ich warten im Stall auf dich.”

Lukas verabschiedete sich und legte auf. Er überlegte, ob er David Bescheid geben sollte, dass er kurz weg war, verwarf den Gedanken aber sofort wieder. Bei dem Schildkrötentempo, das sein Lehrling an den Tag legte, war er immer noch am Ausmisten, wenn Lukas vom Habermann-Hof zurück war. Und solange David beschäftigt war, würde er auch nicht nach Lukas suchen. Schnell trank er den letzten Schluck kalten Kaffee und machte sich dann mit großen Schritten auf den Weg. Dabei summte er vor sich hin, ohne dass er es merkte.

Stella und Ida verstanden das Prinzip des Eier-Sortierens schnell. Es war ja auch nicht schwierig.

Zusammen hatten sie die Eier gesäubert, sortiert und gezählt, jetzt kam der Teil, an dem es ums Geld ging.

„Nur 14,20 Euro für 151 Eier?”

Lukas nickte.

„Das ist ja fast nichts.”

Lukas nickte.

„Aber ...”

„So sind die Preise.”

Stella verengte die Augen. Das sah irgendwie süß aus.

„Wer macht denn die Preise?", fragte sie und klang dabei ziemlich vorwurfsvoll.

„Ich denk mir die nicht aus, wenn du das meinst."

„Es hat schon irgendwie den Eindruck."

„Die Preise für die Eier richten sich nach dem Supermarkt in Oberkirst."

„Aber du bekommst von denen doch bestimmt mehr, als du mir gibst."

Lukas nickte. „Exakt 1 Cent pro Ei. So hab ich das damals mit deiner Großtante ausgemacht, du siehst, ich verdiene daran eigentlich nix. Es sei denn, du willst dich wegen 1,50 Euro aufregen."

„1,51 Euro!"

Lukas rollte mit den Augen und seufzte. Das hätte er sich ja denken können, dass die Städterin auch noch eine Korinthenkackerin war. „Der eine Cent mehr macht mich auch nicht wirklich reich."

„Gut. Dann ist es so." Zu den verengten Augen gesellten sich schmale Lippen. Lukas grinste.

„Bekomme ich denn für die Milch mehr?" Junge, Junge, ob sie Geldsorgen hatte?

„Über wie viel Liter reden wir denn?"

„So genau weiß ich das nicht. Alles, was du schon mitgenommen hast, plus das, was ich noch hier hab."

Lukas überschlug die Menge im Kopf. „Das müssten so was um die 700 Liter sein."

Er sah, wie Stellas Augen rund wurden. Bestimmt malte sie sich gerade schon unermesslichen Reichtum aus.

„Pro Liter gibt es im Moment 0,32 Cent", sagte er.

„So wenig?"

„Das ist richtig viel, die Marktlage ist sehr gut derzeit." Er sah, wie Stella schluckte. „Und bevor du wieder fragst, wer da die Preise macht: Ich verkaufe alle Milch an eine Molkerei. Die Preise variieren und sind im Moment – wie schon gesagt – wirklich gut."

„Wie viel Geld ist das denn?"

Lukas rechnete kurz. „So circa 210-220 Euro."

„Das klingt doch ganz gut", sagte Stella und Ida, die die ganze Zeit ziemlich wortkarg gewesen war, fügte hinzu: „Damit ist unser rauschender Abend im Kassnacher Nachtleben gesichert."

Lukas schüttelte den Kopf. Waren diese beiden Städterinnen wirklich so naiv? Dass sie das bisschen Geld, was sie einnehmen würden direkt auf den Kopf hauen wollten. „Ähm."

„Ja?"

„Du wirst das Geld für die laufenden Kosten brauchen."

„Wie meinst du das?"

„Strom, Wasser, Futter für die Tiere. Das ist auch auf dem Land nicht kostenlos."

„Na, bis jetzt läuft noch alles und Futter ist da. So schnell wird das nicht ausgehen."

Wenn sie sich da mal nicht täuschte.

STELLA

Man sollte ja meinen, dass es der Traum jeder Frau ist, dass es still wird, sobald sie den Raum betritt, dass alle nur sie anstarren, dass sie den großen Auftritt hat.

Wenn man sich auf einer Abendgala befindet, oder auf dem roten Teppich, mag das so sein, aber glaubt mir, wenn ihr in Kassnach in die Dorfkneipe kommt, dann ist es nicht der Traum, dann ist das nur eins: der Albtraum.

Ich kann auch nicht sagen, dass es besonders viele Menschen waren, die sich in der Kneipe befanden. Insgesamt zählte ich fünf und der Auftritt von Ida und mir hatte nicht nur alles zum Erliegen gebracht, sondern auch den Altersdurchschnitt aller Anwesenden um gute 20 Jahre nach unten korrigiert und den Frauenanteil um ganze 100% erhöht.

Ja, richtig, das war also das Kassnacher Nachtleben: eine Kneipe mit fünf Männern (einer hinter dem Tresen) und wir zwei, Ida und ich.

Mein Nacken begann unheilverkündend zu kribbeln und meine Muskeln verkrampften sich, bereit zur Flucht. Instinktiv machte ich einen Schritt zurück, aber mein Versuch, die Kneipe auf demselben Weg wieder zu verlassen, auf dem ich hineingekommen war, wurde von Ida vereitelt: Obwohl sie einen ganzen Kopf kleiner war als ich, stemmte sie sich mit aller Kraft gegen mich und schob mich kurzerhand zum Tresen.

Eine Wolke aus Zigarettenrauch kam mir entgegen. Ich hustete. In Kassnach hatte scheinbar niemand vom Rauchverbot in Kneipen gehört. Der Mann, der sie verursacht hatte, lachte und blies mir gleich eine zweite Wolke entgegen. Ich wedelte mit der Hand vor dem Gesicht, was zur allgemeinen Erheiterung der übrigen Gäste beitrug. Ida hingegen schien das alles nicht zu stören. Sie kletterte auf einen der Barstühle aus dunklem Holz und nickte auffordernd zu dem daneben. Ich seufzte, wusste ich doch, dass Ida keine Ruhe geben würde, bis wir das Kassnacher Nachtleben in vollen Zügen äh ... ausgekostet hatten. Ha ha. Ausgekostet. Wenn das mit dem Rauch so weiterging, dann kostete ich es nicht aus, dann kotzte ich es aus. Und zwar leider wortwörtlich.

An den Rauchschwaden vorbei versuchte ich das Interieur der Kneipe auf mich wirken zu lassen. Der Schankraum war nicht groß und merkwürdig verwinkelt. Weiter hinten gab es noch einen Raum, in dem kleine Tische standen. Ich hustete erneut, als mir die nächste Wolke ins Gesicht gewabert kam.

Der Alte mit der Zigarette schien richtig Spaß daran zu haben, den Rauch gezielt zu mir zu pusten. Er saß drei Barhocker weiter am Ende der Theke und unterhielt sich leise mit dem Kneipenwirt. Macht zwei von den fünf Männern, die sich in der Kneipe befanden. Zwei weitere saßen an einem der beiden Tische gegenüber der Theke und der letzte Gast saß allein in dem kleinen Schankraum und starrte mit bösem Blick sein

Bier an. Was soll ich euch sagen, es war so richtig gemütlich hier.

„Womit fangen wir an? Bier, oder? In der Eifel trinkt man doch bestimmt Bier."

Ich nickte abwesend. Es war mir total egal, was wir trinken würden, Hauptsache, es war Alkohol enthalten. Vielleicht würde dieses Gruselkabinett einer Kneipe dann etwas freundlicher.

„Zwei Kölsch", rief Ida und streckte frohen Mutes den Arm mit zwei ausgestreckten Fingern in Richtung des Wirts. Gelächter hallte durch den schmalen Raum. „Was denn? Können Frauen hier kein Bier trinken?", fragte Ida keck.

„Mädchen, du kannst gerne Bier trinken", rief der Wirt.

„Wo ist dann das Problem?", wollte Ida ein klein wenig verwirrt wissen. Wieder war der Raum von dem herben Gelächter der Männer erfüllt.

„Kölsch ist kein Bier", erklärte der Wirt.

„Nicht? Was ist es denn dann?"

„Spülwasser." Die Männer lachten immer noch.

„Ach", sagte Ida, völlig unbeeindruckt, „man lernt ja nie aus. Dann nehmen wir zwei ..."

„Pils."

„Gekauft!" Ida strahlte.

Nachdem wir die zwei Pils in Empfang genommen hatten, war Ida Gott sei Dank auf meinen Vorschlag eingegangen, sich an einen der Tische hinten im Schankraum zu setzten. Sie hatte wohl auch bemerkt, wie unbequem die Barhocker waren. Hier hinten war die Kneipe nur noch halb so gruselig. Also wenn man von dem Mann mit dem Bier absah, der uns keines Blickes gewürdigt hatte. Er hatte nur Augen für sein Glas. Bitterböse Augen.

Die Tür ging auf und ein gleichermaßen kalter wie erfrischender Luftzug wehte zum stickigen Kneipenraum herein. Erleichtert atmete ich auf und versuchte, so viel wie möglich von der guten, frischen Luft einzuatmen, bis ich sah, wer mir da zu so viel Frische verholfen hatte: Lukas Munnebach.

Das hätte ich mir ja denken können, dass er samstagabends in die Kneipe ging. Oder war er nur hergekommen, weil er wusste, dass Ida und ich hier sein würden? Hatte er unsere Frage nach dem Kassnacher Nachtleben als Einladung verstanden?

Hoffentlich sah er uns nicht ...

„Lukas! Hier drüben! Hie-eer! Au!"

Das „Au" galt dem Fußtritt, den ich Ida unter dem Tisch gegen das Schienbein verpasst hatte. Leider war ich zu spät damit, denn Lukas steuerte bereits auf uns zu. War es wirklich möglich, dass schon zwei Schlucke des bitteren Biers meine Reaktionsfähigkeit so verlangsamt hatten? Ich setzte das Glas an und trank es in einem Zug leer. Diesen Abend würde ich mir definitiv schöntrinken müssen.

KAPITEL DREIUNDZWANZIG

Sonntag, 21. Oktober
6:00 Uhr – Kassnach

LUKAS

Dunkelheit empfing ihn, als Lukas auf den Habermann-Hof kam. Das hatte er sich schon gedacht, dass es die beiden Grazien aus der großen Stadt nach einer durchzechten Nacht nicht zum Melken aus dem Bett schafften.

Wie hatte Stella sich das alles nur vorgestellt? Gestern Abend hatte er mehrfach versucht, die Sprache noch mal auf die Sache mit der Pacht zu bringen, aber Stella hatte es jedes Mal geschafft, ihn zu unterbrechen oder das Gespräch in eine völlig andere Richtung zu lenken. So langsam hatte Lukas den starken Verdacht, dass sie an einer Pacht schlichtweg nicht interessiert war. So ein Mist. Dabei wäre es doch wirklich perfekt gewesen.

Auf der anderen Seite hatte Lukas gestern Abend das Gefühl gehabt, dass es gar nicht Stella war, die da sprach, sondern der Alkohol. Vielleicht war es ganz gut gewesen, dass sie das Gespräch unterbewusst immer woanders hin gelenkt hatte. Solche Dinge sollte man nicht überstürzen. Er musste einfach einen besseren Zeitpunkt abpassen, um die Sache noch mal zur Sprache zu bringen.

Er biss die Zähne zusammen. Es ändert alles nichts an der Tatsache, dass er mal wieder ganz allein die Kühe melken durfte.

Lukas wollte gerade zum Stall gehen, als er hörte, dass ein Auto herankam. Erstaunt drehte er sich um und stellte fest, dass es sich um den Wagen der Tierärztin handelte.

„Guten Morgen, Andrea", begrüßte er die Ärztin, als sie aus dem Auto stieg. „Kommst du nach Berta gucken?"

„Lukas, das ist ja schön, dich zu treffen." Die Ärztin lächelte ihn an. „Ja, Berta bekommt eine Antibiose. Hat Frau Schulze dir das nicht erzählt."

„Nein, sie war bisher zu sehr mit dem Kassnacher Nachtleben beschäftigt."

„Dem was?" Andrea Esser zog die Augenbrauen hoch.

„Frag besser nicht, lass uns nach Berta sehen."

Lukas kannte natürlich das Prozedere der Antibiose bei Kühen genau, deshalb machte er sich direkt daran, die dicke Berta zu melken, damit die Tierärztin im Anschluss ihre Arbeit machen konnte. Frau Dr. Esser sah ihm dabei schweigend zu. Als er fertig war, nickte sie Lukas dankend zu und begann, das Antibiotikum zu applizieren.

„Das Kassnacher Nachtleben also", sagte die Tierärztin.

Lukas nickte.

„Heißt das, die jungen Damen waren gestern Abend in der Kneipe?"

Lukas nickte wieder.

„Ich nehme an, dass das auch der Grund dafür ist, dass Frau Schulze und Frau Müller im Moment nicht anwesend sind."

„Würde ich meinen", brummte Lukas.

„Ich bin wirklich gespannt, wie sich das mit den beiden weiterentwickelt", sagte Andrea Esser. In der einen Hand hielt sie den jetzt leeren Applikator, während sie sich mit der anderen Hand eine Haarsträhne aus der Stirn wischte.

„Ich hab Stella eine Pacht vorgeschlagen", antwortete Lukas.

„Das wäre ideal." Die Tierärztin lächelte ihn warm an.

Lukas nickte. „Das finde ich auch."

„Aber?"

„Sie äußert sich noch nicht dazu." Er ließ den Kopf hängen.

„Gib ihr Zeit. Das ist alles neu für sie."

„Ja, da hast du vielleicht recht."

„Hat sie dir erzählt, warum sie sich dazu entschieden hat, hier in der Eifel einen Bauernhof führen zu wollen, obwohl sie absolut keine Ahnung davon hat?"

„Na, sie hat ihn doch geerbt."

Die Tierärztin nickte langsam. „Ja, schon, aber das allein kann doch nicht der Grund dafür sein."

Lukas dachte nach. Es ergab Sinn, was die Tierärztin gerade gesagt hatte. Warum war Stella eigentlich hierhergekommen. Er erinnerte sich wieder daran, dass sie ihm erzählt hatte, dass sie ihr Studium hingeworfen hatte. Warum nur? Vielleicht war es an der Zeit, das herauszufinden.

STELLA

Kennt ihr „Dinner for one"? Wenn ja: erinnert ihr euch daran, dass der Butler einmal aus Versehen das Blumenwasser austrinkt und dann ruft: „Uuuuh! I kill that cat!" Ja? Gut. Denn das war mein Gedanke, als ich aufwachte und den sauren Geschmack in meinem pelzigen Mund schmeckte. Wirklich widerlich. Und mein Kopf fühlte sich so an, als hätte jemand ein kleines Männchen darin eingesperrt, was wild mit Armen und Beinen um sich trat und schlug. Die Vorstellung gefiel mir.

Ich versuchte, mich im Bett aufzurichten, und ließ es gleich wieder sein. Alles drehte sich und schwankte, als würde ich mich auf Übersee befinden. Das Männchen in meinem Kopf hatte sich derweil zwei Eisenhämmer zur Hand genommen und mein Mageninhalt schien auch noch unentschlossen, ob er seine Achterbahnfahrt fortsetzen sollte. Ich schloss die Augen und versuchte nur mit der Kraft meiner Gedanken, die Übelkeit in meinem Magen niederzukämpfen. Ich kann euch sagen, das ist in meinem aktuellen Zustand gar nicht so einfach. Langsam – ganz langsam – wurde es etwas besser, aber aufstehen würde ich so schnell nicht können.

Ich fragte mich, wie spät es wohl war, als mir eine Hand ins Gesicht patschte, gefolgt von einem lauten

Schnarchen. Ida. Alle viere von sich gestreckt, lag sie auf dem Rücken in der Mitte meines neuen Bettes … und halb auf mir drauf. Vorsichtig versuchte ich sie zur Seite zu schieben, musste es aber wegen meiner eigenen nicht ganz so astreinen Verfassung wieder aufgeben. Erschöpft gab ich mich meinem Schicksal hin und blieb so liegen, wie ich lag. Mit Ida halb auf mir.

Ich musste erneut eingeschlafen sein, denn das Klingel-Geräusch drang nur langsam an mein Ohr und durch das Gehirn in mein Bewusstsein. Mit geschlossenen Augen tastete ich nach meinem Handy, um den Alarm auszustellen, aber es war nicht mein Handy, das klingelte. War es etwa die Tür?

Natürlich war es die Tür. Und natürlich war es Lukas, der vor dem Haus stand. Und natürlich war er stinksauer, auch wenn er erst mal breit gegrinst hatte, als ich die Tür aufgemacht hatte.

„Was gibt's?", blaffte ich ihn an. Mir war nicht nach Freundlichkeit, dafür waren die Kopfschmerzen einfach zu penetrant und mein Magen zu flau.

„Wer feiern kann, kann auch arbeiten", sagte er.

Ich kannte den Spruch nur zu gut. Er gehörte auch in das Repertoire der doofen Sprüche meiner Mutter. Ich rollte mit den Augen. Nein, das stimmt nicht ganz. Ich wollte mit den Augen rollen, aber ein stechender Schmerz in der Mitte meiner Stirn ließ mich mittendrin abbrechen. Bestimmt sah ich sehr geistreich aus. Egal.

„Wenn du nur gekommen bist, um mich zu beschimpfen, kannst du gleich wieder gehen. Mir ist heute nicht nach …" Ich musste schlucken, weil mir die Galle hochkam. Für einen Moment schloss ich meine Augen und atmete einmal tief ein und aus. Als ich sie wieder öffnete, sah Lukas mich mit einem merkwürdigen Ausdruck im Gesicht an. Irgendetwas zwischen besorgt, belustigt und immer noch stinksauer. Ich lächelte matt.

„Wonach ist dir heute nicht?", fragte er.

„Egal. Such dir was aus. Es passt alles."

Jetzt war es an Lukas, die Augen zu verdrehen, und im Gegensatz zu mir gelang ihm das auch. Ich überlegte, wie viel er gestern Abend getrunken hatte, aber es wollte mir nicht einfallen. Überhaupt hatte ich nicht mehr viel Erinnerung an den gestrigen Abend. Woran ich mich deutlich erinnerte, war, dass Lukas sich zu uns an den Tisch gesetzt hatte und dann ... dann ist alles ziemlich verschwommen und durcheinander. Wieder musste ich schlucken.

„Stella, du kannst nicht einfach abends losziehen und Party machen und am nächsten Morgen nicht aus dem Bett kommen und alles liegen lassen."

„Wie du siehst, kann ich es doch."

„Nein, kannst du nicht. Du hast einen Bauernhof. Du hast Verantwortung. Für die Tiere und das Land. Berta ist schon krank geworden, sollen die anderen Kühe auch krank werden? Und die Hühner?"

Ich nahm seine anklagenden Worte gar nicht mehr richtig wahr. Das Männchen in meinem Kopf war wieder mit den Eisenhämmern in Aktion.

„Stella! Hörst du mir überhaupt zu?", fragte Lukas. Laut. Zu laut.

„Au", sagte ich und fasste mir an den Kopf, was Lukas dazu veranlasste, wieder mit den Augen zu rollen.

„Ehrlich, Stella, warum bist du überhaupt hier? Ich meine, wir beide sehen doch, dass das hier nichts für dich ist. Ja, du kannst melken und Eier einsammeln kannst du auch. Aber was ist mit dem Rest? Hier macht sich nichts von allein. Die Kartoffeln sind so weit. Du musst morgen mit der Ernte anfangen. Wie kommst du nur darauf, zu glauben, du könntest das alles einfach so aus dem Stegreif hinkriegen? Ich komme vom Bauernhof und hab trotzdem noch eine dreijährige Ausbildung gemacht, bis ich alles konnte, und du? Du kommst einfach so aus der großen Stadt, hast keine Ahnung von Tuten und Blasen und meinst, du könntest alles liegen lassen, wie es dir in den Kram passt. Oder in den besoffenen Kopf."

„Verkatert", sagte ich leise. „Verkaterter Kopf."

„Das kommt doch aufs Gleiche raus!"

„Und ich bin nicht *einfach so* hierhergekommen, ich hab den Hof geerbt. Das solltest gerade du von allen Menschen hier am besten wissen."

„Ja, weiß ich. Trotzdem kann das nicht der wahre Grund sein, weswegen du hier bist. Ich meine, eine junge Studentin für ..."

„Modedesign", sagte ich und sah genau, wie Lukas verblüfft die Augenbrauen hochzog und mein Outfit – Oversize T-Shirt, Shorts und Ringelsocken (Hey! Das sind nur Schlafklamotten!) – von oben bis unten musterte.

Er räusperte sich. „Eine junge Studentin für Modedesign hat doch nichts auf einem Bauernhof verloren. Also muss da mehr dahinterstecken. Stimmt's oder hab ich recht?"

Das war ja so klar, dass irgendwann jemand auf die Idee kommen würde, dass es einen weiteren Grund als die Erbschaft für meinen Orts- und Berufswechsel gab.

Ich biss die Zähne zusammen und kurz auch die Augen, weil das Eisenhämmer-Männchen zu einem Rundumschlag ausgeholt hatte. Ich würde mir etwas Plausibles ausdenken müssen. Irgendeine Geschichte, die niemand hinterfragen würde. Schließlich konnte ich nicht riskieren, dass man auch im verschlafenen Kassnach, am Arsch der Welt, Wind von meiner Affäre mit Tobias bekam. Das mit mir und dem Bauernhof sollte doch ein Neuanfang sein. Wie hatte ich es nur geschafft, den in so kurzer Zeit fast in den Sand zu setzen?

„Okay, hör zu", sagte ich zu Lukas, „da steckt mehr dahinter und ich erzähle dir das auch alles mal. Aber ...", ich schluckte etwas Galle hinunter, „nicht jetzt. Okay?"

„Okay."

STELLA

„Was mach ich denn jetzt ohne dich?", sagte ich mit Blick auf die verlassene Landstraße. Wir standen neben einer alten Holzparkbank, die definitiv schon bessere Zeiten gesehen hatte, an der Bushaltestelle. Nur das grüne H-Schild verriet, dass eben diese Bank an der Straße, irgendwo im Nirgendwo, eine Bushaltestelle sein sollte. Ich war mir selbst nicht sicher, ob ich mit meinen Worten mein neues Leben auf dem Hof meinte, oder einfach den Umstand, dass ich gleich im Dunkeln allein von der Bushaltestelle wieder zurückgehen musste.

„Versuch es doch mal mit Achtsamkeit. Warte ..." Ida kramte in ihrer Reisetasche herum. „Hier", sagte sie dann und reichte mir ein ziemlich abgegriffenes Taschenbuch.

Ich nahm es entgegen. „Achtsam sein – Eine Einführung in die Achtsamkeit" stand darauf geschrieben.

„Ich brauch es nicht mehr. Das ist alles hier drin." Mit dem Zeigefinger deutete sie an ihre Schläfe.

„Ach, ich weiß nicht, Ida." Ich hielt ihr das Buch wieder hin.

„Doch. Das hilft. Glaub es mir." Sie schob meine Hand mitsamt dem Buch sachte zurück.

„Wie soll mir das bei der Arbeit auf dem Hof helfen und mit allem anderen?"

„Da könnte dir einer der beiden Hotties helfen."

„Hotties?" Ich zog die Augenbrauen hoch.

„Lukas und Christian."

„Mir war schon klar, dass du die beiden meinst, aber *Hotties?* Wo hast du denn das Wort her?"

Ida zuckte nur mit den Schultern und grinste. „Egal. Du machst das schon. Ich weiß das."

„Ich wünschte, ich hätte deine Zuversicht."

„Dann befass dich mal ein bisschen mit der Achtsamkeit."

„Ida ..."

„Und wenn du dich doch dazu überwinden kannst, einen der beiden *Herren* um Hilfe oder sonst was zu bitten: Jetzt ist deine zweite Betthälfte wieder frei." Sie streckte mir die Zunge raus und ich rollte mit den Augen. Das ging mittlerweile wieder ganz gut. Aspirin, viel Wasser und frischer Luft sei Dank.

„Ich komme nächstes Wochenende wieder, Süße."

„Okay, aber diesmal bitte mit dem Auto."

„Da drauf kannst du wetten. Ich will nicht noch mal hier festsitzen und hoffen, dass auf der verlassenen Straße ein Bus kommt."

„Das meinte ich nicht. Wenn du mit dem Auto kommst, kannst du mir meine Nähmaschine mitbringen."

Idas Augen begannen zu leuchten. „Oh, Süße! Das mach ich und dann kannst du aus den Häkeldeckchen was Tolles für mich nähen. Ja? Eine Tasche. Ich brauche unbedingt eine Tasche aus Häkeldeckchen."

Ich lachte. „Ist ja schon gut, Ida. Bring mir meine Nähmaschine und dann näh ich dir, was du willst."

„Du bist die Beste."

STELLA

Das Kinn in die Hände gestützt saß ich am Tisch und beobachtete den Sekundenzeiger der Küchenuhr, der sich träge – aber unaufhaltsam – im Kreis drehte. Vor mir lagen die beiden Kladden meiner Großtante und Idas Achtsamkeitsbuch. Ich hatte in der letzten Stunde abwechselnd darin gelesen.

Da war ich also wieder allein auf dem Hof. Nur ich, die sechs Kühe, die Hühner und kein Plan. Und als wäre das nicht schlimm genug, wartete morgen die nächste Aufgabe auf mich: Morgen musste ich mit der Kartoffelernte loslegen. Ich seufzte und schlug „Auszuführende Arbeiten im Jahreskreis" wieder auf.

Ende Oktober mit der Kartoffelernte beginnen.

Zeitpunkt bestimmen durch:

- Prüfung des Krautes, ob untere Blätter verwelkt sind

- Prüfung der Schalenfestigkeit

Die Ernte erfolgt mit dem Kartoffelroder, dieser wird mit dem Traktor ...

Ich schlug die Kladde mit einem lauten Knall zu und seufzte noch lauter. Scheiße. Kartoffelroder, Traktor. Nicht nur, dass ich keine Ahnung hatte, was ein „Kartoffelroder" war, ich hatte auch keine Ahnung, wie ich den (wenn ich ihn ausfindig gemacht hatte) an den Traktor bekam, und dann stand ich vor der nächsten Hürde: Wie sollte ich den Traktor dazu bewegen, irgendetwas zu tun. Ich konnte nicht mal Auto fahren. Mist.

Vor gerade mal drei Stunden war Ida in den Bus gestiegen, aber es kam mir vor wie eine Ewigkeit. Ich war hierhergekommen und hatte die ersten Tage auf dem Hof allein bestritten, aber erst seit Ida wieder weg war, kam ich mir tatsächlich so vor: Allein. So richtig beschissen allein und verlassen.

Statt eines Busses, wie wir das aus Köln kannten, war übrigens ein Großraumtaxi gekommen. Ida wollte zuerst nicht einsteigen, bis sich herausstellte, dass das Taxi als Buslinie fungierte und eine Fahrt damit nur 2,40 Euro kostete. Man lernt ja nie aus.

Der Rückweg von der Bushaltestelle zurück auf den Hof war in der Dämmerung ziemlich abenteuerlich gewesen. Ich hatte mich auch nur einmal verlaufen und das auch nur deswegen, weil ich mich beim Anblick der kurvigen Landstraße ständig gefragt hatte, wo damals dieser folgenschwere Unfall passiert war.

Nicht zum ersten Mal hatte ich mich gefragt, wer damals am Steuer gesessen hatte und ob es wirklich stimmen konnte, dass weder Lukas noch Christian sich erinnern konnten. Dass der Schock, den sie erlitten hatten, tatsächlich so groß war, dass dieses Ereignis komplett aus ihrem Gedächtnis gelöscht worden war. Ich konnte mir das nicht vorstellen, aber auf der anderen Seite gab es ja nichts, was es nicht gab.

Zurück auf dem Hof war ich direkt in den Stall gehechtet, um die Kühe zu melken. Das war auch gut so, denn es hatte nicht lange gedauert, bis Frau Dr. Esser mit der abendlichen Antibiotika-Spritze für Berta aufgetaucht war. Ich würde nicht sagen, dass sie unfreundlich gewesen war, aber sie war doch deutlich reservierter. Scheinbar nahm auch sie mir krumm, dass ich es heute Morgen nicht zum Melken aus dem Bett geschafft hatte. Aber zu meiner Verteidigung: Ich hatte es auch zu sonst nichts aus dem Bett geschafft. Wenn das zählte.

Lukas hatte ich seit unserem Gespräch an der Haustür heute Morgen nicht mehr zu Gesicht bekommen. Ich wusste nicht, ob ich froh darüber sein sollte oder nicht. Es gab einen Teil in mir, der sich gewünscht hätte, dass er wenigstens noch mal zum Melken vorbeigekommen wäre. Und dann gab es einen großen Teil, der froh war, dass er nicht aufgetaucht war. Denn bestimmt hätte er eine Erklärung von mir erwartet, nach dem, was ich ihm heute Morgen erzählt hatte. Aber was sollte ich ihm sagen? Die Wahrheit sicher nicht. Ich wollte mir nicht ausmalen, wie er das aufnehmen würde. Ganz zu schweigen davon, wie das im Dorf aufgenommen werden würde. Bestimmt nicht gut, wenn es schon schlimm genug war, zugezogen zu sein und nicht über die Öffnungszeiten des Tante-Emma-Ladens Bescheid zu wissen, oder darüber, dass man in der Eifel kein Kölsch trank.

Wenn ich ehrlich mit mir war, dann wusste ich, dass das hier in Kassnach nur ein Spiel auf Zeit war. Ich meine, wir leben im 21. Jahrhundert. Auch in Kassnach gibt es Internet. Irgendwann würden die Informationen bis in die Vulkaneifel schwappen, egal wie weit am Arsch der Welt das hier war.

Ich stützte meinen Kopf wieder schwer in die Hände. Mir kam in den Sinn, was Christian vorgeschlagen hatte: das Land als Bauland deklarieren lassen und dann verkaufen. Wie viel man da wohl bekommen würde? Würde das als Startkapital reichen, um auszuwandern?

Ja, ich spielte mittlerweile mit dem Gedanken, auszuwandern. Am besten in ein Land, in dem man nicht mal unsere Sprache sprach und das ganz weit weg von allen Problemen war. Vielleicht Amerika? Ob Christian mir dazu Tipps geben konnte? Das konnte ich ihn morgen direkt fragen. Jetzt wollte ich nur noch eins: schlafen. Mir steckte der gestrige Abend immer noch in den Knochen; und im Magen; und im schmerzenden Kopf.

KAPITEL VIERUNDZWANZIG

Montag, 22. Oktober
5:30 Uhr – Kassnach

STELLA

Kennt ihr den Film *Und täglich grüßt das Murmeltier?* Das ist ein alter Film aus den 90ern mit Bill Murray. Da spielt er einen schlecht gelaunten Wettermoderator, der plötzlich in einer Zeitschleife festhängt und immer wieder denselben Tag aufs Neue erlebt. Jeder Tag fängt damit an, dass der Wecker klingelt. Gut – in dem Film war es ein Radiowecker, der *I Got You Babe* von *Sonny and Cher* spielte, und kein Rrrrrrring, Rrrrrrrring, Rrrrrrrring, wie es mein Handy von sich gab, dennoch musste ich daran denken, als mein Handy mich in aller Herrgottsfrühe weckte.

Ich schaltete den Weckruf aus und ließ mich wieder ins Bett zurückfallen. Montag. Eine neue und arbeitsreiche Woche wartete auf mich. Eine noch arbeitsreichere Woche als die zuvor. Ich stöhnte und vergrub meinen Kopf im Kissen. Mein neues Bett war so saubequem, wieso sollte ich da aufstehen? Ich könnte genauso gut einfach liegen bleiben. Doch natürlich wusste es mein schlechtes Gewissen besser: Nein, konnte ich nicht. Auch wenn ich mich gestern sehr darüber geärgert hatte, Lukas hatte recht: Ich hatte jetzt die Verantwortung für einen ganzen Bauernhof. Für die Tiere und das Land.

Also zumindest so lange, bis ich mich dazu entschied den Hof zu verkaufen oder ihn zu verpachten. Ich würde das wirklich mal ausrechnen müssen. Verkaufen würde mir auf einen Schlag eine ordentliche Summe Geld bescheren. Gut für ein Startkapital. Aber auf die Dauer war eine Pacht besser.

Ich drehte mich zur anderen Seite und seufzte. Scheiße, es war einfach alles nicht so leicht. Ich setzte mich auf und ächzte. Die Füße über der Bettkante, blieb ich eine ganze Zeit sitzen, bis ich mich aufraffen konnte, endlich aufzustehen. Jede Faser, jeder Muskel meines Körpers schmerzte. Wenn ich wirklich heute mit der Kartoffelernte beginnen würde und das erst mal alles mit den Händen machen musste (weil ich ja nicht Traktor fahren konnte), wollte ich gar nicht wissen, wie ich morgen früh dran war. Ich ächzte gleich noch mal.

Die Kälte dieses Spätoktobertages kroch mir die Beine hoch und ein Schauer fuhr durch meinen Körper. Jetzt war ich wach genug, um aufzustehen. Hastig zog ich mich an. Es nützte nichts, die Kühe warteten. Und bestimmt kam gleich auch Lukas. Hoffentlich hatte er vergessen, dass ich ihm gestern Morgen mit verkatertem Kopf gesagt hatte, ich würde ihm den wahren Grund erzählen, weswegen ich nach Kassnach gekommen war.

LUKAS

Stella war tatsächlich schon mit der dicken Berta fertig, als Lukas in den Stall kam. Sie sah aus wie der Tod auf Urlaub, aber das sagte er ihr besser nicht. Er war viel zu froh, dass Stella heute nicht im Bett liegen geblieben war. Vielleicht war er gestern zu hart mit ihr gewesen. Schließlich hatte er auch schon einen über den Durst getrunken und es morgens nicht aus dem Bett geschafft. Der Unterschied war lediglich, dass er damals noch nicht für den Hof verantwortlich gewesen war, sondern sein Vater. Sofort spürte Lukas einen Kloß im Hals. Sein Vater. Es war so schnell gegangen, von einem Tag auf den anderen. Und plötzlich war er – Lukas – allein für den Hof und alles verantwortlich gewesen und sein Vater war im Altersheim. Für einen Moment schloss er die Augen und atmete tief durch. Zu frisch war sein letzter Besuch im Heim. Er würde jetzt nicht weinen! Nicht hier. Nicht vor Stella.

„Ist alles okay mit dir?" Stellas Stimme drang wie durch Watte an sein Ohr.

Mit noch geschlossenen Augen nickte er. Dann schüttelte er sich einmal und öffnete gleichzeitig die Augen. Stella hatte sich von Berta abgewandt und sah ihn mit einem besorgten Ausdruck an. Wieder musste er tief durchatmen. Nicht weinen!

Vorsichtig nickte er. „Alles gut. Es ist nur ... früh."

„Wem sagst du das." Stella drehte sich zu Berta um.

Keine Sekunde zu früh. Hastig wischte Lukas sich über die Augen. Ein letztes Mal atmete er tief durch, dann machte er sich an die Arbeit.

Ohne dass er es aufhalten konnte, wanderten seine Gedanken zurück zu seinem Vater. Der Besuch am Samstagmorgen war schrecklicher gewesen, als er es befürchtet hatte. Schon beim letzten Mal war sein Vater nicht gut dran gewesen, aber am Samstag war es noch viel schlimmer gewesen. Und dabei hatte Lukas sich sowieso schon schlecht gefühlt, weil er David angeschrien hatte. Dass sein Vater ihn dieses Mal gar nicht mehr erkannt hatte, nicht mal für ein paar Minuten, hatte es nicht besser gemacht. Sein Vater war ausgerastet, hatte geschrien und um sich getreten. Er war der festen Überzeugung gewesen, dass Lukas ein Einbrecher wäre. Mehrere Pfleger hatten seinen Vater fixieren müssen, bis er sich so weit wieder beruhigt hatte, dass sie ihm ein Sedativum hatten verabreichen können. Barbara hatte Lukas gebeten zu gehen und im Gegensatz zu sonst war sie dabei nicht freundlich gewesen. Als hätte sie Lukas vorgeworfen, schuld an der Verfassung seines Vaters zu sein.

Der Kloß in seinem Hals wurde dicker und er schluckte mehrmals dagegen an. Ohne Erfolg. Lautstark zog er die Nase hoch. Zwischen den Kühen hindurch sah er, dass Stella wieder zu ihm hinüberschaute, die Stirn gerunzelt. Bevor sie ihn noch mal fragen konnte, was mit ihm los war, kam zum Glück die Tierärztin zur Tür des Stalls herein und lenkte Stella ab.

Lukas wischte sich mit den Händen über das Gesicht und über den Kopf. Es hatte nicht mehr viel gefehlt und er wäre vor Stellas Augen zusammengebrochen. Er musste wirklich zusehen, dass er sich besser im Griff hatte. Erst die unverzeihliche Geschichte mit David, jetzt das hier. Lukas seufzte. In seinem Magen fühlte er diesen vertrauten Schmerz. Wie damals, nach dem Unfall. Lag es nur daran, dass Christian nach all den Jahren wieder in Kassnach aufgetaucht war, oder hatte es auch mit Stella zu tun, dieser Städterin, die ihm nicht mehr aus dem Kopf gehen wollte, obwohl er sich so oft über sie ärgerte?

STELLA

„Sie hatten Kaffee bestellt. Heiß."

Hatte ich nicht. Aber heißer Kaffee war immer in meinem Sinn. Und wenn ein heißer Surferboy gleich mit im Paket war – noch besser. Bereitwillig trat ich zur Seite und ließ Christian eintreten. Diesmal ging er nicht in die Küche, sondern ins Wohnzimmer. Sollte mir recht sein. Das Sofa war allemal bequemer als die Stühle in der Küche.

Wie es sich herausstellte, gab es in Oberkirst einen Bäcker, der einen ziemlich leckeren Coffee-to-go anbot und Christian hatte sich die Mühe gemacht, extra dorthin zu fahren, um mich in ebendiesen Genuss kommen zu lassen. Überhaupt hatte ich den Eindruck, dass das alles war, was Surferboy tat: mit dem Auto umherfahren und mir Essen oder Getränke kaufen. Zum ersten Mal fragte ich mich, was er beruflich machte. Kurzerhand fragte ich ihn. Einen Augenblick nahm sein Gesicht einen leeren Ausdruck an. „Ich … äh …", stotterte er. Noch nie zuvor hatte ich Christian um Worte ringen sehen, oh Gott er war doch hoffentlich nicht arbeitslos und ich hatte gerade Salz in die offene Wunde gestreut? „Ich …" Er räusperte sich. „Ich handele mit Aktien und Devisen", sagte er schließlich.

Ach, da sieh mal einer an. Aktien. Devisen. Beeindruckt schob ich meine Unterlippe vor.

„Das ist ganz langweiliges Zeug." Christian machte eine wegwerfende Handbewegung. „Aber man kann sehr schnell gutes Geld machen, ohne sich zu überarbeiten."

Daher also die viele freie Zeit und das Auto.

Das Auto. Der Unfall.

Ich konnte es nicht verhindern, sofort musste ich wieder daran denken. Wer war gefahren? Ob Christian damals am Steuer saß? Und wenn dem so war, warum war es zu dem Unfall gekommen? War er zu schnell gewesen? Womöglich betrunken?

„Also. Hast du mal darüber nachgedacht?"

Seit wann konnte Christian Gedanken lesen? Hatte er an meinem Gesicht abgelesen, dass ich über den Unfall nachgedacht hatte? Woher wusste er, dass Frau Dr. Esser mir davon erzählt hatte?

Ich holte einen tiefen Atemzug. Ruhig, Stella Schulze, ganz ruhig. Erst mal nachfragen. „Was genau meinst du?"

„Na, den Hof und das Land zu verkaufen."

Ach so, puh. „Ein bisschen", sagte ich.

„Ein bisschen?"

„Ich muss erst meine Möglichkeiten abwägen."

„Möglichkeiten? Du willst doch nicht wirklich das Leben als Bäuerin in Betracht ziehen, oder?" Er hob die Augenbrauen.

„Tatsächlich tue ich das, ich meine aber etwas anderes."

„Und was ist das?"

„Lukas hat mir eine Pacht vorgeschlagen."

„Stella, du solltest mit Lukas vorsichtig sein. Ich hab dir doch erzählt, dass er es nur auf deinen Hof abgesehen hat."

„Du willst, dass ich den Hof verkaufe, aber dass Lukas ihn bekommt, willst du nicht?"

„Ich sag ja nur. Am Ende zieht er dich über den Tisch."

„Ich weiß nicht. Lukas macht mir nicht den Eindruck unehrlich zu sein."

„Täusch dich da mal nicht", erwiderte er bitter.

Wieso war Christian Lukas gegenüber nur so misstrauisch? Andersherum war es nicht besser. Lukas rastete jedes Mal aus, wenn die Sprache auf seinen ehemaligen besten Freund kam. So langsam konnte ich mir nicht mehr vorstellen, dass die beiden nicht wussten, wer damals das Auto gefahren hatte. Im Gegenteil: Mittlerweile konnte ich mir sogar gut vorstellen, dass vielleicht Lukas das Auto gefahren hatte. Das würde erklären, warum Christian mich in einer Tour vor ihm warnte, und es würde auch erklären, warum Lukas immer die Fassung verlor, wenn es um seinen ehemaligen Freund ging. Bestimmt hatte er Angst, dass dieser ihn nach all den Jahren ans Messer lieferte. Oh Mann, wer hätte denn gedacht, dass in der idyllischen Vulkaneifel mit ihren grünen Bergen und blauen Seen solch eine Tragödie lauerte? Eine Story, die jede Soap-Opera in den Schatten stellte.

Andererseits konnte es auch gut sein, dass meine Fantasie gerade mit mir durchging. Wäre nicht das erste Mal.

„Also. Soll ich mal meinen Bekannten fragen wegen der Erklärung zum Bauland?" Warum wollte Christian nicht lockerlassen?

„Ich weiß nicht. Wirklich nicht. Ich würde da gern noch etwas länger drüber nachdenken."

„Es ist wegen Lukas, oder? Hat er dich um den Finger gewickelt?", fragte Christian und klang wieder so bitter dabei.

„Glaub mir, Lukas Munnebach ist der letzte Mann in Kassnach, an dem ich interessiert wäre."

„Und wer ist der Erste? Doch hoffentlich ich?" Alle Bitterkeit war verschwunden. Er grinste breit. Mein Herz machte einen Satz und blieb dann eine beträchtliche Weile stehen, während meine Beine sich in Gummi verwandelten. Wie gut, dass ich saß, ich wäre sonst bestimmt einfach umgekippt. Christian griff nach meiner Hand und die Berührung löste ein neues Feuerwerk in meinem Körper aus.

„Weißt du, Stella", sagte er und sah mir tief in die Augen, „ich finde, wir sollten etwas essen gehen."

Ich räusperte mich. „Jetzt? Ist das nicht ein bisschen früh?"

„Nein, ich meine so richtig, so abends." Wenn es irgendwie möglich war, war sein Blick noch intensiver geworden.

Das Feuerwerk explodierte in meinem Bauch und die Wärme, die es auslöste, schoss mir in die Wangen. „Ach so." Ich musste mich noch einmal räuspern. „Meinst du ein Date?"

„Natürlich meine ich ein Date." Christian hatte den Blickkontakt immer noch nicht unterbrochen und bei seinen Worten meine Hand fester gepackt.

Ein leises Seufzen entfuhr mir und wurde von Christian mit einem Grinsen quittiert, das so anzüglich war, dass mir gleich noch wärmer wurde. Nein, wem mache ich hier was vor? Mir wurde nicht wärmer, mir wurde richtig heiß. So Dampfkessel-steht-unter-Hochdruck-heiß. Mein Kopf leuchtete bestimmt wie eine Tomate. Christian löste seinen Griff und sagte: „Ich nehme das mal als Zustimmung. Heute Abend, sieben Uhr? Mach dich schick, ich hol dich ab."

„Wo gehen wir denn hin?" Ich hauchte es, zu mehr war meine Stimme nicht in der Lage.

„Das ist eine Überraschung."

KAPITEL FÜNFUNDZWANZIG

Montag, 22. Oktober
10:00 Uhr – Kassnach

STELLA

Habt ihr schon mal so dreckige Hände gehabt, dass die selbst nach x-mal Waschen nicht sauber wurden? Dass der Dreck sich in die feinen Fältchen und Linien der Haut gefressen hat und auch mit einer Bürste nicht abgeschrubbt werden kann? Nein? Dann habt ihr bestimmt noch nie im Leben Kartoffeln mit den bloßen Händen geerntet. Und soll ich euch noch was erzählen? Nicht nur, dass die Hände nicht mehr sauber werden und einen Stunden und Tage später daran erinnern, dass man Kartoffeln geerntet hat, die Ernte ist auch noch absolut anstrengend.

Ich wischte mir mit einer erdverklumpten Hand den Schweiß von der Stirn.

„Hat es einen besonderen Grund, dass du in der Erde buddelst?"

Lukas. Natürlich. Wer sollte auch sonst in Gummistiefeln und Arbeitslatzhose wie aus heiterem Himmel am Kartoffelacker auftauchen und mich so etwas fragen. Er grinste mich an und hatte – wie so oft – unmerklich eine Augenbraue hochgezogen.

„Ich buddele nicht in der Erde, ich ernte Kartoffeln", sagte ich.

Er zog die zweite Augenbraue hoch und kam einen Schritt näher. „Ach, du erntest Kartoffeln."

„Das sieht man doch." Ich deutete auf das Loch in der Erde und den Korb mit Kartoffeln daneben.

„Na ja, nicht wirklich. Eine richtige Kartoffelernte sieht ein bisschen anders aus."

„Tja, dann hast du halt noch nie gesehen, wie Stella Schulze Kartoffeln erntet."

„Nee, das hab ich in der Tat noch nicht." Er lachte.

„Ich weiß wirklich nicht, was daran so lustig sein soll. Die Kartoffeln stecken in der Erde, also grabe ich sie aus und lege sie dann in den Korb. Wie viel anders kann man Kartoffeln denn ernten?"

„Das mag ja alles gut und schön sein, wenn man in seinem Schrebergarten ein paar Pflänzchen stehen hat, aber für zwei ganze Äcker ist das ..." Wieder lachte er.

„... also es ist vielleicht etwas zeitraubend, findest du nicht."

Ich rollte mit den Augen. „Und wie geht es anders?", fragte ich, obwohl ich mir die Antwort schon denken konnte. Mit Traktor und Kartoffelroder.

„Natürlich mit Traktor und Kartoffelroder."

Bingo. Die Kandidatin erhält 100 Gummipunkte.

Ich zuckte mit den Schultern und sagte: „Ich bin da mehr oldschool eingestellt." Ich versuchte, es ganz cool klingen zu lassen.

„Du weißt nicht, was ein Kartoffelroder ist, oder?"

Mist. Lukas durchschaute mich wirklich schnell. Ich tat so, als hätte ich ihn nicht gehört und vertiefte mich wieder in die Ernte, oder mehr: in die Erde. Also darin, worin ich jetzt gerne versunken wäre.

„Was ein Traktor ist, weißt du aber schon?"

Ich brummte etwas Unverständliches vor mich hin.

„War das ein Ja?"

Ich seufzte und blickte wieder auf. „Natürlich weiß ich, was ein Traktor ist."

Er grinste. „Und wie sieht es mit dem Kartoffelroder aus?"

Der konnte echt nicht locker lassen ... „Ich denke, ich weiß, wie der aussieht", antwortete ich ausweichend.

„Du denkst?"

„Ach, meine Güte! So viele Geräte, die ein Kartoffelroder sein können, wird meine Großtante schon nicht rumstehen haben. Aber das ist eh egal."

„Warum?"

„Weil ich keinen Führerschein hab."

„Wie bitte?"

„Du hast schon richtig gehört: ich hab keinen Führerschein. Ich kann nicht fahren. So, auf, auf, mach dich über mich lustig. Die Studentin aus der großen Stadt kann nicht Auto fahren oder Traktor. Bei Licht betrachtet kann die Studentin aus der großen Stadt einfach gar nichts." Herausfordernd blitzte ich ihn an und war überrascht, dass er nicht mehr grinste, sondern mich ernst anblickte.

„So denkst du über mich? Dass ich mich nur über dich lustig mache? Ich habe nicht erwartet, dass du Traktor fahren kannst. Auto fahren vielleicht, aber nicht Traktor." Sein Mund hatte einen harten Zug angenommen.

Uiuiui. Ich hatte Lukas – the big bad wolf – Munnebach verärgert und (wie es schien) sogar verletzt. Klasse, Stella, mal wieder Erfolg auf ganzer Linie.

„He, so war das nicht gemeint. Ich … ich kann halt nicht fahren. Und nein, ich weiß nicht, wie ein Kartoffelroder aussieht. Also grabe ich die Kartoffeln mit den bloßen Händen aus und lege mich ganz nebenbei mit dem Landwirt vom Nachbarhof an." Ich grinste schief.

„Wenn das so ist …" Zu meiner Erleichterung lächelte Lukas wieder. „… dann sollten wir zurück zum Hof gehen und ich zeige dir, wie es geht."

Ich war überrascht. „Kann man das denn so schnell lernen? Das mit dem Traktor fahren?"

Lukas hielt mir eine Hand hin und zog mich auf die Beine. Er hielt meine Hand fest in seiner, als er sagte: „Wenn ich der Lehrer bin: klar."

STELLA

Okay, jetzt war es offiziell: Ich befand mich in einer bekloppten Liebeskomödie wie *Bridget Jones* oder so. So eine von der Sorte, in der der weiblichen Hauptfigur – natürlich eine junge, hübsche Frau (so wie ich, haha) – alles Schlimme widerfährt, was möglich ist. Fettnäpfe so groß wie Swimmingpools stehen überall bereit. Zum Reintreten oder auch zum Reingeworfenwerden – gänzlich unfreiwillig. Bei mir war leider gerade Letzteres angesagt …

Ich war noch guter Dinge, als ich zu Christian ins Auto stieg und auch noch, als Christian (ziemlich zügig) losfuhr, aber als Christian den Wagen auf die Autobahn A1 lenkte, schwante mir Böses.

„Sag mal, wo genau fahren wir hin?", fragte ich und Panik stieg in mir auf.

„Das ist eine Überraschung, das hab ich dir doch schon gesagt."

„Ja, ja", erwiderte ich unwirsch. „Ich will ja auch nicht wissen, in welches Restaurant oder sonst was wir fahren, sondern in welchen Ort. Wohin?"

„Überrasch…"

„Welcher Ort?", unterbrach ich ihn und es machte mir selbst Angst, wie kalt meine Stimme dabei klang.

Christian zog die Augenbrauen hoch. „Köln", sagte er schließlich.

Scheiße. Scheißescheißescheiße. Da war der swimmingpoolgroße Fettnapf. Nein, es war kein Fettnapf, es war ein großes schwarzes Loch, und Christian war gerade dabei, mich mit Überlichtgeschwindigkeit hineinzuwerfen beziehungsweise zu fahren.

Köln. Das war so klar gewesen. Natürlich. Von allen Orten auf der ganzen Welt musste er mich auf ein Date nach Köln ausführen. Sofort fing mein Herz an schneller zu schlagen und meine Handflächen wurden feucht. Mein Mund schmeckte metallisch. Ich schluckte.

Denk nach, Stella Schulze, denk nach!

Es musste doch einen Weg geben, das zu verhindern. Alles wäre mir jetzt lieber, als nach Köln zu fahren. Ich starrte aus dem Fenster. Ein großes Schild zeigte die nächste Raststätte an. Die Rettung, oder?

Noch einmal schluckte ich. „Christian, guck mal." Ich versuchte meine Stimme leicht klingen zu lassen. „Da kommt gleich ein Autobahn-Rasthof, da können wir doch essen gehen."

„Das ist nicht dein Ernst."

„Doch." Ich überkreuzte meine Finger. „Ich … äh … ich hab ziemlich großen Hunger."

„Stella, ich werde dich bestimmt nicht auf ein Date an eine Raststätte ausführen."

„Aber …"

„Nein, kein aber. Es dauert nicht mehr lange, bis wir in Köln sind."

Ja, leider.

Mein Herz schlug heftiger. Ich schloss die Augen und versuchte die Panik, die sich rasend schnell in mir ausbreitete, zurückzukämpfen. So sehr war ich damit beschäftigt, dass ich erst gar nicht wahrnahm, dass Christian mit mir sprach.

„Stella? Stella … Stella!" Nur das letzte Stella, das laut gerufene, bekam ich mit.

Ich öffnete die Augen und stellte fest, dass Christian auf dem Seitenstreifen der Autobahn angehalten hatte und mich mit besorgtem Ausdruck musterte.

„Stella?", sagte er leise. „Was ist los mit dir?"

Okay, was sollte ich jetzt sagen? Du, hör mal, ich hatte eine Affäre mit meinem verheirateten Prof und deshalb geht in Köln gerade der totale Shitstorm ab, jeder weiß davon? Nee, das kam nicht infrage.

„Stella?"

Ich ließ meinen Blick über Christian gleiten. Es gab nicht viele Menschen, die im Auto – hinter dem Steuer sitzend – eine gute Figur machten, aber er gehörte definitiv dazu. Er trug eine dunkle Stoffhose, ein weißes Hemd und ein passendes Jackett. Dennoch war es nicht so verstaubt wie ein Anzug, sondern fast schon – wie sollte ich es am besten beschreiben? – lässig, ja genau, lässig. Ich selbst hatte mich auch schick gemacht, ganz so, wie Christian mich gebeten hatte. Ich trug ein langärmliges Strickkleid mit passenden Stiefeln, meine Lieblings-Ohrringe und hatte natürlich meine Fake Birkin Bag dabei. Wenn ich es also nüchtern betrachtete, hatte Christian bestimmt einen Tisch in einem Schicki-Micki-Restaurant reserviert. So eins, in dem man keine Kölner antraf, sondern in das nur die Menschen von auswärts hingingen. Wie hoch konnte da die Wahrscheinlichkeit sein, dass mich jemand mit dem UniLeaks-Post auf Instagram in Verbindung brachte?

Dieser Gedanke verschaffte mir endlich die nötige Gelassenheit, um Christian mit einem Lächeln zu begegnen.

„Nein, nein. Es ist alles in Ordnung. Fahr ruhig weiter", sagte ich wieder ganz Herr über meine Gefühlslage.

Wie naiv ich doch war.

STELLA

Ich hörte das Murmeln und Flüstern. Ich hörte es laut und deutlich, obwohl mein Herz so dröhnend in meiner Brust schlug. Sie sprachen über mich. Alle. Das ganze Restaurant. Ich wagte nicht, aufzublicken. Zeigten sie mit dem Finger auf mich? Hörte ich nicht Gelächter? Und plötzlich war es wieder wie nach meinem letzten Einkauf in Köln. Die Wände kamen näher, alles drehte sich und dazu noch die Stimmen. Sie flüsterten in mein Ohr; wurden immer lauter, bis sie schrien.

Da, guckt, da ist Stella, die Schlampe, die eine Affäre mit ihrem Prof hatte.

So eine Hure!

Wie blöd kann man sein, etwas mit einem verheirateten Mann anzufangen.

Und seine Frau ist auch noch schwanger. Hast du das gehört?

Schwanger.

Schwanger!

Schlampe.

Dieses Miststück.

Meine Hände wurden eiskalt und mein Herz schlug noch dröhnender. Dennoch konnte es die Stimmen nicht übertönen. Ich atmete schneller; bekam nicht genug Luft. Es fühlte sich an, als würde mein Brustkorb zusammengedrückt. Kalter Schweiß rann mir den Rücken hinunter und ich merkte, dass ich angefangen hatte zu zittern. Meine Arme, meine Beine. Ich konnte es nicht kontrollieren. Das Drehen nahm zu. Ich krallte mich an dem kleinen Tisch fest, an dem wir vor nicht mal zehn Minuten Platz genommen hatten. Als könnte ich damit das Zittern beenden. Aber genau das Gegenteil war der Fall: Die Gläser und das Besteck auf dem Tisch begannen zu vibrieren und schlugen klirrend aneinander.

„Stella?" Wie durch einen dunklen Tunnel sah ich Christians besorgtes Gesicht. „Ist alles in Ordnung mit dir?"

Ich wollte antworten, wollte sagen, dass nichts in Ordnung ist. Gar nichts. Dass ich hier raus musste, sofort. Weg. Weit weg. Raus aus diesem Restaurant mit seiner gedimmten Beleuchtung, seinen kleinen Tischen mit den akkurat gestärkten Stofftischdecken, den kunstvoll gefalteten Servietten und vor allem den Menschen. Raus an die frische Luft. Aber ich konnte nicht. Ich öffnete meinen Mund. Es kam kein Ton heraus. Alles drehte sich immer schneller und mir wurde schwindelig; und dann wurde mir schwarz vor Augen.

Ich hatte immer gedacht, dass man mitkriegt, wie man fällt, wenn man in Ohnmacht fällt, aber Tatsache ist: Man merkt nichts davon. Es wird einfach alles schwarz und das war's dann. Wie wenn man bei einem Fernseher mitten im Programm den Stecker zieht. Dass man gefallen ist, merkt man hinterher nur an den schmerzenden Stellen. Die, von denen man genau weiß, dass sie am nächsten Tag zu dicken blauen Flecken werden. Au.

Als ich wieder zu mir kam, stellte ich fest, dass ich mich in Christians Armen befand. Wir waren draußen. In der Kühle und der Dunkelheit. Als ich mir bewusstwurde, dass ich mich deshalb in Christians Armen befand, weil er mich trug, musste ich kurz wieder um mein Bewusstsein ringen. Ein Mann trug mich. Mich. Ich war noch nie von einem Mann getragen worden. Wenn ich so darüber nachdachte, dann war ich das letzte Mal als Kind getragen worden. Oh mein Gott. Ich spürte, wie Christians Muskeln unter seinem Jackett angespannt waren und merkte, wie mein Atem wieder schneller ging.

„Stella, es ist alles gut. Ich bring dich wieder nach Hause. Bleib ruhig. Es wird alles gut." Seine dunkle Stimme, zusammen mit den starken Armen und dem eindringlichen Blick, ließ mich definitiv ein weiteres Mal um mein Bewusstsein ringen. Hatte ich nicht zu Beginn dieses Abends gesagt, dass ich mich in einer bekloppten Liebeskomödie befinden würde? Okay, jetzt war ich so weit zu sagen, dass das stimmte und das wir den Teil mit den Verstrickungen und Irrungen und Wirrungen hinter uns gelassen hatten und gerade auf das Happy End zusteuerten. Ich meine: Ich wurde von einem Mann in seinen starken Armen getragen. Er hatte mich aus diesem Restaurant mit all den flüsternden Stimmen gerettet. Er war mein Held. Mein Prince Charming. Ich seufzte. (Schließlich würde das die Hauptfigur in einer Liebeskomödie auch so machen. Gut, sie würde sich vielleicht auch noch theatralisch den Handrücken an die Stirn halten, aber so weit wollte ich dann doch nicht gehen. Eventuell fühlte ich mich auch einfach zu schwach, um den Arm zu heben.)

Und schließlich waren wir wieder an Christians Auto angelangt und er setzte mich vorsichtig in den Wagen. Aus dem Kofferraum zauberte er eine Flasche Wasser, die ich dankbar annahm. Mit jedem Schluck, der meine Kehle hinunterrann, wurde es besser. Ich spürte, wie meine Lebensgeister zurückkehrten, wie ich endlich wieder Kontrolle über meine Arme und Beine erlangte; und gleichzeitig damit spürte ich ebenjene schmerzenden Stellen, die von meiner Ich-falle-in-Ohnmacht-Aktion herrühren mussten.

„So hast du dir unser Date bestimmt nicht ausgemalt, oder?" Ich schaffte es, Christian schief anzugrinsen.

„Die Hauptsache ist doch, dass es dir besser geht", sagte er und griff meine Hand. Das mit dem Händchenhalten war wirklich sein Ding. Und was soll ich sagen? Es war ein gutes Ding. Ich nickte.

„Willst du mir erzählen, was da eben passiert ist und warum?"

Ich zögerte.

„Du musst es mir nicht erzählen, wenn du nicht willst."

Aber ich wollte. Ich wollte, dass Christian es wusste. Alles, was ich bisher von ihm gesehen hatte, war ein freundlicher und fürsorglicher Mann, der obendrein total gut aussah und heißer war als heiß. Der mich gerettet und auf seinen Armen hierhergetragen hatte. Ich wollte, dass er die Wahrheit über mich erfuhr und ich wollte, dass er sie von mir erfuhr. Ich atmete tief durch und erzählte ihm alles. Über meine Affäre und über den UniLeaks-Post auf Instagram und alles, was danach passiert war. Ich wollte keine Geheimnisse vor ihm haben.

Als ich fertig war, schwieg Christian. Er hatte mich auch vorher nicht ein einziges Mal unterbrochen. Er sah mich einfach nur an, mit einem Gesichtsausdruck, den ich nicht deuten konnte. Ich wartete einen Moment, immer noch nichts. Also sagte ich: „Okay, ich verstehe schon." Und senkte den Kopf.

Ein leises Lachen ließ mich wieder aufsehen. Ja, Surferboy Christian Jäger lachte. Er lachte mich aus. Das war wohl der krönende Abschluss eines wirklich beschissenen Abends! Von wegen ich steuere auf mein Happy End zu.

„Ja, ja, lach du nur. Hab deinen Spaß an meinem Scheißleben", sagte ich bitter und wunderte mich, dass Christian immer noch meine Hand in seiner hielt.

Sofort hörte er auf zu lachen. „Ich lache dich nicht aus. Ich lache nur, weil du gerade echt süß bist."

Hatte er süß gesagt? Hatte er gerade wirklich süß gesagt? Und schon wieder war es mit der Kontrolle über meine Arme und Beine vorbei. So langsam fühlte ich mich wie *Elastigirl* aus dem Animationsfilm *The Incredibles*. Nur mit dem Unterschied, dass sie auch im Gummizustand die Kontrolle über ihre Gliedmaßen hatte. Oh Mann. Wo führte dieser Abend noch hin?

Um es kurz zu machen. Er führte gar nicht mehr weit. Ich weiß nicht, ob Christian einen auf Gentleman machen wollte, oder wirklich einer war (wohl eher letzteres, aber nach meinem Geständnis und seiner *Du-bist-süß-Aussage* hatte er das Auto gestartet und war geradewegs zurück nach Kassnach gefahren.

Auf dem Hof angekommen hatte er mir tief in die Augen gesehen. So tief, dass mir das Herz fast zum Hals hinausgesprungen war. Und dann sagte er: „Stella, wir

sollten wirklich dringend noch mal über den Verkauf
reden.“

STELLA

Was für ein Höllentrip.

Ich zog mir die Bettdecke über den Kopf. Zähneputzen, Waschen, das alles hatte ich heute ausfallen lassen. Zu groß waren die Müdigkeit und der Wunsch, mich in meinem kuscheligen Bett zu verkriechen. Schon als Kind hatte es mir geholfen, mir die Decke über den Kopf zu ziehen. Als könnte ich damit alle schlechten Gedanken und alles Schlimme auf der Welt (und in meinem Leben) aussperren und ungeschehen machen.

Nur wollte es heute einfach nicht funktionieren, egal wie tief ich mich unter meiner Bettdecke versteckte. Wie in einem Karussell drehten sich meine Gedanken nur um eines: das Date. Das beschissenste Date, das ich je hatte – nein! – das beschissenste Date in der Geschichte aller Dates auf dieser gottverdammten großen weiten Welt. Wieso nur hatte ich Christian nicht schon auf der Autobahn gebeten umzudrehen? Wieso hatte ich ihm nicht direkt da – auf dem Seitenstreifen der A1 – die ganze Wahrheit erzählt? Schließlich hatte er sie nach dem Restaurantbesuch wirklich gut aufgenommen. Aber hier lag auch schon das Problem, ich hätte nicht im Vorhinein damit rechnen können, dass er das so gut (und vor allem so verständnisvoll) aufnehmen würde.

Es war eigentlich auch nicht alles total beschissen gelaufen bei dem Date. Ich meine: Surferboy Christian
hatte mich heroisch aus dem Restaurant gerettet. Das
war doch schon mal was und dann hatte er mir gesagt,
dass ich süß sei. Das war definitiv was. Aber es war
nicht genug, um den ganzen beschissenen Rest zu über-
strahlen.

Und dann hatte es diesen Moment im Auto gegeben.
Als wir wieder auf dem Hof angekommen waren.
Christian hatte mir so tief in die Augen gesehen. Ich
hatte mit allem gerechnet, mit einem Liebesgeständnis,
einem Kuss oder sogar mit Sex, aber bestimmt nicht damit, dass Christian Jäger, heißer Surferboy und ver-
ständnisvoller Retter in Notlagen, mit mir über den
Verkauf meines Bauernhofs hatte reden wollen.

Ehrlich, was stimmte nicht mit dem? Oder lag es an
mir? Ich schlug meine Bettdecke zurück, weil ich dringend frische Luft brauchte. Welcher Mann wollte
schon eine Frau, die bei einem vermeintlich harmlosen
Restaurantbesuch panisch wurde und in Ohnmacht
fiel. Ich biss die Zähne zusammen.

Ach, Stella Schulze, du wirst noch als alte Jungfer enden, wenn das so weitergeht. Wobei ... Ich würde nur
als alte Irgendwas enden. Eine Jungfer war ich definitiv
nicht mehr.

Eine ganze Weile starrte ich in die Dunkelheit meines
Zimmers und fragte mich, ob ich im Moment wirklich
das Leben führte, das ich führen wollte, oder ob ich
nicht doch etwas ganz anderes machen wollte. Oder
sollte.

Aber was? Und war ein Verkauf des Hofes die richtige Lösung? Oder war das Pacht-Angebot von Lukas besser? Oder sollte ich einfach allen beiden einen Korb geben und mich endlich als die geborene Bäuerin beweisen, die ich sein wollte!

Wer brauchte schon Männer, wenn er einen Bauernhof und Tiere hatte und seit heute Morgen sogar Traktor fahren konnte! Ha, das war es!

KAPITEL SECHSUNDZWANZIG

Dienstag, 23. Oktober
7:50 Uhr – Kassnach

LUKAS

Er hatte schon die Jacke übergezogen und den Haustürschlüssel in der Hand, als das Telefon klingelte. Lukas warf einen schnellen Blick auf die Kuckucksuhr, die im Flur über dem Telefon hing: kurz vor acht. Wer rief denn so früh bei ihm an? Ob Stella einen Notfall hatte?

Er nahm den Hörer ab. „Munnebach", meldete er sich.

„Hallo Lukas, Herta hier."

Herta Müller. Das war eine Überraschung. Warum sie wohl anrief? „Was gibt's?", fragte Lukas neugierig.

„Ich wollte dich an das Fest am Wochenende erinnern."

Natürlich. Das Dorffest. 900 Jahre Kassnach. DAS Ereignis im Dorf.

„Ich weiß, dass am Wochenende das Dorffest ist. Das ist doch nicht der Grund, warum du anrufst, oder Herta?"

„Nein. Ich rufe an, weil wir Hilfe brauchen, die Strohballenfigur an der Landstraße aufzubauen."

Lukas seufzte. „Die eine Figur wird als Werbung nicht reichen, zumal ihr ganz schön spät dran seid. Ich meine, heute ist Dienstag und das Fest ist am Samstag."

„Und am Sonntag." Herta Müller musste mal wieder alles besser wissen.

Er rollte mit den Augen. „Am Wochenende halt. Das macht den Zeitraum auch nicht größer." Es ärgerte Lukas, dass die Dorfbewohner immer jammerten, dass es mit dem Dorf bergab gehen würde, dass die Leute wegzogen, die Bäckerei schon zumachen musste und es nur eine Frage der Zeit war, bis auch Herta Müller ihren Laden schließen musste. Weil keine Leute mehr ins Dorf kamen. Und dann gab es so eine wunderbare Gelegenheit wie die 900-Jahr-Feier, von der bereits seit Monaten gesprochen wurde, aber natürlich hatte niemand daran gedacht, rechtzeitig Werbung dafür zu machen.

„Der Alfons ist mit dem Rudi rüber nach Oberkirst. Die hängen Plakate auf." Ja, jetzt. Fünf Tage vorher. „Und ich hab auch ein Plakat im Schaufenster hängen." Als wenn das für mehr Besucher sorgen würde. „Also, was ist denn nun, Lukas, hast du Zeit, uns mit der Strohballenfigur zu helfen?"

Lukas' Blick wanderte wieder zu der Kuckucksuhr. „Ich muss erst noch was erledigen, aber gegen zehn kann ich da sein."

„Danke, ich wusste das wir uns auf dich verlassen können."

Ja, ja. Der Lukas, der macht ja alles mit. Wieder rollte er mit den Augen, murmelte eine Verabschiedung in den Hörer und legte auf. Gleichzeitig klappe das Türchen an der Kuckucksuhr auf und der kleine Holzvogel verkündete lautstark, dass es acht Uhr war. Lukas atmete lange und tief durch, bevor er sich wieder auf den Weg zur Haustür hinaus machte. Er würde also nachher mit dem Frontlader zur Landstraße fahren, um beim Aufbau der Strohfigur zu helfen, aber vorher wollte er zum Habermann-Hof hinüber. Stella wartete bestimmt schon auf ihre zweite Traktor-Fahrstunde.

STELLA

Soll ich euch was sagen? Es war gut, dass ich gestern so ein furchtbares Date gehabt hatte. Und es war auch gut, dass Christian mich nicht hatte küssen wollen, sondern nur den Verkauf angesprochen hatte. Warum? Weil ich endlich wieder wusste, was ich wollte! Ich würde mich als starke, unabhängige Frau auf dem Bauernhof beweisen. Jetzt mehr denn je, schließlich hatte ich endlich alle Werkzeuge dazu in der Hand. Ich konnte die Kühe melken, sie auf die Weide bringen und den Stall ausmisten. Ich konnte die Hühner versorgen und die Kartoffeln ernten (das war mit dem Traktor auch nur noch halb so anstrengend). Nein, wirklich, ich sah nichts mehr, was mir – Stella Schulze – noch im Weg stehen konnte.

Außer vielleicht Lukas. Und zwar im wortwörtlichen Sinn. Ich rannte nämlich geradewegs in ihn hinein, als ich frohen Mutes aus dem Bauernhaus hinausstürzte, um zur heutigen Kartoffelernte aufzubrechen.

„Ach, Lukas, hallo. Nett, dass du vorbeischaust", sagte ich, nachdem er mich mit einem festen Griff beider Hände vor dem Hinfallen bewahrt hatte, wieder losgelassen hatte. Dabei rieb ich mir meinen linken Arm. Lukas hatte es geschafft, genau an der Stelle anzupacken, an der sich seit heute Morgen ein hübscher blauer

Fleck von meinem gestrigen Ohnmachtsanfall zeigte. Da und an meiner Hüfte.

„Hab ich dir wehgetan?" Lukas nickte zu meinem Arm und sah mit einem Mal verlegen aus. Wie ein Schuljunge, der zum Direktor bestellt wurde und nicht wusste, was er verkehrt gemacht hatte.

Ich grinste und verzog das Gesicht sofort wieder, weil der blaue Fleck einfach so schmerzte. Noch einmal rieb ich darüber. „Nein, nein, alles gut. Ich bin ... ich bin nur hingefallen."

„Hingefallen?"

„Lange Geschichte." Ich würde Lukas bestimmt nicht auf die Nase binden, dass ich gestern ein Date mit Christian gehabt hatte, und erst recht nicht, wie katastrophal das gelaufen war. Also fügte ich schnell hinzu: „Das tut jetzt nichts zur Sache. Nur ein blauer Fleck. Halb so schlimm."

Lukas nickte knapp, aber auf seiner Stirn bildete sich eine steile Falte.

„Na ja", sagte ich leichthin, „ich muss dann auch los."

„Wo willst du denn hin?"

„Kartoffeln ernten, was sonst?"

„Ach so, ich dachte schon ... Dann können wir gleich in die zweite Traktor-Fahrstunde starten."

„Ne, lass mal, ich komme allein klar." Schon wieder zog Lukas unmerklich eine Augenbraue hoch. Ich rollte mit den Augen. „Du hast mir das mit dem Traktor doch gestern gezeigt. Ich kann das jetzt." Schwupps – Augenbraue Nummer zwei war auch nach oben gewandert. Ich seufzte. „Du bist halt ein sehr, sehr guter Lehrer."

„Ich weiß", sagte Lukas. „Aber glaub mir Stella, niemand lernt an einem einzigen Tag Traktorfahren. Nicht mal, wenn er mich als Lehrer hatte."

Ich sah ihn ungläubig an. Was wollte er mir denn damit sagen? Dass ich zu blöd dafür war? Er hatte mir doch gestern alles gezeigt und es war überhaupt nicht schwierig gewesen. Gut, bis auf die Sache mit dem Kupplung-langsam-kommen-lassen-und-gleichzeitig-vorsichtig-Gas-geben. Aber das würde ich auch noch in den Griff bekommen. Und zwar allein. Der Kartoffelroder war schließlich immer noch angekoppelt, da konnte ich direkt loslegen. Ohne ein weiteres Wort ging ich zum Schuppen und ließ Lukas auf dem Hof stehen.

„Stella!", rief er mir hinterher und ob ich es wollte oder nicht, seine dunkle Stimme schickte mir einen kurzen Schauer über den Rücken, aber ich drehte mich nicht um; ich hielt nicht an. Zielsicher steuerte ich auf den Traktor im Schuppen zu. Ich hatte ihn fast erreicht, als Lukas mich an der Schulter fasste. Ich schnaubte laut und drehte mich widerwillig zu ihm um.

„Was?", fauchte ich ihn an.

„Stella", seine Stimme hatte plötzlich einen sanften Klang und wieder lief mir ein Schauer über den Rücken. Aber das war bestimmt nur wegen dem kalten Wind, der mir an diesem Spätoktobermorgen unerbittlich um die Ohren pfiff. Zumindest versuchte ich mir das einzureden. Ich weiß nicht genau, was es war, aber seit dem mehr als verunglückten Date gestern, fand ich Lukas plötzlich sehr viel interessanter als Christian. Sehr, sehr viel. Ja, er war mir zuerst mit Wut und Feindseligkeit begegnet, aber ohne ihn wäre ich schon vor

Tagen aufgeschmissen gewesen. Ich meine: Eine Kuh war dank meiner Unwissenheit krank geworden (gut und auch aufgrund meiner Starrköpfigkeit). Und Lukas kam immer wieder, egal wie oft ich ihn vom Hof gejagt oder zurückgewiesen hatte. Er war wirklich eine treue Seele. Idas Herz hatte er erobert und auch die Tierärztin sprach in den höchsten Tönen von ihm. Über den Knackarsch müssen wir nicht mehr sprechen. Der war eine Tatsache, eine ziemlich knackige. Und ja: Mit seinen dunklen Haaren und Augen war er einfach mein Typ, da hatte Ida schon recht, auch wenn ich immer noch ein bisschen sauer darüber war, dass sie das Lukas direkt auf die Nase hatte binden müssen.

Dennoch wollte ich es von nun an allein schaffen.

„Was ist mit dir los? Gestern hast du dich über meine Hilfe gefreut und heute ... Was ist passiert?"

„Da muss doch nichts für passiert sein, du hast mir gestern alles gezeigt, was das Traktorfahren betrifft und ich möchte jetzt einfach den Hof selbst versorgen. Ist das denn so selten? Eine Frau, die allein zurechtkommt?"

„So hab ich das nicht gemeint."

„Wie dann?"

„Da muss ich mich noch mal wiederholen: Niemand lernt an einem Tag Traktorfahren."

„Tja, dann bin ich ein absolutes Ausnahmetalent. Und jetzt ..., wenn es dir nicht zu viele Umstände macht: geh bitte aus dem Weg, ich möchte da gleich langfahren."

STELLA

„Guck mal die hier!" Triumphierend hielt ich eine Kartoffel hoch, die doppelt so groß wie meine Hand war.

„Du weißt schon, was man über Bauern mit dicken Kartoffeln sagt?"

„Ja, ja: Die dümmsten Bauern haben die dicksten Kartoffeln."

„Genau."

„Soll ich dir was sagen? Das ist mir total egal, ich ernte die ja nur, ich hab sie nicht ausgesät."

„Gesetzt."

„Was?"

„Bei Kartoffeln sagt man *gesetzt* nicht *gesät.*"

„Das, mein lieber Lukas, ist mir auch total egal."

Er schnaubte, aber ich sah, dass er dabei lächelte. Und ja, ihr lest richtig: Ich war gerade dabei mit Lukas Kartoffeln zu ernten. Was war passiert? Nun. Nach meiner großspurigen Ankündigung, dass ich gleich mit dem Traktor über den Hof fahren würde, folgte die große Ernüchterung: Ich hatte es nicht geschafft den Traktor zu starten. Egal wie oft ich den Schlüssel im Zündschloss drehte, wie viel Gas ich gab – außer einem lauten kläglichen und stotternden Geräusch passierte nichts. Sobald ich den Schlüssel losließ, herrschte eine ohrenbetäubende Stille auf dem Hof, die ich schlimmer fand als das Geräusch zuvor. Nach gefühlten 25 Versuchen hatte ich aufgegeben. In der ganzen Zeit hatte ich es nicht einmal gewagt, aufzusehen. Allein die Vorstellung, dass Lukas auf dem Hof stand und über meine Unfähigkeit feixte, reichte mir. Also hatte ich mit hängendem Kopf und Schultern auf dem Traktor gesessen wie ein Häufchen Elend. Und dann war das Wunder passiert: Lukas Munnebach hatte mir eine Kerze hingehalten.

Ja, ich war genauso verwirrt wie ihr. Ich meine: Ich hatte mich gerade total zum Deppen gemacht und Ihre Griesgrämigkeit Sir Lukas von Knackarsch hatte nichts anderes im Sinn, als mir eine brennende Kerze hinzuhalten?

Und dann hatte er tatsächlich auch noch Rilke zitiert! Rainer Maria Rilke: „Wenn du denkst, es geht nicht mehr, kommt irgendwo ein Lichtlein her."

Gut, er hatte (im Gegensatz zu mir) nicht gewusst, dass das die ersten zwei Zeilen eines Gedichtes von Rilke waren, er hatte mir lediglich erzählt, dass sein Vater ihm das immer gesagt hatte. Und warum das Ganze? Nun, es stellte sich heraus, dass es dem Traktor zu kalt war und man eine ganz bestimmte Leitung (Lukas zeigte mir welche) mit der Kerze anwärmen musste. Was soll ich sagen? Beim nächsten Versuch mit dem Zündschlüssel sprang der alte Traktor an wie eine Eins, und schnurrte dann wie ein Kätzchen. Okay. Allerdings wie ein Kätzchen, das in einer Katzenversion von *Star Wars* Darth Vader spielte.

„Weißt du denn, *warum* man das mit den dummen Bauern und den dicken Kartoffeln sagt?" Lukas hatte sich im Kartoffelacker aufgerichtet und sah mich an.

An seiner Stirn klebte etwas frische Erde, irgendwie ließ ihn das ganz verwegen aussehen.

„Nee, weiß ich nicht, aber ich habe gerade so eine Ahnung, dass du mir das gleich verraten wirst."

„Du sagst es …"

Und mit einem Mal sprudelten die Worte aus dem sonst doch eher kurz angebundenen Lukas heraus. Ich muss gestehen, dass ich gar nicht richtig hinhörte, sondern mich nur der melodischen und dunklen Stimme hingab. Er sprach mit diesem auf und ab, wie es im Rheinland typisch war, obwohl wir uns doch schon in der Eifel befanden.

Nachdem der Traktor angesprungen war, hatte ich Lukas eigentlich wegschicken wollen, aber … Ich weiß auch nicht. Er war so süß gewesen, die ganze Sache mit der Kerze und überhaupt – alles in mir hatte sich mit einem Mal dagegen gesträubt, auf Lukas' Gesellschaft zu verzichten. Es hatte gedauert, aber ich musste mir eingestehen, dass ich Lukas mochte, den ganzen Lukas, nicht nur seine angenehme Stimme und seinen knackigen Arsch, das ganze Paket.

Näher betrachtet war Lukas überhaupt nicht der Griesgram, als den er sich zuerst dargestellt hatte. Er war fürsorglich, witzig, süß und … vielleicht ja doch der Richtige für mich?

Das Einzige, was noch mit einem wirklich dumpfen Unterton zurückblieb, war die Sache mit dem Unfall vor elf Jahren. Wer war gefahren? Was, wenn es Lukas war? Konnte ich mich auf einen Mann einlassen, der einen tödlichen Unfall verschuldet hatte?

STELLA

Ich wählte die Nummer und hoffte, dass Ida rangehen würde. Also wenn sie zu Hause war. Denn ihr Handy war immer noch aus. Was das anging, nahm sie die Sache mit der Achtsamkeit wirklich ernst. Daher hatte ich die Nummer unseres Festnetzanschlusses in der WG gewählt. Zum ersten Mal war ich froh, dass unsere Eltern damals darauf bestanden hatten.

Es tutete schon zum achten Mal und ich war kurz davor, wieder aufzulegen, als Ida endlich den Hörer abnahm. Ganz entgegen ihrer sonstigen Art, meldete sie sich mit einem vorsichtigen und zaghaften: „Müller?" So, als wäre sie selbst nicht ganz sicher, ob das wirklich ihr Name war. Ich glaube, sie hatte bisher noch nie mit unserem Festnetztelefon telefoniert.

„Ida! Es ist ja so viel passiert in den letzten zwei Tagen, das glaubst du nicht", sprudelte ich los. „Ich hatte wieder eine Panikattacke und Christian ist doof und Lukas vielleicht doch ganz süß und ich kann Traktor fahren und der Unfall macht mich total fertig und am Wochenende ist das große Dorffest, da hat mir Lukas von erzählt, und ..."

„Stella! Hey, Stellaaaaaaaa!"

Ich verstummte schlagartig. Nachdem ich einmal Luft geholt hatte, sagte ich kleinlaut: „Ich war vielleicht ein bisschen schnell."

„Ja, warst du, Süße. Ich hab dich auch vermisst, aber das eben war sogar für mich ein bisschen zu schnell und wenn ich das sage, will das schon was heißen." Sie seufzte. „So. Dann noch mal von vorne: langsam und der Reihe nach."

Ich nahm einen tiefen Atemzug, überlegte, was am wichtigsten war: „Ich kann jetzt Traktor fahren. Am Wochenende ist im Dorf ein großes Fest und ich hatte ein Date mit Christian."

Ida quiekte. Ziemlich laut. Mit schmerzverzerrtem Gesicht zog ich den Hörer vom Ohr weg und massierte es mit zwei Fingern, bevor ich es wieder wagte, den Hörer zurückzunehmen.

„Ein Date! Ein richtiges Date! Du musst mir alles erzählen. Wie ist es ausgegangen? Mit der Bettkante? Sag mir, dass du ihn nicht von der Bettkante geschubst hast."

„So weit ist es gar nicht gekommen."

„Wieso denn das?"

„Ich äh ... also ..."

„Ich höre?"

„Das Date war in Köln."

„Oh."

Ich machte eine Grimasse. „Ja, genau: oh. Christian hat mich in ein wirklich süßes kleines Restaurant ausgeführt. So eins, in dem es gefaltete Stoffservietten gibt und das ganz schicki-micki ist."

„Oh", sagte Ida wieder. Aber diesmal klang es ganz verzückt.

Ich nickte, auch wenn Ida es nicht sehen konnte. „Ich kann dir nicht mal sagen, was genau passiert ist, ob mich jemand erkannt hat und wirklich was gesagt hat, oder ob das alles nur in meinem Kopf stattgefunden hat, das Resultat war aber, dass ich tierische Panik bekommen hab und dann hab ich hyperventiliert und dann ist mir schwarz vor Augen geworden und dann ..."

„Und dann?"

„Dann hab ich Christian alles erzählt."

„Alles?"

„Alles alles."

Zum dritten Mal sagte Ida nur: „Oh."

Ich zuckte mit den Schultern. „Na ja. Eigentlich gar nicht so oh. Er hat es echt gut aufgenommen."

„Aber?"

Ich seufzte. „Wir hatten so einen Moment. Als wir mit dem Auto wieder auf dem Hof angekommen waren. Da hat er mir tief in die Augen geschaut und dann ..."

„Was denn? Geknutscht habt ihr, aber es gab keine Bettkanten-Action?", unterbrach Ida mich empört.

„Lass mich doch mal ausreden. Er guckt mir also tief in die Augen und dann sagt er: ,Stella, wir sollten wirklich dringend noch mal über den Verkauf reden.'"

„Nicht dein Ernst?"

„Mein völliger Ernst."

„Kein Geknutsche?"

„Kein Geknutsche."

„Was stimmt denn nicht mit dem?"

Ich musste lachen. „Genau das hab ich auch gedacht."

„Ja, ist doch wahr!", rief Ida. „Du bist ja wohl anbetungswürdig, Süße, wie kann dieser Typ das nicht sehen und nur an den Verkauf von deinem Bauernhof denken?" Sie schnaubte laut und ich musste noch mehr lachen.

„Ach, Ida. Ich freu mich so, wenn du am Wochenende wieder hier bist."

„Ich mich auch. Pass auf, Christian hat jetzt exakt drei Tage, dich endlich richtig wertzuschätzen und mit dir rumzuknutschen, und wenn nicht, dann haue ich ihn. So!"

Ich wischte mir die Lachtränen aus den Augen. „Was würde ich nur ohne dich machen?"

„Dich zu Tode langweilen?"

„Definitiv."

„Und jetzt erzähl mir von dem Fest. Was ist da los?"

„Willst du nicht erst davon hören, dass ich Traktor fahren kann?"

„Was ist das für ein Fest?"

Ich rollte die Augen. „Kassnach feiert 900-jähriges Bestehen."

Am anderen Ende der Leitung war ein Klappern zu hören und dann raschelte es merkwürdig. Bestimmt hatte Ida den Hörer beiseitegelegt, um händeklatschend in die Luft zu springen, so wie ich sie kannte. Ich wartete.

„Ein Dorffest. Wie aufregend", sagte Ida, nachdem sie sich ausgetobt hatte. „Was wird da geboten? Gibt es eine Band? Wird getanzt? Was für Buden werden da sein?"

„Ida. Du kennst doch Kassnach. Ich glaube nicht, dass es *Buden* geben wird. Höchstens eine Bude, an der es etwas zu essen und zu trinken geben wird. Und *Band* ist auch ziemlich euphemistisch. Die Musikvereinigung Kassnach wird spielen."

„Musikvereinigung? Was für eine Richtung spielen die?"

„Das ist ein Blasmusikverein. Die spielen Volkslie-
der."

„Ach, wie in Wacken?"

Seit über 30 Jahren fand jedes Jahr im kleinen Dörf-
chen Wacken in Schleswig-Holstein das mittlerweile
größte Heavy-Metal-Festival ganz Deutschlands statt.
Eröffnet wurde es aus Tradition vom Musikzug der
dortigen Freiwilligen Feuerwehr, genannt die „Wacken
Fire Fighters". Die spielten auch immer nur Volkslie-
der.

„Ja, so ähnlich wie in Wacken", sagte ich und zog si-
cherheitshalber wieder den Hörer vom Ohr weg. Das
Quietschen, was auch auf die Entfernung noch laut ge-
nug an mein Ohr drang, bestätigte meine Vorahnung.
Wenn sich Ida so benahm, musste ich an *Pinkie Pie* aus
My Little Pony denken. Das rosa Pferdchen mit den
Kringellocken war mindestens so aufgedreht und auf
jeden Fall genauso partybegeistert wie Ida.

Als nichts mehr aus dem Hörer kam, nahm ich ihn
wieder an mein Ohr und sagte: „Das Fest wird bestimmt
ganz toll. Soll ich dir jetzt vom Traktor fahren erzählen?"

„Wieso willst du denn die ganze Zeit über den ollen
Traktor reden? Das Fest ist doch viel spannender. Ob es
noch mehr Hotties in Kassnach gibt so wie Lukas und
Christian?"

Es ärgerte mich, dass Ida gar nichts über das Traktorfahren hören wollte, oder darüber, dass ich gesagt
hatte, dass ich Lukas vielleicht doch ganz süß fand. Gut,
zweiteres hatte sie wahrscheinlich überhört, weil ich
am Anfang so schnell gesprochen hatte, aber ich war
trotzdem eingeschnappt und hatte keine Lust mehr, ihr

das zu erzählen. Wer wusste auch, wie sich das mit Lukas und mir bis zum Wochenende weiterentwickelte. Wenn ich eins auf dem Land und auf dem Hof gelernt hatte, dann war es, dass ein einziger Tag alles ändern konnte. Zum Negativen wie zum Positiven.

Ida war immer noch von den Möglichkeiten am Reden, die uns das Dorffest bringen würden, als ich beschloss, das Ganze zu beenden, indem ich sie fragte, wie die ersten zwei Tage im neuen Semester gelaufen waren.

„Ach, Süße. Frag besser nicht."

„Aber ich frage", sagte ich und versuchte dabei ganz selbstbewusst zu klingen, obwohl ich merkte, dass sich mein Puls wieder beschleunigte. Vielleicht sollte ich Ida doch besser weiter über das Dorffest reden lassen, vielleicht war die Frage nach dem Studium nicht die beste gewesen. Denn schließlich war es bis vor ein paar Wochen auch mein Studiengang gewesen und der Grund, warum ich Tobias kennengelernt hatte, und ... den Rest wisst ihr ja.

„Alle reden natürlich von dir und Tobias, zumal der nicht aufgetaucht ist und du ja auch nicht."

Mein Herz setzte für einen Schlag aus. „Wie meinst du das?"

„Wie soll ich das meinen? Du bist doch jetzt in Kassnach."

„Ich meine nicht mich, ich meine To..." Der Rest seines Namens blieb mir im Hals stecken. Ich konnte ihn nicht aussprechen, aber Ida hatte auch so verstanden, was ich meinte.

„Na, Tobias ist spurlos verschwunden. Bei dir wusste ich ja, was Sache ist, das hab ich auch allen erzählt.

Aber wo unser Professor abgeblieben ist, weiß keiner. Wenn du mich fragst, dann hat die Uni-Leitung ihn rausgeworfen, es ist nämlich bekannt geworden, dass er neben dir noch etwas mit mindestens drei anderen Studentinnen hatte."

„Er hatte was mit ..." Mir klappte der Mund auf.

„Ja, Süße. Er hat nicht nur seine Frau betrogen, sondern auch noch dich und jede der anderen. Dieser Mistkerl! Sei froh, dass du den los bist!"

Ich nickte. „Und was genau hast du allen von mir erzählt?" Der Gedanke, dass jeder an der Uni wusste, wo ich mich aufhielt, ließ mich erschauern. Kalter Schweiß bildete sich auf meiner Stirn. Es war bestimmt nur eine Frage der Zeit, bis der Erste vor meiner Tür stehen würde.

„Keine Sorge, Süße. Ich hab nicht gesagt, wo genau du bist, oder was genau du machst. Ich hab nur erklärt, dass du ein Jobangebot bekommen hast, was du nicht ablehnen konntest, und dass du jetzt ganz unabhängig bist und dass du das alles rockst!"

Mein Herz machte einen kleinen Freudensprung. „Ida!"

„Süße, so ist es doch. Du rockst den Bauernhof."

„Danke", murmelte ich verlegen in den Hörer.

„Brauchst mir nicht zu danken. Es ist so. Und weißt du, was ich noch gemacht hab?"

„Was denn?"

„Ich habe Kontakt mit UniLeaks aufgenommen."

„Was? Warum das denn?", schrie ich, während ich einen festen Druck auf meinem Brustkorb verspürte und mir das Atmen schwerfiel.

„Damit die den Post aus dem Netz nehmen natürlich",
sagte Ida, als wäre das das Selbstverständlichste auf der
ganzen Welt.

„Das geht so einfach?"

„Wenn man vorher ein paar Worte mit einem Jura-
studenten gewechselt hat und UniLeaks mit einer
Klage droht, ja dann geht das so einfach."

KAPITEL SIEBENUNDZWANZIG

Freitag, 26. Oktober
14:30 Uhr – Kassnach

STELLA

Die letzten Tage waren in einem eintönigen Wirbel aus Kühe melken, Kartoffeln ernten und Eier einsammeln vergangen. Immer alles zur gleichen Zeit, mit gleichem Ablauf. Berta war seit Dienstag mit der Antibiose fertig und so hatte ich wieder mehr Milch zur Verfügung. Mit Lukas war ich übereingekommen, dass ich Milch und Eier bei ihm ablieferte und er mir das Geld überwies. Also zumindest den Großteil. Einen kleinen Teil zahlte er mir in bar aus, da es in Kassnach keine Bank und auch keinen Bankautomaten gab. Das war natürlich alles in Oberkirst. Hätte ich mir ja auch denken können. Wenn Ida morgen das Auto ihrer Eltern mitbrachte, mussten wir sofort dahinfahren. Dann konnten wir auch in der Pizzeria dort essen. Dass die Pizza echt lecker war, wusste ich ja schon dank Christian. Und abends konnten wir auf das Dorffest gehen. Das war bestimmt ein unterhaltsameres „Nachtleben" als unser Besuch in der Kneipe. Auch wenn zu erwarten war, dass es nur Volksmusik gab. Mit einer Pizza als Grundlage und nicht allzu viel Bier würde das Fest auf jeden Fall nett.

Pizza. Meine Gedanken hingen daran fest wie ein Fäden ziehendes Stück Käse und wanderten direkt wieder zurück zu Christian. Ich spürte einen Stich im Magen. Seit dem verunglückten Date am Montagabend hatte ich von ihm nichts mehr gesehen oder gehört. Er war wie vom Erdboden verschluckt. Nicht, dass mich das wundern würde. Nach meiner Panik-und-Ohnmachts-Attacke, meinem anschließenden Geständnis und meiner zum Schluss recht deutlichen Weigerung, den Hof Knall auf Fall verkaufen zu wollen. Dabei konnte ich nicht einmal sagen, warum ich mich dagegen so sehr sperrte. Es fühlte sich einfach nicht richtig an. Meine Großtante hatte mir den Bauernhof vererbt. Bestimmt hatte sie das nicht getan, damit ich ihn nach kurzer Zeit verkaufte.

Im gleichen Maße, wie sich Christian von mir entfernt hatte (oder ich mich von ihm), war ich Lukas nähergekommen. Es war diese Sache mit der Kerze am Dienstagmorgen gewesen. Das war so süß und irgendwie auch total romantisch gewesen, auch wenn es nur dazu gedient hatte, dem Traktor auf die Sprünge zu helfen.

Sein Angebot mit der Pacht war ebenfalls viel besser. So war der Hof immer noch mir, ich konnte mitarbeiten und langsam alles lernen und obendrein würde ich genug Freiheit und Freiraum für mich haben. Und – das Beste daran – ich würde auch noch Geld dafür bekommen. Besser ging es doch nicht. Ich nickte bestätigend mit dem Kopf, obwohl niemand mit mir in der Küche des Bauernhauses anwesend war, um das zu sehen. Gleich darauf musste ich kichern. Das Leben auf dem Land machte einen ein bisschen schrullig. Aber so schlimm war das gar nicht.

Ich stand vom Tisch auf und schenkte mir eine neue Tasse Kaffee ein. Es war kurz vor drei Uhr, also genug Zeit, die Tasse in Ruhe auszutrinken. Ich hatte mich gerade wieder hingesetzt, als es an der Tür klingelte. Das war doch wirklich verrückt. Ich hab euch das ja schon erzählt: Hier – am Arsch der Welt – klingelte es ständig bei mir. Kopfschüttelnd ging ich durch den Flur und öffnete die Tür. Zu meiner Verwunderung stand Christian davor. Im Schlepptau hatte er einen älteren Mann. Untersetzt, mit leicht fettigen Haaren, die schon anfingen, licht zu werden. Es war einer dieser Männer, die insgesamt *schmierig* wirken und denen man (oder zumindest ich) nicht zu nahekommen wollte.

Entgegen seiner sonstigen Angewohnheit hatte Christian heute keinen Kaffee oder Pizza oder Ähnliches dabei.

„Hallo Stella", sagte er freundlich und lächelte, aber ich konnte sehen, dass das Lächeln seine Augen nicht erreichte. „Das ist Horst, mein Freund. Der, von dem ich dir erzählt habe."

Horst? Wer ist Horst? Noch nie im Leben hatte Christian jemanden namens *Horst* erwähnt. Ungläubig sah ich zwischen Christian und seinem merkwürdigen Freund hin und her. Irgendwas war hier im Busch, nur was?

Horst jedenfalls trat einen Schritt näher und streckte mir seine schwitzige Hand entgegen. „Hallo Frau Schulze, nett, sie kennenzu..."

„Sie heißt Stella", fuhr Christian dazwischen. „Wir sind doch alle Freunde, du kannst ruhig Stella zu ihr sagen."

Äh? Hallo?! Bitte was? Wir sind alle Freunde? In einem Paralleluniversum vielleicht.

„Also Christian", sagte ich, „ich würde gern selbst darüber entscheiden, wer mich bei meinem Vornamen nennen darf, okay?" Ich warf ihm einen scharfen Blick zu und sah, wie er die Augen verdrehte. Horst hingegen schrumpfte um mehrere Zentimeter, seine Hand hing aber immer noch vor mir in der Luft. Obwohl es mich ekelte, schlug ich ein und sagte: „Frau Schulze ist in Ordnung. Hallo." Schnell ließ ich die Hand wieder los und wischte sie unauffällig an meiner Jeans ab. „Kann mir einer von euch sagen, was der Grund für diesen Besuch ist?"

„Lass uns doch reingehen, Stella", drängte Christian. „Dann können wir alles in Ruhe besprechen." Wieder lächelte er so ein erreicht-die-Augen-nicht-Lächeln.

Ehe ich etwas erwidern konnte, schob Christian Horst an mir vorbei ins Haus.

„Immer herein in die gute Stube", murmelte ich zynisch, aber keiner der beiden Herren nahm Notiz davon.

STELLA

Horst, so stellte es sich heraus, war jener *Bekannte,* der Acker- zu Bauland erklären konnte. Oder – wie Christian es seit heute formulierte: der *Freund.* Ich hatte keinerlei Interesse daran, dass Horst für mich das Eine oder das Andere war beziehungsweise wurde. Und ich hatte nach wie vor keinerlei Interesse am Verkauf des Hofes. Es ärgerte mich, dass Christian – obwohl er das wusste – Horst einfach angeschleppt hatte. Als wenn ich dadurch meine Meinung ändern würde.

Zu dritt saßen wir am Küchentisch. Ich trank meinen Kaffee, während die zwei mit leeren Händen dasaßen. Wer ein Nein nicht versteht und mich einfach so überfällt, bekommt von mir garantiert nichts zu Trinken angeboten.

„Okay, Stella, hör zu. Die Sache ist die. Ich …", sagte Christian.

„Nein, Christian, jetzt hörst du mir zu!" Wütend sprang ich vom Tisch auf. „Das hier ist mein Hof und es ist meine Entscheidung. Du kannst mich zu nichts zwingen!"

Christian murmelte etwas, das ich nicht richtig verstand. „Was hast du gesagt?", fauchte ich.

„Ich sagte: Das werden wir ja noch sehen!" Nun war auch Christian laut geworden.

Horst wiederum saß am Tisch und wirkte, als wolle er sich am liebsten in Luft auflösen. Wenn das gegangen wäre, ich hätte mich ihm gern angeschlossen. Wie hatte Christian das eben gemeint? Was hatte er vor?

„Überlegen Sie es sich doch noch mal, Frau Schulze", sagte Horst leise. „Mein Chef wird wirklich ungehalten, wenn dieser Deal platzt."

„Das ist nicht mein Problem. Ich habe keinen Deal mit Ihrem Chef gemacht, das müssen Sie schon selbst mit ihm ausmachen."

„Aber Christian hat doch gesagt ..."

„Was hat Christian gesagt?" Ich sah Surferboy gleichermaßen böse wie fragend an.

Er zuckte unbeteiligt mit den Schultern. „Der muss da was falsch verstanden haben."

„Aber du hast doch ...", mit flehendem Blick sah Horst Christian an.

„Nichts habe ich", zischte dieser. Seine Stimme war so schneidend, dass mir unwillkürlich ein kalter Schauer den Rücken hinunterlief.

„Ich glaube, es ist das Beste, wenn ihr geht", sagte ich mit fester Stimme und machte einen großen Schritt zur Seite, damit der Durchgang zum Flur frei wurde.

Horst machte sich sofort daran, aufzustehen, wurde aber von Christian am Arm gepackt. „Ich glaube nicht, dass wir schon fertig sind", sagte er und zog Horst zurück auf den Stuhl. Der untersetzte Mann wusste gar nicht wie ihm geschah und so, wie er zwischen Christian und mir hin- und herblickte, fühlte er sich mindestens genauso im falschen Film wie ich.

„Christian, es gibt nichts zu besprechen. Ich möchte, dass ihr *jetzt* geht." Mit einem Mal schlug mein Herz dröhnend in meinen Ohren.

Oh, nein! Bitte, bitte, nein. Alles, aber bitte keine neue Panikattacke. Ich machte einen weiteren Schritt zur Seite und stütze mich mit der Schulter an der Wand ab. Ich versuchte, es lässig aussehen zu lassen. In dieser Situation wollte ich keine Schwäche zeigen. Christian saß immer noch wie angewurzelt auf dem Küchenstuhl und musterte mich mit seinem kalten Blick. Wo war nur der sympathische und hilfsbereite Surferboy hin, den ich vor ein paar Tagen kennengelernt hatte? Hatte er sich in der kurzen Zeit so gewandelt oder war er einfach nur ein grandioser Schauspieler und hatte mir etwas vorgemacht?

Ich versuchte, seinem Blick standzuhalten, mir nicht anmerken zu lassen, dass sich zu dem dröhnenden Herzschlag auch noch die bekannte Brustenge gesellt hatte. Mein ganzer Körper verkrampfte sich und ohne, dass ich es verhindern konnte, begann mein rechtes Auge zu zucken. Deutlich sichtbar zu zucken. Christians Mundwinkel zogen sich zu einem freudlosen Lächeln hoch und er nickte mir zu, bevor er sich zu Horst drehte und sagte: „Ich denke, wir haben jetzt, was wir brauchen, Horst. Wir können gehen."

Horst, der nicht verstand, was gerade vor sich gegangen war, eilte hastig nach draußen. Christian hingegen stand betont langsam auf und zischte mir im Hinausgehen zu: „Ich hab dich in der Hand, du kleine Schlampe. Ich kenne dein schmutziges, kleines Geheimnis."

Als ich die Haustür ins Schloss fallen hörte, gaben
meine Beine nach und ich brach zitternd und nach Luft
japsend in der Küche zusammen.

STELLA

Mit einem letzten, prüfenden Blick stellte ich fest, dass im Kuhstall alles seine Ordnung hatte. Die Kühe waren gemolken, die Milch im Kühlraum. Futter- und Melkeimer hatte ich sorgfältig gewaschen und zum Trocknen aufgehangen. Zwei der sechs Kühe hatten sich schon zum Schlafen niedergelassen, die anderen vier kauten noch träge und schlugen hin und wieder eine Fliege mit dem Schwanz in die Flucht.

„Gute Nacht, ihr Lieben, schlaft gut", sagte ich, schaltete das Licht aus und schloss die schwere Stalltür.

Im Halbdunkel ging ich über den Hof zum Bauernhaus. Ich gähnte herzhaft und rieb mir die Augen.

„Na, sind wir müde?" Wie aus dem Nichts stand Christian plötzlich im schwachen Schein der Lampe über meiner Haustür. Hatte seine Stimme heute Nachmittag kalt geklungen, so klang sie jetzt steinhart und noch kälter als Eis. Ich konnte nicht verhindern, dass ich erschrocken zusammenfuhr.

„Was willst du?", schaffte ich es gerade noch zu fragen.

Gespielt erstaunt zog Christian die Augenbrauen hoch. „Das ist doch wohl klar, oder nicht? Ich will, dass du den Hof verkaufst."

Ich weiß nicht, ob es daran lag, dass es schon dunkel war, oder daran, dass Christian so unbemerkt aufgetaucht war, oder ob es nur die kalte Art war, die er jetzt an den Tag legte, aber er erinnerte mich an einen Vampir. Und wir reden hier über die böse Sorte, die dunkle. So Nosferatu-mäßig.

Christian machte einen Schritt auf mich zu und ich biss die Zähne zusammen. Ein kalter Schauer lief über den Rücken.

„Du hast heute Nachmittag gesagt, ich könnte dich nicht zwingen, aber da irrst du dich, du kleines Miststück. Du irrst dich gewaltig." Er machte einen weiteren Schritt auf mich zu.

Ich starrte ihn an wie ein Kaninchen im Angesicht einer Schlange, unfähig, mich zu bewegen oder etwas zu erwidern.

„Du wirst den Hof verkaufen, oder ..." Mit einem kalten Grinsen ließ er seine Worte in der Dunkelheit schweben.

„Oder?", flüsterte ich, obwohl ich ahnte, wie die Antwort lautete.

„Oder ich werde allen in Kassnach erzählen, warum du wirklich hier bist. Dass du dich nur versteckst, weil in Köln alle über dich reden. Über dich und dein dreckiges Geheimnis." Noch ein Schritt und er stand direkt vor mir. Mit dem Zeigefinger fuhr er über meine Wange. Die Berührung ließ mich erneut zusammenfahren.

„Du kommst nicht so gut damit klar, oder? Mit dem Gedanken, dass die Leute dein Geheimnis erfahren und über dich reden. Nicht wahr?" Das Grinsen auf seinem

Gesicht wurde breiter. Wurde zu einem verzerrten Lächeln, das mir das Blut in den Adern gefrieren ließ. Meine Brust zog sich zusammen und die Luft wurde mir wieder eng.

„Ich sag es mal so", zischte Christian, immer noch mit dem Lächeln im Gesicht, „als letzte Warnung: Du verkaufst den Hof und dann verschwindest du mit dem Geld über alle sieben Berge, ganz weit weg, und niemand muss was erfahren und alle sind glücklich."

„Warum?", flüsterte ich kaum hörbar und kalter Schweiß brach auf meiner Stirn aus, als Christians fieses Lächeln zu einer Grimasse wurde.

„Weil ich das Geld brauche und dich – Stella Schulze – dich braucht niemand."

LUKAS

„... und jetzt zum Wetter."

Gebannt starrte Lukas auf den großen Röhrenmonitor. Den Fernseher hatte sein Vater vor Urzeiten gekauft. Aber er funktionierte und es gab sogar eine Fernbedienung. Von allem, was es im Fernsehen zu sehen gab, war für Lukas der Wetterbericht am wichtigsten. Ergänzend las er jede Woche den Ausblick in der Bauernzeitung, kontrollierte jeden Tag die Wetter-App seines Handys mit dem 14-Tage-Ausblick und sah jeden Abend das Wetter der Tagesschau. Gerade in der Erntezeit war das unabdingbar. Zum Glück war für die nächsten Tage kein Regen gemeldet. Ideal, um die restliche Ernte einzubringen.

David hatte sich auf die Couch gelümmelt und schenkte dem Wetter keinerlei Beachtung, seinem Handy dafür umso mehr. Er spielte – wie so oft – ein Farm-Animations-Spiel. Im Gegensatz zum realen Leben war er darin scheinbar richtig gut. Zumindest schloss Lukas das aus dem zufriedenen Gesichtsausdruck und Zwischenrufen mit „Yeah!" und „In your face!", die sein Lehrling von sich gab.

Die Tagesschau war vorbei und Lukas warf die Fernbedienung David zu. „Hier", sagte er, „du wolltest doch irgendeinen Film gucken."

David legte das Handy zur Seite und zappte durch die Programme, bis er gefunden hatte, was er suchte. Es war eine Action-Komödie. Leichte Unterhaltung. Lukas war das nur recht. Ein bisschen Berieselung am Abend, bei der man nicht nachdenken musste. Das war perfekt. Er rückte die Kissen auf dem Sessel zurecht und legte die Beine auf dem Hocker davor ab. Zwei-, dreimal rutschte er noch hin und her, bis er eine bequeme Position gefunden hatte. David kommentierte das Ganze nur mit einem „Mensch, Chef, jetzt raschel doch nicht so!", was Lukas wiederum grinsen ließ. Der Vorspann war noch nicht ganz vorbei, da merkte Lukas, dass ihm die Augenlider schwer wurden.

„... Stella!"

„Was?" Erschrocken fuhr Lukas in seinem Sessel hoch. Wo war er?

„Chef, komm mal runter. Du bist nur eingeschlafen", sagte David, den Blick auf den Fernseher geheftet. „Und hast ganz schön laut geschnarcht", fügte er leise hinzu. Lukas überhörte es einfach.

„Hat da jemand Stella gesagt?", fragte er verwirrt.

„Ja, Chef." David nickte zum Film. „Die da, die heißt Stella."

Auf dem Bildschirm sah man eine blonde Frau, die gerade vor einem explodierenden Gebäude um ihr Leben rannte. Müde ließ Lukas sich wieder in den Sessel zurücksacken. Ohne der Handlung weiter zu folgen, musterte er die Film-Stella. Die einzige Ähnlichkeit zur Stella vom Habermann-Hof war die Haarfarbe. Und da war es wieder: Ohne dass er es aufhalten konnte, waren seine Gedanken bei der Städterin. Ein Lächeln stahl sich auf Lukas' Gesicht. Die letzten Tage waren gut gewesen, sowohl, was die Arbeit auf dem Hof – beziehungsweise den Höfen – anging, als auch, was seine Freundschaft zu Stella anging. Sie hatten oft über die Pacht gesprochen und Lukas war sich sicher, dass Stella seinem Vorschlag bald folgen würde.

Nur heute Nachmittag war sie komisch gewesen. Irgendwie abwesend, mit ihren Gedanken ganz woanders. Lukas konnte nicht sagen, warum das so war. Stella hatte einfach nicht gut ausgesehen.

Gegen vier war er bei ihr auf dem Hof gewesen. Er hatte ihr nur sagen wollen, dass er heute Abend leider nicht beim Melken helfen konnte, weil er beim Aufbau für das Fest auf dem Dorfplatz helfen wollte. Die Bühne musste schließlich am Samstag stehen und alle Helfer arbeiteten über Tag, da ging der Aufbau nur am Abend. Stella hatte ihm gar nicht richtig zugehört und bestimmt x-mal nachgefragt, bis sie verstanden hatte, was er ihr hatte sagen wollen.

Auf seine Frage, ob bei ihr alles in Ordnung sei, hatte sie ihn böse angefaucht, dass natürlich alles bestens sei. Aber gerade diese Reaktion (und ihre leicht geröteten Augen) hatten Lukas bestätigt, dass es nicht so war. Er war hin- und hergerissen gewesen davon, was er tun sollte: Stella fragen, was passiert sei, oder ihr den Freiraum lassen, den sie scheinbar haben wollte. Schließlich hatte er sich für Letzteres entschieden. Jetzt ärgerte er sich darüber. Warum hatte er nicht den Mut gehabt, sie zu fragen, was los war? Lukas seufzte. Er wusste, wie die Antwort darauf lautete: weil er Angst hatte.

Der letzte Mensch, dem er so nah gekommen war, dass er mit ihm über dessen Gefühle, Sorgen und

Ängste gesprochen hatte, war Anna gewesen. Er wusste nicht, ob er bereit war, jemals wieder so viel Nähe zuzulassen. Weder von sich aus noch von einem anderen Menschen aus. Denn wenn er eins gelernt hatte, dann, dass große Nähe auch großen Schmerz mit sich brachte.

KAPITEL ACHTUNDZWANZIG

STELLA

Kennt ihr so einen Autokorso, wenn jemand geheiratet hat? Die Trauung ist vorbei, alle steigen in ihre Autos. Das Brautpaar fährt in einem mit Blumen und Sonstigem geschmückten Wagen vorweg und alle, die hinterdrein fahren, hupen was das Zeug hält. Und das machen sie so lange, bis sie da angekommen sind, wo die Feier stattfindet.

Ich weiß nicht, ob Ida schon in Köln mit dem Hupen angefangen hatte, aber sie hupte definitiv den ganzen langen Weg von der Landstraße bis zu meinem Hof.

Ich kam gerade aus dem Hühnerstall, als ich den ersten Ton vernahm. Ich konnte das Auto nur als kleinen Fleck am Horizont sehen, trotzdem begann mein Herz sofort vor Freude zu hüpfen. Wenn Ida da war, war alles gleich nur noch halb so schlimm.

Ich blieb auf dem Hof stehen, bis Ida den alten Passat vor dem Stall geparkt hatte. Dann ging alles ganz schnell. Ida sprang in einer fließenden Bewegung aus dem Auto und mir um den Hals. Im Hintergrund fiel die Fahrertür scheppernd zu.

Ida ließ wieder von mir ab, legte den Kopf schief und musterte mich einmal von Kopf bis Fuß. „Also, Süße, das Landleben bekommt dir. Du hast richtig Farbe im Gesicht bekommen."

Ich lachte. „Das ist keine Farbe, das ist Dreck."

„Ist doch egal, was es ist. Fakt ist: Du bist nicht mehr so kalkweiß", sagte Ida und grinste.

„Ich mag dich auch", erwiderte ich, woraufhin Ida mir (mal wieder) die Zunge rausstreckte.

„Das solltest du auch besser, guck mal, was ich im Kofferraum habe", sagte sie und ging wieder zum Passat zurück. Sie öffnete die Heckklappe und zum Vorschein kam ...

„Meine Nähmaschine! Oh, Ida! Danke. Danke, danke, danke!"

Es ist schon komisch, wie sehr man an einem Ding hängen kann. Ich liebte meine Nähmaschine, das war eine never ending Lovestory. Und was soll ich sagen? Meine Nähmaschine hat mich bisher noch nie im Stich gelassen, sie hat höchstens mal einen Stich in der Naht AUSgelassen. Ich grinste über das Wortspiel.

„Als Erstes nähst du mir die Tasche aus Häkeldeckchen. Denk dran, das hast du mir versprochen."

Ich nickte und hievte das schwere Stück aus dem Kofferraum. Ida schnappte sich ihre Tasche, die daneben lag. Mit Erstaunen stellte ich fest, dass es wieder nur die Kleine war. Die Geschichte mit der Achtsamkeit hatte scheinbar etwas in Idas Leben verändert. Mit einem weiteren Scheppern ließ Ida die Heckklappe zufallen.

„Was denn jetzt?", fragte Ida. „Nähst du mir so eine Tasche, ja oder nein?"

„Was? Ach so, natürlich nähe ich dir so eine Tasche. Das hab ich dir schließlich versprochen. Aber vor dem Fest wird das nichts mehr. Nur, dass das schon mal klar ist."

Ida nickte. „Ich freu mich schon so auf das Fest. Das wird bestimmt toll. Ich bin so gespannt, mal das ganze Dorf auf den Beinen zu sehen." Sie strahlte über das ganze Gesicht. Hoffentlich erwartete sie nicht zu viel von dem Fest. Okay, wem mache ich hier etwas vor. Wenn Ida sich einmal eine Vorstellung von etwas gemacht hatte, war sie nur schwer wieder davon abzubringen. Also ließ ich es gleich bleiben. Zusammen gingen wir über den Hof zum Bauernhaus.

„Ach, und übrigens", sagte Ida plötzlich, „unsere Eltern kommen heute Abend auch zu dem Fest."

„Was? Wieso das denn?" Ich stellte die Nähmaschine vor der Haustür ab und kramte in der Hosentasche nach dem Schlüssel.

„Na ja, meine Mutter wollte wissen, wofür ich das Auto brauche, und da hab ich ihr davon erzählt."

„Aber du brauchst das Auto doch nur, um zu mir zu kommen. Du hättest doch nicht extra das Fest erwähnen müssen." Ich hatte den Schlüssel gefunden und steckte ihn ins Schlüsselloch.

Ida zuckte mit den Schultern und ich schüttelte den Kopf. Das war mal wieder typisch Ida. Sehr wahrscheinlich war sie in Fahrt gekommen und hatte ihrer Mutter haarklein alles erzählt. Ich kniff die Augen zusammen. „Du hast aber nur von dem Hof und dem Fest erzählt, oder?"

Ida nickte. „Ja, Stella, hab ich, keine Sorge. Von den beiden Hotties weiß sie nichts."

Das wäre noch schöner gewesen, wenn Ida ihrer Mutter von meinem Liebesleben erzählen würde. Also nicht, dass es mit Lukas oder Christian ein Liebesleben geben würde. Mein Herz zog sich zusammen. Nein! Mit Christian ganz bestimmt nicht. Mit einem Mal war ein schwerer Stein in meinem Magen und gleichzeitig traten mir wieder die Tränen in die Augen. Ich ließ den Schlüssel in der Tür los.

„Du meine Güte, Süße! Was ist denn jetzt wieder passiert?", fragte Ida.

„Christian", brachte ich gerade noch heraus.

Idas Gesicht verhärtete sich. „Was hat er gemacht? Hat er dich immer noch nicht geküsst."

„Schlimmer." Tränen liefen mir über die Wangen.

„Schlimmer?"

Ich nickte.

„Okay, Stella", sagte Ida und schloss die Tür auf, „wir gehen jetzt rein und ich mach dir einen Kaffee, dann können wir reden." Sie schob mich ins Haus. „Aber, Süße", fügte sie hinzu, „lass das nicht zur Angewohnheit werden. Du kannst nicht jedes Mal, wenn ich ein paar Tage nicht da bin, so was Schreckliches erleben, dass ich dich erst mal wieder aufpäppeln muss. Ehrlich nicht."

Ich lächelte und blinzelte durch meine tränenverhangenen Augen. Ach, Ida. Wie gut, dass du wieder hier bist.

STELLA

Laute Blasmusik empfing uns, als wir dem Dorfplatz vor der Kirche näherkamen.

„Das ist ja wirklich wie in Wacken!", rief Ida. Sie packte meine Hand und zog mich vorwärts.

„Ida! Mach mal langsam. So toll ist das auch wieder nicht."

„Doch, Süße, ist es. Guck mal, wie viele Leute hier sind."

Sie hatte recht. Unzählige Menschen drängten sich vor der Bühne, auf der die Musikvereinigung auf-spielte, und am Rand vor der Bier- und Pommesbude standen bestimmt zwanzig Biertische, alle voll besetzt. Ich hätte nicht gedacht, dass so viele Leute in diesem kleinen Dorf wohnen würden. Aber vielleicht waren auch noch Leute aus den umliegenden Dörfern herge-kommen. Oder sogar aus Oberkirst.

Mein ursprünglicher Plan, dass ich mit Ida mittags nach Oberkirst fahren würde, um Pizza zu essen und den Place to be mal zu sehen, hatte sich dank meines kleinen Zusammenbruchs erledigt. Ida hatte mir wie-der einen Kaffee gekocht und dann hatte ich ihr alles erzählt. Es hätte nicht mehr viel gefehlt und Ida wäre losgezogen, um Christian zu vermöbeln. So sauer wie sie war, hätte ich meinen Bauernhof darauf verwettet, dass sie das auch hinbekommen hätte. Aber das war nicht die Lösung für mein Problem. Das hatte dann auch Ida eingesehen. Irgendwann. Fakt ist: Wir hatten so lange geredet, dass es keinen Sinn mehr gemacht hatte, nach Oberkirst zu fahren. Schließlich wollten die Hühner und die Kühe noch versorgt werden, bevor es zum Fest ging. Wenn ich eins auf dem Bauernhof gelernt hatte, dann, dass man das nicht vernachlässigen durfte. Bestes Beispiel war die dicke Berta.

„Jetzt komm schon, Stella, worauf wartest du denn?"

Beim Anblick der vielen Menschen auf dem Dorfplatz war mir ganz anders geworden. Ich erinnerte mich lebhaft an Christians Drohung und fragte mich, ob er sie schon wahrgemacht hatte. Wussten die Kassnacher, warum ich hierhergekommen war? Wussten sie von meiner Affäre? Schon nur bei dem Gedanken daran fing mein Herz wieder an, schneller zu schlagen.

„Ida, ich glaub, mir ist nicht gut. Wir sollten ..."

„Nichts da, Stella", fiel Ida mir ins Wort. „Was wir sollten, ist uns ins Gedränge stürzen und sonst nichts." Und mit diesen Worten packte sie mich wieder am Arm und ehe ich mich versah, war ich genau da: mittendrin im Festgetümmel.

Die Musikvereinigung Kassnach spielte gerade einen Marsch und die Festbesucher schunkelten, was das Zeug hielt. Keiner nahm von mir und Ida Notiz. Mein Herz beruhigte sich wieder ein bisschen. Ein ganz kleines bisschen. Also zumindest bis zu dem Moment, als Ida ihre Eltern in der Menge entdeckte.

„Da, guck, da sind meine Eltern!", rief sie aufgeregt.

Ich bewunderte jedes Mal, wie gut sich Ida mit ihren Eltern verstand. Ich selbst empfand nicht so eine

Freude, wenn ich meine Eltern (meine Mutter im Speziellen) sah. Und das nicht erst seit der Geschichte mit meiner aufgeflogenen Affäre.

„Mama, Papa, hier!" Ida hatte sich auf die Zehenspitzen gestellt und winkte mit beiden Armen.

Die Müllers hatten Ida jetzt auch entdeckt und steuerten in unsere Richtung. Nur zwei Schritte dahinter folgten meine Eltern. Meine Mutter hatte den Mund zu einem schmalen Strich verzogen und ich fragte mich, warum sie überhaupt hier war, wenn es ihr doch so offensichtlich nicht gefiel. Sehr wahrscheinlich gehörte das zu der Sorte „wir sind von den Müllers gefragt worden, da konnten wir ja nicht Nein sagen".

Doch, Mama, du hättest einfach Nein sagen können.

„Hallo Mama, hallo Papa, schön, dass ihr da seid." Ich zwang mich zu einem Lächeln. Mein Vater nickte mir warm zu, meine Mutter wiederum sah aus, als hätte sie in eine Zitrone gebissen. Hinter ihr waren Ida und ihre Eltern gerade in einem Umarmungs- und Knuddel-Knäuel verschwunden: Sowohl Vater Müller als auch Mutter Müller drückten Ida gleichzeitig an sich. Bei diesem Anblick durchzuckte mich doch tatsächlich der Neid. Und wenn ich meine Mutter ansah, die wiederum das Familie-Müller-Knäuel mit einem abschätzigen Blick betrachtete, wurde der Neid noch ein bisschen größer. Nein, das war die Untertreibung des Jahres, er wurde riesig.

Aber nicht so riesig wie der Schrecken, der mich durchfuhr, als ich Christian in der Menge erblickte.

STELLA

Ihr kennt doch bestimmt alle den Terminator? Also den aus Teil eins, nicht den aus Teil zwei. Im ersten Film ist Arnold Schwarzenegger nämlich ein böser Terminator. Und genau so sah Christian aus, als er wie der wahrgewordene Terminator auf mich zu stapfte. Als wäre ich jemand, den es zu *terminieren* galt. Hilfe!

Ich wollte wegrennen, wollte in der Menge untertauchen, aber ich war wie hypnotisiert. Christian hatte mich mit seinen Augen fixiert, obwohl er noch fast fünf Meter von mir entfernt war. Mit jedem Schritt, den er näherkam, sah ich die Wut in seinen Augen deutlicher; und ich erkannte auch das Veilchen um sein linkes Auge; und die blutige Nase. Mit einem schnellen Seitenblick vergewisserte ich mich, dass Ida immer noch bei ihren Eltern stand. Sie hatte Christian also nicht vermöbelt. Aber wer dann?

„Du!", brüllte Christian und ich hatte das Gefühl, dass mich plötzlich alle anstarrten, während meine Mutter fragte: „Meint der junge Mann dich, Stella? Du liebe Güte, der sieht ja ganz schön mitgenommen aus."

Ja, Mutter, der meint mich und *ganz schön mitgenommen* ist wirklich nett ausgedrückt, dachte ich, nickte aber nur. Dieses Gespräch hätte im Moment sowieso keinen Sinn. Zum einen blieb mir nicht mehr viel

Zeit, bis Christian mich erreicht hatte, und zum anderen würde meine Mutter das Ganze eh nicht verstehen. Sie würde mich nur weiter verurteilen so wie immer. Hätte ich nicht gerade andere Sorgen, dann wäre mein Neid auf Ida jetzt ins Unermessliche gestiegen. Sie konnte ihren Eltern alles erzählen und bekam von ihnen jederzeit bedingungslosen Rückhalt.

Christian hatte mich erreicht und packte mich fest an den Oberarmen. Vor meinem inneren Auge sah ich mich schon durch die Luft fliegen. Hochgeschleudert von diesem wildgewordenen Terminator-Christian. Aber er packte einfach nur fest zu. Sehr fest. So fest, dass ich mir sicher war, dass ich morgen zwei dicke blaue Flecken an den Armen haben würde.

„Du!", knurrte er noch einmal und ich versuchte, mich aus seinem Griff zu befreien. Zwecklos.

Ich hätte es zwar nie für möglich gehalten, aber es war meine Mutter, die mir in dieser Situation half. (Auch wenn das sehr wahrscheinlich gar nicht ihre Intention war.)

„Stella", sagte sie so vorwurfsvoll, wie nur meine Mutter es konnte, „willst du mir den jungen Mann nicht vorstellen?"

Als hätten die Worte meiner Mutter ihn aufgeschreckt, löste Christian seine Hände von meinen Armen.

„Mama, das ist Christian. Christian, das ist meine Mutter", sagte ich hastig. Die beiden starrten sich gegenseitig an. Scheinbar war keiner der beiden bereit, sich die Hand zu reichen. Und nun war es Ida, die die Situation rettete. Sie packte meine Mutter kurzerhand am Arm und zog sie mit einem „Meine Eltern gehen sich etwas zu trinken holen, Sie sollten auch mitkommen Frau Schulze, Ihr Mann ist schon vorausgegangen” hinter sich her. Während Ida meine Mutter wegzog, gestikulierte sie mir hektisch mit dem freien Arm zu, dass sie gleich wieder zurückkommen würde. Das hieß also, dass ich Christian für ein paar Minuten in Schach halten musste. Hoffentlich ging das gut.

„Guck dir an, was’se mit mir gemacht hab’n.” Christian deutete auf sein Gesicht; auf das Veilchen und die blutige Nase. „Alles nur, weil du nich’ den beschissenen Hof verkaufst.”

„Bist du betrunken?”, fragte ich, obwohl das mehr als sonnenklar war. Seine Alkoholfahne war kaum auszuhalten.

„Was denkst du denn?”

„Ich denke, dass du betrunken bist”, sagte ich und holte tief Luft. Vielleicht gab es ja doch eine Möglichkeit, das Ganze in Ruhe und friedlich über die Bühne zu bringen. Auch ohne Ida. „Du solltest nach Hause gehen, Christian. Ich glaube, etwas Schlaf würde dir sehr guttun.” Ich versuchte, meine Stimme besänftigend klingen zu lassen, und gab mich der Hoffnung hin, dass das etwas bringen würde.

„Nein! Ich geh nich’ Heim. Ich geh jetzt da rüber. Da zu den Mirkors ... äh ... Mikros.” Er nickte schwerfällig in Richtung der Bühne. „Und dann erzähl ich allen von dir und deinem Geheimnis. Du Miststück.”

„Warum tust du das?”

„Das hab ich dir schon gesagt. Ich brauch das Geld.”

„Aber du bekommst doch gar kein Geld, wenn ich den Hof verkaufe.”

„Doch, bekomm ich. Aber jetzt nich' mehr, weil Horst seinem Chef alles erzählt hat. Alles. Der weiß, dass der Deal geplatzt is'."

Ich verstand nur noch Bahnhof. Warum sollte jemand von der Baubehörde Christian das Leben zur Hölle machen, nur weil ich meinen Hof nicht verkaufen wollte? Egal, ob als Bauland oder nicht. Und warum sollte Christian dafür Geld bekommen? War das am Ende alles eine Schmiergeldaffäre? Fast hätte ich gelacht bei dem Gedanken. Da war ich aus Köln wegen einer Affäre hierhergekommen und scheinbar in einer neuen Affäre gelandet, nur, dass diese neue Affäre nichts mit Liebe oder Sex zu tun hatte.

Ich war so in diese Gedanken versunken, dass ich erst gar nicht realisierte, dass Christian weg war. Er hatte sich ohne ein weiteres Wort umgedreht und bahnte sich einen Weg durch die Menge zur Bühne.

Scheiße.

KAPITEL NEUNUNDZWANZIG

STELLA

Ich weiß nicht, was mich dazu brachte – ob es Angst war oder Mut – aber als ich Christian auf die Bühne zuwanken sah, war mir plötzlich klar, was ich tun musste. Mir war klar, dass es nur einen Weg für mich gab, um der Misere zu entkommen, in der ich mich seit dem UniLeaks Post auf Instagram befand: Ich musste allen erzählen, was passiert war. Ich musste reinen Tisch machen. Mit mir selbst und mit meinen Mitmenschen. Sonst würde ich nie in Ruhe leben können, egal, wo ich mich befand. Das Internet war schließlich „world wide" und nur weil Ida es geschafft hatte, dass UniLeaks den Post auf ihrem Profil gelöscht hatte, hieß das noch lange nicht, dass es nicht noch irgendwo Kopien und Reposts davon gab. Irgendwann hatte ich mal den Spruch gehört *Das Internet vergisst nichts* und ich denke, dass das der Wahrheit entspricht.

Die Bilder und die Geschichte von meiner Affäre würden mich mein ganzes Leben begleiten, also musste ich endlich lernen, damit zu leben. Ich hatte einen Fehler gemacht, einen großen Fehler. Aber es war nicht ich allein, die diesen Fehler gemacht hatte. Tobias hatte daran mindestens genauso viel Schuld. Ja, ich war naiv gewesen, aber er hatte das schamlos ausgenutzt. Es wurde Zeit, dass die Menschen in meinem Leben und die Menschen aus meiner neuen Heimat das erfuhren. Dass sie die ganze Geschichte hörten und nicht nur die delikaten Details.

Mit diesem Gedanken erwachte ich endlich aus meiner Bewegungslosigkeit. Ich spurtete los und ehe Christian die Bühne erreicht hatte, war ich an ihm vorbei gesprungen und hatte mir eins der Mikros gegriffen, die für die Musikvereinigung dort angebracht worden waren. Wie ich es aus Film und Fernsehen kannte, klopfte ich zweimal mit dem Finger darauf und sagte „Test, Test" ins Mikro. Ich hatte es wohl etwas zu nah an meinen Mund gehalten, denn meine Stimme hallte wie ein Donnergrollen um meine Ohren und das Festgetümmel auf dem Dorfplatz kam zum Erliegen. Alle Besucher drehten sich zu mir um. Alle.

Mein Herz begann wild zu schlagen und ich schluckte. Okay, jetzt oder nie: „Hallo Kassnach", sagte ich in das Mikro, „ich bin Stella Schulze vom Habermann-Hof. Bestimmt habt ihr alle schon von mir gehört. Ich bin die aus der großen Stadt. Die, die nicht weiß, dass der Dorfladen Mittagspause macht." Ich holte Luft und sah Herta Müller, die ganz nah bei der

Bühne stand und gerade ein bisschen Farbe auf den Wangen bekommen hatte. Mein Herz schlug immer noch wild in meiner Brust. „Meine Großtante – Gerda Habermann – hat mir den Hof vererbt. Das wisst ihr bestimmt auch alle. Aber warum ich – eine junge Studentin aus Köln – das Erbe angenommen habe und tatsächlich hierher in die Vulkaneifel gekommen bin, das wisst ihr bestimmt nicht." Für einen Augenblick schloss ich meine Augen und hörte das um mich herum aufbrandende Gemurmel. „Ich bin hier ..." Jetzt gab es nur noch einen Weg: raus mit der Wahrheit. „Ich bin hier, weil ich eine Affäre mit meinem Professor hatte." Das Gemurmel wurde lauter. „Und er ist verheiratet." Empörte Rufe wurden laut. „Und seine Frau ist schwanger." Über das laute Gerede der Leute hinweg hörte ich einen besonders lauten Schrei. Meine Mutter. Ich suchte sie in der Menge und sah noch, wie mein Vater sie auffing. Sie war in Ohnmacht gefallen.

STELLA

Da steht man einmal im Leben auf einer Bühne und will die Wahrheit über seine Affäre erzählen, und was macht die eigene Mutter? Na klar, sie fällt in Ohnmacht.

Und ich? Ich war hin- und hergerissen davon, ob ich diese blöde Aktion einfach abbrechen sollte oder nicht. Ich weiß nicht genau, was mit mir los war, aber da ich schon mal angefangen hatte, die Wahrheit zu sagen – sie laut und hörbar für alle auszusprechen – hatte so etwas wie einen Knoten in mir gelöst, also entschied ich mich für „oder nicht".

„Ich bin noch nicht fertig!", rief ich ins Mikro und das laute Gemurmel und die Rufe wurden wieder leiser. „Ja, ich hatte eine Affäre mit meinem verheirateten Professor und obendrein ist seine Frau noch schwanger, aber: Als unsere Affäre anfing, wusste ich nicht, dass er verheiratet war. Und als ich es erfahren habe, wollte ich es sofort beenden. Aber Tobias – also mein Professor – hat mir immer gesagt, dass er unglücklich verheiratet sei. Er wollte seine Frau verlassen. Für mich." Wieder wurde das Gemurmel lauter. „Ich weiß, dass das naiv von mir war. Also jetzt weiß ich das. Aber ich war verliebt. Ich wollte es nicht sehen. Und dass seine Frau schwanger war, davon wusste ich wirklich nichts. Ehrlich nicht! Wenn ihr mich jetzt dafür verurteilen wollt, dass ich verliebt war, dann tut das.”

Okay. Was soll ich sagen? Den letzten Satz hätte ich mir sparen sollen. Denn das Gemurmel wurde mit einem Mal so richtig laut und auch die Rufe fingen wieder an: Die Kassnacher hatten sich dazu entschieden, mich zu verurteilen. Trotz meiner Erklärung. Echt, da war ich einmal in meinem Leben total mutig und stellte mich auf die Bühne, um die Wahrheit zu erzählen, und dann das. Hier war also erneut der Beweis: Für mich – Stella Schulze – gab es einfach kein Happy End. Und als würde mein Körper das bestätigen wollen, dröhnte mein Herzschlag wieder in meinen Ohren und die Brust wurde mir zu eng. Viel zu eng. Hektisch schnappte ich nach Luft. Kalter Schweiß brach aus. Ich wusste schon, wie das enden würde: Ich würde es meiner Mutter gleichtun und in Ohnmacht fallen.

Die Sache mit der Wahrheit läuft echt super, dachte ich, während ich mich bereit machte für den Aufprall, doch stattdessen legte sich ein starker Arm um meine Hüfte. Ich blickte auf und sah Lukas. Ob ihr es glaubt oder nicht, aber Ihre Griesgrämigkeit Sir Lukas von Knackarsch war gerade im Begriff mir selbigen zu retten, also den Arsch. Er lächelte mir aufmunternd zu, nahm mir das Mikro aus der Hand und begann zu sprechen. Ich weiß nicht, ob es der Umstand war, dass er mich gerade so heldenhaft vor dem Fall und der Ohnmacht gerettet hatte, oder ob ich vielleicht doch dabei war, mich in den Grinch vom Nachbarhof zu verlieben, aber es war noch nie so schön gewesen, seine dunkle und angenehme Stimme zu hören.

LUKAS

„Meint ihr nicht, dass ihr alle gerade etwas scheinheilig seid?", fragte Lukas mit fester Stimme. Er spürte, wie Stella sich in seinem Arm näher an ihn drückte. Während er seinen Blick über die Festmenge schweifen ließ, redete er weiter: „Ihr seid auch alle keine Unschuldslämmer." Sein Blick verharrte bei Herta Müller. „Wie war das damals bei dir Herta? Ist dein Markus nicht eins von diesen berühmten sieben-Monats-Kindern? Jeder im Dorf weiß doch, dass du schon schwanger warst, bevor du deinen Dieter geheiratet hast. Und? Verurteilen dich deshalb alle? Kommt keiner mehr bei dir einkaufen?" Er sah der Ladenbesitzerin fest in die Augen und wandte sich dann an den Nächsten. „Und du, Albert, hast du nicht den Namen *Betty* auf deinem Rücken tätowiert, obwohl deine Frau Christa heißt? Und wie steht es mit ..."

„Ist schon gut, Lukas, du musst nicht das ganze Dorf vorführen!", rief jemand aus der Menge.

„Nein, das muss ich nicht, Herbert", antwortete Lukas. „Da hast du recht, aber ich will euch allen zeigen, dass man aus Liebe manchmal verrückte Sachen macht und manchmal vielleicht auch Sachen, die falsch sind. Oder Sachen, die die Allgemeinheit als falsch ansieht. Aber das heißt nicht, dass man ein schlechter Mensch ist", er blickte Stella an. „Stella hat

einen Fehler begangen, aber sie ist nicht allein schuld
daran. Ihr wisst alle, dass zur Liebe immer zwei gehören."

„Manchmal auch noch mehr als zwei!", rief jemand
dazwischen und Gelächter war zu hören.

„Auch das ", sagte Lukas. „Was ich eigentlich sagen
möchte, ist, dass ihr Stella nicht verurteilen solltet,
ohne die ganze Geschichte zu kennen. Ihr solltet sie
nicht verurteilen, ohne zu wissen, was für ein herzensguter Mensch sie ist. Sie rackert sich auf dem Habermann-Hof wirklich ab. Von morgens bis abends. Ja, sie
kommt aus der Stadt und ja, sie hat noch nicht so viel
Ahnung von der Landwirtschaft, aber sie will es lernen.
Sie will nur das Beste für die Tiere und den Hof. Und
soll ich euch allen mal was sagen? Ich war der aller-
erste, der ihr mit Vorurteilen begegnet ist. Ich hab gedacht, dass sie sich aus dem Hof und allem hier nur einen Spaß macht, und dass sie leichtfertig handelt. Aber
dann habe ich Stella kennengelernt und gesehen, dass
sie den Willen hat, die Arbeit auf sich zu nehmen. Trotz
aller Widrigkeiten." Er sah Stella fest in die Augen und
lächelte ihr zu. In seinem Bauch wurde es warm, als sie
zurücklächelte. Er blickte wieder auf den Dorfplatz.
„Ihr solltet am besten wissen, wie schwierig das Leben
auf dem Land ist. Seht ihr nicht, dass die jungen Leute
alle abhauen? Dass sie sich zu fein sind für die harte Arbeit auf den Höfen? Hier ist eine junge Frau, die den
Mut hat, sich dem zu stellen und die den Mut hat, euch
allen zu erzählen, warum sie hier ist. Ihr solltet sie
nicht verurteilen." Lukas straffte seine Schultern und
verstärkte den Griff um Stella. „Ihr solltet ihr vergeben
und sie willkommen heißen!"

Wieder brandete Gemurmel auf dem Dorfplatz auf, aber diesmal war es nicht mehr hitzig und zornig. Lukas ließ seinen Blick über die Menge schweifen und sah, dass viele zustimmend nickten. Schließlich war es Herta Müller, die sich aus der Masse löste, vor die Bühne trat und mit einer resoluten Geste das Mikro verlange. Lukas beugte sich herunter und gab es ihr.

Herta räusperte sich und sagte dann: „Ihr habt ihn gehört. Was soll ich sagen? Recht hat er!"

Jubel brandete auf dem Platz vor der Kirche auf und in Lukas' Bauch wurde es wärmer. Wieder sah er Stella an, sah tief in ihre Augen. Bisher war ihm nie aufgefallen, wie schön sie waren. Blau-grau mit goldenen Sprenkeln. Zu der Wärme in seinem Bauch gesellte sich ein Kribbeln, das er lange nicht mehr gespürt hatte. Schon sehr lange nicht mehr. Seit elf Jahren nicht mehr, um genau zu sein, und mit diesem Gefühl kam wieder die Angst. Hastig riss er seinen Blick los, starrte in die Menge und versuchte das Chaos, das plötzlich in seinem Inneren herrschte, zu sortieren.

Seit Anna hatte er keinen Menschen mehr so nah an sich herangelassen. Zum einen, weil er der festen Überzeugung gewesen war, dass er niemals wieder jemanden so sehr lieben könnte, zum anderen aus Selbstschutz. Der Schmerz nach Annas Tod war überwältigend gewesen, lähmend und zerstörerisch. So etwas wollte er nie wieder fühlen müssen. Nie wieder.

Und doch gab es in seinem Gefühlschaos eine laute Stimme, die schrie, dass er seine Angst endlich hinter sich lassen musste, dass jetzt die Zeit für einen Neubeginn gekommen war. Mit Stella.

Lukas wollte gerade wieder zu ihr hinsehen, als eine große Gestalt in der jubelnden Menge seine Aufmerksamkeit auf sich zog: Christian. Mit großen Schritten kam er zur Bühne. Lukas stellte mit Erstaunen fest, dass sein früherer bester Freund von irgendjemandem verprügelt worden war. Das Veilchen konnte sich sehen lassen und die Nase war bestimmt gebrochen.

„Das hilft dir jetzt auch nicht mehr, du Schlampe", zischte Christian Stella zu, die in Lukas Arm sichtlich zu zittern begann. Bevor dieser fragen konnte, was hier vor sich ging, drehte Christian sich um und verschwand wieder in der Menge. Noch nie hatte Lukas Christian so außer sich gesehen. Nein, das stimmte nicht. Er hatte ihn schon einmal so gesehen. Damals. In der verhängnisvollen Nacht vor elf Jahren.

KAPITEL DREISSIG

Vor 11 Jahren
Dienstag, 1. Mai
3:56 Uhr – Landstraße zwischen Oberkirst und
Kassnach

LUKAS

Die kalte Luft wehte ihm sanft um den schweren Kopf. Lukas wusste nicht, wie viele Flaschen Bier er getrunken hatte, es waren bestimmt zu viele gewesen. Im Moment genoss er einfach diesen Zustand, in dem er seine Gedanken nicht mehr richtig geordnet bekam, seine Bewegungen zeitverzögert waren und sein Kopf schwer war. Er ließ sich weiter auf der Rückbank des Fiestas zurücksinken und schloss die Augen.

Anna, die vorne auf dem Beifahrersitz saß, hatte das Radio auf volle Lautstärke gestellt. Sie sang jedes Lied mit, obwohl sie keinen Text konnte und nicht mal halbwegs die Töne traf. Solche Kleinigkeiten hatten sie noch nie von irgendetwas abgehalten. So war seine Anna. Sie machte das, was sie wollte, egal, was die Leute davon hielten. Das liebte er an ihr.

Ein Lächeln stahl sich auf seine Lippen und er rutschte auf der Rückbank etwas tiefer. Der kleine Fiesta schaukelte hin und her, je nachdem wie Christian ihn in die Kurven lenkte. Dabei hatte er mindestens genauso viel getrunken wie Lukas, wenn nicht sogar mehr.

Als Lukas den Vorschlag gemacht hatte, zu Fuß nach Hause zu gehen, hatte Christian nur gelacht und gesagt: „Auf so eine Idee kannst auch nur du kommen, Lukas. Von Oberkirst zu Fuß nach Kassnach laufen. Mitten in der Nacht. Ja klar. So betrunken kann ich gar nicht sein, dass ich dazu Ja sage!"

Anna hatte Christian beigepflichtet und so war Lukas überstimmt worden. Jetzt fuhren sie mitten in der Nacht mutterseelenallein über die Landstraße. Nur ein einziges Auto war ihnen bisher entgegengekommen.

Sie waren zum *Tanz in den Mai* nach Oberkirst gefahren. Es war DIE Party des Jahres. DAS Ereignis, das man in der Vulkaneifel erlebt haben musste. Mit Kultcharakter seit 1965; oder sogar noch länger. Und es war die erste Party, auf der Lukas mit einer festen Freundin – nein, mit seiner Verlobten – gewesen war. Denn Lukas und Anna hatten sich schon nach drei Monaten verlobt, was Christian und die anderen im Dorf dazu gebracht hatte, sie immer aufzuziehen, aber das störte ihn nicht. Er liebte Anna und Anna liebte ihn. Nichts anderes zählte. Sie wollten noch gar nicht heiraten. Lukas war schließlich gerade erst 18 geworden und Anna war ein Jahr jünger, aber sie wollten der ganzen Welt mit der Verlobung klar machen, dass das mit ihnen beiden etwas Ernstes war, etwas Richtiges.

Mit geschlossenen Augen strich Lukas über den Ring an seiner linken Hand. Wieder lächelte er.

„Hey, Lucky Luke, hier wird nicht geschlafen! Du wirst doch jetzt nicht schlappmachen!", rief Anna. Lukas öffnete die Augen und sah, dass sie sich im Beifahrersitz umgedreht hatte. Im Radio liefen die Nachrichten, es war 4 Uhr. Lukas grinste. Wäre noch weiter Musik gespielt worden, hätte Anna seine kleine Auszeit bestimmt gar nicht bemerkt. Immer noch grinsend, richtete er sich langsam wieder auf der Rückbank auf. Er rutschte in die Mitte und legte je eine Hand auf den Fahrer- und den Beifahrersitz. „Na, ihr Jägers, was geht ab?"

„Was geht ab?" Christian, der die ganze Zeit verdächtig still gewesen war, brüllte vor Lachen. „Lukas, seit wann hast du denn so Sprüche drauf?"

„Ich hab halt auf dem Fest ein bisschen aufgepasst." Lukas zuckte mit den Schultern.

„Hast du das gehört, Schwesterchen? Dein Lucky Luke hat mal aufgepasst." Christian hatte noch nicht zu Ende gesprochen, da hatte Anna ihn schon in die Schulter geboxt.

„Ey!", rief Christian.

„Selber ey!", rief Anna.

Lukas holte mit den Händen aus und verpasste mit einem lauten „Ey!" beiden Geschwistern einen leichten Hieb. Einen ganz leichten. Sie lachten alle drei. Die Nachrichten im Radio waren vorbei und jetzt schmetterte wieder die Musik.

Lukas legte seine Hand auf Annas nackte Schulter. Obwohl es an diesem Maifeiertag auch über Tag nicht warm gewesen war, hatte sie ein kurzes und schulterfreies Sommerkleid angezogen.

„Du weißt doch, wie warm mir beim Tanzen immer wird", hatte sie empört gerufen, als Lukas gefragt hatte, ob sie sich nicht etwas Wärmeres anziehen wollte.

Lukas sah aus dem Fenster. Es hatte zu regnen begonnen.

„Hey, Chris, du solltest langsamer fahren, es regnet", sagte Lukas und spürte ein Ziehen im Bauch, das nichts mit dem vielen Bier zu tun hatte. Seine Hand lag immer noch auf Annas Schulter.

„Ich weiß schon, was ich mache. Du bist so ein Schisser, Lukas."

Anna legte ihre Hand auf Lukas' und er spürte, wie er ruhig wurde und wie Glück und Liebe seinen Körper fluteten. Er wünschte sich, dass dieser Moment, so unbedeutend er auch wirken mochte, nie enden würde. Und dann ging alles ganz schnell.

Die Kurve.

Der Fiesta brach aus.

Der Strommast.

Das letzte, woran Lukas sich erinnerte, war, dass *I will survive* im Radio lief, dann kam der Aufprall.

Und danach waren es nur noch er und Christian. Ein Christian, der völlig außer sich war, und statt Anna gab es nur noch ein großes Loch in seinem Herzen und die Erinnerung an das Blut, dass sich im ganzen Auto und auf Lukas und Christian verteilt hatte.

STELLA

„Lukas? Stimmt was nicht?" Eben hatte ich den Eindruck gehabt, dass Lukas mich nach seiner flammenden Rede küssen würde, so wie er mir tief in die Augen geschaut hatte, aber dann hatte er seinen Blick losgerissen und seitdem starrte er mit leerem Ausdruck auf den Festplatz. Auf die Stelle, an der Christian eben verschwunden war. Mittlerweile machte Surferboy mir richtig Angst. Trotz Lukas an meiner Seite hatte ich nicht verhindern können, dass mein Körper unkontrolliert zu zittern begonnen hatte.

Ich hatte doch alles gebeichtet. Hatte alle über meine Affäre in Kenntnis gesetzt. Was bitte hatte Christian mit seiner Drohung gemeint, dass mir das jetzt auch nicht mehr helfen würde? Ich konnte es mir nicht erklären. Und ehrlich gesagt gab es gerade nur eins, was ich wollte und das war von Lukas geküsst werden. Das und nichts anderes. Aber Lukas nahm mich gar nicht mehr wahr. Der Moment, den wir eben hatten, war vorbei. Oder lag es am Ende doch an mir. Christian hatte mich schließlich auch nicht küssen wollen. Oder waren die Kassnacher in der Beziehung einfach nicht so? Kam der Ortsname Kassnach von „Küss nich" (nur platt ausgesprochen „Kass nach")? Ich wusste es nicht.

„Lukas?", fragte ich und endlich nahm er mich wieder wahr. Er blickte mich an und gleichzeitig durch mich hindurch. Ich hatte den Eindruck, als hätte er gerade ein Gespenst gesehen.

Ich löste mich aus seinem Arm, umfasste aber seine Hand. Was auch immer mit Lukas los war, klar war, dass wir Redebedarf hatten (vielleicht ergab sich daraus ja noch ein anderer Bedarf) und dafür war die Bühne auf dem Kassnacher Dorffest wirklich nicht geeignet. Kurzerhand zog ich Lukas hinter mir her. Ein Seitenblick zeigte mir, dass er immer noch so merkwürdig dreinsah, aber er folgte mir ohne Widerstand.

Da ich mich in Kassnach nicht sonderlich gut auskannte, ging ich den einzigen mir bekannten Weg: den zu meinem Hof zurück. Ich überlegte, ob ich Ida eine Nachricht schreiben sollte, wo ich mich befand, aber dann fiel mir wieder ein, dass sie doch auf ihr Handy verzichtete. Auf der anderen Seite hatte sie meine und Lukas' Rede mitverfolgt, sie würde sich schon denken können, wo oder besser gesagt, in welcher Gesellschaft ich mich befand. Ich grinste bei der Vorstellung, dass Ida das bestimmt so gut fand, dass sie mit ihrem typischen Hopsen anfangen würde, wäre sie jetzt bei uns.

Wir hatten das Dorf hinter uns gelassen und der Feldweg machte eine Biege. Dahinter tauchte die Parkbank auf. Genau der Ort, den ich gesucht hatte. Ich ließ Lukas' Hand los und setzte mich mit einem erschöpften Seufzer. Lukas tat es mir gleich.

Da saßen wir also, ich und Ihre Griesgrämigkeit Sir Lukas von Knackarsch, und schwiegen. Ich hatte zwar gedacht, dass Lukas mich mit Fragen löchern würde und noch mal haarklein alles von mir wissen wollte, aber da hatte ich ihn falsch eingeschätzt. Lukas war nicht der Typ, der einen ausfragte, und ich fand das ziemlich nett. Da mir das Schweigen zwischen uns aber langsam doch unangenehm wurde, räusperte ich mich und sagte: „Okay. Ich hatte dir versprochen, dass ich dir den wahren Grund dafür nenne, dass ich mich für den Bauernhof entschieden habe, jetzt weißt du ihn."

Lukas lachte leise. „Ja, da hast du recht. Wobei ich gedacht hatte, du würdest mir das vielleicht in einem ... äh ... etwas privateren Rahmen erzählen." Er drehte sich zu mir und sah mir wieder tief in die Augen. War jetzt der Zeitpunkt für einen Kuss gekommen?

„Hätte ich vielleicht auch, aber Christian hat mir keine andere Wahl gelassen."

„Christian?" Und wieder war es vorbei mit dem tiefen Blick und der Erwartung eines Kusses. Lukas' Gesicht verdunkelte sich und eine steife Falte zeigte sich auf seiner Stirn.

Ich seufzte. „Ich habe keine Ahnung, was da genau läuft, aber Christian wollte unbedingt, dass ich den Hof verkaufe. Aber ich hab mich geweigert und da hat er mir gedroht, allen von meinem Geheimnis zu erzählen, und dann hab ich es selbst erzählt."

„Er wusste davon?" Bildete ich mir das nur ein oder klang Lukas ziemlich bitter.

„Ja, irgendwie schon ... ich hab's ihm aber nicht so ganz wirklich freiwillig erzählt, also ich meine ..."

„Nein, ist schon okay. Du musst dich nicht vor mir rechtfertigen. Christian kann sehr überzeugend sein, wenn er will."

Ich neigte den Kopf. „Ja, das kann er. Aber jetzt kenne ich sein wahres Gesicht."

Lukas nickte nur, als wäre damit alles gesagt. Ich kann euch nicht sagen, wie erleichtert ich darüber war. Warum hatte ich nicht direkt erkannt, wie unkompliziert und freundlich Lukas war?

Weil er bei unserer ersten Begegnung weder das eine noch das andere war, dachte ich und musste fast darüber lachen. Wie der große böse Wolf war Lukas mir vorgekommen, aber der Wind hatte sich gedreht. Christian war der große böse Wolf, der im Schafspelz, und Lukas war …

Ja was war er denn eigentlich?

Knackarschig. Hilfsbereit. Witzig. Romantisch. Küssenswürdig und bühnenrettend.

„Übrigens noch danke", sagte ich.

„Wofür genau?"

„Dafür, dass du mich eben auf der Bühne gerettet hast. Ich meine, du hast mich aufgefangen und du bist für mich eingestanden. Vor den ganzen Leuten. Und du hast wirklich ein paar sehr nette Sachen über mich gesagt."

„Ich habe die Wahrheit gesagt, Stella. Du solltest mittlerweile von mir wissen, dass ich ein ehrlicher Mensch bin."

Ehrlich fügte ich meiner Liste hinzu und sagte: „Ja, das bist du." Ich griff seine Hand. „Und zurückhaltend oder vielleicht doch eher schüchtern?"

Die Falte auf seiner Stirn kam wieder zum Vorschein und ich ließ seine Hand los.

„Hab ich etwas Falsches gesagt?", fragte ich.

Lukas drehte sich ganz zu mir um und nun war er es, der meine Hand – meine Hände – ergriff. „Stella. Ich bin nicht schüchtern, ich … wie soll ich dir das sagen? Scheiße. Ich hab das noch nie jemandem gesagt …"

Oh, nein. Kam jetzt der Part, in dem er mir erzählte, dass er sich nicht für mich interessierte? Mist. Aber da war doch etwas zwischen uns gewesen. Die letzten Tage schon und auf der Bühne war es ganz intensiv gewesen. Hatte ich mir da nur etwas vorgemacht?

Lukas räusperte sich. „Ich weiß nicht, ob du nicht schon davon gehört hast, aber ich war …" Wieder brach er ab und schluckte. „Vor elf Jahren, da war ich verlobt."

Anna. Das war hier das Thema. Jetzt war es an mir, zu schlucken. „Frau Dr. Esser hat mir davon erzählt. Anna war Christians Schwester, oder?"

Lukas nickte und ich war mir bei der Dunkelheit, die um uns herum herrschte, nicht sicher, ob da nicht eine Träne in seinem Augenwinkel glitzerte. „Ja, war sie. Ich … ich hab sie … geliebt. Nach ihrem …" Erneut schluckte er. „Nach dem Unfall dachte ich, ich könnte nie wieder jemanden lieben. Ich dachte …" Er brach vollends ab und zog geräuschvoll die Nase hoch. Einmal, zweimal und dann weinte er.

STELLA

Ein echter Mann weint nicht. Das war wieder so ein doofer Spruch meiner Mutter. Und wie es sich mit den meisten doofen Sprüchen meiner Mutter verhielt, stimmte auch dieser nicht. Ein echter Mann weint. Er weint so sehr, dass man am liebsten gleich mitheulen möchte. Oder ihn in den Arm nehmen möchte, oder beides. Das tat ich dann auch. Hatte er auf der Bühne mich in den Arm genommen, so tat ich es jetzt hier auf der Parkbank. Ich hoffte, dass es für ihn den gleichen Effekt haben würde, wie zuvor für mich. Lukas drückte sein Gesicht an meine Schulter und ich spürte, wie seine Tränen mein Oberteil durchnässten.

„Ich …", flüsterte er mit rauer Stimme. „Ich bin schuld."

Ich versteifte mich. Moment mal? Was wollte er denn damit sagen?

Lukas befreite sich aus meiner Umarmung, wischte sich die Nase an seinem Ärmel ab und sagte dann mit überraschend fester Stimme: „Ich bin schuld an Annas Tod."

„Du bist damals gefahren?!" Das war mir herausgerutscht, bevor ich die Worte aufhalten konnte. Lukas schien es nicht zu wundern, dass ich die Details des Unfalls kannte.

Mir wurde kalt. Da hatte ich also die Gewissheit. Lukas war gefahren. Er hatte das Leben seiner Verlobten auf dem Gewissen. Ich rückte ein Stück weg von ihm.

„Nein", erklärte Lukas mit harter Stimme, „ich bin nicht gefahren."

Jetzt verstand ich gar nichts mehr. „Aber wenn du nicht gefahren bist, wieso bist du denn dann schuld?"

„Weil ich nicht verhindert hab, dass Christian gefahren ist. Wir waren alle betrunken. Alle drei. Aber trotzdem habe ich zugelassen, dass Christian sich hinter das Steuer gesetzt hat."

Christian. Natürlich. Bevor ich sein wahres Gesicht gesehen hatte, hätte ich es nicht geglaubt, aber nun passte es ins Bild. „Das ist doch nicht deine Schuld."

„Doch. Ist es. Und deshalb bin ich so, wie ich bin." Er ließ den Kopf sinken.

Das erklärte einiges. Ich hatte zwar bisher nur Modedesign studiert, aber ich brauchte kein Psychologiestudium, um zu verstehen, dass Lukas sich so schuldig am Tod seiner Verlobten fühlte, dass er seither keinen Menschen mehr an sich heranlassen wollte.

„Aber so muss es nicht bleiben. Vielleicht ..." Jetzt war ich es, die im Satz abbrach. Was ich sagen wollte, war, dass ich ihm helfen konnte. Aber das klang so furchtbar kitschig. Auf der anderen Seite gehörte Kitsch doch zu jeder Liebesgeschichte dazu, oder nicht? Und ich war endlich in einer Liebesgeschichte, auf dem Weg zu meinem Happy End, denn etwas anderes kam für mich nicht mehr infrage! Also warf ich alle Bedenken über Bord und ließ den Kitsch zu: „Vielleicht kann ich dir helfen."

„Wie meinst du das?"

„Ich kann dir helfen, wieder Nähe zuzulassen und ...” Okay, dafür musste ich doch noch mal tief Luft holen. „... und Liebe.” Jetzt war es raus. Kitschalarm hoch zehn. Aber Lukas schien das nicht zu stören. Im Gegenteil, er griff meine Hände und sah mir mit festem Blick in die Augen.

Was soll ich euch sagen? Zu einem Happy End gehört Kitsch einfach dazu, oder nicht?

Lukas rückte an mich heran und langsam näherten sich seine Lippen den meinen. Es lag also doch nicht an mir und Kassnach bedeutete ganz sicher nicht „Küss nich”. Ich legte meinen Kopf schief und schloss die Augen. Hatte ich eben ein bisschen gefröstelt, so erfüllte meinen Magen und meinen ganzen Körper jetzt nur noch Wärme. Eine angenehme und wohlige Wärme und das sichere Gefühl, dass das hier richtig war. Es war ein Gefühl von Heimat und von Sehnsucht zugleich. Noch nie zuvor hatte ich mich so angenommen gefühlt – und nicht nur angenommen, auch angekommen. Es war mir bisher nicht bewusst gewesen, aber jetzt spürte ich deutlich, dass ich vorher auf der Suche gewesen war. Auf der Suche nach etwas, das ich hier – mit Lukas in der Vulkaneifel – gefunden hatte.

Er überstürzte nichts. Ich spürte seinen Atem auf meinem Gesicht und endlich auch seine Lippen auf meinen. Sie waren weich und sanft; der Kuss vorsichtig, fast zögernd. Ich nahm ihn in die Arme, zog ihn näher zu mir, ohne den Kuss zu unterbrechen, und als hätte das etwas in Lukas ausgelöst, wurde sein Kuss stürmischer und aus der Wärme wurde Hitze.

Vor ein paar Wochen war ich noch der festen Überzeugung gewesen, in Tobias mein Glück gefunden zu haben, aber dieser eine Kuss von Lukas zeigte mir, wie falsch ich damit gelegen hatte. Mein Glück hatte nie in Köln und erst recht nicht bei meinem verheirateten Professor gelegen. Mein Glück war hier auf dem Land, in der Vulkaneifel. Mein Glück war Lukas.

Alle Sorgen, die ich seit dem UniLeaks-Post gehabt hatte, alle Angst und Unsicherheit fiel mit einem Mal von mir ab. Das Leben war schön. Und dieser Abend war verheißungsvoll. Ich sag nur: Bettkante.

Während mir noch heißer wurde, ließ Lukas von mir ab. Verwirrte sah ich ihn an und stellte fest, dass sein Gesicht von Panik und einem seltsam flackernden Lichtschein erhellt wurde. Ich drehte mich, um seinem Blick zu folgen, und zusammen mit der Erkenntnis, dass der Lichtschein ein Feuer war – ein großes und heißes – wurde mir eiskalt.

Mein Hof! Mein Hof stand in Flammen!

KAPITEL EINUNDDREISSIG

Sonntag, 28. Oktober
2:59 Uhr – Kassnach

STELLA

Der Geruch von verbranntem Holz und Plastik lag beißend in der Luft und da, wo bis vor ein paar Stunden der Stall gestanden hatte, war nur noch eine qualmdampfende Ruine zu sehen.

Ich saß erschöpft vor dem alten Bauernhaus, den Rücken an die kalte Hauswand gelehnt. Auf dem Hof standen drei Einsatzfahrzeuge der Feuerwehr. Bei einem davon drehte sich das Blaulicht. Es sah aus wie ein Leuchtturm in einem schwarz-grauen Rauchmeer. Obwohl das Feuer schon seit einiger Zeit gelöscht war, rannten die Feuerwehrmänner in ihren Brandschutzuniformen immer noch hin und her. Ich nahm es gar nicht mehr richtig wahr, saß nur da und starrte das Blaulicht an.

„Oh, mein Gott, Süße!" Wie aus dem Nichts stürzte Ida auf mich zu. „Was ist passiert?"

Ich zuckte müde mit den Schultern und riss meinen Blick vom Blaulicht los. „Im einen Moment hat Lukas mich geküsst und im nächsten hat der Stall gebrannt."

„Lukas hat dich geküsst? Nach der Rede, die er gehalten hat?" Ida ließ sich neben mir an der Hauswand nieder. „Das ist ja romantisch."

Ich nickte. „Ja, das war es." Ich seufzte. „Und dann war da das Feuer."

Ida legte ihren Arm um mich. „Ach, Süße. Das Leben macht es dir im Moment wirklich nicht so leicht, oder?"

„Nee."

„Unsere Eltern sind übrigens wieder nach Hause gefahren." Ida sagte es ganz nebenbei, aber ich spürte einen Stich im Herzen. Meine Mutter.

„Wie geht es denn meiner Mutter?", fragte ich.

„Na ja. Du kennst sie ja. Von der Ohnmacht hat sie sich ganz schnell erholt und dann hat sie noch den Rest von Lukas' Rede mitbekommen und war wieder deutlich besser dran." Ida zog die Schultern hoch. „Sie sind auf jeden Fall mit meinen Eltern nach Hause."

„Und wo warst du die ganze Zeit?"

„Ich hab mich total nett mit der Herta Müller und dem Dieter unterhalten."

„Dieter?"

„Den kennst du auch, das ist der Kneipenwirt, ein ganz Lieber."

Das war wieder typisch Ida. Neue Freunde finden, war ihre Spezialität. Es gab kaum Menschen, die Ida nicht mochten. Ich konnte mir richtig gut vorstellen, wie Ida mit Herta Müller und Kneipenwirt Dieter und weiß Gott, wem noch alles, auf dem Fest in großer Runde zusammengesessen hatte.

„Du warst ja mit Lukas von der Bühne verschwunden", fügte Ida hinzu, als würde das alles erklären. Und das tat es auch. Ida hatte die Zeichen der Zeit erkannt und mir den Raum gelassen, mit Lukas allein zu sein.

Eine ganze Weile saßen wir schweigend vor dem Bauernhaus und blickten beide auf das einsame Blaulicht des Feuerwehrautos, bis Ida plötzlich aufsprang und rief: „Was ist denn mit den Tieren? Sind die ... sind die etwa ...?"

„Beruhige dich, Ida. Den Tieren geht es gut. Lukas und ich haben sie alle aus dem Stall geholt. Aber es war knapp."

„Ihr seid ein gutes Team, du und Lukas, oder?"

Wieder nickte ich.

„Ich wusste es!", rief Ida triumphierend. „Ehrlich, Süße, hättest du mal direkt auf mich gehört, dann wäre dir einiges erspart geblieben."

„Ich weiß nicht. Das Feuer hätte ich damit auch nicht verhindert."

„Weiß man schon, warum es gebrannt hat?"

Ich schüttelte müde den Kopf. „Ich weiß auch nicht, ob man das so einfach herausfinden kann."

„Glaub mir, Stella, die Versicherung wird das herausfinden", sagte Ida mit voller Überzeugung.

Ich wusste, warum. Ihr ältester Bruder Hannes arbeitete bei einer großen Versicherung und wurde nicht müde, zu erzählen, dass Versicherungen absolut sichergingen, bevor sie auch nur einen Cent zahlten. Ich konnte also nur beten, dass es nicht so aussah, als hätte ich den Stall „warmsanieren" wollen. (Wie man es in

Köln nannte, wenn jemand ein Feuer legte, um die Versicherung zu betrügen und hinterher die Prämie zu kassieren.) Als hätte ich nicht schon Sorgen genug.

Der Teufel scheißt immer auf den größten Haufen, das war einer der gewagteren Sprüche meiner Mutter und bei diesem musste ich tatsächlich mal zustimmen. Genauso sah es für mich gerade aus.

Mit einer Ausnahme: Lukas.

Sofort machte mein Herz einen Sprung und schlug schneller. Aber nicht auf die fiese Weise, wie es in letzter Zeit so oft gewesen war, nein, auf ganz und gar angenehme Art. Ich musste wieder an unseren Kuss denken und mein Herzschlag beschleunigte sich ein bisschen mehr. Und als hätte der Gedanke an ihn gereicht, um ihn zu rufen, stand Lukas vor mir.

„Die Kühe sind auf der Weide, die Hühner werden wir morgen einfangen müssen. Jetzt ist es einfach zu dunkel dafür", sagte er und nickte Ida zum Gruß zu, bevor er sich auf meiner anderen Seite an der Hauswand niederließ.

„Hat Stella dir schon erzählt, wie sie die Kühe gerettet hat?", fragte er Ida.

„Sie hat nur gesagt, dass es knapp war."

„Knapp ist nett ausgedrückt. Sie ist, ohne zu zögern, in den brennenden, halb eingestürzten Stall gerannt. Lebensmüde ist da das passendere Wort."

„Stella Gertrude Schulze!" Ida nahm den Arm von meinem Rücken und sah mich vorwurfsvoll an.

Ich zuckte wieder mit den Schultern und sagte: „Als wenn du was anderes gemacht hättest."

„Okay, du hast recht. Ich hätte auch versucht, die Kühe zu retten." Ida lehnte sich erneut an die Hauswand und jetzt war es Lukas, der einen Arm um mich legte. Er zog mich zu sich ran und vergrub sein Gesicht in meinen Haaren. „Ehrlich", murmelte er, „ich hab gedacht, ich hätte dich auch noch verloren, als du einfach so darein gerannt bist."

„Auch noch?"

„Du weißt schon … wie Anna", sagte er leise. So leise, dass ich Mühe hatte, es zu verstehen.

Ida wiederum schien es verstanden zu haben, oder sie verstand einfach die Situation. Egal was es war, sie stand jedenfalls auf, verlangte von mir den Haustürschlüssel und ließ uns mit den Worten: „Also ich muss mich hinlegen, seid mir nicht böse" allein.

Beste Freundin ever!

Ich drehte meinen Kopf und gab Lukas einen Kuss. „Hast du aber nicht", knüpfte ich an unser Gespräch an.

„Du weißt, dass das ziemlich riskant war, oder?"

„Wenn ich es nicht gemacht hätte, wären die Kühe im Stall verbrannt."

„Und ich hab vor zwei Wochen wirklich gedacht, dir würde nichts an den Tieren liegen."

„Tja, so kann man sich irren." Ich lachte.

„Warum lachst du?"

„Weil ich vor zwei Wochen gedacht hab, dass du ein Grinch bist, wenn auch einer mit einem knackigen Arsch."

Lukas hob unmerklich eine Augenbraue und grinste dann breit. „Ein Grinch bin ich nicht, war ich nie, und was meinen Hintern angeht: Der ist das Ergebnis von 100%-Bio-Feldarbeit."

„Ich wusste doch, dass Bio einfach klasse ist", sagte
ich und ließ meine Hand seinen Rücken hinunterwan-
dern, um mich endlich davon zu überzeugen, dass be-
sagtes Körperteil tatsächlich so knackig war, wie es
aussah.

Spoiler: war es.

STELLA

Im ersten Licht der aufgehenden Sonne hatten Lukas, Ida und ich mit der Hühnerjagd begonnen. Es war gar nicht so einfach wie gedacht. Hühner sind ziemlich schnelle und vor allem wendige Tiere. Und ausgefuchst obendrein. Es hatte uns einige Zeit gekostet, aber irgendwann hatten wir es geschafft, sie alle einzufangen. Sie waren jetzt sicher auf Lukas' Hof, denn der Teil des Stalls, in dem die Hühner untergebracht waren, war komplett in sich zusammengefallen und hatte auch das Außengehege beschädigt.

Die Kühe hatten wir auf der Weide gemolken. Besondere Umstände erforderten besondere Maßnahmen. Es war ein sonniger Tag und so war es eigentlich ganz schön gewesen. Noch nie hatte ich so viel mit Lukas gelacht. Überhaupt fragte ich mich, wann ich das letzte Mal so viel gelacht hatte. Er machte mich einfach glücklich.

Aber jetzt war das Glücksgefühl weg. Komplett. Seit letzte Nacht das Feuer ausgebrochen war, war ich so beschäftigt gewesen, dass ich gar keine Zeit gehabt hatte, mir Gedanken darüber zu machen, wie es weitergehen sollte. Ich stand hier, mitten auf dem Hof vor den Trümmern des Stalls, der ein einziges verkohltes Mahnmal war.

Lukas hatte auf seinem eigenen Hof genug zu tun und Ida hatte sich vor zwei Stunden hingelegt. Obwohl sie beide nicht weit weg waren, fühlte ich mich im Angesicht des Trümmerhaufens so hilflos wie noch nie zuvor in meinem Leben.

Da hatte ich gerade gedacht, dass alles in Ordnung war, dass mein Leben endlich in geordneten Bahnen verlaufen würde, und dann dieser Rückschlag.

War das schlechtes Karma? Lief in meinem Leben alles aus dem Ruder, weil ich den Fehler begangen hatte, eine Affäre mit einem verheirateten Professor anzufangen? Oder hatte ich etwas viel Schlimmeres verbrochen, dem ich das hier alles zu verdanken hatte?

„Süße, du solltest dich mal hinlegen. Du hast letzte Nacht höchstens zwei Stunden geschlafen." Ida stand in der Tür des Bauernhauses und sah so zerzaust und zerknautscht aus, wie ich mich fühlte. „Komm schon. Vom Anstarren wird der Stall auch nicht besser."

Ich ließ die Schultern hängen. „Ich weiß. Aber ich kann doch nichts anderes machen."

„Natürlich, du kannst dich hinlegen. Glaub mir, nach ein paar Stunden Schlaf sieht es gar nicht mehr so schlimm aus. Also, hopp, hopp, komm."

Ich seufzte und fügte mich. Auch wenn ich nicht glaubte, dass Schlaf etwas an meiner Situation ändern würde.

„Wenn du vorher noch heiß duschst, wird das Wunder wirken. Glaub mir. Hab ich eben auch gemacht."

Das erklärte auf jeden Fall, warum ihre Haare so zu Berge standen. Ich nickte abwesend und schob mich an ihr vorbei ins Haus. Dann ging ich schnurstracks ins Badezimmer.

Als ich nackt in der Badewanne hockte, um mich vorsichtig abzuduschen, verfluchte ich mich selbst. Obwohl ich es doch auf meiner imaginären Einrichtungsgegenstände-und-Möbel-Liste eingetragen hatte, hatte ich schon wieder vergessen, einen Duschvorhang zu besorgen.

So langsam hatte ich wirklich den Eindruck, dass das hier alles mieses Karma war.

STELLA

„Hallo, hallo, wo bist du?"

Ich öffnete verschlafen die Augen und drehte mich in meinem Bett um. Oh, Gott, wie spät war es? Ich fühlte mich wie gerädert. Von wegen, Schlaf hilft. Gequält schloss ich die Augen wieder. Gerade rechtzeitig, denn Ida riss die Tür von meinem Schlafzimmer auf und machte im gleichen Arbeitsgang das Licht an.

„Du liegst ja immer noch im Bett", stellte sie fest, mit einem vorwurfsvollen Ton, der gut zu meiner Mutter gepasst hätte.

„Es war deine Idee, dass ich mich hinlege."

„Ja schon, aber doch nicht den ganzen Tag."

„Wie spät ist es denn?"

„Kurz nach vier."

Ich stöhnte und zog mir die Decke über den Kopf.

„Nee, nee, nee. Lukas und ich haben schon Kartoffeln ohne dich geerntet, jetzt ist mal gut. Raus aus den Federn."

„Seit wann führst du dich auf wie meine Mutter?"

„Das nimmst du zurück! Ich bin nicht deine Mutter." Sie klang sichtlich gekränkt.

Vorsichtig lugte ich unter der Bettdecke hervor. „Okay. Sorry. Aber bitte, Ida, lass mich noch ein paar Minuten in Ruhe."

„Pass auf, Süße, wir machen einen Deal. Ich gehe in die Küche und koche Kaffee und wenn der fertig ist, sitzt du am Küchentisch."

„Deal", sagte ich und zog die Decke erneut über meinen Kopf.

„Geht doch", hörte ich Ida sagen, bevor sie wieder aus meinem Zimmer verschwand. Das Licht hatte sie angelassen.

„Was ist denn jetzt mit der Tasche?", fragte sie kurze Zeit später, als ich in der Küche eingetroffen war.

„Welche Tasche?"

„Ehrlich, Stella, du hast ein Gedächtnis wie ein Sieb. Die Häkeldeckchentasche. Du hast mir versprochen, eine für mich zu nähen, und viel Zeit bleibt nicht mehr, bis ich wieder fahre."

„Entschuldige bitte, dass ich das vergessen habe, während ich mit meinem abgebrannten Stall beschäftigt war."

„Entschuldigung angenommen und jetzt los. Ich hab da schon mal was vorbereitet."

Ich rollte mit den Augen, folgte Ida aber aus der Küche. Im Flur machte sie abrupt vor einer unscheinbaren Tür halt.

„Ida, was willst du denn hier? Das ist bloß eine Rumpelkammer, bis obenhin vollgestellt mit altem Zeug."

„Das denkst du", sagte Ida und ließ die Tür aufschwingen.

Ich traute meinen Augen kaum. Der Raum war nicht wiederzuerkennen. Nicht, dass ich vorher viel davon gesehen hatte, so vollgestellt war er gewesen. Ein kleines Fenster war in der Wand gegenüber der Tür eingelassen und darunter stand ein alter Tisch mit meiner

Nähmaschine. Daneben ein offenes Regal, in dem Ida Stoffe eingeräumt hatte, die ich noch nie zuvor gesehen hatte. Sonst war der Raum leer.

„Ida! Das ist ja das perfekte Nähzimmer."

„Genau das hab ich auch gedacht, Süße."

„Aber … wann … wie …", stotterte ich.

Ida kicherte. „Lukas hat mir geholfen. Wir haben zwar dafür die Kartoffeln ein wenig vernachlässigt, aber auch er hat eingesehen, dass du nach dem Feuer etwas Aufmunterung brauchst. Und? Ist die Überraschung gelungen?"

„Aber so was von!" Ich fiel Ida um den Hals und gab ihr einen dicken Schmatzer auf die Wange.

„Wunderbar. Guck, ich hab dir ein paar von den Häkeldeckchen hingelegt. Zauberst du mir jetzt endlich eine Tasche?"

Ich ließ Ida los und betrat mein neues Reich. Ida und Lukas hatten in den wenigen Stunden wirklich ganze Arbeit geleistet.

„Wo hast du denn die Stoffe her?", fragte ich und deutete auf das Regal.

„Die habe ich beim Aufräumen gefunden. Sind die nicht der Hammer. Die sind bestimmt noch aus den 70ern oder so. Guck dir mal die Muster an."

„Wahnsinn", murmelte ich und strich vorsichtig mit der Hand über die verschiedenen Stoffe.

„Steh nicht wie ein Ölgötze rum. Ich hab dir deine Nähmaschine hergebracht und ein supertolles Nähzimmer eingerichtet, jetzt will ich meine Tasche."

„Ist ja gut, ist ja gut. Du sollst deine Tasche bekommen. Hast du besondere Wünsche?"

„Außer den Häkeldeckchen? Nein. Ich verlass mich da ganz auf dich. Du hast da einfach ein Händchen für." Und mit diesen Worten machte sie auf dem Absatz kehrt und ließ mich allein.

Ich seufzte einmal tief, setzte ich mich an den Tisch und befreite meine Nähmaschine von der Staubhaube.

„So, meine Gute, dann wollen wir mal was nähen", sagte ich leise, während ich wie gewohnt Ober- und Unterfaden prüfte.

Ida hatte recht. Meine Nähmaschine und ein passendes Zimmer dazu munterten mich auf.

Vielleicht war es doch gar nicht so schlimm, dass der Stall abgebrannt war. Die Tiere waren immerhin alle gerettet und in Sicherheit und ich war kein Single mehr. Das war bestimmt der Zeitpunkt für einen Neuanfang. Genau, ich würde wie Phönix aus der Asche auferstehen und mit Lukas an meiner Seite in den Sonnenuntergang reiten. Also im übertragenen Sinn.

KAPITEL ZWEIUNDDREISSIG

STELLA

Ich kniete gerade im Acker und sammelte die Kartoffeln, die ich zuvor mit dem Kartoffelroder aus der Erde geschaufelt hatte, auf, als zwei große Schatten über mich fielen. Erstaunt drehte ich mich um und sah zwei Männer in Anzügen, die hinter mir standen.

„Sind Sie Stella Schulze?", fragte der Eine. Er war groß und hager und wirkte mit seiner dünnen, gebogenen Nase wie ein Adler auf mich. Ich nickte, woraufhin Adler mir die Hand hinstreckte.

„Hallo Frau Schulze. Meyer mein Name. Wir sind von der Versicherung. Das ist mein Kollege." Er deutete auf den Mann neben sich. Dieser war etwas kleiner, aber auch hager und hatte militärisch kurz geschnittene

Haare. Wieder wurde mir eine Hand gereicht. „Maier", stellte er sich vor.

„Sie heißen beide gleich?", fragte ich verwirrt.

„Nein", sagte der Erste. „Ich heiße Meyer mit e y und mein Kollege Maier mit a i."

Aha. „Das ist ja ein Zufall."

„Sie glauben gar nicht, wie oft wir verwechselt werden."

Ach, nee. Echt? Ich nickte. „Sie kommen bestimmt wegen dem Feuer."

„Das ist richtig. Wir haben den Stall schon begutachtet."

„Sie sind aber optimistisch."

„Wie meinen Sie das, Frau Schulze?" Adler hatte die Augen zu Schlitzen verengt.

„Ich würde bei dem Trümmerhaufen nicht mehr von Stall sprechen."

„Ach so. Ja, da haben sie recht. Das Feuer muss sich schnell ausgebreitet haben."

„Das ist kein Wunder, im Stall waren Heu und Stroh untergebracht", sagte ich.

Maier mit a i holte ein Blöckchen hervor und notierte etwas.

Mist. Hatte ich was Falsches gesagt?

„Verstehen Sie mich nicht falsch, Frau Schulze, aber wo waren Sie, als das Feuer ausbrach?", fragt mich Adler-Meyer.

„Ich war auf dem Dorffest. Kassnach hatte 900-Jahr-Feier."

„Und da gibt es Zeugen für?"

„Ja, einen. Als das Feuer ausbrach, war ich mit Lukas
– Lukas Munnebach, das ist der Landwirt vom Nachbarhof — unterwegs. Wir saßen auf einer Parkbank, da
auf dem Weg.“ Ich deutete auf den Feldweg, der von
meinem Hof an dem Acker vorbei nach Kassnach
führte.

„Nur Sie und Herr …“

„Munnebach“, sagte ich.

„Wie schreibt man das genau?“, fragte Adler mit monotoner Stimme.

Ich sagte es ihm. Maier mit a i notierte derweil. „Also
nur sie beide“, fuhr Adler-Meyer fort, „sie waren dem-
nach nicht mehr auf dem Fest?“

„Wir hatten etwas zu … äh … besprechen. Wir wollten
danach wieder zurück auf das Fest.“

„So, so. Wer sagt uns denn, dass sie zwei nicht gemeinsame Sache gemacht haben?“

„Wie bitte?“

„Wir haben mit der Feuerwehr gesprochen und eben
einige Untersuchungen angestellt. Wir haben es hier
mit Brandstiftung zu tun.“

Oh nein! Jetzt war ich also die Verdächtige Nummer
eins und Lukas war Nummer zwei. Und da hatte ich
gestern Abend gedacht, dass endlich alles gut werden
würde.

Scheiße.

LUKAS

Das Läuten der Kirchturmglocken war gerade verhallt, als Lukas im Feld aufsprang. Ein prüfender Blick zeigte ihm, dass nicht mehr viel zu ernten war. Mit großen Sätzen sprang er durch die Reihen zu seinem Lehrling und tippte ihm auf die Schulter. David fuhr erschrocken herum. Wie so oft hatte er laute Musik auf den Ohren. Heute störte Lukas das nicht. Überhaupt störte ihn im Moment kaum etwas. Während David sich von seinem Schrecken erholte, zog Lukas ihm einen der Stöpsel aus den Ohren und verkündete: „Ich geh zum Mittagessen zu Stella rüber." Er kramte in den Taschen seines Arbeitsoveralls, bis er einen 20-Euro-Schein gefunden hatte und drückte ihn David in die Hand. „Wenn du fertig bist, kannst du dir eine Pizza aus Oberkirst kommen lassen."

Ungläubig starrte David zwischen dem blauen Schein und Lukas hin und her. „Äh ... danke, Chef", stammelte er.

Lukas wuschelte ihm einmal über den Kopf und machte sich danach mit großen Schritten auf in Richtung des Habermann-Hofes.

Er freute sich Stella wiederzusehen. Was sie wohl zu dem Nähzimmer gesagt hatte? Zuerst hatte er Idas Idee für Quatsch gehalten. Stella hatte mit dem abgebrannten Stall schließlich andere Sorgen und bestimmt keinen Kopf für so einen Unsinn wie ein Nähzimmer. Aber je mehr Ida argumentiert hatte und je mehr er darüber nachgedacht hatte, desto schlüssiger war es geworden. Manchmal waren es doch die kleinen Dinge, die einen glücklich machten. Also hatten sie die Kartoffelernte, Kartoffelernte sein lassen und Nägel mit Köpfen gemacht. Es war auch gar nicht so viel Arbeit gewesen. Nachdem sie die sperrigen Gegenstände aus dem kleinen Zimmer geräumt hatten, war es ganz schnell gegangen. Ein Lächeln breitete sich auf seinem Gesicht aus.

Seit er Stella auf der Parkbank geküsst hatte, war er ein neuer Mensch. Die letzten elf Jahre der Trauer und Schuld waren von ihm abgefallen und er fragte sich, warum er so lange gebraucht hatte, um endlich etwas Neues zuzulassen. Wobei – eigentlich kannte er die Antwort bereits: weil er bisher nicht die Richtige getroffen hatte. Aber das war jetzt Geschichte. Er hatte jetzt Stella. Seine Stella. Das klang so gut. Das Lächeln auf seinem Gesicht wurde noch größer.

Endlich hatte er sein Glück gefunden und es gab nichts mehr, was sich ihm und Stella in den Weg stellen konnte.

STELLA

„Nicht weinen, bitte, Stella, nicht weinen." Noch nie hatte ich Lukas so hilflos gesehen, dabei war es vor ein paar Minuten ganz anders gewesen. Er hatte so gestrahlt, als ich ihm die Tür geöffnet hatte, war mir um den Hals gefallen und hatte mich herumgewirbelt, dass wir fast die alte Garderobe heruntergerissen hätten. Ich schniefte und wischte mir Augen und Nase mit einem Stück Küchentuch ab.

„Lukas, wie soll ich denn da nicht weinen", schluchzte ich und setzte mich an den Küchentisch. „Der Stall ist abgebrannt, die Versicherung denkt, dass ich das war, oder du, oder wir beide, und solange das alles nicht geklärt ist, zahlen die nicht. Wovon soll ich denn einen neuen Stall bauen? Ich hab keine Ersparnisse. Scheiße! Ich bin erst 22. Bis vor Kurzem war ich noch Studentin und froh, wenn ich über die Runden kam." Ich war wie die Grille in der Fabel von Jean de La Fontaine, ich hatte den ganzen Sommer nur gesungen und keine Wintervorräte gesammelt. So drückte es zumindest meine Mutter immer aus.

„Ich kann dir doch helfen."

„Ich will kein Almosen von dir."

„Ich würde es auch nicht als Almosen bezeichnen. Sieh es als Investition. Vielleicht solltest du auch darüber nachdenken, ob der Stall überhaupt wiederaufgebaut werden sollte."

Meine Augen verengten sich und ich spürte einen kalten Klumpen in meinem Magen. Entpuppte sich Lukas jetzt als Christian Nummer zwei? „Wie meinst du das?", fragte ich.

„Du weißt doch, dass ich gedacht habe, ich würde den Hof erben." Endlich ließ er sich auf den Stuhl neben mir fallen.

Ich nickte knapp.

„Ich wusste ja nicht, dass Gerda dir alles vermachen würde. Der alte Heinrich hatte mir den Hof auf dem Sterbebett versprochen."

Oh! „Das wusste ich nicht", sagte ich.

„Ich weiß. Und mittlerweile weiß ich auch, dass Gerda dir den Hof vererbt hat, ohne dass du es wolltest."

Wieder nickte ich.

„Also. Ich habe seit Jahren mit dem Hof gerechnet und natürlich auch Pläne gemacht."

„Die ich dann zerstört habe."

Er grinste schief und der kalte Klumpen in meinem Magen verschwand, dafür waren ein paar Schmetterlinge unterwegs.

„Ja, irgendwie schon", sagte Lukas. „Aber ja nicht mit Absicht." Er beugte sich zu mir herüber und gab mir einen Kuss.

„Was waren denn deine Pläne?", fragte ich.

„Ferien auf dem Bauernhof."

„Das verstehe ich nicht."

„Ich wollte das Bauernhaus und den Stall zu Ferienwohnungen ausbauen. Auf der Weide sollte es einen Spielplatz für Kinder geben und das Außengehege der Hühner hätte ich in einen Grillplatz verwandelt."

Jetzt verstand ich es. „Damit hier Familien Urlaub machen können, meinst du? So Städter wie ich, die keine Ahnung vom Landleben haben aber mindestens so eine romantische Vorstellung davon wie Ida?"

„Genau." Wieder grinste er schief. Die Schmetterlinge wurden ganz aufgeregt.

„Aber dafür brauche ich auch Geld."

„Auch auf die Gefahr hin, dass ich mich wiederhole: Ich kann dir da helfen."

„Selbst, wenn ich das annehmen würde oder die Versicherung sich dazu entscheidet, mir das Geld für den abgebrannten Stall zu zahlen: Wenn das alles zu Ferienwohnungen werden soll, auch das Haus, wo soll ich denn dann wohnen?"

Ehe ich mich versah, zog Lukas mich von meinem Stuhl auf seinen Schoss. „Das ist doch sonnenklar, du ziehst bei mir ein. Ich hätte da sogar ein viel schöneres Zimmer als Nähzimmer zu bieten." Er küsste mich wieder.

„Lukas, du weißt wirklich, wie man eine Frau verführt."

STELLA

Ich hatte meinen Kopf auf Lukas nackter Brust liegen und lauschte seinem Herzschlag. Nachdem ich ihn nicht von der Bettkante geschubst hatte, waren wir in meinem neuen Bett gelandet. Lukas war zuerst unglaublich zurückhaltend gewesen, bis mir einfiel, dass er bestimmt nur aus der Übung war. Also hatte ich kurzerhand die Initiative übernommen und mit einem Mal hatte alles gepasst. Ich hatte noch nie ein solches Gefühl der Verbundenheit empfunden. Als hätte ich in Lukas meinen Seelenverwandten gefunden, die Liebe meines Lebens. (Und ich kann Euch sagen, dass nicht nur sein Arsch knackig ist.)

Jetzt lagen wir schon eine Weile einfach nur da und kuschelten. Noch nie hatte ich so lange mit einem Mann einfach nur gekuschelt und ich muss sagen, dass es mir sehr gut gefiel. Während ich meinen Kopf auf seiner Brust liegen hatte, hatte er einen Arm um mich gelegt. Das gleichmäßige Klopfen seines Herzens machte mich schläfrig und ich gähnte, während ich meinen Gedanken nachhing. Natürlich führten sie sofort wieder zu dem Feuer.

„Was meinst du, wer hat den Stall angezündet?", fragte ich. „Dass wir zwei es nicht waren, wissen wir ja."

Lukas rutschte zur Seite und beugte sich über mich. Er sah mir tief in die Augen, bevor er mich leidenschaftlich küsste. Nach einer gefühlten Ewigkeit, die meiner Meinung nach gar nicht hätte enden müssen, löste er sich von mir und sagte mit ernster Stimme: „Das einzige Feuer, das wir entfacht haben, war das zwischen uns beiden."

Okay, das war zu viel des Guten. Ich schüttelte mich vor Lachen.

„Was denn?", fragte er und klang tatsächlich eingeschnappt.

„Ich hätte nicht gedacht, dass du so kitschig sein kannst." Ich lachte immer noch.

„Du bist blöd."

„Selber." Und ehe ich mich versah, küsste er mich erneut und ich musste zugeben, dass an der Sache mit dem zwischen uns entfachten Feuer vielleicht doch was dran war. Gerade, als ich dachte, dass es gar nicht mehr heißer werden konnte, ließ er wieder von mir ab.

„Eigentlich kommt nur einer wegen dem Feuer infrage", sagte er nachdenklich.

„Christian", sagte ich mit bitterer Stimme und Lukas nickte.

„Das denke ich auch. Er war so wütend, als er das Fest verlassen hat. Und dann noch dieser Spruch von wegen: Das hilft dir jetzt auch nicht mehr. Das passt doch alles zusammen. Obwohl ich nicht weiß, warum er das hätte tun sollen."

„Vielleicht kann uns dieser Typ weiterhelfen, den Christian vor ein paar Tagen hierhergeschleppt hat. Der vom Bauamt."

„Was für ein Typ?"

„Horst. Angeblich ein Freund von Christian. Der sollte
mein Land zu Bauland erklären. Kennst du den?"

„Weißt du, wie der mit Nachnamen heißt?"

Ich schüttelte den Kopf. „Nur, dass er Horst heißt und
ziemlich schmierig ist."

„Untersetzt, mit fettigen Haaren, irgendwie flei-
schig?", hakte Lukas nach.

Ich nickte.

Lukas legte die Stirn in Falten. „Das klingt nach Horst
Schumacher. Aber der arbeitet nicht beim Bauamt."

„Wo arbeitet der denn?"

„Auf der Mülldeponie."

KAPITEL DREIUNDDREISSIG

Dienstag, 30. Oktober
5:35 Uhr – Kassnach

STELLA

Was soll ich euch sagen? Lukas ist der beste Wecker of all times! Noch nie war ich so schnell wach wie an diesem Morgen. Und nicht nur, dass ich wach war, ich war auch noch ausgeruht und überglücklich. Das Rezept dafür? Nun, es ist eigentlich ganz einfach: Man nehme den heißen Landwirt vom Nachbarhof, stoße ihn nicht von der Bettkante und lasse sich am nächsten Morgen von ihm wachküssen. So langsam verstand ich, warum das ein Motiv war, das auch gerne in Märchen verwendet wurde, also das Wachküssen.

Jetzt saßen Lukas und ich in der Küche und frühstückten. Ich hatte Kaffee gekocht, während Lukas ganz selbstverständlich den Tisch gedeckt hatte. Meine

Mutter hätte das bestimmt zu dem Ausspruch gebracht, dass wir wie ein altes Ehepaar wirkten, und irgendwie war es auch ein bisschen so, aber es gefiel mir. Sehr gut sogar.

Es dauerte nicht lange und unser Gespräch knüpfte wieder da an, wo wir gestern Abend aufgehört hatten: bei dem Feuer.

„Okay, wir gehen also davon aus, dass Christian das Feuer gelegt hat, aber beweisen können wir es nicht, zumal wir außer Zorn kein Motiv haben und das ist ziemlich wässrig." Lukas legte das Buttermesser zur Seite.

„Ja, ja, ja und ja." Ich trank einen Schluck Kaffee. „Nein, warte mal! Christian hat mir gesagt, dass er Geld bekommen würde, wenn ich den Hof verkaufe. Das ist doch ein Motiv oder nicht?"

„Wieso sollte er denn Geld bekommen? Das ist doch unlogisch. Oder hättest du den Hof ihm verkauft?"

Ich schüttelte den Kopf. „Das wäre doch noch unlogischer. Da würde ich ja Geld von ihm bekommen."

„Ach ja, hast recht. Hm. Irgendwie passt das alles nicht. Und dann bleibt immer noch die Frage: wenn er Geld dafür bekommen hätte, warum ist er so sehr darauf angewiesen? Er wirkt nicht gerade, als hätte er Geldsorgen."

„Stimmt. Teure Klamotten, dickes Auto. Mir hat er erzählt, er würde mit Devisen und Aktien handeln. Da verdient man bestimmt gut."

„Irgendwas ist da doch faul."

Ich nickte nachdenklich und Lukas biss in sein Käsebrot. Eine Weile saßen wir schweigend am Tisch, bis Lukas plötzlich sagte: „Ich weiß was! Ich fahre nachher nach Oberkirst auf die Mülldeponie und stelle Horst zur Rede. Der hängt doch mit drin."

„Bist du sicher, dass das eine gute Idee ist?"

„Bisher ist Horst unser einziger Anhaltspunkt."

„Okay", sagte ich, obwohl ich es nicht gar nicht okay fand, „aber pass auf dich auf."

„Mach ich", sagte er und gab mir einen Kuss. Er klang sehr überzeugt, trotzdem blieb ein mulmiges Gefühl in meinem Magen und ein schaler Geschmack in meinem Mund zurück.

LUKAS

Lukas fuhr mit dem Traktor bis zu der gekennzeichneten Haltelinie vor und stellte den Motor ab. Dann stieg er aus und ging mit großen Schritten zu dem Verwaltungsgebäude der Mülldeponie herüber. Alfons Schmitt hatte heute Dienst und sah Lukas freudig an. „Lukas! Wie schön, dich zu sehen. Was hast du geladen?"

„Ich will nix auf den Müll bringen, Alfons, ich suche den Horst", sagte Lukas.

„Der Horst? Der ist auf der Anlage. Du musst mal bei den Wertstoffen gucken, da wollte er hin."

Lukas nickte zum Fenster hinaus. „Kann ich den Traktor da stehen lassen?"

„Heute ist nicht viel los. Lass mir den Schlüssel da, dann kann ich ihn zur Not wegfahren."

Das ließ sich Lukas nicht zweimal sagen. Dankbar warf er Alfons den Schlüssel zu und machte sich auf den Weg zu den Wertstoffen. Er hatte den Teil mit dem Elektroschrott gerade umrundet, als er die gedrungene Gestalt von Horst sah. Lukas hatte noch nie viel mit Horst Schumacher zu tun gehabt. Hier und da hatte er ihn mal auf der Deponie angetroffen, wenn er Sperrmüll oder ausgediente Maschinen abgeladen hatte. Aber er konnte mit Sicherheit sagen, dass Horst zu den Menschen gehörte, mit denen man einfach nicht warm wurde, egal wie sehr man sich auch anstrengte. Also hatte er es irgendwann aufgegeben. Jetzt war er nicht sicher, welche Strategie er verfolgen sollte. Freundlich und verständnisvoll oder kalt und knallhart? Er beschloss, dass er es in der Situation spontan entscheiden würde.

„Hallo Horst, ich hab dich gesucht."

Erstaunt sah der Angesprochene auf. „Lukas Munnebach?"

„Genau der." Lukas ging ein paar Schritte näher. „Horst, ich hätte da mal ein paar Fragen an dich. Du kennst doch den Christian Jäger."

Sofort veränderte sich der Ausdruck auf Horsts Gesicht. Lukas meinte, Angst in den Augen des kleinen Mannes sehen zu können.

„Warum willst du das wissen?", fragte Horst und Lukas war sich nun ganz sicher, dass der Mann Angst hatte. Ein untrügliches Zeichen dafür, dass er der Wahrheit auf der Spur war.

„Weil ich von dir wissen will, warum du mit Christian Stella Schulze auf dem Habermann-Hof besucht hast."

„Wen?", fragte Horst ganz unbeteiligt, aber er konnte Lukas nicht täuschen.

„Horst!"

„J-Ja gut, ich war da", stotterte Horst. Er hatte angefangen, sich die fleischigen Hände zu kneten.

„Warum?", fragte Lukas.

„Ich sollte Verträge dahin bringen und unterschreiben lassen."

„Was für Verträge?"

„D-Das war die A-Anweisung meines Chefs. Ich wweiß nicht, was das für Verträge waren."

„Du willst mir jetzt nicht wirklich weismachen, du hättest von nichts gewusst?" Lukas hatte seine Stimme erhoben und die Angst in Horsts Augen wurde größer.

„Pssst! Nicht so laut!" Hektisch sah Horst sich nach allen Seiten um.

„Erst, wenn du mir alles erzählst. Die ganze Wahrheit."

Horst machte eine beschwichtigende Geste mit den Händen. „Okay! Nur bitte, bitte, hör auf, so zu schreien."

Lukas nickte knapp.

„Also gut. Es soll eine neue Deponie gebaut werden. Hier wird der Platz knapp und um uns herum ist alles Naturschutzgebiet, da kann nichts erweitert werden", sagte Horst schnell.

Lukas wurde es erst heiß, dann kalt. „Willst du mir gerade sagen, dass ihr in Kassnach eine neue Deponie bauen wollt?"

Horst nickte.

„Auf dem Land vom Habermann-Hof?"

Horst nickte.

„Neben meinem Hof? Neben meinen Feldern?"

Horst nickte.

„Was hat Christian damit zu tun?"

„Er hat meinem Chef das Land versprochen."

„Gegen Geld, nehme ich an? Schmiergeld?"

Horst nickte wieder.

„Horst! Du musst damit zur Polizei gehen. Du hast doch bestimmt auch von dem Feuer gehört, das auf dem Habermann-Hof ausgebrochen ist?"

Horsts Augen weiteten sich. Lukas hätte es nicht für möglich gehalten, aber nun zeigte sich noch mehr Angst darin. Angst, die an Panik grenzte.

„Ich vermute, dass Christian das Feuer gelegt hat", sagte Lukas, „um Stella zum Verkauf zu zwingen."

Horst hatte angefangen, den Kopf zu schütteln und leise „Nein, nein, nein, nein" zu murmeln.

„Horst ..."

„Nein! Von dem Feuer weiß ich nichts und damit hab ich auch nichts zu tun. Und was den Rest angeht: Der Deal war unter der Hand und ist nun geplatzt. Ich kann meinen Chef nicht reinreiten, dann bin ich selbst dran."

„Horst ..."

„Nein! Ich bleibe dabei. Christian hat das meinem Chef gegenüber immer so dargestellt, dass die Frau Schulze froh sei, wenn sie den Hof loswird. Ja, wir brauchen Land für eine neue Deponie, aber nicht mit allen Mitteln."

„Überleg es dir doch noch m..."

„Da gibt es nichts zu überlegen", schnitt Horst ihm das Wort ab. „Ich werde nicht riskieren meine Arbeit zu verlieren, oder Schlimmeres. Und ich sage es noch mal: Ich weiß nur von dem Deal, von dem Feuer weiß ich nichts und damit habe ich nichts zu tun. Ich bin doch nicht wahnsinnig."

STELLA

Nachdem Lukas vor einiger Zeit zur Mülldeponie aufgebrochen war und ich zu Hause einfach zu unruhig gewesen war, hatte ich beschlossen, einkaufen zu gehen. Ich wäre zwar mit meinen Vorräten noch locker ein bis zwei Tage ausgekommen, aber so war ich abgelenkt, statt untätig in meiner Küche auf- und abzugehen. Herta Müller grüßte mich freundlich, als ich den Laden betrat. Das Dorffest schien einige Dinge und Ansichten verändert zu haben. Ja, ich war die aus der großen Stadt, die Zugezogene, die eine Affäre mit ihrem verheirateten Professor angefangen hatte, aber ich war jetzt auch die, die den Mut aufgebracht hatte, allen die Wahrheit zu erzählen und die, die sich für ihren Hof und damit für Kassnach einsetzte.

Außer mir war nur noch eine weitere Kundin im Laden. Eine hutzelige, alte Frau, die bestimmt sehr nett war, vor der ich aber als Kind Angst gehabt hätte, weil sie so etwas Hexenartiges an sich hatte. Eventuell hatte ich auch jetzt Angst vor ihr.

Ich stand gerade hinter dem Regal mit den sauren Gurken, als ich deutlich hörte, wie Herta Müller sagte: „Hast du schon das von den Jägers gehört?"

Den Jägers? Ob sie wohl Christians Eltern meinte? Oder gab es hier noch mehr Familien mit dem Namen Jäger? Ich verharrte still im Gang und spitzte die Ohren.

„Nee, watt is denn mit denen?", fragte eine weitere Frauenstimme. Das konnte nur die alte Hutzelfrau sein.

„Na, die sieht man gar nicht mehr im Dorf. Beim Fest waren die auch nicht und das letzte Mal, dass die Maria Jäger bei mir im Laden einkaufen war, ist bestimmt schon über drei Wochen her."

„Datt hat doch bestimmt watt mit dem Jungen zu tun."

„Den Christian, meinst du? Hast du den auf dem Fest gesehen."

„Ja, aber natürlich. Wie e'ne Boxer hat der ausgesehen. Datt Alwine hat mir erzählt, datt da janz unheimliche Jestalten bei den Jägers waren."

„Was? Die Alwine hat das gesehen?"

„Ja, ja, aber natürlich! Datt wohnt doch auch in der Straße. Datt hat gesehen, datt da so drei Männer – riesig wie Schränke – aufjetaucht sind und dann gab es große Schreierei mit dem Christian und dann haben zwei den festgehalten und der dritte hat den Rest erledigt."

„Hat die Alwine gehört, was da genau los war."

Ich drückte mein Ohr an das Regal, denn die Hutzelfrau senkte ihre Stimme.

„Datt is ja datt Beste. Datt Alwine hat alles janz genau jehört."

„Nee!"

„Doch!"

„Und was ...?"

„Der hat Schulden!"

„Schulden?"

„Spielschulden!"

„Aber der Christian ist doch immer so ein lieber Junge gewesen.”

„Da täusch dich mal nicht. Datt Alwine hat mir Sachen von dem erzählt …”

„Das ist ja nicht wahr.”

„Wenn ich es dir doch sage. Watt meinst du denn, warum der Junge wieder zurückgekommen ist?”

„Ich hab gedacht, er wäre zur Vernunft gekommen und würde sich hier etwas aufbauen wollen.”

„Watt soll der sich denn aufbauen? Hat Schulden und ist arbeitslos. Herta, dem is nimmer zu helfen.”

KAPITEL VIERUNDDREISSIG

Dienstag, 30. Oktober
11:20 Uhr – Kassnach

STELLA

Warum hatte ich mein Handy nicht mit zum Einkaufen genommen? So musste ich bis nach Hause rennen, bevor ich Lukas endlich anrufen und ihm erzählen konnte, was ich im Dorfladen erfahren hatte. Außerdem war ich gespannt und nervös zugleich, zu hören, wie es auf der Mülldeponie gelaufen war.

Während ich über den Feldweg eilte und mich über das fehlende Handy ärgerte, musste ich feststellen, dass ich es mittlerweile fast wie Ida hielt. Es ging mir besser, wenn ich nicht die ganze Zeit meine WhatsApp Nachrichten, SMS und E-Mails checkte. In den letzten Wochen hatte ich eh alles ungelesen gelöscht, weil es meist nur irgendetwas mit der Affäre zu tun hatte. Ich wollte weder neue Beleidigungen noch geheuchelten Zuspruch. Ob ich auch der Achtsamkeit anheimgefallen war? Wer weiß. In das Buch, das Ida mir letztens gegeben hatte, hatte ich kaum geschaut. Vielleicht war es so etwas wie unbewusste Achtsamkeit. Falls es das überhaupt gab.

Die Sonne schien hell und die Bäume und Hecken hatten angefangen, sich in den schönsten Herbsttönen zu verfärben. Dafür hatte ich jetzt keinen Sinn. Ich war auf Höhe der Kuhweide und die sechs Kühe kamen neugierig an den Zaun. Sie wollten mich wohl grüßen, aber auch dafür hatte ich aktuell keine Zeit.

Endlich hatte ich den Hof erreicht. Ich stürzte ins Haus und musste erst mal nach meinem Handy suchen. Im Wohnzimmer war das verdammte Mistding schon mal nicht. Suchend ging ich durch den Flur und sah mich dann in der Küche um. Schließlich entdeckte ich es auf der Anrichte, in der hintersten Ecke, halb unter einer Brottüte versteckt. Ich zog es hervor und stellte fest, dass es nur noch 11% Akku hatte. Vor ein paar Wochen in Köln wäre ich panisch geworden, hätte es sofort ans Ladekabel gehangen. Lustig, wie die Zeiten – und vor allem die Einstellung – sich doch änderten. Ich entsperrte es und wählte Lukas' Nummer. Es tutete ewig. In dieser Zeit habe ich mir natürlich nicht vorgestellt, dass Lukas auf der Mülldeponie etwas zugestoßen war, nein, natürlich nicht. Endlich nahm er den Anruf an.

„Lukas, endlich. Du glaubst nicht, was ich gerade im Dorfladen gehört hab", sagte ich ganz außer Atem.

Lukas lachte und alle Worst-Case-Mülldeponie-Gedanken verpufften.

„Jetzt bist du wirklich auf dem Land angekommen", sagte er, „wenn du mit Herta Müller im Laden tratschst."

„Ich hab nicht getratscht", sagte ich beleidigt. „Ich hab nur was gehört."

„Du hast also gelauscht." Er lachte noch mehr.

„So groß ist der Laden nicht und wenn sich zwei an der Kasse unterhalten, hört man das halt."

„Ist ja schon gut. Was hast du denn gehört."

„Christian ist arbeitslos und hat Schulden. Spielschulden."

Ich hörte, wie Lukas scharf die Luft einzog. „Das passt zu dem, was ich eben von Horst erfahren habe", sagte er schließlich.

„Was hat er dir erzählt?"

Lukas schwieg einen Moment, dann sagte er: „Du solltest dich erst einmal hinsetzten, wenn du noch nicht sitzt." Nach einer weiteren Pause, in der ich mich mit einem kalten Gefühl im Magen an den Küchentisch gesetzt hatte, sagte er: „Christian sollte Schmiergeld dafür bekommen, dass du den Hof an die Müllfirma verkaufst."

„Ich sollte den Hof der Müllfirma verkaufen?"

„Ja."

„Warum?"

„Weil die Deponie in Oberkirst zu klein geworden ist."

Ich ließ diese Information sacken. Das kalte Gefühl in meinem Magen wurde stärker und breitete sich bis zu meiner Kehle aus. Ich schluckte. „Sie wollen hier eine neue Mülldeponie bauen?", fragte ich leise.

„Das war der Plan. Aber du hast Gott sei Dank nicht verkauft."

„Scheiße", murmelte ich und stützte – das Handy immer noch am Ohr – beide Ellenbogen auf dem Küchentisch auf.

„Christian hat also Spielschulden", sagte Lukas nachdenklich. „Jetzt wissen wir, warum er das Geld so dringend braucht." Er atmete laut aus.

Ich nickte und als mir klar wurde, dass Lukas das durchs Telefon nicht sehen konnte, fügte ich hinzu: „Ja. Genau. Und weil ich mich geweigert hab, zu verkaufen, hat er bestimmt gedacht, dass ich verkaufen würde, wenn der Hof abgebrannt ist."

„Und was machen wir jetzt?", fragte Lukas.

„Zur Polizei gehen? Mit der Versicherung reden?", überlegte ich laut.

„Wir haben immer noch keine Beweise."

„Aber es passt alles zusammen. Und wir haben doch Horst."

„Horst wird nichts sagen. Der hat viel zu viel Angst."

„Aber was bleibt uns dann?"

„Wir müssen handfeste Beweise sammeln." Lukas klang zuversichtlich, aber diese Zuversicht wollte einfach nicht auf mich übergehen.

„Und wenn ein anonymer Hinweis bei der Polizei eingeht", fragte ich schließlich.

„Stella! Wir sind hier nicht in einem Film und das ist auch kein Roman. Anonym! Die Polizei hat doch eins-fix-drei raus, wer da den Hinweis gegeben hat, und dann sind wir wieder an dem Punkt, dass wir keine Beweise haben."

„Das ist doch alles scheiße."

„Ja, ist es, sogar große Scheiße."

„Und wenn wir Christian direkt damit konfrontieren
und alles, was er sagt, aufnehmen oder so?“
„Ich glaube, du guckst zu viele Krimis im Fernsehen.“

STELLA

Mein Herz schlug wild in meiner Brust und ich hörte mein Blut in den Ohren rauschen. Kalter Schweiß stand mir auf der Stirn, als ich mich nach einer Waffe umsah. Wie lange war es her, dass Lukas gescherzt hatte, ich würde zu viele Krimis schauen? Nur ein paar Stunden und nun steckte ich scheinbar selbst in einem ...

Außer der Stoffschere fand ich nichts Brauchbares in meinem neuen Nähzimmer. Die Schere fest umklammert, überlegte ich, wie die Chancen standen, dass ich mich in die Küche wagen konnte, um mein Handy zu holen. Warum war ich nicht gleich in die Küche geflüchtet, dort gab es naturgemäß viel mehr und bessere Waffen. Ein Nudelholz, ein richtiges Messer, eine gusseiserne Pfanne.

Durch die verschlossene Tür hörte ich, wie das Holz der alten Haustür zu bersten begann.

Jetzt oder nie!

Mit zitternden Fingern schloss ich die Zimmertür auf und hechtete über den Flur, die Schneiderschere mit der Spitze voran fest in der Hand. Die Geräusche an der Haustür wurden lauter und lauter, aber ich wagte es nicht, mich umzudrehen. Es war nur eine Frage der Zeit, bis Christian die Tür komplett eingetreten haben

würde. Ich hörte ihn von draußen schreien. Schimpf-
worte, die nur so vor Wut und Hass tropften. Das
Handy lag neben dem Ladekabel auf der Anrichte. Ich
packte es und drehte mich zur Küchentür. Meine Hand
wollte den Schlüssel greifen, doch sie fasste ins Leere.
Mein Mund wurde trocken und ich hatte Mühe zu
schlucken. Der Schlüssel war weg, oder es hatte nie einen gegeben. Ich wusste es nicht. Bisher hatte ich noch
keinen Bedarf gehabt, die Küchentür abzuschließen.
Also wieder zurück ins Nähzimmer. Die Schere in der
einen und das Handy in der anderen rannte ich wieder
zurück. Ich sah gerade noch, wie Christian die Haustür
vollends eingetreten hatte, als ich die Tür zuschlug. Mit
solcher Wucht, dass der Schlüssel aus dem Schloss fiel.
Panisch ließ ich Handy und Schere fallen und bückte
mich nach dem Schlüssel. Das durfte doch nicht wahr
sein. Meine Hände zitterten mittlerweile so stark, dass
ich es erst beim zweiten Anlauf schaffte, den Schlüssel
wieder ins Schloss zu stecken und die Tür abzuschließen. Keine Sekunde zu früh, denn Christian trat im selben Moment wie ein Berserker dagegen.

Irgendwie musste ich die Tür verstärken. Ich durchquerte den kleinen Raum, sammelte im Vorbeigehen
mein Handy auf und schleifte den Tisch, auf dem
meine Nähmaschine stand zur Tür. Dann drehte ich
meinen Rücken zum Tisch und versuchte mit aller
Kraft, die ich aufbringen konnte, den Tisch an seinem
Platz zu halten.

Ich wusste, dass mir auch das nicht ewig helfen
würde. Was ich brauchte, war Hilfe. Christian hatte
aufgehört, Schimpfwörter zu schreien, er brüllte nur
noch wie ein wildes Tier. Die Laute, die er dabei von

sich gab, jagten mir eine Gänsehaut über den Rücken. Mir wurde kalt. Eiskalt. Mit purer Willenskraft zwang ich meine Finger dazu, trotz des starken Zitterns, mein Handy zu entsperren.

Scheiße, scheiße, scheiße! Die Akkuanzeige meines Handys leuchtete mir rot entgegen. Warum hatte ich es nicht geladen? Und warum hatte ich das verdammte Ladekabel eben nicht mitgegriffen. Es hatte doch direkt danebengelegen. Meine Handflächen wurden schwitzig. Ich wählte Lukas' Nummer und betete im Stillen, dass er sein Handy hörte.

Mit einem lauten Knall erbebte der Tisch hinter mir. Ich stemmte mich dagegen.

Ein Tuten.

Wieder trat Christian brüllend gegen die Tür. Ich hörte, wie das Holz knirschte, wie es brach.

Noch ein Tuten.

Die Tür hatte so weit nachgegeben, dass mich der Tisch beim nächsten Tritt mit voller Wucht in den Rücken traf. Ich biss die Zähne zusammen und unterdrückte den Schmerzensschrei.

Ein drittes Tuten. Dann nahm Lukas endlich das Gespräch an.

„Stella, was ..." Die Leitung war mitten im Satz plötzlich tot.

Der scheiß Akku war leer. Tränen liefen mir die Wangen hinunter, als ich das Handy fallen ließ. Das Holz brach splitternd und die Wucht des Trittes ließ den Tisch samt Tür in den Raum schnellen. Und mich. Auf allen vieren kroch ich in die Ecke des Raums.

Das war's, Stella Schulze, dachte ich noch, das war's. Jetzt ist es aus.

KAPITEL FÜNFUNDDREISSIG

STELLA

Ob ihr es glaubt, oder nicht: Ida hatte sich tatsächlich Popcorn mitgebracht, um alle Details der letzten Woche von mir zu erfahren. Ich muss aber zu ihrer Verteidigung sagen, dass sie es erst aus ihrer Tasche gezaubert hatte, nachdem sie sich gebührend nach meinen Verletzungen erkundigt hatte und alle Pflaster und Verbände inspiziert hatte.

„Alles halb so wild", hatte ich zu ihr gesagt und so war es auch. Die Verletzungen stammten allesamt davon, dass ich Lukas hatte umarmen wollen und dabei gestolpert und in das Tisch-und-kaputte-Tür-Ensemble gestürzt war.

Jedenfalls hatte Ida das Popcorn hervorgeholt und in Lukas' Mikrowelle geschoben.

Halt. Stopp. Was? Lukas' Mikrowelle?

Ja. Ich war nach der Begegnung mit Christian am Dienstagabend kurzerhand bei Lukas eingezogen. Erst gestern hatten wir mein ganzes Zeug mit dem Traktor abgeholt. Mein neues Ikea-Bett war zum Gästebett geworden (was Ida ungemein gefreut hatte) und ich hatte jetzt ein neues Nähzimmer, das – wie versprochen – sehr viel schöner und größer als mein altes auf dem Habermann-Hof war. Was soll ich euch sagen? Ich war rundum glücklich. Aber noch mal zurück zu der Sache mit Christian. Das war ja auch das, was Ida von mir hören wollte, während sie im Wohnzimmer auf der Couch saß und lautstark das Popcorn kaute.

„Damit ich das richtig verstehe, ihr habt Christian gar nicht zur Rede gestellt?", fragte sie mich. Sie sagte es auf *Idisch,* weil sie den Mund voller Popcorn hatte.

Ich nickte. „Genau."

„Aber woher wusste er dann, dass ihr ihm auf den Fersen wart?"

„Horst", sagte ich.

„Wer war noch mal Horst?"

„Der von der Mülldeponie."

„Ach der Fake-Bauamt-Typ?"

Ich nickte wieder.

„Und Lukas hat dich gerettet? So edler-Ritter-in-glänzender-Rüstung-mäßig?"

„Mehr so in-letzter-Sekunde-und-mit-der-Mistgabel-mäßig, aber ja."

Ida seufzte und schob sich eine weitere Handvoll Popcorn in den Mund. „Daff iff fo romatiff", sagte sie.

Ich nickte wieder. Als Christian die Tür meines Nähzimmers eingetreten hatte und ich auf allen vieren in der Ecke des Raums Schutz gesucht hatte, hatte ich gedacht, dass mein letztes Stündlein geschlagen hätte. Aber dann hatte plötzlich, wie aus dem Nichts, Lukas mit der Mistgabel in der Tür gestanden und Christian mit Schwung den Stiel derselben übergezogen. Christian war einfach so in sich zusammengesackt. Wie eine Marionette, der man alle Fäden durchgeschnitten hat. Lukas musste ihn wirklich ordentlich erwischt haben. Daraufhin hatte ich mich aufgerappelt, um Lukas in die Arme zu fallen, und war stattdessen in die gesplitterte Tür gestürzt. So waren an diesem Abend gleich zwei Rettungswagen zusätzlich zur Polizei angerückt und ich hatte die Notfallambulanz in Oberkirst kennengelernt. Lukas war mir die ganze Zeit nicht von der Seite gewichen. Total süß.

„Stella! Das ist alles so aufregend! Und Christian ist jetzt im Gefängnis?"

Ich schüttelte den Kopf. „Nein, er ist in Untersuchungshaft und wartet auf sein Verfahren; fängt bald eine Behandlung an."

„Weswegen muss der denn behandelt werden?"

„Spielsucht."

„Ach, das hätte ich gar nicht vermutet."

„Ich auch nicht, Ida. Wie es aussieht, haben wir uns beide in ihm getäuscht."

„Wobei ... ich hab dir damals schon im Ikea gesagt, dass da was an dem ist, was bei mir die Alarmglocken läuten lässt und du hast das nur abgetan."

„Ida, Ida. Du und dein Riecher."

Ida tippte sich mit dem Zeigefinger an die Nase und wir mussten beide lachen.

„Gib mir auch mal was von dem Popcorn", sagte ich und wollte in die Schüssel greifen, aber sie zog sie blitzschnell weg.

„Alles meins!", rief sie und streckte mir die Zunge raus.

„Warum hast du nur eine Packung mitgebracht? Hat nicht mehr in die Tasche gepasst?", neckte ich sie und Ida riss die Augen auf.

„Tasche! Süße! Das ist das Stichwort", rief sie und ehe ich mich versah, war sie von der Couch aufgesprungen und aus dem Wohnzimmer verschwunden.

Keine Sekunde später tauchte sie wieder auf, die Häkeldeckchen-Tasche triumphierend in der Luft schwenkend. Ich sah sie ratlos an.

„Süße! Du glaubst gar nicht, wie oft ich in der letzten Woche auf die Tasche angesprochen worden bin! Ganz Köln will so eine haben."

Ich zog die Augenbrauen hoch.

„Ja gut, vielleicht nicht ganz Köln, aber wirklich eine Menge Leute."

„Wie viele denn?", fragte ich.

Ida kramte in der Tasche und zog ein DIN-A4-Blatt hervor, das von beiden Seiten beschriftet war. Freudestrahlend reichte sie es mir. Ich sah es mir an und stellte fest, dass darauf Adressen, Telefonnummern und E-Mail-Adressen notiert waren.

„Was ist das?"

„Das, meine liebe Stella, sind alles neue Kunden, die auch so eine hippe Häkeldeckchen-Retro-Tasche haben wollen."

„Kunden?"

„Ja natürlich Kunden. Du willst die Taschen doch nicht verschenken, oder?"

„Du meinst, ich soll die Taschen so richtig verkaufen."

„Genau das meine ich, Süße."

Häkeldeckchen-Retro-Taschen. Wer hätte gedacht, dass es wirklich seinen Sinn gehabt hatte, dass ich Großtante Gerdas Häkeldeckchen nicht entsorgt hatte, als ich auf dem Hof eingezogen war.

STELLA

Wie ein Tiger im Käfig wanderte ich seit fast 20 Minuten im Wohnzimmer auf und ab, bis ich mich endlich dazu durchringen konnte, die Nummer meiner Eltern zu wählen. Es dauerte nicht lange, da wurde auf der anderen Seite abgenommen. Natürlich war es meine Mutter.

„Hallo Mama, ich bin's, Stella."

„Hallo Stella", erwiderte meine Mutter kühl.

„Ich weiß, ich hab mich die ganze Zeit nicht gemeldet, aber ich hatte in den letzten Wochen wirklich viel um die Ohren."

„Das hab ich schon von Idas Mutter gehört." Der kühle Ton wurde noch etwas kälter.

„Dann weißt du ja bestimmt, dass Christian meinen Hof angezündet hat, und später versucht hat, handgreiflich zu werden."

„Ja", antwortete meine Mutter knapp.

„Ach, Mama. Können wir einfach wie zwei erwachsene Menschen miteinander reden?"

„Du meinst, wie zwei erwachsene Menschen, bei denen der eine sich die ganze Zeit nicht meldet, nachdem er einen auf dem Dorffest bewusstlos zurückgelassen hat?", fragte meine Mutter bissig.

Das saß. „Mama", sagte ich. „Du musst das verstehen. Mein Hof war am Brennen und ..."

„Und du hattest noch andere Sorgen mit diesem neuen Mann."

Ich rollte meine Augen. „Der neue Mann heißt Lukas und ich liebe ihn."

Es herrschte ein Moment der Stille. Dann sagte meine Mutter: „Gut, so sei es. Warum rufst du an?"

„Ich möchte dich und Papa zum Essen einladen. Also wir möchten das, Lukas und ich."

„Zum Essen?" Endlich klang meine Mutter freundlicher.

„Ja, zum Weihnachtsessen. Am ersten Weihnachtsfeiertag, hier auf dem Hof. Also auf Lukas' Hof."

„Warum nicht auf deinem?"

„Hat dir Idas Mutter das noch nicht erzählt?"

„Was hat sie mir noch nicht erzählt?" Zack, da war der kühle Ton wieder.

„Ich bin bei Lukas eingezogen und auf meinem Hof wird gerade alles zu Ferienwohnungen umgebaut."

„Ferienwohnungen?" Meine Mutter war sichtlich verblüfft.

„Ja, Ferien auf dem Bauernhof. Die Wohnungen sind allesamt auf Familien mit Kindern ausgelegt und es wird einen tollen Naturspielplatz geben."

„Stella, ich bin ehrlich überrascht. Das klingt ... das klingt nach einer richtig guten Sache." War das wirklich meine Mutter, mit der ich da sprach? „Ich muss auch sagen", fuhr sie fort und räusperte sich, „das war wirklich sehr mutig von dir."

„Was genau?", fragte ich.

„Alles. Dass du allein den Hof bewirtschaftet hast und dass du vor all diesen Menschen auf dem Fest die Wahrheit über diese ... diese ... diese Sache erzählt hast." Woher kam bitte dieser Sinneswandel? Aber es war auch eigentlich egal, ich entschloss, dass ich es einfach annahm und mich freute.

„Danke", sagte ich.

„Und was ist das für eine Sache mit den Taschen?", fragte meine Mutter.

„Ich nähe jetzt Taschen aus Häkeldeckchen und Retrostoffen und verkaufe die auf Märkten und im Internet", sagte ich, gespannt, wie meine Mutter das aufnehmen würde.

„Stella, ich hätte nie gedacht, dass ich das mal sagen würde, aber dein Vater und ich, wir sind stolz auf dich."

„Sag das noch mal."

„Was jetzt genau?"

„Du ... ihr seid stolz auf mich?"

„Ja, natürlich. Was hast du denn gedacht. Du bist unsere Tochter, selbstverständlich sind wir stolz auf dich." Ich weiß nicht, was meine Mutter genommen hatte, aber konnte sie bitte dabei bleiben und noch mehr nehmen?

„Weißt du was?", sagte meine Mutter. „Wenn die Ferienwohnungen fertig sind, werde ich mit dem Frauenverein für ein langes Wochenende vorbeikommen. Was sagst du? Das wird doch toll."

Yay! Der Frauenverein. 35 Frauen, deren Hobby es ist, sich den Mund zu zerreißen über alles und nichts. Aber mit dem neuen Sinneswandel meiner Mutter musste ich vielleicht auch noch mal alles neu überdenken. Ich atmete einmal tief ein und wieder aus und dann sagte ich: „Mama, das wäre wirklich eine gute Idee." Und ich meinte es so.

KAPITEL SECHSUNDDREISSIG

LUKAS

Der Kies knirschte unter seinen Füßen, als er den Friedhof betrat. Lange war er nicht mehr hier gewesen, viel zu lange. Aber in den letzten Jahren hatte sich nur wenig verändert. Mit großen Schritten ging Lukas auf dem Weg zwischen den Gräbern hindurch. Obwohl es seit einigen Tagen extrem kalt war, hatte es bisher noch nicht geschneit. Wieder ein Weihnachten ohne Schnee.

Der helle Grabstein ragte über dem gepflegten Grab auf. Im Licht der tief stehenden Wintersonne schimmerte die goldene Schrift darauf.

„Hallo Anna", sagte Lukas leise, obwohl es ihm merkwürdig vorkam, mit einem Grabstein zu sprechen. „Ich weiß, ich war lange nicht mehr hier …" Er schluckte. „Viel zu tun, du kennst das ja. Die Arbeit auf dem Hof

steht niemals still." Lukas verstummte. Was redete er
für unsinniges Zeug? Er wusste doch, warum er so
lange nicht hergekommen war. Es schmerzte zu sehr,
an Annas Grab zu stehen. Daran zu denken, wie glücklich sie zusammen gewesen waren und dass nur wenige Sekunden gereicht hatten, dieses Glück für immer
zu zerstören.

Er räusperte sich. „Ich ... also ... weißt du. Nachdem du
... nicht mehr da warst, da hab ich mich ziemlich einge-
igelt. Hab keinen mehr an mich rangelassen. Ich weiß,
das war egoistisch von mir, aber ich hatte solche Angst.
Ich dachte, wenn ich niemanden in mein Herz lasse,
dann ist mein Herz sicher und ich muss nie mehr um
jemanden trauern." Er atmete tief ein und aus. In der
Kälte konnte er seinen Atem als Wölkchen sehen. „Aber
jetzt hat sich da was geändert. Erinnerst du dich noch
an die Habermanns vom Nachbarhof? Na klar, erinnerst du dich." Er lächelte. „Wir waren doch oft zusammen da. Die alte Habermann ist jedenfalls vor ein paar
Monaten gestorben und sie hat den Hof ihrer Großnichte vererbt. Stella heißt sie. Weißt du, zuerst hatte
ich so meine Probleme mit ihr. Sie kommt aus der Stadt
und wollte nie auf meine Ratschläge hören. So starr-
köpfig! Na ja, um ehrlich zu sein, ich hab ihr das Leben
ganz schön schwer gemacht." Lukas fuhr mit den Augen über die Buchstaben auf dem Grabstein. „Ja, ja, ich
weiß, was du jetzt sagst: Das war nicht nett von mir.
Aber zu meiner Verteidigung muss ich sagen, dass sie
mir das Leben auch alles andere als einfach gemacht
hat. Jedenfalls ist das jetzt sowieso alles vergessen.
Denn ..." Er legte sich die nächsten Worte mit Sorgfalt

im Kopf zurecht. „Ich liebe sie, weißt du, Anna. Genauso, wie ich dich noch immer liebe. Das wird nie vergehen, und das muss es auch nicht. Ich habe endlich den Mut gefunden, mein Herz wieder zu öffnen, den Platz neben dir freizumachen. Und deshalb bin ich heute hier. Ich ... also ... ach, wie soll ich das denn jetzt sagen? Ich würde gerne deinen Segen haben, Anna." Er verstummte und wartete einen Moment. Nichts passierte. Lukas seufzte laut. Wem machte er etwas vor? Er stand in der Kälte auf einem verlassenen Friedhof und sprach mit einem Grabstein. Erbat sich den Segen einer Verstorbenen. Was hatte er denn geglaubt, was dann geschehen würde? Lukas senkte den Kopf. Es war eine blöde Idee gewesen, herzukommen. Besser, er machte sich auf den Weg zu seinem Vater, den wollte er auch noch besuchen. Ein letztes Mal las er die goldenen Buchstaben auf dem Grabstein: Anna Jäger. Genau in diesem Moment begann es zu schneien. Dicke Flocken fielen sacht vom Himmel, trudelten leise hinab und blieben auf dem Stein und den Buchstaben liegen. Und da wusste Lukas, dass Anna ihm geantwortet hatte.

STELLA

Habt ihr schon mal einen Weihnachtsbaum gesehen, der nur mit Strohsternen, echten Äpfeln und Bienenwachskerzen geschmückt ist? Nein? Was soll ich euch sagen? So ein Baum sieht wunderschön aus. Als wäre er aus einem Märchen. Und während im Hintergrund leise *I'll be home for christmas* lief, hatte ich den Eindruck wirklich in einem Märchen zu sein. Einem mit Happy End.

Den ganzen Samstag hatte ich mit Ida beim Strohsternebasteln verbracht, und zwar in unserer alten WG in Köln. Ja, ihr habt richtig gelesen, ich war in Köln gewesen. Und es war sehr nett gewesen.

Seit ich auf dem Dorffest von mir aus alles offenbart hatte und seit ich Lukas an meiner Seite wusste und Christian überführt worden war, hatte ich keine Panikattacke mehr gehabt. Ida hatte den Post von UniLeaks löschen lassen und nach und nach war der Strom an WhatsApp und E-Mails versiegt. Das gehörte alles dem Schnee von gestern an. Ja gut, dunkler, erdrückender und tiefschwarzer Schnee, aber eben welcher von gestern. Das Thema war durch.

Mit einem letzten Blick auf den geschmückten Weihnachtsbaum verließ ich das Wohnzimmer und ging in die Küche. Lukas war nach Niederkirst gefahren, seinen Vater besuchen. Ich hatte ihn eigentlich begleiten wollen, aber er hatte gemeint, dass er vorher noch etwas Wichtiges erledigen müsse, und das müsse er allein machen.

Es hatte zu schneien begonnen und ich gab mich der romantischen Vorstellung einer weißen Weihnacht hin, als ich die Kaffeemaschine befüllte. Auf meinem Hof hatten letzte Woche die Bauarbeiten für die Ferienwohnungen begonnen. Die Trümmer des ehemaligen Stalls waren mittlerweile beseitigt und die Baufirma war zuversichtlich, dass der Trockenbau Ende Januar fertig sein würde. Wenn weiterhin alles so gut lief, würden im Sommer die ersten Feriengäste die frische Kassnacher Landluft genießen können.

Während ich darauf wartete, dass der Kaffee durchlief, setzte ich mich an den Küchentisch. Dabei fielen mir wieder die beiden Kladden meiner Großtante ins Auge. Sie lagen ganz am Rand der Küchenanrichte. Auf dem Stuhl kippelnd angelte ich danach und bekam sie gerade so zu fassen. Wenn das meine Mutter gesehen hätte!

Stella Gertrude Schulze, es wird nicht mit dem Stuhl gekippelt, hörte ich ihre Stimme im Ohr. Ich grinste, dann schlug ich die Kladde „Auszuführende Arbeiten im Jahreskreis" auf.

Jetzt, da ich fast alle der Arbeiten kannte und auch konnte, fand ich die handgeschriebenen Anweisungen meiner Großtante absolut einleuchtend. Aber wie es sich so oft mit Theorie und Praxis verhielt: Nur weil man die Theorie meint zu durchschauen, heißt das nicht, dass man sie in der Praxis auch wirklich anwenden kann.

Ich für meinen Teil war einfach heilfroh, dass Lukas mir alles gezeigt hatte, und dass ich ihn überhaupt kennengelernt hatte. Ich seufzte und schlug die Kladde wieder zu. Mein Handy gab einen Pfeifton von sich. Ich zog es aus der Hosentasche und sah, dass ich eine WhatsApp von Lukas erhalten hatte: *Mein Vater möchte dich gerne kennenlernen. :-) Am zweiten Weihnachtsfeiertag. Okay?*

Ein warmes Gefühl von Glück breitete sich in meinem Bauch aus.

Okay, schrieb ich zurück.

Die Kaffeemaschine verkündete mit einem lauten Röcheln, dass sie fertig war. Ich nahm beide Kladden zur Hand und kippelte wieder mit dem Stuhl, bei dem Versuch, sie zurück auf die Anrichte schieben. Doch diesmal verlor ich das Gleichgewicht. Der Stuhl, ich und die Kladden fielen auf den Boden. Und obwohl es schmerzhaft war, musste ich lachen. Stella Schulze, Stuhlkipplerin und Sturzpilotin. Ich rappelte mich auf, stellte den Stuhl wieder hin und bückte mich nach den Kladden.

Moment mal, was war das denn?

Ich weiß nicht, wie oft ich die Kladden meiner Großtante schon in den Händen gehalten hatte, aber mir war nie aufgefallen, dass bei der einen hinten im Deckel eine Lasche war. Eine Lasche, aus der jetzt ein Stück weißes Papier hervorlugte. Ich sammelte die Kladden vom Boden auf und ließ mich wieder auf dem Stuhl nieder. Dann zog ich das Papier hervor.

Es war ein Brief. Ein handgeschriebener Brief. Wenn ich das auf den ersten Blick richtig erkannte, war er von meiner Großtante; und er war an mich adressiert.

Ich begann zu lesen.

Liebe Stella,

sicher fragst Du Dich, warum ich ausgerechnet Dir den Bauernhof vererbt habe. Wie Du sicher weißt, haben mein Heinrich und ich nie eigene Kinder bekommen können. Ein Schicksal, mit dem ich lange zu kämpfen hatte. Wie froh war ich immer, wenn du uns auf dem Hof besucht hast. Du warst schon immer ein Wirbelwind, voller Elan und so fröhlich. Die Wege des Herrn sind unergründlich, steht schon in der Bibel geschrieben, aber warum der Weg, der war, dass es einen großen Streit in der Familie gab und wir uns nie mehr gesehen haben, habe ich bis zum heutigen Tag nicht verstanden.

Ich schreibe Dir diesen Brief, weil ich spüre, dass mein Ende nah ist. Noch bin ich bei Bewusstsein und der gute Doktor hält meine Schmerzen in Grenzen. Ich vererbe Dir den Hof, weil ich weiß, dass Du das Zeug zur Bäuerin hast. Das Leben auf dem Land ist hart und anstrengend, und man kann es nur bestreiten, wenn man genug Liebe für die Tiere und das Land mit sich bringt. Ich weiß, dass Du das tust und hoffe, dass Du in Kassnach genauso glücklich wirst, wie ich es immer war.

Seit einigen Jahren greift mir Lukas Munnebach bei der Arbeit auf dem Hof unter die Arme. Er ist ein herzensguter Mensch, wenn er auch auf den ersten Blick etwas ruppig erscheinen mag. Ich kenne ihn schon seit er ein kleiner Junge war. Er ist der Sohn, den mein Heinrich und ich uns immer gewünscht hatten. Er ist fleißig und hilfsbereit und gar nicht mal so unattraktiv, wenn Du mir als Deiner alten Großtante dieses Urteil erlaubst. Und er ist auch ein Grund dafür, dass ich Dir den Hof vererbe. Ich hoffe, dass ich mit dem Erbe Cupido spielen kann. Du weißt schon, das ist der kleine, dicke Engel, der die Liebespfeile verschießt. Du und Lukas, ihr würdet ein schönes Paar geben. Ich hoffe, dass mein „Wink des Schicksals" funktioniert. Ehrlich gesagt, finde ich es fast ein bisschen schade, dass ich den Ausgang meines Ränkespiels nicht mehr mitverfolgen kann.

Wobei? Ich werde euch aus dem Himmel beobachten. Wenn der liebe Gott mich lässt, kann ich vielleicht auch noch etwas nachhelfen.

Meine liebe Stella, ich habe Dich immer wie ein eigenes Kind geliebt. Ich wünsche Dir von Herzen alles Gute. Denk zwischendurch mal an Deine alte Großtante und nimm mir mein törichtes Ansinnen nicht übel. Ich bin eine alte Frau, da darf ich ein bisschen verrückt sein und wirre Träume haben.

Deine
Großtante Gerda

DANKSAGUNG

In Büchern lese ich schrecklich gern Danksagungen. Jetzt schreibe ich selbst eine – und es hat mir vorher niemand gesagt, wie schwierig das ist! Was, wenn ich jemanden vergesse?! Ich gebe mein Bestes.

Zuerst danke ich meinen Eltern. Ohne sie wäre ich niemals auf einem Bauernhof aufgewachsen und hätte nicht diesen Roman schreiben können. Mama, Papa, Danke für meine Kindheit zwischen Kartoffeln und Kühen, mit frischer Landluft, Erde an den Händen und in den Haaren!

Dank gebührt auch meiner Familie: S., C., F. und K.: Ihr seid mein Leben.

Ich danke Steffi, (Test)Leserin der ersten Stunde! Danke für den Austausch mit Dir und für Deine allumfassende Unterstützung, nicht nur im Bezug aufs Schreiben.

Dann danke ich meinen Testleserinnen Flavia @thebooklawver und Alex @alexandra.wiese.autorin. Ihr habt mir wertvolle Tipps gegeben und von jeher genauso an Stella und Lukas geglaubt wie ich. Danke!

Ein herzlicher Dank geht an dp DIGITAL PUBLISHERS und vor allem an Francesca. Die Zusammenarbeit mit Dir ist wunderbar. Danke für unsere Telefonate und E-Mails.

Ein weiterer Dank geht an meine liebe Lektorin Cara @lektorat_seitensturm. Du hast Dich durch zahlreiche

„dochs“, „nochs“, „hiers“ und „jetzts“ gekämpft und meinen Roman besser gemacht. Besonders danke ich Dir für den Anstoß zu der Szene, die heute meine Liebste ist! Ohne Dich gäbe es sie nicht.

Ein großer Dank geht raus an meine Schreibbuddies Keah @keahrieger und Sherin @sherin.nagib. Was würde ich nur ohne Euch zwei machen? Ihr habt immer ein offenes Ohr und einen guten Rat für mich. Wenn ich mich im Manuskript verfahren habe, weist Ihr mir wieder den richtigen Weg. Danke Euch! <3

Ich danke Laura @laura_schreibt, Nicole @nicole.knoblauch, Eva @evamurges, Ella @ella-welsh_autorin und Olga @olga.krouk für die Nachrichten und Gespräche und für die gegenseitige Unterstützung.

Danke auch an Ronja @davongelesen. Für Waffeleisenkunst und Buchhändlergespräche. Du weißt schon, was ich meine.

Und ganz besonders danke ich Dir, liebe Jenny @jennifer.waschke! Du hast den Stein erst ins Rollen gebracht.

Mein größter Dank aber geht an Dich. Ja, genau, an Dich, liebe/r Leser/in. Wenn Du hier angekommen bist, hast Du vermutlich meinen ganzen Roman gelesen. Bist mit Stella in die Vulkaneifel gereist und hast das Leben auf dem Land kennengelernt. Ich hoffe, Du hattest beim Lesen ebenso große Freude, wie ich beim Schreiben. Ich danke Dir von Herzen!